U0922066

文史索隐

——晋唐文学杂考

姜剑云 著

人民出版社

责任编辑:王怡石
装帧设计:姚　菲

图书在版编目(CIP)数据

文史索隐:晋唐文学杂考/姜剑云 著. —北京:人民出版社,2017.7
ISBN 978-7-01-017063-3

Ⅰ.①文…　Ⅱ.①姜…　Ⅲ.①中国文学-古典文学研究-晋代 ②中国文学-古典文学研究-唐代　Ⅳ.①I206.2

中国版本图书馆 CIP 数据核字(2016)第 308894 号

文史索隐
WENSHI SUOYIN
——晋唐文学杂考

姜剑云　著

人民出版社 出版发行
(100706　北京市东城区隆福寺街 99 号)

环球东方(北京)印务有限公司印刷　新华书店经销

2017 年 7 月第 1 版　2017 年 7 月北京第 1 次印刷
开本:710 毫米×1000 毫米 1/16　印张:18.75
字数:275 千字

ISBN 978-7-01-017063-3　定价:48.00 元

邮购地址 100706　北京市东城区隆福寺街 99 号
人民东方图书销售中心　电话 (010)65250042　65289539

序　一

中国河北大学文学院教授姜剑云先生长期苦冥思辨之成果《文史索隐》即将付梓，本人怀着喜悦与感激之心情收到此书原稿。本书以运用政治、文学与音乐的融合视角展开的对傅玄的论述，与以对儒道有深刻理解为基础的张华论断拉开了序幕，细细品读便有一种坠于七宝宫殿的感觉，每一处文字都闪着光发着声，它具有超越思考与形式的会合变通的视角。以此，先生在诉说着在中国古代文学中内含的高次元的会通性。

先生坚持此般会通性视角的同时，对南北朝时期的山水诗人谢灵运的研究以及对唐朝政治家、诗人令狐楚的研究中也坚持着多焦点的视角。这简直就是用显微镜来对其文字逐一进行细致的分析，此般至极的细致更赋予了其研究史的意义。特别是对于谢灵运的研究，如果说通过对其著述考略来把握其学术大纲的话，那么论述其对《金刚经》与《华严经》等的编译过程，便是其对此般学术是如何理解的具体探究，又进一步阐明其与杜明师、慧远等诸多人物之师承与交游关系，来总体把握其学问成就以及人格形成，更是扩大了学问的振幅。

如果说立足于会通性视角的诸多论述反映了先生学问之广的话，那么对于特定人物的具体论述便说明了先生学问之深，先生的学问精神正是如此——渊博深奥。我对先生此般学问精神的来源进行了思考，经一番思考我总结为：广猎群书。因为此书所有论述皆由对基本资料的批判式检讨而展开的。不论是对“三张”之父名的具体论断，还是对《文赋》与《三都赋》之撰年疑案新断以及令狐楚年谱的制定等，先生的此般学问精神都发挥无遗。即便如此，先生的文章依然行云流水、不失华丽，作为读者有一种痛快与畅阔之感。先生之文虽是客观的论述，却达到了一种美学的境界。

先生也揭示了中国与韩国间学问疏通的可能性。例如：考证谢灵运编译《华严经》，特别记录引用了新罗崔致远所作《唐大荐福寺故寺主翻经大德法藏和尚传》。这是研究谢灵运佛学活动中非常重要的资料。在韩国，崔致远是被推崇为“东国文宗”而广泛流传的人物。先生之论述可谓是与我最近研究的“朱子诗与《武夷九曲》被韩国受容的过程与其意蕴”正相反的研究成果。因为我是探寻中国文学以何种方式被韩国受容并阐明其文化意蕴的。

先生初拟书名为《古代文学杂考》。“杂”与“纯”互为反义，乍看上去好似有失系统性，最初收到先生之原稿我也如此认为，但却非也。此“杂”乃古人们长时间沉淀下的伟大思考，以“杂著”的形态包容而成之“杂”。因此，先生之“杂考”实为“纯考”，可谓“纯考而无杂”。正因如此，此书中有排除僵化之思考的自由思维，亦有确保深思之智慧游走。对于发现陆云之“清止而文弱”、谢灵运之独步一时的书画便可在此般脉络下理解。再者，此书更是取得了进一步的学术成果，以“新断”来揭示的一系列研究成果与新资料的发掘介绍等便可佐证。

读文可知人矣。通过以魏晋南北朝时期为中心而扩充中国古代文学的深邃与宽广，以及在此赋予新意的论述中，我们可知先生之为人。与先生会面，可感知先生率直品性中的安逸，与先生论学，先生之严正伦理可使衣襟整肃。身为学者而两者兼得实为难矣，而先生两者具备。先生谈古论今之言辞醇厚，先生穿梭知识与实践的语言峻节，我便是在此与今世之古人相遇。先生便是生于现代而兼具古典之品格，有好古之心而具现代之眼界。

我作为韩国人是研究朝鲜时代文学的学者。就研究领域而言，先生与我所研究的对象有中韩之空间差别，又有魏晋南北朝与朝鲜时代之时间差异。但是，我们一同探寻古典文学的同时并强化学问的时代应战力这一方向是相同的。因此，我们在中韩或者韩中文学方面进行疏通，亦可以构筑较大的东亚学问。在此过程中，我们作为学问上的同志可以教学相长，我们通过文学研究的实践可以发掘现世生活的真理。

为先生之大作献序，实乃污佛首之举。谨献拙文，在远方不负友情之托。

韩国国立庆北大学教授　郑羽洛谨书

序　　二

陶玉璞

姜剑云教授新作《文史索隐——晋唐文学杂考》，搜罗期刊学报发表过的27篇论文，嘱我作序。初听其言，不以为意，以为顽笑话、客气语，不用特别认真。然而，一而再，再而三，始知必须严肃以对。

拜读全书之后，见其半数论文与谢灵运有关，方体会一个后生晚辈之所以会受到特别青睐，作者应当别有用心。北京大学教授葛晓音先生曾言："唯独谢灵运，无论生前死后，古往今来，都是争议的对象，这就足以引起人们研究他的兴趣了。"话虽说得轻松，倘若论述不够谨慎，研究者甚至有可能受到研究对象谢灵运的牵连。不过，言犹在耳，放眼书中，读者便可看到了一篇谢灵运翻译《金刚经》的考证文章，内容新鲜少见，或许是为了符合"小考"之篇题，全文不过六百余字，结果，该文却刊于《文学遗产》这份重要期刊。或许是艺高人胆大，但这种少见的妙招，岂是我辈可以理解的！

我性本杂，我当然承认；孙昌武先生说我自许为"杂家"，这倒是一个天大的误会！究其实，我哪有资格称"家"呢？何况还是"自许"！于此，倘若把这个名号转送给姜教授，相信读者应该是可以接受的。毕竟书中所论，除了谢灵运，还有傅玄、张华、潘岳、潘尼、陆机、陆云、左思，此外，还有令狐楚、马定国。综观全书布局，看似无心，其实应别有用意。试想，在六朝风流外，为何作者又把触角伸进了唐朝、金朝？尤其是少有人研究的马定国。今观这篇《马定国仕履与交游考论》，明显属史学的考证文章，架构很简单，也不啰唆，但其内容却纠正了现今学界惯用的宇文懋昭《大金国志》内容，顺流而下，当代的许多研究成果也都必须跟着修正；另外，其同时又指出《全金诗》这部当今文献整理成果的瑕疵，间接地提醒当代学者不要犯了同样的毛病。由此而观，这篇论文的企图，实非读者自其论题、架构所能想象的。这么看来，如果这不是“杂家”，还有谁有资格能够冠此名号？

《文史索隐》所收篇章，时隐妙招，又处处见宝。行文至此，回头审视书名这四个字，却只见平平淡淡，没有吸睛的词汇，没有耸动的文字，恐怕无法吸引现今口味刁钻的读者。至此，我们便不能不思考书名是否另藏深意了。

着实而言，“索隐”二字，最让世人熟知的，莫过于蔡元培《石头记索隐》。这部书首先连载于民国初年的《小说月报》，劈头就说：“《石头记》者，清康熙朝政治小说也。”此类书籍，主要是延续“言志”的传统观点，希望突破小说文本的限制，将《红楼梦》背后所隐之事公之于世。由此看来，姜教授书名冠上了“索隐”两个字，大概也有同样的意思！不过，自《石头记索隐》被胡适批评为“笨谜”后，《文史索隐》应该不会再重蹈覆辙了吧！我想，他至多只是希望提醒读者：其所研究的文本，不应该完全排除一些证据不够坚实的想法。然而，由于书中的妙招还真不少，其是否真的如此操作，我也只能猜测，还是必须靠读者自己阅读、品味才行。相信明理的读者们，应该还是会同意我的想法的。

是为序！

2016 年元旦

序　三

乙未金秋，姜剑云先生寄来《文史索隐——晋唐文学杂考》的清样，嘱我为序。万分惊骇之下，我当即致电，力辞其请。非我不恭，不敢奉命。窃以为，序向来是由德馨博学的贤达君子所为，非我愚钝之小辈能办。先生倒也通脱，不拘成说。在先生的勉励下，诚惶诚恐之心稍涣，尽力为作之意弥坚。

通读全书，思忖良久。其中意味，约略有三。

首先，《文史索隐——晋唐文学杂考》是姜先生二十多年来沉潜文史、探赜索隐的生命年轮的文字记录。《文史索隐——晋唐文学杂考》共收录 27 篇文章，这些文章均已公开发表。从发表的刊物与时间知，先生的索隐考证早在 24 年前就已经开始了。二十多年间，先生与青灯相伴，畅游文史之间，排比众多材料，或新见时出的喜悦，或迷雾重重时的凝重，其情皆可想见。一个人经历了青春的青涩、中年的豁达与老年的慈祥，完成了生命的自然年轮。而学者却在思接千载，发思古之幽情中，为生命年轮增加了质感。姜先生的生命年轮中，因有了与令狐楚、谢灵运、马定国，以及“三张二陆两潘一左”的灵魂碰撞，多了生命体验的温度与厚度，从而变得丰富多彩。尽管钟嵘说，“使穷贱易安，幽居靡闷，莫尚于诗矣”，其实，生活中只要有诗意，就能使人幽居靡闷。姜先生几十年如一日的青灯相伴、探赜索隐的生活，何尝不是另一种诗意呢？这种充满诗意的生命年轮结晶成了晶莹剔透的文字，使人不惧“日月逝于上，体貌衰于下”，进而实现“不假良史之辞，不托飞驰之势，而声名自传于后”（曹丕《典论·论文》语）的自我期许。

赋诗曰：

留意史文灯下案，探赜索隐几多秋。

幽居靡闷千年事，金拣沙披成腋裘。

其次，《文史索隐——晋唐文学杂考》不过是先生古典文学研究中的一鳞半爪。虽多是考据之作，但他不是为考据而考据，而是将考据镶嵌在宏观的义理思辨之中。像太康时期的张华、张协、陆机、潘岳、潘尼等著述或生平考述，莫不为着揭示太康时期作家的人生道路与人格精神，进而思考文化风尚对作家的影响。再如对谢灵运著述、翻译，以及与佛教人士的交游等考辨，也是放置在宗教与文学关系的整体观照之中。就具体的考辨而言，其价值有二，一是求真以资后学。先生廓清魏晋南北朝隋唐宋元间诸多文士的生平、著述、交游等疑案，探求真相，足以嘉惠学林、深资后学。二是“鸳鸯绣出从君看，更把金针度与人”。先生的系列考证文章，不仅是绣成的鸳鸯锦缎，更是金针走线度人的典范。他以腾挪跌宕的手段，飞针走线，来回穿梭。针脚细密，连缀得体。疏可走马，密不透风，充实而光辉，空灵而蕴藉。其中，《〈三都赋〉撰年疑案新断》一文，不仅以涸泽而渔的气势搜尽原始材料，而且完美运用逻辑学原则，披沙拣金，去伪存真。《文史索隐——晋唐文学杂考》中的文章，或短或长，如风行水上，当行则行，当止则止。长文覃思研精，深发未发之覆，而短文明了一事，精致可喜。为文之心与行文之道，亦足示范后学。故赋诗曰：

上穷魏晋下究元，二陆三张谢客贤。

线走针飞皆考辨，平地高楼稳如磐。

最后，先生将考据性质的文章辑成《文史索隐——晋唐文学杂考》，也是大有深意的。刊落论文体之虚词浮语，真义全出，倍觉亲切、灵动与率真，充分体现了先生对西方意义的学术规范与述学体式的深刻反思。自 20 世纪 90 年代以来，中国学术界参照西方学术建立起来的学术规范，已成金科玉律。在“思想淡出，学术凸显”（李泽厚语）的 90 年代，这套学术规范曾经切实规范了学术成果，形成了现代述学体式——学术论文与专著，推动了学术话语的生产，也改变了 80 年代的学术性格。然而，就学术论文而言，越来越重视形式规范，遮蔽起了性情、思想等。如今，人文学科领域的论文多成白茅黄苇。而另一种述学体——学术专著，强调专题性，以义理为尚，轻视考据；以精深专为尚，论域狭窄。先生的《文史索隐——晋唐文学杂考》既非昔日学术论文汇编，也非专题性学术论著，既无论文的八股气，亦无专题研究的狭促气。虽不及曹道衡、沈玉成先生《中古文学史料丛考》涉猎的范围广博，但考证之精细，求真之精神相仿佛。因此，《文史索隐——晋唐文学杂考》势必将成为研究中国晋唐文学的必读书目。

赋诗赞曰：

学苑如今多靡靡，论文八股著述专。
浮词刊落留真义，嘉惠学林后世传。

李剑清

2016 年元月 18 日于古陈仓

目　　录

前　言

宏观上看，中国古代文学可以划分出诸如先秦文学、秦汉文学、魏晋南北朝隋唐文学、宋辽金元文学、明清文学等这样一些历史时段或学术方向。如果允许的话，魏晋南北朝隋唐文学可简称为晋唐文学。这一阶段跨时约七百年，西晋、隋唐是其中的统一时期。晋朝是中国古代文学诗言志与诗缘情的大转型时期，唐代是中国古代文学体裁题材与风格流派的大繁荣时期。晋与唐代表了这七个世纪文学发展史中的两个重要历史节点，姑且如此简称吧。

从学术史角度看，关于这七个世纪文学的研究，完全可以说，既广泛，也深入，简直就是全方位多角度多层次的。当然，这也是相对而言的，应该说，拾遗补缺是没有问题的，并且，拓展与挖掘的空间也还是有的。

先说西晋。西晋“文章中兴”，潘陆张左，功不可没。钟嵘《诗品》上品诗人总共才十一人，而西晋竟然占去了四席。可是关于西晋群才，学界争议的问题很多，比较集中的焦点有：如潘、陆、张、左的人品与文品问题，《文赋》、《三都赋》等重要作品的创作年代问题，种种这些，都是些聚讼纷纭的疑案。

再说刘宋。谢灵运为“元嘉之雄”。可是关于“元嘉之雄”，这位大写特写山水诗的重要诗人，我们都知道他的“玄言尾巴”，但我们还需要实质性地解剖这条尾巴，并且要追问这条尾巴的来历。“玄言”中杂糅了儒道佛的成分，如要离而析之，学界关于佛的方面探讨，似乎欠债最多。谢灵运与佛门中人交游甚多，有慧远、慧严、慧观、慧琳、竺道生、昙隆，等等，他们各自门派来历究竟如何，谢灵运与他们的交往情形到底怎样，学界其实语焉不详。

又说大唐。要说关于初盛中晚唐文学的研究，那真可谓挖地三尺了。要找个有意味的研究专题，不夸张地说，是“难于上青天”的。其实，世上无难事，只怕有心人。当把关注的目光，盯住中唐宰相令狐楚的时候，就有重要的发现了。唐书列传中说他是“一代文宗”，他还编过《御览诗》，他与许多文臣如裴度、武元衡、权德舆等有唱和交往，形成了一个颇具规模的台阁诗人群体，一个雅正诗派。不仅如此，这个雅正诗派，竟然与当时以元白为代表的通俗诗派和以韩孟为代表的怪奇诗派相互抗衡。中唐诗派群落的这一惊世奇观，很值得文学史家们认真研究和仔细玩味。

作家作品的疑案，有待于考证；文史奇观的揭示，源自于考证。当然，这并不是说我擅长于考证。我的大部分专题研究，都是从做年谱开始的。比如有《魏晋文学系年》、《中唐文学系年》、《谢灵运年谱》、《令狐楚年谱》等。《令狐楚年谱》做了六万多字，后来精简成一万多字，发表于《河北大学学报》。做年谱的过程中，很自然地会收获一些副产品，比如《“三张二陆两潘一左”著述考略》，发表于《安徽教育学院学报》；《谢灵运著述考略》发表于韩国《东亚文献研究》；《令狐楚作品传流与散佚考述》发表于《晋阳学刊》，这一篇后来还被人大复印资料《中国古代近代文学研究》全文转载。

我的考证话题不是很丰富，除了上述的著作考述之外，主要有作家心路历程、作品创作年代、诗人交游情况等这样几个方面。这样做的指导思想是：以微观的态度，弄清楚一个作家的重要作品的创作情形，把握住其思想个性的发展变化特点，同时又注意避免对单个作家的孤立研究，从而力求在立体的历史时空中，准确定位其文化坐标。这样做也会有重要的意外的发现，比如我首先发现的中唐的“雅正诗派”、金代的“后怪奇诗派”，以及我首次提出的“中唐雅正诗派、怪奇诗派、通俗诗派既联合又争斗的三家鼎立”之说。

考证，并不是多么轻松惬意的活儿，有时甚至特别枯燥乏味。要肯坐冷板凳，有一份材料，方可说半句话。披沙拣金，未必就处处见宝。“诗家语”不必当真，“春秋笔法”或有隐情。文史研究，要咬文嚼字地解读作品文本，要追踪蛛丝马迹般地破译史料文献。“以史证诗”，兴许柳暗花明，“以诗证史”，小心闹笑话。文史索隐，寻寻觅觅，滋味杂陈，酸甜苦辣。

古人曾提出“义理、考据、辞章”之说，这三位一体中，“考据”位置很重要，不可偏废。应该说，求真务实，摒弃空疏，这是扎实为学的基本功，或者说是文史研究的前提。受此启发，关于文学研究，我在拙文《释“文学是人学”》中，对自己提出了以下五个方面的原则要求：朴学之手段，人学之思维，文学之本位，美学之眼光，哲学之境界。

政治家、文学家与音乐家：傅玄考述

傅玄是魏末晋初重要作家之一，关于他的人生道路，我们作一个简要的概括。

他的一生大致可以分作三个阶段。第一阶段是孤贫读书与东观修史阶段；第二阶段是追随与心向司马昭阶段；第三阶段是任职武帝朝阶段。

傅玄字休奕，北地泥阳（今陕西省铜川市耀州区东南）人，生于建安二十二年（217）。其父傅幹时任丞相仓曹属，居于邺城。是年大疫，王粲、徐幹、陈琳、应玚、刘桢等“一时俱逝”。至此，建安文坛的黄金时光已转为美好的历史记忆。建安文学时期和太康文学时期，是魏晋两朝文学发展的两次高峰；盛后再盛，中间跨越了半个世纪的时空。泰始元年（265）西晋立国的时候，傅玄四十九岁，乃“大易”之数，亦近“知天命”之年。他这半个世纪的经历，恰好成了关联建安末期与太康前夕的一根无形纽带。尽管他咸宁四年（278）去世时距太康元年（280）还有两年，但从文学事业上说，他是领风气之先的人物，他无疑是太康作家群体的前驱。

据《晋书》本传记载：“（傅）玄少孤贫，博学善属文，解钟律。”又云：“玄少时避难于河内，专心诵学。”关于傅玄少年读书时期的情况，并无多少史料可以据以描述。《三国志·魏武帝纪》注引《九州春秋》，谓傅玄之父“终于丞相仓曹属”，如此说来，则傅幹未及曹丕代汉便卒。若其卒年在建安二十四年（219），则傅玄此时刚刚3岁。傅玄早孤，“少时避难于河内”，那么，他“专心诵学”，当是在母亲教导下自己为学，至于是否曾入于太学，便不得而知了。本传又云：“郡上计吏再举孝廉，太尉辟，皆不就。州举秀才，除郎中，与东海缪施俱以时誉选入著作，撰集《魏书》。”傅玄“以时誉选入著作”，入东观“撰集《魏书》”，并与韦诞、应璩等为同僚，其时在魏明帝景初三年（239）。这年初，魏明帝病故，养子曹芳登基，司马懿与曹爽奉遗诏辅佐朝政。其后，曹爽明尊司马懿，而暗夺其权，重用何晏、邓飏等玄学人物，司马懿“兽睡”十年。傅玄辑“七林”，拟“连珠”，以及创作以“善言儿女”著称的乐府诗，大致都在正始（240—249）时期及以前①。

齐王曹芳嘉平元年（249），傅玄入为司马昭参军。这一年正月，司马懿突袭剿杀曹爽集团，是为“高平陵之变”。四月，改正始十年为嘉平元年。傅玄在东观修史十年，始终未迁，“高平陵之变”后，傅玄获得了升迁的机会。此年秋季，他随安西将军司马昭进入关中，又至许昌（250），再入关中（253），复抵洛阳（254），其间亦参与了平王凌（251）和击东吴（252）等战事。到高贵乡公正元二年（255），傅玄追随司马昭长达七年之久。司马昭进位大将军并独揽朝政后，傅玄转为温县令。温县，地近京洛，又是司马氏的故乡。过了六年，迁为弘农太守，领典农校尉。元帝咸熙元年（264）三月，司马昭晋爵晋王，七月，傅玄被封为鹑觚男，返回洛阳。第二年八月，司马昭病卒，司马炎嗣位晋王。据《晋书·傅玄传》记载：“武帝为晋王，以玄为散骑常侍。”从正始十年（249）司马懿发动“高平陵政变”到咸熙二年（265）司马炎嗣晋王之位，十七年之间，傅玄官爵不断地

① 关于傅玄上述作品的产生年代可参看魏明安、赵以武《傅玄评传》（南京大学出版社1996年版）中有关考证推论。如：第297页推论认为《七谟序》“约写于曹魏正始年间”；第302页推论认为《连珠序》“此序的写作时间，亦当正始中，似早于《七谟序》”，“此序论的是几位东汉文人写作《连珠》的情形……这应该是傅玄于东观修史时‘评断得失’的意见之一”；第335页推论认为“从用韵特点来看，《历九秋篇》必是曹魏时写成”，《苦相篇》、《明月篇》等几首乐府诗，大体上也可以确定“是傅玄于曹魏时期写成的作品，是年青时代所为”；第342页推论认为“《秦女休行》写于正始中”。

升迁。

咸熙二年（265）十二月，司马炎以晋代魏，改元泰始，傅玄晋爵鹑觚子，以散骑常侍加驸马都尉。泰始二年（266）九月，"（傅）玄及散骑常侍皇甫陶共掌谏职"，"俄迁侍中"①。泰始三年（267），因事与皇甫陶争言喧哗被有司所奏而免官。次年七月，起用为御史中丞。泰始五年（269）到咸宁元年（275），任太仆之职七年。咸宁元年六月到咸宁四年（278）六月，担任司隶校尉前后整整四年。由于在羊皇后之丧礼中争位骂座，再度免官。"寻卒于家，时年六十二。谥曰'刚'"，"其后追封清泉侯"②。

关于傅玄之人格精神，主要谈三个方面。

其一，抨击玄学，注重实际。

玄学思潮在魏明帝太和时期已经出现，到齐王曹芳正始年间达于极盛。傅玄对之不仅没有表现出什么好感，相反，对于玄学人物，他是有所讥讽的。正始年间，玄学界有一个重要的命题是：圣人无情。"何晏以为圣人无喜怒哀乐，其论甚精。钟会等述之。"③ 何晏还宣称："凡人任情，喜怒违理。"④ 在上述裴注中又有这样的一段记载："正始中，黄门侍郎累缺。（何）晏既用贾充、裴秀、朱整，又议用（王）弼。时丁谧与晏争衡，致高邑王黎于曹爽，爽用黎。于是以弼补台郎。"此事发生在正始九年（248）。王黎、王弼两人关系原本很好，但王弼因"黎夺其黄门郎，于是恨黎"。王弼耿耿于怀，他的冤家却喜形于色："王黎为黄门侍郎，轩轩然乃得志，煦煦然乃自乐。傅子难之曰：'子以圣人无乐，子何乐之甚？'曰：'非我乃圣人也。'"⑤ 玄学家们一面力主"圣人之情，应物而无累于物"之说，一面却干禄求利，斤斤计较，岂非"凡人任情，喜怒违理"耶？傅玄难王黎，示以

① 《晋书·傅玄传》，见《二十五史》，上海古籍出版社、上海书店 1986 年版，总第 1396 页。

② 《晋书·傅玄传》，见《二十五史》，上海古籍出版社、上海书店 1986 年版，总第 1397 页。

③ 语见《三国志·魏书·钟会传》裴注，《二十五史》，上海古籍出版社、上海书店 1986 年版，总第 1162 页。

④ 《论语集解》。

⑤ 《全晋文》卷四十九《傅子》，见严可均《全上古三代秦汉三国六朝文》，中华书局 1958 年版，第 1742 页。

嘲讽；王黎答傅玄，报以自嘲。

对于玄学的反对态度，傅玄是始终一贯的。直到泰始初年，傅玄仍在上疏中指斥玄学风气带来的社会弊端：“臣闻先王之临天下也，明其大教，长其义节；道化隆于上，清议行于下，上下相奉，人怀义心。亡秦荡灭先王之制，以法术相御，而义心亡矣。近者魏武好法术，而天下贵刑名；魏文慕通达，而天下贱守节。其后纲维不摄，而虚无放诞之论盈于朝野，使天下无复清议，而亡秦之病复发于今。”[①] 他认为玄学思潮盈于朝野，风气大坏，而种种虚无放诞之论实有亡国亡天下的严重危害。所以他指出目前为政存在的问题有：“未举清远有礼之臣，以敦风节；未退虚鄙，以惩不恪。”傅玄的疏议得到了晋武帝的赞同，故“诏报曰：‘举清远有礼之臣者，此尤今之要也。’乃使（傅）玄草诏进之”。此后，傅玄累有疏奏，陈当务之急。如提出用人方面“不可不审得其人”，“臣不废职于朝，国无旷官之累，此王政之急也”；“为政之要，计人而置官，分人而授事，士农工商之分不可斯须废也”。又如言及农事得失、水官兴废以及安边御胡、政事宽猛之宜诸多方面，犹武帝答诏肯定的那样，“此诚为国大本，当今急务也”。傅玄并非出身豪门势族，他之所以赢得司马氏的护爱，累有升迁，一方面与司马氏篡权及立国需要大批士人的支持有关，另一方面也由于傅玄言事献策注重实际，非沾名钓誉、空谈义理的名士角色，因而晋武帝诏答傅玄曰：“所论皆善，深知乃心。”

其二，刚劲亮直，不容人短。

傅玄刚劲亮直的性格在西晋作家中是比较少见的。这种性格在他身上表现出既有可贵之处，同时也有不可取的地方。史书中的赞许之词曰：“（傅）玄天性峻急，不能有所容，每有奏劾，或值日暮，捧白简，整簪带，竦踊不寐，坐而待旦。于是贵游慑伏，台阁生风。”他尽心尽职的态度，比起两晋众多享天禄居高位而不婴世务、优容苟安、明哲保身的官场人物，确实要难

① 《晋书·傅玄传》，以下引文同，见《二十五史》，上海古籍出版社、上海书店 1986 年版，总第 1396—1397 页。

能可贵。并且，这种“心非其好，王公不能屈”① 的勇敢精神在其子傅咸那里得到了直接的继承。对于傅玄等的直谏敢言，晋武帝曾给予过鼓励：“二常侍恳恳于所论，可谓乃心欲佐益时事者也。而主者率以常制裁之，岂得不使发愤耶！二常侍所论，或举其大较而未备其目，亦可便令作之，然后主者、八坐广共研精。凡关言于人主，人臣之所至难。而人主若不能虚心听纳，自古忠臣直士之所慷慨，至使杜口结舌。每念于此，未尝不叹息也。故前诏敢有直言，勿有所距，庶几得以发懞补过，获保高位。苟言有偏善，情在忠益，虽文辞有谬误，言语有失得，皆当旷然恕之。古人犹不距诽谤，况皆善意在可采录乎！近者孔鼌、綦毋和皆案以轻慢之罪，所以皆原，欲使四海知区区之朝无讳言之忌也。”② 武帝诏中之“二常侍”指傅玄和皇甫陶两位领谏官之职的散骑常侍。此后不久，傅玄由散骑常侍迁升为侍中。

傅玄遭人非议的地方也不少。突出的有两件事：一是因为与皇甫陶在朝堂上彼此争论而被免官之事。《晋书》本传曰：“初，玄进皇甫陶，及入而抵，玄以事与陶争言喧哗，为有司所奏，二人竟坐免官。”此事发生在泰始三年（267）。二是因为在羊皇后丧礼中骂座被免官一事。《晋书》本传对此亦有记载：“献皇后崩于弘训宫，设丧位。旧制，司隶于端门外坐，在诸卿上，绝席。其入殿，按本品秩在诸卿下，以次坐，不绝席。而谒者以弘训宫为殿内，制玄位在卿下。（傅）玄恚怒，厉声色而责谒者。谒者妄称尚书所处，玄对百僚而骂尚书以下。御史中丞庾纯奏玄不敬，玄又自表不以实，坐免官。”此事发生于咸宁四年（278）。史书所载二事似乎在性质上须加以区别。前者与皇甫陶所争之事当属于朝政之事，二人或者各抒己见且又各不相让，故致“喧哗”。后者对谒者、尚书之“责”与“骂”则由于过分计较名分、地位，加之“自表不实”，恐终未免于自责自怨，故而免官后“寻卒于家”。骂座之事尤遭后人讥评，其如刘勰《文心雕龙·程器》、颜之推

① 《三国志·魏书·管宁传》注引傅玄语，见《二十五史》，上海古籍出版社、上海书店 1986 年版，总第 1110 页。

② 《晋书·傅玄传》，见《二十五史》，上海古籍出版社、上海书店 1986 年版，总第 1397 页。

《颜氏家训·文章篇》、王世贞《艺苑卮言》卷八，都以此作为典型的事例，来证明“自古文人多陷轻薄”，多有“瑕累”与“玷缺”。

史官评赞又云：“傅玄体强直之姿，怀匪躬之操，抗辞正色，补阙弼违，谔谔当朝，不忝其职者矣。及乎位居三独，弹击是司，遂能使台阁生风，贵戚敛手。虽前代鲍、葛，何以加之！然而惟此褊心，乏弘雅之度，骤闻竞爽，为物议所讥。”① 围绕傅玄刚劲亮直的个性，史臣从正反两个方面发了议论和感慨，既褒扬之，亦贬抑之，乃取实事求是的态度。傅玄“不容人短”，这种精神实不易得；但谁也不能因之以圣人的标准来要求傅玄，从而对他求全责备。“谔谔当朝，不忝其职”，在玄风盛行，唯通达调和是务的西晋时代，亦唯傅玄等少数诤臣直士能之！

其三，尊儒尚学，致力教化。

如前所述，魏晋之际，玄学风行，虚无放诞之论盈于朝野，儒家纲常礼教受到严重冲击。少数有识之士如傅玄者，一则从力挽世风之放逸难返的角度出发，再则从选择如何有效地维系司马氏新建政权和秩序的途径手段考虑，认为在思想统治、教化臣民方面，崇儒兴教乃应作为首选良策。所以他疏奏武帝曰：“夫儒学者，王教之首也。尊其道，贵其业，重其选，犹恐化之不崇；忽而不以为急，臣惧日有陵迟而不觉也。仲尼有言：‘人能弘道，非道弘人。’然则尊其道者，非惟尊其书而已，尊其人之谓也。贵其业者，不妄教非其人也。重其选者，不妄用非其人也。若此，而学校之纲举矣。”② 关于重儒贵学方面的主张建议，傅玄不时在他的奏疏当中提出，而作为他的比较系统的理论，读一读其《傅子》佚文，我们也同样能够获得非常深刻的印象。这一点，本文不拟专论。

尊儒尚学之思想，傅玄没有仅仅停留在奏疏和《傅子》中反复提倡和论说，傅玄更侧重的是把这种思想有意无意地贯穿和渗透到他的诗文创作实

① 《晋书·傅玄传》“史臣”评语，见《二十五史》，上海古籍出版社、上海书店 1986 年版，总第 1398 页。

② 《晋书·傅玄传》，见《二十五史》，上海古籍出版社、上海书店 1986 年版，总第 1396—1397 页。

践中去。从傅玄现存诗赋文章的思想内容来看，批判社会弊端，倡言礼义教化的作品，占有不小的比重。他在乐府诗创作方面用力不少，其中如《何当行》、《飞尘篇》、《白杨行》、《苦相篇》、《西长安行》、《昔思君》等篇，从不同的角度来揭示社会的不良现象。而如《秦女休行》、《车遥遥篇》、《怨歌行朝时篇》、《艳歌行有女篇》多赞扬女性的可贵品格，多属于妇德贞节方面的题材。其他倡言教化的诗作如《墙上难为趋》，是关于友德主题的；《短歌行》、《惟汉行》等，是关于临难赴义主题的；另外还有抨击虚妄游仙思想的作品，如《放歌行》。当然，歌功颂德也是傅玄诗歌的一个重要主题取向，这个倾向，不仅反映在他为司马氏新政权制礼作乐的数十篇郊庙歌辞中，甚至还出现在他少见的赠酬诗什中，如两首《答程晓诗》。

傅玄在司马氏政权中的位置，从他在晋武帝受禅时奉命制礼作乐之事可想而知。“及武帝受命之初，百度草创。泰始二年，诏郊祀明堂礼乐权用魏仪，遵周室肇称殷礼之义，但改乐章而已，使傅玄为之词。”① 又《晋书·乐志下》云：“及武帝受禅，乃令傅玄制为二十二篇，亦述以功德代魏。改《朱鹭》为《灵之祥》，言宣帝之佐魏，犹虞舜之事尧，既有石瑞之征，又能用武以诛孟达之逆命也。改《思悲翁》为《宣受命》，言宣帝御诸葛亮，养威重，运神兵，亮震怖而死也。改《艾如张》为《征辽东》，言宣帝陵大海之表，讨灭公孙氏而枭其首也。改《上之回》为《宣辅政》，言宣帝圣道深远，拨乱反正，网罗文武之才，以定二仪之序也。改《雍离》为《时运多难》，言宣帝致讨吴方，有征无战也。改《战城南》为《景龙飞》，言景帝克明威教，赏顺夷逆，隆无疆，崇洪基也。改《巫山高》为《平玉衡》，言景帝一万国之殊风，齐四海之乖心，礼贤养士，而纂洪业也。改《上陵》为《文皇统百揆》，言文帝始统百揆，用人有序，以敷太平之化也。改《将进酒》为《因时运》，言因时运变，圣谋潜施，解长蛇之交，离群桀之党，

① 《晋书》卷二十二《乐志上》，见《二十五史》，上海古籍出版社、上海书店 1986 年版，总第 1320 页。

以武济文，以迈其德也。改《有所思》为《惟庸蜀》，言文帝既平万乘之蜀，封建万国，复五等之爵也。改《芳树》为《天序》，言圣皇应历受禅，弘济大化，用人各尽其才也。改《上邪》为《大晋承运期》，言圣皇应箓受图，化象神明也。改《君马黄》为《金灵运》，言圣皇践祚，致敬宗庙，而孝道行于天下也。改《雉子班》为《於穆我皇》，言圣皇受禅，德合神明也。改《圣人出》为《仲春振旅》，言大晋申文武之教，畋猎以时也。改《临高台》为《夏苗田》，言大晋畋狩顺时，为苗除害也。改《远如期》为《仲秋狝田》，言大晋虽有文德，不废武事，顺时以杀伐也。改《石留》为《顺天道》，言仲冬大阅，用武修文，大晋之德配天也。改《务成》为《唐尧》，言圣皇陟帝位，德化光四表也。《玄云》依旧名，言圣皇用人，各尽其才也。改《黄爵行》为《伯益》，言赤乌衔书，有周以兴，今圣皇受命，神雀来也。《钓竿》依旧名，言圣皇德配尧舜，又有吕望之佐，济大功，致太平也。"① 对于司马氏代魏之功德，傅玄可谓极尽赞美之辞。这些歌辞，虽然多用之于庙堂，但如果首尾缀合起来，那么就意在描述司马氏三代创业、应运代魏的"光辉"史迹。这种谀颂歌辞的"史诗"性质，有助于让广大臣民在反反复复的歌舞视听中，不断培养和强化对一个新建政权的亲和感情。而从上述傅玄生活道路与人格思想倾向来看，司马氏挑选傅玄等制礼作乐，没有看错人，而傅玄也乐于并且有资格胜任这样的重大使命。

在中国历史上，傅玄的身份是政治家、文学家、音乐家。考察傅玄的生活道路与人格精神，有助于我们深入地了解傅玄的文学思想和艺术风格，有助于我们准确地把握傅玄文学实践的性质和倾向，有助于我们正确地评判傅玄文学事业的成败得失以及内在原因。总体上来讲，傅玄是一位兼具理性精神（教化精神）与文学精神（艺术精神）的作家和批评家。但是，傅玄由于独特的个性、鲜明的人生价值取向及对生活道路的选择，由于特殊而复杂

① 《晋书》卷二十三《乐志下》，见《二十五史》，上海古籍出版社、上海书店 1986 年版，总第 1323 页。

的身份，他的理性精神（教化精神）压倒了诗性精神（抒情精神），遵命文学意识、政治功利思想一再抑制原本勃发的艺术细胞的生长，因而他的文学精神（艺术精神）在一度高扬之后随着政治地位的升迁而有所弱化。

（原载《殷都学刊》2002 年第 4 期，有改动）

亦儒亦道：张华考论

在西晋历史上，不管在政界还是在文坛，张华无疑是一个重要人物。他的人生经历可以按西晋代魏以前时期、武帝时期、惠帝时期分作三个阶段。

张华字茂先，范阳方城（今河北省固安县）人。他小傅玄十五岁，生于魏明帝曹叡太和六年（232）。这个时候文坛十分地寂寞，几乎没有了声息：建安作家群体中有突出成就的最后一位诗人曹植卒于是年；喧哗纷扰的正始岁月还没有到来，此时阮籍二十三岁，而嵇康才九岁。不消说，这是魏晋文坛青黄不接，最为冷落萧条的时节之一。

张华之父张平虽然曾官魏渔阳郡守，但是名不见经传。史书记载："（张）华少孤贫，自牧羊。"① 可见张华与傅玄，其儿童时代皆遭父丧，都是单亲且贫苦家庭的孩子。如前所述，傅玄是竭力退虚鄙、崇实际的诤臣直士，他在上武帝之奏疏中提出："禹稷躬稼，祚流后世，是以《明堂》、《月令》著帝籍之制。伊尹古之名臣，耕于有莘；晏婴齐之大夫，避庄公之难，亦耕于海滨。昔者圣帝明王，贤佐俊士，皆尝从事于农矣。王人赐官，冗散无事者，不督使学，则当使耕，无缘放之使坐食百姓也。今文武之官既众，而拜赐不在职者又多，加以服役为兵，不得耕稼，当农者之半，南面食禄者

① 《晋书·张华传》，见《二十五史》，上海古籍出版社、上海书店 1986 年版，总第 1367 页。

参倍于前。使冗散之官农，而收其租税，家得其实，而天下之谷可以无乏矣。夫家足食，为子则孝，为父则慈，为兄则友，为弟则悌。天下足食，则仁义之教可不令而行也。”[①] 针对官制腐败，坐食百姓者盈朝，致使天下疲困的严重社会问题，傅玄鞭辟入里，一针见血。他的教化主张，并不只是针对黎民众庶而言，他对君臣百官一概要求很高。他要让艰苦朴素的作风在为政治国方面得到发扬光大。又据史书记载，张华“雅爱书籍，身死之日，家无余财，惟有文史溢于几箧”[②]。良好的家风能够熏染正人君子，所以，傅玄、张华虽然后来官阶拾级而上，地位不低，名望很高，总之早已摆脱了贫困，然而，在竞奢靡、斗豪富流为风气的西晋时代，他们竟然能够涅而不缁，实在称得上是极其难得而可敬可嘉的人格精神。

尽管张华少孤贫，自牧羊，但同郡乡人对他携引颇力。史载：“同郡卢钦见而器之。乡人刘放亦奇其才，以女妻焉。”[③] 卢钦乃当时之一名士，曹爽势力遭惨痛打击之后，他由于是曹爽故僚，所以在尚书郎任被免官。然而，对于名士，司马氏惯用恩威并施的手段，所以嘉平元年（249）“高平陵政变”后仅仅一年，太傅司马懿辟卢钦、阮籍等为从事中郎。刘放是涿郡（今河北省涿州市）人，建安十年曹操辟为司空军事，历主簿记室。魏文帝以刘放为中书监，加给事中，明帝即位，加散骑常侍，晋爵西乡侯。“正始元年，更加（刘）放左光禄大夫……金印紫绶，仪同三司。六年，（刘）放转骠骑（将军）。”[④] 嘉平二年（250），刘放去世，张华作有《刘骠骑诔》。这一年张华十九岁，显然至迟他在此年已经完婚。此后到司马氏代魏，张华的仕历大致如史书所述：“郡守鲜于嗣荐华为太常博士。卢钦言之于文帝，转河南尹丞，未拜，除佐著作郎。顷之，迁长史，兼中书郎。朝议

① 《晋书·傅玄传》，见《二十五史》，上海古籍出版社、上海书店 1986 年版，总第 1396 页。

② 《晋书·张华传》，见《二十五史》，上海古籍出版社、上海书店 1986 年版，总第 1368 页。

③ 《晋书·张华传》，见《二十五史》，上海古籍出版社、上海书店 1986 年版，总第 1367 页。

④ 《三国志·魏书·刘放传》，见《二十五史》，上海古籍出版社、上海书店 1986 年版，总第 1121—1122 页。

表奏，多见施用，遂即真。”[①]

在武帝朝，张华的仕历并非直线式的上升发展，而大抵以平吴作为前后分界的标志。

从入晋至平吴，张华之名望与官阶与日俱增。“晋受禅，拜黄门侍郎，封关内侯。华强记默识，四海之内若指诸掌。武帝尝问汉宫室制度，及建章（宫）千门万户。华应对如流，听者忘倦；画地成图，左右属目。帝甚异之，时人比之子产。”[②] 武帝初年的制礼作乐，除了前述傅玄任其职之外，另有张华、成公绥等。泰始五年（269），傅玄迁太仆，作《鼙舞歌诗》五首、《四厢乐歌》三首。张华作《王公上寿酒会举乐歌诗表》、《四厢乐歌》十六篇以及《冬至初岁小会歌》、《晏会歌》、《命将出征歌》、《劳还师歌》、《中宫所歌》和《宗亲会歌》等。成公绥迁中书侍郎，作《四厢乐歌》十六篇、《中宫》二篇。泰始七年（271），张华拜中书令，与荀勖依刘向《别录》整理记籍。泰始九年（273），张华加散骑常侍，作《正德舞歌》、《大豫舞歌》。咸宁五年（279），平吴方案经由羊祜、杜预、张华、晋武帝等少数几人，在力排贾充一派的多方阻挠之后，秘密谋划确定，张华被任命为度支尚书。咸宁六年（280），平吴一战，大获全胜，六十年的分裂局面终于复归一统。是年改元太康元年，举国欢呼，张华封广武县侯，封邑万户。

平吴之后，“（张）华名重一世，众所推服。晋史及仪礼宪章，并属于华，多所损益。当时诏诰，皆所草定。声誉益盛，有台辅之望焉。而荀勖自以大族，恃帝恩，深憎疾之。每伺间隙，欲出华外镇。会帝问华谁可托寄后事者，对曰：‘明德至亲，莫如齐王攸。’既非上意所在，微为忤旨，间言遂行。乃出华为持节都督幽州诸军事、领护乌桓校尉、安北将军”。[③] 齐王司马攸乃司马炎之弟，非其子也；张华的回答，并不是武帝所期待的。张华

① 《晋书·张华传》，见《二十五史》，上海古籍出版社、上海书店 1986 年版，总第 1368 页。
② 《晋书·张华传》，见《二十五史》，上海古籍出版社、上海书店 1986 年版，总第 1368 页。
③ 《晋书·张华传》，见《二十五史》，上海古籍出版社、上海书店 1986 年版，总第 1368 页。

出镇幽州的具体时间在太康三年（282），到太康六年（285），他被征还为太常。过了两年，“以太庙屋栋折免官。遂终（武）帝之世，以列侯朝见”①，未能再加重用。

武帝崩，惠帝立，以张华为太子少傅。不久，谋诛楚王玮，“华以首谋有功，拜右光禄大夫、开府仪同三司、侍中中书监，金章紫绶。固辞开府。贾谧与（贾）后共谋，以（张）华庶族，儒雅有筹略，进无逼上之嫌，退为众望所依，欲倚以朝纲，访以政事。疑而未决。以问裴頠。頠素重华，深赞其事。”“久之，论前后忠勋，进封壮武郡公。（张）华十余让。中诏敦譬，乃受。数年，代下邳王晃为司空、领著作。”“及（司马）伦、（孙）秀将废贾后，秀使司马雅夜告华曰：‘今社稷将危，赵王欲与公共匡朝廷为霸者之事。’华知秀等必成篡夺，乃距之。雅怒曰：‘刃将加颈，而吐言如此！’不顾而出。……是夜难作，诈称诏召华，遂与裴頠俱被收。……遂害之于前殿马道南，夷三族。朝野莫不悲痛之。时年六十九。”②

考察张华一生行迹，可以看到其人格特征的以下几个方面。

其一，才奇勋著，名高望重。

从学问方面说，张华是个很奇特的人物。他颇似术士而并非术士，未称科学家而实可谓一名准科学家。说他是位准科学家，是由于他对天文地理、历史政治、大千世界、人间百态的广泛兴趣，以及他勤于观察、善于思考、格物致知的认真态度。他的《博物志》，“载历代四方奇物异事”③，据史载，原有四百卷，武帝曾令其删繁取要。《隋书·经籍志》所载之十卷本，流传至今者早已残缺不全，而且错乱不堪。尽管如此，只要随意翻读，我们一定会惊叹他的这种兴趣和这种态度。如曰：“南海外有蛟人，水居如鱼，不废织绩，其眠能泣珠。”曰：“日南有野女，群行觅丈夫，状皛且白，裸袒无

① 《晋书·张华传》，见《二十五史》，上海古籍出版社、上海书店1986年版，总第1368页。

② 《晋书·张华传》，见《二十五史》，上海古籍出版社、上海书店1986年版，总第1368页。

③ 晁公武：《郡斋读书志》。

衣襦。”① 曰：“庭州灞水以金银铁器盛之皆漏，唯瓠叶则不漏。”曰：“龙肉以醯渍之，则文章生。”曰：“积油满万石，则自然生火。武帝泰始中武库火，积油所致。”② 曰：“今泰山出茯苓而无琥珀，益州永昌出琥珀而无茯苓。或云烧蜂巢所作。未详此二说。”曰：“女萝寄生菟丝，菟丝寄生木上，生根不著地。”曰：“堇花朝生夕死。”③ 曰：“圣人制作曰经，贤者著述曰传，郑玄注《毛诗》曰笺，不解此意。或云毛公尝为北海郡守，玄是此郡人，故以为敬。”④ 曰：“汉末发范友明冢，奴犹活。友明，霍光女婿。说光家事废立之际多与《汉书》相似。此奴常游走于民间，无止住处，今不知所在。或云尚在，余闻之于人，可信而目不可见也。”⑤ 曰：“水蛭三段而成三物。”⑥ 曰：“《白雪》是天帝使素女鼓五十弦曲名，以其调高，人和遂寡。”⑦ 曰：“以狗肝和土泥灶，令妇女孝顺。”⑧ 笔者本欲多引，以证《博物志》博物奇异之特点，然为了免于冗蔓，就此打住。不过，就上引文字可知，《博物志》中不乏“怪力乱神”之语，亦非啻多记“草木鱼虫鸟兽之名”，且略见其欲“究天人之际”的可贵精神。

检读史料文献，张华其人几乎给人一种神通广大的印象。关于这一点，我们不妨看一看《晋书》本传中的有关描述：“惠帝中，人有得鸟毛三丈以示华，华见惨然曰：‘此谓海凫毛也，出则天下乱矣。’陆机尝饷华鲊，于时宾客满座。华发器便曰：‘此龙肉也。’众未之信。华曰：‘试以苦酒濯之，必有异。’既而五色光起。机还问鲊主，果云园中茅积下得一白鱼，质状殊常，以作鲊过美，故以相献。武库封闭甚密，其中忽有雉雊。华曰：‘此必蛇化为雉也。’开视雉侧，果有蛇蜕焉。吴郡临平岸崩出一石鼓，槌

① 以上《博物志》卷二“异人”，见范宁《博物志校证》，中华书局1980年版，第24页。
② 以上《博物志》卷四“物理”，见范宁《博物志校证》，中华书局1980年版，第47页。
③ 以上《博物志》卷四“药物”，见范宁《博物志校证》，中华书局1980年版，第48页。
④《博物志》卷六“文籍考”，见范宁《博物志校证》，中华书局1980年版，第72页。
⑤《博物志》卷七“异闻”，见范宁《博物志校证》，中华书局1980年版，第86页。
⑥《续一切经音义》引《博物志》佚文，见范宁《博物志校证》，中华书局1980年版，第120页。
⑦《太平御览》引《博物志》佚文，见范宁《博物志校证》，中华书局1980年版，第130页。
⑧《本草纲目》引《博物志》佚文，见范宁《博物志校证》，中华书局1980年版，第141页。

之无声。帝以问华。华曰：'可取蜀中桐材刻为鱼形扣之，则鸣矣。'于是如其言，果声闻数里。初，吴之未灭也，斗牛之间常有紫气。道术者皆以吴方强盛，未可图也。惟华以为不然。及吴平之后，紫气愈明。华闻豫章人雷焕妙达纬象，乃要焕宿。屏人曰：'可共寻天文，知将来吉凶。'因登楼仰观。焕曰：'仆察之久矣，惟斗牛之间颇有异气。'华曰：'是何祥也?'焕曰：'宝剑之精，上彻于天耳。'华曰：'君言得之。吾少时有相者言，吾出六十，位登三事，当得宝剑佩之。斯言岂效与?'因问曰：'在何郡?'焕曰：'在豫章丰城。'华曰：'欲屈君为宰，密共寻之。可乎?'焕许之，华大喜。即补焕为丰城令。焕到县，掘狱屋基，入地四丈馀，得一石函，光气非常。中有双剑，并刻题。一曰'龙泉'，一曰'太阿'。其夕，斗牛间气不复见焉。焕以南昌西山北岩下土以拭剑，光芒艳发。大盆盛水，置剑其上，视之者精芒炫目。遣使送一剑并土与华，留一剑自佩。或谓焕曰：'得两送一，张公岂可欺乎?'焕曰：'本朝将乱，张公当受其祸。此剑当系徐君墓树耳。灵异之物，终当化去，不永为人服也。'华得剑，宝爱之，常置坐侧。华以南昌土不如华阴赤土，报焕书曰：'详观剑文，乃干将也。莫邪何复不至?虽然，天生神物，终当合耳。'因以华阴土一斤致焕。焕更以拭剑，倍益精明。（张）华诛，失剑所在。（雷）焕卒，子（雷）华为州从事，持剑行经延平津，剑忽于腰间跃出堕水。使人没水取之，不见剑，但见两龙，各长数丈，蟠萦有文章，没者惧而反。须臾，光彩照水，波浪惊沸，于是失剑。（雷）华叹曰：'先君化去之言，张公终合之论，此其验乎?'（张）华之博物多此类，不可详载焉。"

上引《晋书·张华传》所述诸事中，"得鸟毛三丈"一事又见之于《太平广记》卷一百九十七引《异苑》；"武库蛇化雉"一事又见之于《太平广记》卷一百九十七引《小说》；"蜀桐扣石鼓"事亦见之于《太平广记》卷一百九十七引《小说》；"剑失而见两龙"事除见之于《拾遗记》卷十外，还杂见于《太平御览》卷三百四十三引《雷焕别传》、《北堂书钞》卷一百二十二引《豫章记》、《艺文类聚》卷六十引《豫章记》、《初学记》卷二十四引《三十国春秋》。上述绝大多数描述纯属无根之谈。不过，对有些难解之谜，不妨切换切换思维方式来做些假说。比如说，好事者，甚至主人公，为了某种宣传效应，精心地杜撰、安排以及炒作“新闻事件”，从而可以达到广视听、布声誉之目的。邀名取宠，途径非一，自人类跨入文明社会的那一日始，智慧者先天生就如此基质。有显性的，也有隐性的；有良性的，也有恶性的。类似的情况，恐怕未必唯张华之时代仅有，西晋以前，西晋以后，现在，以及将来，都曾经或难免产生。问题在于专事修史者，树碑立传者，能否判断各种各样的笔记、别传、逸事状、墓志铭等所述事件的真实性，能否甄别真伪。事实上，连皇家兰台令都不容易做到这一步。唐修《晋书》，例如其中《张华传》，论者参阅之时，自不必全信之，然不妨深思之。种种神话传说，抛开其真实性与否不说，仅着眼于大量产生与广泛传播这一点，已经足以说明张华实非中人之才。鲁迅批评《三国演义》状诸葛孔明之神通类似妖，其实《封神演义》状姜子牙之神通亦不出此一畦径。类似妖，但不是妖，而其神通广大似乎不容怀疑。总之，从史传材料不难看出，张华在当时人们心目中几乎臻于传奇人物的地位。

从张华不凡的才学识力言之，张华犹如子牙、孔明式历史人物再世，他是一位可与成事亦赖以成事的不可多得的人物。至少，从西晋平吴之壮举中，我们能够认识到这一点。“初，（武）帝潜与羊祜谋伐吴，而群臣多以为不可，唯华赞成其计。其后，祜疾笃，帝遣华诣祜，问以伐吴之计。语在祜传。及将大举，以华为度支尚书，乃量计运漕，决定庙算。众军既进，而未有克获。贾充等奏诛（张）华以谢天下。帝曰：‘此是吾意，华但与吾同耳。’时大臣皆以为未可轻进，华独坚执，以为必克。及吴灭，诏曰：‘尚书、关内侯张华，前与故太傅羊祜共创大计，遂典掌军事，部分诸方，算定权略，运筹决胜，有谋谟之勋。其进封为广武县侯，增邑万户，封子一人为亭侯，千五百户，赐绢万匹。’”① 张华运筹帷幄之中，决胜千里之外。平吴

① 《晋书·张华传》，见《二十五史》，上海古籍出版社、上海书店 1986 年版，总第 1368 页。

大捷后，唯有张华封赏晋爵最优。既然张华如此般地才力非常、名高望重，那么也就难怪西晋朝一个个登宝座、弄权柄者，无论正邪人物都看中张华，志在必得，非拉他加盟入伙不可。否则，张华亦不可与并存：既不能为所用，则务必除之是为安泰。当然，鼠肚鸡肠，专权而不知惜才的杨骏例外："惠帝即位，以（张）华为太子少傅，与王戎、裴楷、和峤俱以德望为杨骏所忌，皆不与朝政。"[①] 赵王司马伦的做法是，苟非吾之所有，则毋宁毁灭之。显然，司马伦、孙秀之杀害张华，并不完全是为了计前嫌，乃有这样的深层因素在：一方面是因为张华又做了一次忠臣，拒绝合谋篡权，另一方面更因为张华是一位才力非常、名高望重的忠臣。

其二，亦儒亦道，弥缝补阙。

在名教与自然彼此争竞消长、玄风炽盛的文化环境之中，张华的人生价值取向是什么呢？围绕这个问题，我们来考察他的有关诗赋文章，并且考察他的政治行为和态度。

在太康作家群中，张华流存至今的作品，数量居中，不算很多。但有一点必须注意的是，他的作品思想并不完全是前后一贯的，某些作品思想主题甚至不能兼容。倘偏执一隅，不及其余，便不能真正读解张华。历来对于张华之评价，是非不一。赞赏者如明人安磐云："张茂先《励志》：'山不让尘，川不辞盈。……'又曰：'复礼终朝，天下归仁。''进德修业，晖光日新。'《三百篇》后，能以义理形之声韵以自振者，才见此耳。晋风浮荡不检，茂先以圣贤自励，可谓独立不群矣。史称其自少修谨造次必以礼度，有由然哉？"[②] 不难看出，张华的儒家人格精神比较突出。批评者则如明人谢榛云："张华《励志》诗曰：'甘心恬澹，栖志浮云。'竟以贪位被杀。郭璞《游仙》诗曰：'长揖当途人，去作山林客。'亦为王敦所杀。……予笔此数事，以为行不顾言之诫。"[③] 谢榛认为张华《励志》诗中流露了道家自然恬

① 《晋书·张华传》，见《二十五史》，上海古籍出版社、上海书店 1986 年版，总第 1368 页。

② 《颐山诗话》。

③ 《四溟诗话》卷一。

退思想，问题是“行不顾言”。同样是一首《励志诗》，其所表达的人生取向，竟如此抵触！亦同样针对这么一首《励志诗》，论者竟对张华得出了褒贬两反的评价。由此可见张华乃思想复杂且行为矛盾的人物。无怪乎当时便有人对张华其人困惑不解：“刘令言始入洛，见诸名士而叹曰：‘王夷甫太解明，乐彦辅我所敬，张茂先我所不解，周弘武巧于用短，杜方叔拙于用长。’”[①]“解明”，依《晋书·刘隗传》当作“鲜明”。刘讷字令言，曾官司隶校尉，他对诸名士如王衍、乐广、周恢、杜育等皆可理喻，唯有对张华捉摸不透。

《晋书·张华传》有云：“(张华）器识弘旷，时人罕能测之。”上述刘讷的困惑不解，进一步证明了张华个性品格方面的渊默玄远、含而不露特征。这一特征，与正始名士阮籍不无相似之处。事实上，张华与玄学界名士交往不少，这之中包括阮籍、王戎、王衍、裴颜等。史书记载：“(张华）初未知名，著《鹪鹩赋》以自寄。……陈留阮籍见之叹曰：‘王佐之才也！’由是声名始著。”[②]阮籍善为“青白眼”，嗜酒，爱清啸，向来“口不臧否人物”，然而张华竟能得其“青睐”，荣获“王佐之才也”之品鉴，殊为不易。张华《鹪鹩赋》中这样写道：“飞不飘扬，翔不翕习。其居易容，其求易给。巢林不过一枝，每食不过数粒。栖无所滞，游无所盘。匪陋荆棘，匪荣茝兰。动翼而逸，投足而安。委命顺理，与物无患。伊兹禽之无知，何处身之似智。不怀宝以贾害，不饰表以招累。静守约而不矜，动因循以简易。任自然以为资，无诱慕于世伪。”赋用比体，虽然描绘的是小鸟鹪鹩“无知”而“似智”的形象，其实作者欲以此品格自况，表现了“任自然以为资，无诱慕于世伪”的人生态度与行为方式。而这样的人生态度与行为方式，正是充满诗性精神的玄学家阮籍所企慕向往的。因此可以说，张华能得到阮籍的青睐，关键在于他们的人格精神存在共同之处。

对于玄学清谈，张华与傅玄的态度是并不相同的。傅玄是奋力抨击，而

① 《世说新语·品藻》。

② 《晋书·张华传》，见《二十五史》，上海古籍出版社、上海书店1986年版，总第1367—1368页。

张华是积极参与的。据《世说新语·言语》："诸名士共至洛水戏。还，乐令问王夷甫曰：'今日戏乐乎？'王曰：'裴仆射善谈名理，混混有雅致；张茂先论《史》、《汉》，靡靡可听；我与王安丰说延陵、子房，亦超超玄著。'"乐令指乐广，王夷甫即王衍，这是玄学界的两位清谈领袖。裴仆射指裴頠，《世说新语·赏誉》称："裴仆射，时人谓为言谈之林薮。"又刘孝标注云："《惠帝起居注》曰：'（裴）頠理甚渊博，赡于论难。'"[①] 这里须注意张华的僚友裴頠，他与张华一样，既积极参与玄谈，却也崇有，只不过裴頠更激进一些。当然，西晋玄学家们的总体特色有些相同，那便是口中津津乐道"虚无"二字，骨子里却都是"崇有"的。但所谓的"崇有"，又有性质上区别。如王衍、王戎者流，大体上属于自私的一派。王衍被俘以后，为苟生而劝敌酋称帝，然而胡人瞧不起这样的软骨头，还是把他杀了。临命之际，王衍方醒悟并反省往日深蹈"虚无"之误区，以至误己误国。裴頠、张华大概应划在为公者之列。裴頠虽然是外戚，与贾后乃姨表姐弟关系，但他从大局出发，密谋废掉贾后，可见其大义灭亲的精神。张华刃将加颈，亦不失"富贵不能淫，威武不能屈"的儒家忠臣风范。王安丰即王戎。如前所述，张华曾经得到过阮籍的延誉，虽然那还是魏晋禅代以前的往事，然而数十年之后，与张华游宴聚谈于洛水之滨的友人中仍有竹林七贤中人物。从上述《世说新语》所记乐令与王衍关于洛水之滨的游谈戏乐的对话可见，张华亦属于当时玄谈精英之列。

在张华的友人名录中，刘道真可能也是友人之一，或至少是张华推崇的人物之一。据《世说新语·简傲》之记载："陆士衡初入洛，咨张公所宜诣；刘道真是其一。陆既往，刘尚在哀制中。性嗜酒，礼毕，初无他言，唯问：'东吴有长柄壶卢，卿得种来否？'陆兄弟殊失望，乃悔往。"这位刘道真大概是个阮籍第二。张华之所以建议陆氏兄弟拜访他，无非希望他们从刘道真的风范中有所体悟，从而在今后的人生旅程中，能够注意调整自己。

---

① 见余嘉锡：《世说新语笺疏》，中华书局 1983 年版，第 430 页。

“平吴之役，利获二俊”，张华非常赏识陆氏兄弟，以为至宝。只是二陆初来乍到，事功心强，对中原玄风气候颇难适应，对张华之诚心深意亦未能吃透深味。故“失望”，“乃悔往”。

张华人生态度的“鷦鷯”式特性，曾一再导致他政治行为中的错失良机，令后人为之惋惜不已。突出的有两件事。一是裴頠建议废贾后事。“(裴)頠深虑贾后乱政，与司空张华、侍中贾模议废之而立谢淑妃。华、模皆曰：‘帝自无废黜之意，若吾等专行之，上心不以为是。且诸王方刚，朋党异议，恐祸如发机，身死国危，无益社稷。’頠曰：‘诚如公虑。但昏虐之人，无所忌惮，乱可立待，将如之何?’华曰：‘卿二人犹且见信，然勤为左右陈祸福之戒，冀无大悖。幸天人尚安，庶可优游卒岁。’此谋遂寝。”① 二是刘卞动员废贾后事。“及贾后谋废太子，左卫率刘卞甚为太子所信，每遇会宴，卞必预焉。屡见贾谧骄傲太子，恨之形于言色。谧亦不能平。卞以贾后谋问华，华曰：‘不闻。’卞曰：‘卞以寒悴，自须昌小吏受公成拔，以至今日。士感知己，是以尽言，而公更有疑于卞邪?’华曰：‘假令有此，君欲如何?’卞曰：东宫俊乂如林，四率精兵万人。公居阿衡之任，若得公命，皇太子因朝入录尚书事，废贾后于金墉城，两黄门力耳。’华曰：‘今天子当阳。太子，人子也。吾又不受阿衡之命，忽相与行此，是无其君父而以不孝示天下也。虽能有成，犹不免罪。况权戚满朝，威柄不一，而可以安乎?’”

上述两件事均发生在愍怀太子将废而未废之前。裴頠所说的“昏虐之人”，表面上专指贾后，实际上应兼指晋惠帝。惠帝是晋武帝长子，但先天弱智，武帝欲立之为太子的时候，曾有许多大臣加以反对。当初，张华也是反对者之一，他答晋武帝诏以武帝之弟齐王攸为可付之后事者。张华因此被武帝疏远，寻被出任方镇，征还不久又“以小事免官”②。武帝最终还是立他的大白痴儿子为太子。毫无疑问，这是导致西晋快速覆亡的第一个直接原

① 《晋书·裴頠传》，见《二十五史》，上海古籍出版社、上海书店1986年版，总第1364页。

② 《群书治要》引自臧荣绪《晋书》。

因。贾后即贾南风，贾充之女。她一方面大肆任用贾氏宗亲，与其侄贾谧把持朝政，一手遮天；另一方面利用诸王，内讧相残，大动干戈，国无宁日。贾后废掉并饿死了武帝杨皇后，废杀太子生母谢淑妃，直至最后谋害了愍怀太子。显而易见，贾后乱政是导致西晋灭亡的第二个直接原因。所以忠臣直士切齿扼腕。裴頠以及刘卞，一为朝中重臣，一为禁兵将领，他们先后与张华谋废贾后，实可谓天时地利人和，万事俱备，天赐良机，亦乃必行且可行的壮义之举。然而张华犹豫顾虑，错失良机，诚可谓千古恨事。

张华之犹豫顾虑，表明了他复杂深刻的思想矛盾。他“少自修谨，造次必以礼度”①，受儒家忠、孝、仁、义等传统思想的熏染不能说不厚重。他认为大臣擅废皇后、擅拥太子是不忠不孝，有违“礼度”的，“虽能有成，犹不免罪”。确实，无论在武帝朝，还是在惠帝朝，他都是从不违礼度的忠臣，最起码他是这样自我期待的。所以临刑时他还问司马伦手下曰：“卿欲害忠臣耶?”张华之“忠”的具体表现就是守成怕乱、弥缝补阙。议废皇太后的时候，百官大臣承望风旨，异口同声曰“亦宜废黜”，而唯张华敢于持不同意见。贾后设计诬陷太子，群臣“莫敢有言者”，“亦无敢言非者”，惟华谏曰：“此国之大祸！自汉武以来，每废黜正嫡，恒至丧乱。且国家有天下日浅，愿陛下详之。”“（贾）后知华等意坚，因表乞免为庶人。帝乃可其奏。”张华敢于谏诤，表明了他以社稷为重，尽忠尽职的儒家人格精神。然而，魏晋毕竟是玄学思潮广泛流播的时代，张华不仅深受熏染，亦早已介入其中。在他的政治行为中，他虽然不像明哲保身者那样唯唯诺诺，毫无原则性，但他的斗争精神也就止于谏诤。以暴烈的斗争方式，舍生取义，杀身成仁，他还做不到。患得患失，观望侥幸，以待时变，苟且求安，不能不说乃是机智的玄学家们因时推移、随遇适变心态在张华身上的具体反映。

总之，从济世用世方面讲，张华与坐食天禄、不婴世务之辈不可同日而

① 《晋书·张华传》，见《二十五史》，上海古籍出版社、上海书店 1986 年版，总第 1368 页。

语：武帝朝出谋划策，力主用兵，平吴大捷，张华功不可没；惠帝朝“尽忠匡辅，弥缝补阙，虽当闇主虐后之朝，而海内晏然，华之功也”[①]。这是能够反映张华积极的儒家人格精神的一个重要方面。然而，由于玄学思想对于他的同样深刻的作用力，张华任运自然、优游卒岁的人生态度，又对他的儒家进取精神发生了不可忽略的反作用力，所谓“随阴阳之开阖，从时宜以卷舒”，“时逍遥于洛滨，聊相佯以纵意”，“眇万物而远观，修自然之通会。以退足于一壑，故处否而忘泰”[②]，则纯然乎道家者流恬退任情、自然逍遥人生价值取向的公然表白。即此可见，亦儒亦道两面人格的奇妙统一，正是张华之所以“勇于赴义，笃于周急”[③]，却又“儿女情多，风云气少”[④]的深刻原因。把握住这一点，实际上也就抓住了读解张华的关键。

（原载《山西大学师范学院学报》2002 年第 1 期，有改动）

---

① 《晋书·张华传》，见《二十五史》，上海古籍出版社、上海书店 1986 年版，总第 1368 页。
② 张华《归田赋》，见严可均辑《全上古三代秦汉三国六朝文》，中华书局 1958 年版，第 1789 页。
③ 《晋书·张华传》，见《二十五史》，上海古籍出版社、上海书店 1986 年版，总第 1367 页。
④ 钟嵘《诗品》卷中“晋司空张华”条，见《历代诗话》，中华书局 1981 年版，第 11 页。

“抽簪解朝衣，散发归海隅”：张协考述

张协所走人生道路的过程与乃兄张载近似：先出仕，后退隐。这一点，从《晋书·张协传》所叙即可获得印象：“协字景阳，少有俊才，与载齐名。辟公府掾，转秘书郎，补华阴令、征北大将军从事中郎，迁中书侍郎，转河间内史。在郡清简寡欲。于时天下已乱，所在寇盗。协遂弃绝人事，屏居草泽，守道不竞，以属咏自娱，拟诸文士，作《七命》。……世以为工。永嘉初，复征为黄门侍郎，托疾不就，终于家。”就史传对张协的简述来看，所叙仕历之次第比较清楚，但关于征辟迁转的具体时间上，却几乎未能有一处给予明确的交代。

张协初仕之职为公府掾。公府指太尉、司徒、司空等三公之官署，属于中央一级的办公机构，掾乃佐助之职。陆侃如先生假定说：“以（张）载生年推之，协当生于二五五年左右。辟公府不知在何时，假定在转秘书郎前一二年，协年在二十五至三十间。”[①] 也就是辟公府掾假定在太康四年（283）。这比假定的张载咸宁元年（275）出仕晚了七八年时间。张协被辟为公府掾，当因为“少有俊才”之名。并且张协“与（张）载齐名”，可见他初

① 陆侃如：《中古文学系年》下册，人民文学出版社1985年版，第708页。

入仕途的时间不会很晚；或许咸宁年间，张协业已步入仕途。曹道衡、沈玉成先生《中国文学家大辞典·先秦汉魏晋南北朝卷》谓张协“约于武帝咸宁中辟公府掾”，这个推测较合于情理。但何时转秘书郎，也无依据可查，陆侃如先生将其“假定在补华阴令前一二年”①。即假定在太康六年（285）。至于补华阴（治今陕西省华阴市东南）令的时间，陆侃如先生“假定在迁征北从事中郎前一二年”②。即假定在太康八年（287）。限于史料，张协的这一段仕历目前也只能停留在“假定”阶段。

关于迁“征北大将军从事中郎”，陆侃如先生这样认为：“《晋书》卷五十五《张协传》：‘（迁）征北大将军从事中郎。’西晋为征北大将军者，惟卫瓘一人，在泰始末。时兄载尚未出仕，而协在为从事前已历三职，可证协非瓘从事。其后征北者，有杨济与和郁，惟无‘大’字。郁在永嘉初，显然太晚。杨济在太康十年及永熙元年，时间似正合，协当是济之从事中郎。”③陆侃如先生谓“西晋为征北大将军者，惟卫瓘一人，在泰始末”，这一结论不确。卫瓘在泰始七年（271）八月，以征东大将军为征北大将军，都督幽州诸军事，直到咸宁四年（278）冬十月，以征北大将军为尚书令。卫瓘为征北大将军长达七八年时间。西晋为征北大将军者，除卫瓘之外，还有司马颖。据《晋书·成都王颖传》，永宁元年（301）正月，赵王司马伦篡夺帝位。三月，成都王颖在征北大将军任，不久，与齐王司马冏等共诛司马伦。六月，以成都王颖为大将军、录尚书事，河间王司马颙为太尉。此前，司马颖因斥贾谧不让于太子，被出为平北将军，镇于邺城，继转镇北将军。唐修《晋书》之史臣曰：“景阳摛光王府，隶萼相辉。”④既曰“摛光王府”，则张协为从事中郎当在司马氏某王府中无疑了。综合上述情况来看，张协以任司马颖之从事中郎的可能性最大。曹道衡、沈玉成先生《中

① 陆侃如：《中古文学系年》下册，人民文学出版社1985年版，第713页。
② 陆侃如：《中古文学系年》下册，人民文学出版社1985年版，第719页。
③ 陆侃如：《中古文学系年》下册，人民文学出版社1985年版，第728页。
④ 《晋书》卷五十五《张载、张协、张亢等传赞》，见《二十五史》，上海古籍出版社、上海书店1986年版，总第1421页。

国文学家大辞典·先秦汉魏晋南北朝卷》谓张协于“惠帝永宁元年（301）或稍后，入征北大将军成都王颖府为从事中郎”，此说可从。

关于张协迁中书侍郎，陆侃如先生谓“事当在本年八月杨济入为太子太保时”①，即事在惠帝永熙元年（290）；关于张协转河间（治今河北省献县东南）内史，陆侃如先生将其“假定在迁中书侍郎后五年左右”②，即事在元康五年（295）前后；关于张协屏居草泽，作《七命》，陆侃如先生“假定在转河间内史后五年左右”，即事在永康元年（300）前后。如前所述可见，杨济并未有任职“征北大将军”的历史记载，那么，陆侃如先生关于张协仕历的多个“假定”所依据的关键前提已错，其多个“假定”自然也就不可信从。至于“复征为黄门侍郎，（张协）托疾不就，终于家”等事，据《晋书》本传谓在怀帝永嘉（307—313）初年。这是关于张协生平行迹记载中唯一有据可依的地方，不可不信。

如前所说，张协乃先仕后隐，就是说，张协的人生价值取向并不是始终一贯的。这便提示我们须对张协，包括相当一部分西晋士子如张协者之人格精神有进一步的考察与关注。

“（张）协见朝廷贪禄位者众，故为《咏史诗》以刺之”③。张协《咏史诗》云：“昔在西京时，朝野多欢娱。蔼蔼东都门，群公祖二疏。朱轩曜金城，供帐临长衢。达人知止足，遗荣忽如无。抽簪解朝衣，散发归海隅。行人为陨涕，贤哉此大夫。挥金乐当年，岁暮不留储。顾谓四座宾，多财为累愚。清风激万代，名与天壤俱。咄此蝉冕客，君绅宜见书。”据《文选》注引《汉书》曰：“疏广字仲翁，东海人也。明《春秋》，为太子太傅。兄子受，字公子，亦以贤良为太子家令。广谓受曰：‘吾闻知足不辱，知止不殆。今仕至二千石，功成名立，如此不去，惧有后悔，岂如父子相随出关，归老故乡，以寿命终，不亦善乎?’遂上疏乞骸骨。上以其年笃老，皆许

① 陆侃如：《中古文学系年》下册，人民文学出版社 1985 年版，第 735 页。
② 陆侃如：《中古文学系年》下册，人民文学出版社 1985 年版，第 757 页。
③ 《文选·咏史诗》六臣注引臧荣绪《晋书》。

之。加赐黄金二十斤，皇太子赐五十斤。公卿大夫、故人邑子，为设祖道供帐东都门外，送车数百辆，辞决而去。道路观者曰：‘贤哉，二大夫!’或叹息为之下泣。广既归乡里，日令家共具设酒食，请族人故旧宾客，与相娱乐。”疏广、疏受能“遗荣”，能“知止足”，张协称他们是“达人”。二疏叔侄，好端端地在朝为官，既未察觉皇帝或是太子疏远他们，亦未发现奸臣或是小人排挤他们，却忽然间“抽簪解朝衣，散发归海隅”，实令人颇以为怪。当然，“二疏”之远引自疏，并非他们陡然间的奇想创意。《文选》注引《孟子》曰：“如以朝衣朝冠，坐于涂炭也。”显然，“二疏”是记住了先贤的启示，而于寤寐之中豁然开窍了。

二疏“达人”之举，乃脱略社稷，居安思危的自我保护意识的正常心理反映，乃人之潜意识中生存哲学的流露外化。张协《咏史诗》云：“抽簪解朝衣，散发归海隅。”《文选》注曰：“钟会有《遗荣赋》。其云：‘散发抽簪，永绝一丘。’”钟会是正始玄学名士，也是一个口谈虚无而骨子里崇有的善于机变的人物。从《文选》注能够看出，张协早已将钟会《遗荣赋》背诵得滚瓜烂熟，非如此则不能娴熟自如地化别人的词句与观点为自己的辞藻和思想。此诗或作于张华、裴頠、石崇、潘岳、欧阳建、陆机、陆云等相继被杀以后，犹有可能乃针对张华被杀事件。当然，此诗还应该写于张协已经隐居之后，否则，自己犹在朝而含讽别人贪位就显得有些滑稽了。

张协终于隐居了。能及时抽身远引，其实也该划在“智士”之列，因为像汉代“二疏”那样的“达人”，本就是“智士”中的一类。只不过这类“智士”以守拙遗荣为代价，能换取洁身自好、守道不竞的雅誉。但终于还是失落了对于社稷民生的责任感，济世有为之志不能抱一而终。道家者流似乎是一个饰以“高士”桂冠的、比较特别的个人主义者流派。“无为”思想往往总是对个人有用，现在，“无为”思想又征服了一个张协。

张协隐居的环境，我们可以据其《杂诗》、《七命》等诗文予以勾画。“其居也，峥嵘幽蔼，萧瑟虚玄。溟海浑濩涌其后，嶰谷㟥嶆张其前。寻竹竦茎荫其壑，百籁群鸣笼其山。衡飚发而回日，飞砾起而丽天"①。他所隐居的地方不但是穷山僻谷，而且杳无人迹。这里看不到"明月松间照，清泉石上流"② 的明丽之景，也看不到"绿树村边合，青山郭外斜"③ 的静谧之象，更没有谁来"相见无杂言，但道桑麻长"④，这里分明是兵荒马乱年代避地伏窜之所在。张华、潘岳、陆机等太康群才实际都死于"八王之乱"。这一乱便十六年，还没有来得及喘息，又爆发了更大规模的血雨腥风、离散死亡的"永嘉之乱"。《晋书》本传谓："于时天下已乱，所在寇盗。协遂弃绝人事，屏居草泽，守道不竞。"对于史传的记载，我们从张协的诗赋文章中找到了虽是象征性的但也是直接的印证。由于这位"冲漠公子"并非"结庐在人境"，所以"徇华大夫"前来做出山动员时着实好一番寻寻觅觅。"冲漠公子，含华隐曜。嘉遁龙盘，玩世高蹈。游心于浩然，玩志乎众妙。绝景乎大荒之遐阻，吞响乎幽山之穷奥。于是徇华大夫闻而造焉。乃整云辂，骖飞黄，越奔沙，辗流霜。陵扶摇之风，蹑坚冰之津。旌拂霄堮，轨出苍垠。天清泠而无霞，野旷朗而无尘。临重岫而揽辔，顾石室而回轮。遂适冲漠之所居。"⑤ "冲漠公子"的隐居环境简直如洪荒远古岁月先民始祖的混沌朴野。或许这才是真正的回归。

在回归到这样的荒寂幽凄环境之后，张协开始了他的冲漠隐居生活。"结宇穷冈曲，耦耕幽薮阴。荒庭寂以闲，幽岫峭且深。凄风起东谷，有渰兴南岑。虽无箕毕期，肤寸自成霖。泽雉登垄雊，寒猿拥条吟。溪壑无人迹，荒楚郁萧森。投耒循岸垂，时闻樵采音。重基可拟志，回渊可比心。养真尚无为，道胜贵陆沈。游思竹素园，寄辞翰墨林。"⑥ 从前述史传文字看，张协隐居显然有避乱的目的，甚至此乃主要原因，但张协诗文对此几乎闭口

① 张协：《七命》。

② 王维：《山居秋暝》。

③ 孟浩然：《过故人庄》。

④ 陶渊明：《归园田居》。

⑤ 张协：《七命》。

⑥ 张协：《杂诗》十首之九。

不提。张协还有《泰阿剑铭》、《文身刀铭》、《把刀铭》、《露拍刀铭》、《长铗铭》、《短铗铭》、《手戟铭》。当年王粲、曹植都曾经应魏武之命而作如斯铭赞兵器的慷慨文章。自己亦抱不凡之志，欲折冲樽俎，决胜千里。然而毕竟是此一时，彼一时。先贤曾经说过："君子隐居以养真也。"① 现在我们看到，张协现存不多的铭、赋等几篇文章类作品，除《七命》写于晚年，其余均写于隐居之前。所剩不多的十几首诗，多数篇章都写于隐居之后。诗的节奏是不缓不迫的玄思，诗的主题是"养真尚无为，道胜贵陆沈"。《慎子》曰："道胜则名不彰。"又，郭象曰："人中隐者，譬如无水而沉也。"② 不求功不求名，养真无为，吟咏寄意吧。如此"游思竹素园，寄辞翰墨林"，盖如《晋书》本传所言，乃"以属咏自娱"也。

张协确实隐居了，自命为"冲漠公子"。他是否完全淡漠世事、彻底冲漠了呢？我们来看《七命》所写。"徇华大夫"登绝巘，溯长风，陈辩惑之辞，命公子于岩中。曰："盖闻圣人不卷道而北时，智士不遗身而匿迹。生必耀华名于玉牒，没则勒洪伐于金册。今公子违世陆沈，避地独窜。有生之欢灭，资父之义废。愁洽百年，苦溢千岁。何异促鳞之游汀泞，短羽之栖翳荟，今将荣子以天人之大宝，悦子以纵性之至娱。穷地而游，中天而居。倾四海之欢，殚九州之腴。钻屈毂之瓠，解疏属之拘。子欲之乎？"冲漠公子正有"惑"未"辩"，故曰："大夫不遗，来萃荒外，虽在不敏，敬听嘉话。"以下"徇华大夫"于是铺陈六事以为诱导，乃有呈妙音乐，有浩丽晏居，有壮观畋游，有稀世神兵，有天下隽乘，还有六禽珍珠、四膳异肴。徇华大夫铺张扬厉，滔滔不绝已命公子六事，但所陈种种，无一能使心动，冲漠公子的反应只有一句："余病未能也。"然而当徇华大夫陈辞颂赞"有晋之融皇风"时，语犹未了，冲漠公子"蹶然而兴"。且曰："鄙夫固陋，守此狂狷。……向子诱我以聋耳之乐，栖我以蔀家之屋，田游驰荡，利刃骏足，既老氏之攸戒，非吾人之所欲，故靡得应子。至闻皇风载韪，时圣道

① 曹植：《辨问》。

② 《文选·杂诗》注引。

醇，举实为秋，摛藻为春，下有可封之民，上有大哉之君，余虽不敏，请寻后尘。”从《七命》所设问答之辞，不难看出，张协素有济世用世之志，他向往“皇道焕炳，帝载缉熙，道气以乐，宣德以诗”，“缙绅济济，轩冕蔼蔼，功与造化争流，德与二仪比大”那样的盛世景象。所以，与其说“徇华大夫”终于说服了“冲漠公子”，还不如说，张协的社会理想本来就是这样。然而，理想终究是理想，现实毕竟是现实，于时天下已乱，还是以“无为”为贵。史书云：“永嘉初，复征为黄门侍郎，托疾不就，终于家。”①他放弃了黄门侍郎之征，依然隐居。

张协既非“圣人”，亦非“智士”。他终于成为“冲漠公子”。他曾经“徇华”，并且虽然隐退，但“徇华”情志仍未泯灭。

如果是彻底超脱了，真正冲漠了，那就其实用不着“辨惑”。然而，已经选择了隐居，却设问答之辞，假托“徇华大夫”进行思想开导，“陈辨惑之辞，命公子于岩中”，诲人不倦，反复开导，至于“七命”。如此，只能证明冲漠公子之心态并未彻底冲漠而至波澜不兴，仍不时泛起涟漪。他的济世用世思想与违世避地选择之间存在着难以真正调和解决的矛盾。这个思想矛盾迹象的流露，无疑证明了张协不是一个地地道道的隐士。他做不得“圣人”，也不愿做“智士”，只是为了苟全性命于乱世，努力地淡化功名意识，守道不竞，“冲漠卒岁”而已。张华亦儒亦道，晚年贪禄恋位，欲做忠臣却不能敢于作为，故患得患失，犹豫观望，唯思“优游卒岁”而已。张协与张华，一在野，一在朝，一似拙，一似智，然而相同之处一点就破，那就是明哲保身。

张协似儒似道，他以世事时事的变化作为调适自我心态的客观依据，并非固守坚执唯一的人生价值标准。他的人生取向与乃兄一样，亦取与时推移，随世俯仰的态度。张载《榷论》写于出仕之前，张协《七命》写于弃官之后。所能说明的一个共同点是，他们的建功立业、济世用世思想是大体

---

① 《晋书·张协传》，见《二十五史》，上海古籍出版社、上海书店 1986 年版，总第 1421 页。

上一致的。可以看出，张协人格精神亦受玄学人格之影响，只不过较之张载更深刻些、也更明显些罢了。

要产生一个张协，需要具备十分复杂的综合条件：抱负不凡，养真守道，调和适变的玄学思维，文学家的才力，还有画家的功夫。对于玄学、人学等学科而言，张协无疑是一个很好的研究对象，这里虽有所感慨，不过是随心所欲的一些点评发挥。对于文学、美学等学科而言，张协也是一个很好的研究对象，有关这些方面，留待以后的话题进行探讨。

（原载《山西大学学报》2002 年第 6 期）

躁竞不已与亲情无限：潘岳考论

从文学史上看，潘岳无论于人品还是文品方面，向来议论纷纭，他是一个受褒贬最多最复杂的人物。

潘岳（247—300），字安仁，祖籍荥阳中牟（治今河南省中牟县东），后徙居巩县[①]。祖父名瑾，曾官安平太守。父亲名芘，曾官琅琊内史。潘岳小张华十五岁，长陆机十四岁。卒年五十四，实亦人未尽才。

潘岳"少以才颖见称乡邑，号为'奇童'，谓终（军）、贾（谊）之俦也"[②]。他聪颖辩慧，刘勰称其"轻敏"、"敏给"[③]；他才华横溢，钟嵘赞曰"潘才如江"。

潘岳的人生之路大抵可以分作三个阶段。一是入仕以前时期（247—266），二是武帝时期（266—290），三是惠帝时期（291—300）。

少年时代的潘岳已经成为知名人士，他"总角辩惠，摛藻清艳，乡邑称为奇童"[④]，才十二岁时便得到了其父之挚友杨肇的赏识，且许以婚姻。

---

① 潘岳：《在怀县作》诗其二曰："眷然顾巩洛，山川邈离异。愿言旋旧乡，畏此简书忌。"《文选》李善注："巩、洛，（潘）岳父坟茔所在也。"《文选·西征赋》李善注引《河南郡图经》曰："潘岳父冢，巩县西南三十五里。"又《水经注》卷十五"洛水"曰："罗水又西北径袁公坞北，又西北径潘岳父子墓前，有碑。"潘岳父子墓皆在巩县境，则此为"旧乡"矣。

② 《晋书·潘岳传》，见《二十五史》，上海古籍出版社、上海书店1986年版，总第1418页。

③ 分别见刘勰《文心雕龙》之《体性篇》、《才略篇》。

④ 《文选·藉田赋》注引臧荣绪《晋书》。

对此，潘岳《怀旧赋》中回忆道：“余十二，而获见于父友东武戴侯杨君，始见知名，遂申之以婚姻。……余总角而获见，承戴侯之清尘。名余以国士，眷余以嘉姻。”潘岳少年扬名，荣膺“奇童”和“国士”两顶桂冠。不仅如此，他还赢得了名门“嘉姻”。未成年的潘岳，是一个实实在在的“幸运儿”。

潘岳年近弱冠，晋武帝立国，司马伦被封为琅琊郡王，潘岳之父潘芘担任琅琊（在今山东省临沂市北）内史，行太守之职。潘氏遂“徙家于琅琊”①。时孙秀于太守府中“为小史给岳，而狡黠自喜，岳恶其为人，数挞辱之，秀常衔忿”②。潘岳身为公子哥儿，“数蹴蹋秀，而不以人遇之”③，他与孙秀此间的结怨，竟为三十五年后遭灭门之灾种下了祸根。

泰始二年（266），潘岳被荀顗辟为司空掾，这一年，他二十岁④。从此，他踏上了仕途。在京都，他结交了夏侯湛。“湛幼有盛才，文章宏富，善构新词，而美容观。与潘岳友善，每行止同舆接茵，京都谓之连璧。”⑤夏侯湛长潘岳四岁。他们能够“喜同行”，“好同游”，关键处有二：一是皆少负盛名，富有文章才华；二是风华正茂，“并有美容”⑥，是洛阳的一道风景。

潘岳何时由司空掾转为太尉掾，史无明确记载，但他在司空掾之任可能时间很长。史传谓“岳才名冠世，为众所嫉，遂栖迟十年”⑦。荀顗之后为司空者有裴秀、郑袤⑧。泰始八年（272）七月，“以车骑将军贾充为司空”；

① 潘岳：《射雉赋》，见严可均《全上古三代秦汉三国六朝文》，中华书局1958年版，第1990页。

② 《晋书·潘岳传》，见《二十五史》，上海古籍出版社、上海书店1986年版，总第1419页。

③ 《世说新语·仇隙》注引王隐《晋书》。

④ 《文选·藉田赋》李善注引臧荣绪《晋书》：“弱冠，辟司空、太尉府，举秀才。”

⑤ 《晋书·夏侯湛传》。

⑥ 《世说新语·容止》。

⑦ 《晋书·潘岳传》，见《二十五史》，上海古籍出版社、上海书店1986年版，总第1418页。

⑧ 据《晋书·郑袤传》及《文选·潘岳·杨仲武诔》李善注引贾弼之《山公表注》可知，郑袤为荥阳开封人，封密陵元侯，生默，默女适杨潭。杨潭字道元，乃潘岳之妻弟。则郑袤为潘岳内弟之妻的祖父。

咸宁二年（276）八月，“司空贾充为太尉”[1]。潘岳《闲居赋》云：“仆少窃乡曲之誉，忝司空、太尉之命，所奉之主即太宰鲁武公其人也。”鲁武公指贾充。潘岳不提故主荀颉、裴秀、郑袤三位司空，当因为栖迟不得意之情绪。斟酌赋文句意，潘岳乃于贾充府中先为司空掾，咸宁二年转为贾充太尉掾。到咸宁四年，以太尉掾兼虎贲中郎将。由此推测，潘岳在贾充府为掾长达七年左右，但似乎未能受到重用。潘岳出为河阳（治今河南省孟县西北）令大约在咸宁五年（279）。河阳县属司州河内郡，在黄河北岸，对岸便是洛阳。《晋书》本传记载，潘岳在河阳时，识公孙宏，“爱其才艺，待之甚厚”。太康三年（282），潘岳由河阳转怀县（治今河南省武陟县西南），“驱役宰两邑，政绩竟无施。自我违京辇，四载迄于斯”[2]。太康八年（287），潘岳由怀县入为尚书度支郎，迁廷尉评。后因公事免职，闲居洛阳，复与二十多年前之旧友夏侯湛游处[3]。

武帝时期，潘岳先于洛阳为掾十余年，再出任河阳与怀县，“频宰二邑”，复入为尚书郎等职，又不久免职居闲。二十五六年之中，迁除徙免，栖迟蹭蹬，不是十分顺心。

惠帝时期，潘岳在仕途上则如履薄冰。永熙元年（290）五月以后，杨骏辅政，高选吏佐，引潘岳为太傅主簿。次年三月，杨骏被贾氏集团诛杀，僚佐从坐，潘岳赖河阳时所识故人公孙宏所救免死，但被除名。元康二年（292）五月，潘岳选为长安令，于是携老幼赴任，举家西征。此时潘尼为太子舍人，在洛阳为潘岳赠诗送行。元康六年（296），潘岳闲居洛阳，作《闲居赋》。赋云：“俄而复官，除长安令，迁博士，未召拜。亲疾，辄去官，免。自弱冠涉乎知命之年，八徙官而一进阶，再免，一除名，一不拜职，迁者三而已矣。”《论语》曰：“五十而知天命。”由赋文及《晋书》本

---

① 《晋书·武帝纪》。

② 潘岳：《在怀县作》其一。

③ 潘岳：《夏侯常侍诔》曰：“乃眷北顾，辞禄延喜。余亦偃息，无事明时。畴昔之游，二纪于兹。斑白携手，何欢如之。”偃息无事，乃指免官居闲洛都之时，此距泰始初之同游已时隔“二纪”。

传可知，潘岳任长安令之后曾被征补为博士，但未召拜，以母疾去官免职，写《闲居赋》时年已五十。这一年，石崇出镇徐州，在金谷园大会文士，潘岳、刘琨等参与其中，“或登高临下，或列坐水滨……遂各赋诗，以叙中怀”①，为一时盛事。元康七年潘岳在著作郎任，写有著名的《马汧督诔》，两年后又应诏作《关中诗》。这些诗文客观上揭露了镇边军府的腐败和错误的民族政策，其中对都督雍梁诸军事、征西大将军赵王司马伦亦寓讽刺之意。一年之后赵王伦杀害潘岳，显然含有报复解恨的意味。潘岳为著作郎之后又仕历散骑常侍和给事黄门郎两职，直到被杀。

永康元年（300）四月，赵王伦、梁王肜入废贾后，杀贾谧及其党羽数十人，并害司空张华、尚书仆射裴頠等大臣。赵王伦篡政以后，孙秀专擅生杀大权，潘岳于是惶惶然不可终日。据《世说新语・仇隙》记载：“孙秀既恨石崇不与绿珠，又憾潘岳昔遇之不以礼。后秀为中书令，岳省内见之，因唤曰：‘孙令，忆畴昔周旋不？’秀曰：‘中心藏之，何日忘之？’岳于是始知必不免。后收石崇、欧阳坚石，同日收岳。”又据王隐《晋书》记载：“石崇、潘岳与贾谧相友善，及谧废，惧终见危，与淮南王谋诛伦，事泄，收崇及亲期以上皆斩之。”② 综合以上材料，可见潘岳被杀的原因很多，很复杂：早年结怨于孙秀，此其一；所作《关中诗》等刺痛过赵王伦，此其二；长期投靠贾氏集团，此其三；贾氏集团倾覆后，自知不免，惧终见危，与石崇、欧阳建等欲有所为，图诛司马伦与孙秀，此其四。成者王，败者寇。潘岳以惨败告终。

潘岳的人格特征有以下两个突出表现。

其一，躁竞不已。

谓潘岳躁竞不已，指其“性轻躁，趋世利”③。此乃史传对他人格的盖棺论定之评，当然可条列事状数端：

---

① 石崇：《金谷诗序》。

② 《世说新语・仇隙》刘孝标注引。

③ 《晋书・潘岳传》，见《二十五史》，上海古籍出版社、上海书店 1986 年版，总第 1419 页。

事状之一是，“(贾)谧‘二十四友’，(潘)岳为其首”。虽然史家说陆机兄弟、刘琨兄弟、挚虞、左思、欧阳建等一大批文坛名流皆以文学降节事谧，但如潘岳那样地“谄事贾谧，每候其出，与(石)崇辄望尘而拜”，这在“二十四友”中究属典型，毕竟为多数有气节者所不齿，所不为。故“其母数诮之曰：‘尔当知足，而乾没不已乎？’而岳终不能改”[①]。乾没，义指贪求、贪得荣利富贵。顾炎武曰：“乾没大抵是徼幸取利之意。”[②] 得利为乾，失利为没，乾没不已者，正乃投机取巧、冒险侥幸、寡廉鲜耻之徒。谓潘岳“性轻躁，趋世利”，仅此一事状已足证史官之评价为允当。

事状之二是，“(贾)谧《晋书限断》，亦(潘)岳之辞也”。有文献载，“陆士衡以文学为秘书监虞濬所请，为著作郎，议《晋书》限断”[③]。由陆机仕历推断，潘岳为贾谧作《晋书限断议》当在元康八年[④]，其时潘岳、陆机二人均在秘阁著作郎之任。据《晋书·贾谧传》：“先是朝议立《晋书限断》……惠帝立，更使议之。谧上议请从泰始为断，于是事下三府。司徒王戎、司空张华……皆从谧议。……谧重执奏戎、华之议，事遂施行。”贾谧之议为众人所从，事遂施行。殊不知，谧之议乃岳之辞，潘岳为贾谧捉刀，充当了枪手。

事状之三是，“构愍怀之文，(潘)岳之辞也”。愍怀指惠帝太子司马遹，非贾后所出，年与贾谧相近。贾氏集团之所以要杀害太子，动机无非为专权擅政扫清障碍，绝除后患。不过，还有一个直接原因。惠帝痴愚，事事为贾后操纵，贾后权过人主，是未打起帝号的实际皇帝。贾谧既为贾后之侄，势焰炽盛，在东宫亦敢横行霸道，根本不把太子放在眼里，曾经受到成都王颖的呵斥。司马颖由此被赶出京洛，发遣邺都。太子危殆，任由宰杀。据《晋书·愍怀太子传》记载：“(元康九年)十二月，贾后将废太子，诈

---

① 《晋书·潘岳传》，见《二十五史》，上海古籍出版社、上海书店1986年版，总第1419页。

② 顾炎武：《日知录·乾没》。

③ 《初学记》卷十二。按，“虞濬”当为“贾谧”之误。

④ 陆机：《吊魏武帝文并序》：“元康八年，机始以台郎出补著作，游乎秘阁。”

称上不和，呼太子入朝。既至，后不见，置于别室，遣婢陈舞赐以酒枣，逼饮醉之。使黄门侍郎潘岳作书草，若祷神之文，有如太子素意，因醉而书之。令小婢承福以纸笔及书草，使太子书之。文曰：‘陛下宜自了，不自了，吾当入了之……’太子醉迷不觉，遂依而书之，其字半不成，既而补成之。后以呈帝。”太子于是被废于金墉城，不久被害于许昌。潘岳乾没不已，终于由文章之士堕落为野心家集团之鹰犬杀手。

潘岳躁竞趋利，成为“自古文人，多陷轻薄”[①]之论的典型例证。谓“多陷轻薄”，显然夸大其辞，轻薄者究属文人中之个别者，潘岳正是这个别者。事实上，人们众口一词地批评潘岳，并无意于枉陷斯人。“初，岳母诫岳以止足之道。及收，与母别曰：‘负阿母。’”[②]人之将死，其言也善。潘岳临命，方承认轻躁并忏悔于其母。潘岳人格有缺陷，史实清楚，毋庸为之护短。

儒家先圣曰：“贫而无谄，富而无骄。”[③]只是潘岳未能履行这一人生行为准则，他富贵时骄慢孙秀，贫贱时则谄事贾谧。当然，造成人格缺陷的罪恶之源不可不探而究之。潘岳早年轻浮轻率的行为方式，与他所处的家庭社会地位不无关系。尽管说他常常蹴踏挞辱孙秀，是由于“恶其为人”，但“不以人遇之”，实际上暴露了潘岳年轻时代就已根深蒂固的“人上人”之恶劣作风，而这正是他一辈子角逐名利场、躁竞不已的固在心埋基因。“学而优则仕”，“士之居世，以富贵为先”，传统的入世思想，作为代代相承的基因在潘岳身上获得显性遗传。时下的名利思潮，更在潘岳的心灵世界浊浪排空，膨胀发展。他长期为掾，“栖迟十年”，复“出为河阳令，以仕次宜为郎，不得意。时仆射山涛领选，岳内非之，密作谣曰：‘阁道东，有大牛。王济鞅，裴楷鞦，和峤刺促不得休。’”[④]尽管他所密题之《阁道谣》对

① 王世贞：《艺苑卮言》卷八引《颜氏家训·文章篇》。

② 《世说》卷八引王隐《晋书》，转引自《九家旧晋书辑本》，中州古籍出版社1991年版，第253页。

③ 《论语·学而》。

④ 《太平御览》卷四百六十五引王隐《晋书》。

不合理的吏政讽刺颇力，但同时也反映了他由于仕途上蹭蹬不遇而产生的躁竞心态。

潘岳人格沉沦，始自“知命”之年。元康六年（296），潘岳免官居闲，辄忆往昔。早年才名冠世，但为众所疾，而后故主杨骏被诛，己亦受牵连而除名，近来由长安迁补博士却未召拜，种种这些坎坷磨难，迫使潘岳对过去三十年的仕宦生涯进行总结，深刻反思：“岳尝读《汲黯传》，至司马安四至九卿，而良史书之，题以巧宦之目，未尝不慨然废书而叹曰：嗟乎，巧诚有之，拙亦宜然。顾常以为士之生也，非至圣无轨、微妙玄通者，则必立功立事，效当年之用。……自弱冠涉乎知命之年，八徙官而一进阶，再免，一除名，一不拜职，迁者三而已矣。虽通塞有遇，抑亦拙者之效也。昔通人和长舆之论余也，固谓拙于用多。称多则吾岂敢，言拙信而有征。方今俊乂在官，百工惟时，拙者可以绝意乎宠荣之事矣。太夫人在堂，有羸老之疾，尚何能违膝下色养，而屑屑从斗筲之役乎？于是览止足之分，庶浮云之志，筑室种树，逍遥自得。……此亦拙者之为政也。”① 一番反思中，指浮云而止足，似乎绝意乎宠荣之事了，然而他总结出了“为政”哲学中关于“拙”与“巧”的辩证法思想。于是，在其后仅剩的短暂的四年生涯中，弃“拙”取“巧”。他吸取经验教训，择木而栖，“谄事贾谧”，选择了一棵遮天蔽日的大树。但结果是弄“巧”成“拙”，失了晚节。

潘岳轻躁趋利，显然也有玄学“任自然”世风的严重浸染的因素。西晋玄学与正始玄学“任自然”思想存在着“质”的区别。正始时代的“任自然”重在追求精神自由，是求“无为”。西晋时代的“任自然”含义，大约可以用“存在即合理”一语来解释。“名教”在正始玄学家那里，被认为是与“自然”完全对立的，而西晋玄学家则出语惊人，宣称“名教即自然”。这样一来，“名教”与“自然”彻底融合，精神自由驱动行为自由，“无为”蜕变成“有为”。于是，这样的“任自然”思想，日益引导士人无

① 潘岳：《闲居赋序》。

所顾忌地追逐功名利禄，以至于使行为失德，寡廉鲜耻。这是一个时代的罪恶，潘岳是罪恶时代的牺牲品之一，他在文章之士的心态史上留下了脏污的一页。他虽然“才名冠世”，但由于日夕逡巡于个人私欲之圊池，缺乏曹魏时代文人以社稷民生为念的博大浩然情怀，因此，在文学实践方面，题材犹嫌仄浅，格调悲而不壮。潘岳正是“力柔于建安”的代表。

其二，亲情无限。

潘岳作品，其文今存六十一篇，诗今存十九首并残句。八十篇作品中，我们发现，“哀悼”性质的诗文几乎占了他全部作品的半数。这些作品，以其所哀悼对象的不同，又可以分作三类。一是哀悼皇室死者的文字，此一类可称为应酬哀文。二是哀悼故主故友等死者的文字，此可称作友情哀文。三是哀悼家人亲属中死者的文字，此为三类哀文中作品数量最多的一类，我们可以称这一类的作品为亲情哀文。由这一类作品，我们能够看到潘岳人格精神的又一面，看到潘岳对于亲属家人的无限深情。

在亲情哀文中，潘岳所哀悼的亲人有岳父、内兄、妻侄、姨侄、从姊、胞弟、胞妹、爱妻、弱子、娇女等。我们说潘岳一生是躁竞不已的一生，我们还应该说，潘岳一生是哀情无限的一生，是亲情无限的一生。

从潘岳的成长历史来看，潘岳的岳父杨肇对他有着深厚的知遇之恩。杨肇是荥阳宛陵人，在魏晋亦属显宦之族，他与潘岳之父为挚友世交。潘岳才十二岁便得到杨肇的赏爱，被其誉为“国士”，被指允为乘龙快婿。杨肇在荆州刺史任时，因受命援救东吴降将步阐而寡不敌众，结果为吴将陆抗所败，杨肇亦以此被免为庶人。咸宁元年（275），杨肇去世。这一年，潘岳二十九岁，他写了《杨荆州诔》和《荆州刺史东武戴侯杨使君碑》两篇哀文，为岳父的死及其生前的免官遭遇而伤痛不已。斗转星移，寒暑迭替，虽然杨肇已故去多年，但潘岳未尝一日而忘怀。太康八年（287），即杨肇死后之第十三年，潘岳由怀县入官洛阳，途经杨肇、杨潭（字道元）父子墓，作《怀旧赋》曰：“余十二而获见于父友东武戴侯杨君，始见知名。遂申之以婚姻，而道元公嗣，亦隆世亲之爱。不幸短命，父子凋殒。余既有私艰，且寻役于外，不历嵩丘之山者，九年于兹矣。今而经焉，慨然怀旧。……余总角而获见，承戴侯之清尘。名余以国士，眷余以嘉姻。自祖考而隆好，逮二子而世亲。欢携手而偕老，庶报德之有邻。今九载而一来，空馆阒其无人。陈荄被于堂除，旧圃化而为薪。步庭庑以徘徊，涕泫流而沾巾。宵展转而不寐，骤长叹以达晨。独郁结其谁语，聊缀思于斯文。”死者长已矣，而存者铭恩怀德，以至于累岁经年之后历经坟陇时犹徘徊庭庑，涕泫流而沾巾，不胜哀感。

由于杨肇生平最大的挫折和耻辱是败于东吴名将陆抗，因而如此不共戴天之仇结成宿怨，又传承于晚辈。从太熙元年（290）到永康元年（300），十余年间，潘岳与陆机几度成为同僚，而且皆为“二十四友”中人，然而，潘岳一直视陆机为冤家。据晁载之《续谈助》卷四引裴启《语林》记载：“士衡在座，安仁来，陆便起去。潘曰：‘清风至，尘飞扬。’陆应声答曰：‘众鸟集，凤皇翔。’”[①] 元康六年（296），陆机由吴王郎中令入为尚书中兵郎，潘岳在《为贾谧作赠陆机诗》中，仍然不失时机，讥辱语气溢于言表。陆机不卑不亢，亦在答诗中以牙还牙。潘江陆海之才，未能凝聚为共同开拓西晋文学事业的强大合力，而是致力于人格攻恶，貌合神离，泾渭分明，实为太康文坛上之一大憾事。冤冤相报无时了。不过，这个事实从一个侧面反映了潘岳亲情的持久与深挚。

潘岳十二岁时与杨肇女订婚，五十二岁时丧妻。四十余年中，伉俪相知相爱，情深意浓。潘岳有《内顾诗二首》，约写于十九岁随父在琅琊时，诗中抒发了两地相思之情。诗之一云：“静居怀所欢，登城望四泽。……漫漫三千里，迢迢远行客。驰情恋朱颜，寸阴过盈尺。夜愁极清晨，朝悲终日夕。山川信悠永，愿言良弗获。引领讯归云，沉思不可释。”诗之二云：“独悲安所慕，人生若朝露。绵邈寄绝域，眷恋想平素。尔情既来追，我心亦还顾。形体隔不达，精爽交中路。不见山上松，隆冬不易故？不见陵涧

① 转见金涛声点校：《陆机集》，中华书局 1982 年版，第 191 页。

柏，岁寒守一度？无谓希见疏，在远分弥固!”潘岳与杨肇女完婚约在咸宁元年（275），因而，《内顾诗二首》实际上是潘岳三千里外遥寄未婚妻的情诗。作者以诗代书，海誓山盟，表达了他对未婚妻坚贞的爱情和深刻的相思。从订婚到完婚，中间经历了十七度花开花落，而潘岳与杨氏这对情侣做到了矢志不渝，这在古今爱情史上都是很值得人们热情地唱赞歌咏的动人故事，尤其对于潘岳这个“奇童”、“国士”、因“妙有姿容，好神情”而常被洛阳女子萦手于道，投以花果的美男子而言。显然，十七年来潘、杨对爱情之花的辛勤浇灌与培养，正是婚后二十多年和谐幸福生活的坚厚感情基础。同时，也正由于潘、杨婚前牢固的爱情基础和婚后甜蜜的夫妻生活，所以丧妻之痛在潘岳才被表现得出乎常人的摧心断肠。潘岳悼念爱妻的诗赋文章，今所见者就有《悼亡诗三首》、《杨氏七哀诗》、《悼亡赋》、《哀永逝文》，竟有六篇之多。在中国文学史上来看，潘岳堪称创纪录的文学家。他最先创作了“悼亡”题材的文学，他由于难以节哀而创作了最多也最感人的“悼亡”文学。当然，这并非作者为了标新立异，也绝非矫情自饰之作，而是魏晋时代重情任情思潮，与潘岳痛失爱妻之情及“善为哀诔”之才，偶然却又强烈碰撞之后绽放的伤感忧郁之花。这堆祭献亡妻的花束，由百结断肠缠结而成，由碧血和泪凝结而成。

刘勰曰：“潘岳为才，善于哀文；然悲内兄，则云感口泽；伤弱子，则云心如疑。《礼》文在尊极，而施之下流，辞虽足哀，义斯替矣。”[①] 追根溯源是彦和探求文心的特点之一。《礼记·玉藻》云：“父没而不能读父之书，手泽存焉尔。母没而杯圈不能饮焉，口泽之气存焉。”《礼记·檀弓》云：“孔子观送葬者曰：‘善哉为善乎！……其往也如慕，其反也如疑。”《礼记》中所描述者乃孝子对于父或母之丧的感情与神态。刘勰认为，潘岳文辞写得够悲哀，但把用于尊者的文辞用于晚辈，则原来礼制的含义因此丧失了。

潘岳“悲内兄”之文今已无考，但“伤弱子”之诗与文今犹可见。诗

---

① 刘勰：《文心雕龙·指瑕》。

有《思子诗》，其云：“造化甄品物，天命代虚盈。奈何念稚子，怀奇陨幼龄。追想存仿佛，感道伤中情。一往何时还，千载不复生。”文有《伤弱子辞》，其曰：“惟元康三年春三月壬寅，弱子生，夏五月，余之长安。壬寅，次于新安之千秋亭。甲辰而弱子夭。越翼日乙巳，瘗于亭东。感嬴博之哀，乃伤之曰：奈何兮弱子，邈弃尔兮丘林。还眺兮坟瘗，草莽莽兮木森森。伊遂古之遐胄，逮祖考之永延。咨吾家之不嗣，羌一适之未甄。仰崇堂之遗构，若无津而涉川。叶落永离，覆水不收。赤子何辜，罪我之由。”潘岳之弱子，春三月生，夏五月卒，所谓“亭有千秋之号，子无七旬之期”①，生才两月便卒葬道边亭侧。潘岳至死无后，他在四十六岁时得子而子夭，这在潘岳来说，其打击何等沉重是可以想象的。又有《金鹿哀辞》，曰：“嗟我金鹿，天姿特挺。鬒发凝肤，蛾眉蛴领。柔情和泰，朗心聪警。呜呼上天，胡忍我门。良嫔短世，令子夭昏。既披我干，又翦我根。块如瘣木，枯荄独存。捐子中野，遵我归路。将反如疑，回首长顾。”以上三篇诗文，《伤弱子辞》当写于元康二年赴任长安途中，《思子诗》则为后来“追想”之辞，《金鹿哀辞》当写于元康八年妻亡之后。“良嫔”，犹谓贤妻。子夭于妻亡之前，而《金鹿哀辞》云“良嫔短世，令子夭昏”，可见“金鹿”是潘岳丧妻之后夭折之“令子”。从“鬒发凝肤，蛾眉蛴领。柔情和泰，朗心聪警”句意看，此“令子”当为娇女；从“既披我干，又翦我根。块如瘣木，枯荄独存”句意看，此“令子”当为仅存之“令子”。数年之间，潘岳祸不单行，既丧爱妻，并夭二子，正所谓既披其干，复剪其根。如此打击，对于任何人而言，精神必垮无疑。故潘岳哀辞曰：“捐子中野，遵我归路。将反如疑，回首长顾。”以此纪事叙情之句，已可见惨遭丧亲之痛的潘岳神思错乱，心态恍惚之状。此时诗人唯在抒情，非为创作，只在写实，焉庸旧典呢？刘勰谙于典故却不谅人情，他在指瑕潘岳哀文时，没有设身处地，所以未能体味到潘岳的无限哀情，无限亲情。

① 潘岳：《西征赋》。

在太康文坛上，潘岳是一个典型的抒情诗人，是一个特出的伤感诗人。他情多而略见气弱，情真而少饰藻彩，是一个诗性精神浓厚的文学家。坎坷踬顿、多灾多难的生活道路与屈服灾难、趋于世利的人生态度，使他成了“情多而气少”的一个代表。

（原载《漳州师范学院学报》2002 年第 3 期，略有改动）

安身而守正：潘尼考论

“太康之英”陆机有诗赞曰：“猗欤潘生，世笃其藻，仰仪前文，丕隆祖考。”① 这里的“潘生”指潘尼。显然，潘尼出生文章世家，其文学成就为当世所重。

潘尼字正叔，荥阳中牟（治今河南省中牟县东）人。祖父潘勖，他是否为潘岳之祖父潘瑾所生，无文献可征。潘勖担任过后汉东海相，建安末为尚书右丞，与王象、卫觊“并以文章显”②，著名的《册魏公九锡文》乃其创新体裁，为萧统《文选》收录，其文“铺张典丽，为一时大著作”③。潘尼之父潘满，曾任平原太守，“亦以学行称”④。潘尼生卒年不详，但《晋书》本传叙云：“永嘉中迁太常卿。洛阳将没，携家属东出城皋，欲还乡里，道遇贼不得前，病卒于坞壁，年六十余。”永嘉五年（311）六月，洛阳为刘曜所破。据此推测，潘尼当生于曹魏正始（241—249）后期。他是潘岳从侄，与潘岳年岁相近，关系也较密切，“坐则接茵，行则携手。义惟诸父，好同朋友”⑤。

---

① 《三国志·魏书·卫觊传》注引《潘尼别传》。

② 《三国志·魏书·卫觊传》。

③ （清）赵翼《廿二史札记》卷七。

④ 《晋书·潘尼传》，见《二十五史》，上海古籍出版社、上海书店 1986 年版，总第 1419 页。

⑤ 潘尼《赠司空掾安仁》。

潘尼初涉仕途的时间较早，而再登仕途时已人到中年。史传记载，他“初应州辟，后以父老归供养。居家十余年，父终。晚乃出仕”①。他何时初应州辟，史无明确记载。但我们已知潘岳被辟为司空掾是在泰始二年（266），其时潘尼有诗《赠司空掾安仁》云：“伊余鄙夫，秩卑才朽。……歧路多怀，赋诗赠行。”揣测诗意，潘尼初仕的时间比潘岳稍早一些。又据《晋书》本传，太康（280—289）中潘尼举秀才，为太常博士，历高陆（治今陕西省高陵县西南）令、淮南王允镇东参军。司马允于太康十年（289）十一月由濮阳王徙封为淮南王，假节之国，都督扬、江二州诸军事，为镇东大将军②。潘尼任其参军大约一年左右，元康初已拜太子洗马。显然，杨骏弄权及被诛这一段时期，潘尼远离了洛阳。但至迟于元康二年（292）五月已在东宫，时潘岳选为长安令，潘尼在洛阳为潘岳赋诗送行。潘尼为太子洗马数年后又出为宛（治今河南省南阳市）令，在任宽而不纵，恤隐勤政，厉公平而遗人事，颇有政声。其后入补尚书郎，俄转著作郎；此间正是陆机为尚书殿中郎、继为著作郎之时，二人于元康前期同侍东宫之后再度成为僚友。

惠帝永康（300）以后，诸王之乱进入高潮阶段，潘尼或进或退，时有依违。史传曰：“及赵王伦篡位，孙秀专政，忠良之士皆罹祸酷。尼遂疾笃取假，拜扫坟墓。闻齐王冏起义，乃赴许昌。冏引为参军，与谋时务，兼管书记。事平封安昌公。历黄门侍郎、散骑常侍、侍中、秘书监。永兴末为中书令。时三王战争，皇家多故，尼职居显要，从容而已。虽忧虞不及，而备尝艰难。永嘉中迁太常卿。洛阳将没，携家属东出城皋，欲还乡里，道遇贼不得前，病卒于坞壁，年六十余。”③ 从这一段文字分明可以看出，潘尼对诸王的依违态度略有不同。

潘尼之所以避赵王伦而赴齐王冏，原因很清楚，那就是伦、秀恣恶横

① 《三国志·魏书·卫觊传》注引《潘尼别传》。

② 参见《晋书》之《武帝纪》、《淮南王传》。

③ 《晋书·潘尼传》，见《二十五史》，上海古籍出版社、上海书店1986年版，总第1420页。

暴，滥杀忠良之士，其如张华、裴頠、欧阳建、石崇、潘岳等“皆罹祸酷”。潘尼“疾笃取假，拜扫坟墓”，不过借口托辞而已。陆机有诗《赠潘尼》曰：“遗情市朝，永志丘园。”潘尼有诗《答陆士衡》曰：“予志耕圃，尔勤王役。”在知进退方面，陆机不及潘尼机敏。没有远虑，必有近忧，赵王伦败亡，陆机横遭齐王冏之诬，果然身陷囹圄。确实，对于司马伦、孙秀这样的野心家、杀人狂，莫说依附，避之犹恐不及。何况潘岳之与潘尼，“义惟诸父，好同朋友”呢？潘岳一门的惨祸，毕竟也是潘氏宗族之莫大辱恨。所以，避伦赴冏，一则避免再罹祸酷，二则为了寻机报仇。赵王伦短祚，其擅权专政自永康元年（300）四月至永宁元年（301）三月，十数月而已。齐王冏矜功自伐，不知高揖远引，自然福禄难久，专权擅柄自永宁元年四月至永宁二年十二月，岁余而已。长沙王乂于永宁二年十二月杀齐王至永兴元年（304）正月为张方所杀，所谓辅政，亦十数月而已。潘尼迁职侍中时，已是永兴元年①。此前曾官历黄门侍郎、散骑常侍、侍中、秘书监。可见齐王、长沙王先后专政时，潘尼亦先后仕而迁职。

张方杀了长沙王以后，于当年十一月逼迫惠帝西迁长安，仓促间百官多未扈从，河间王颙遂于关中挟天子以令诸侯。洛阳、长安于是构成朝廷东、西二台。潘尼当留职于洛都。永兴二年（305）七月，东海王司马越兴师迎驾，次年“遣其将祁弘、宋胄、司马纂等迎帝”②，潘尼可能同行，所以赋《迎大驾》一诗。六月，惠帝由长安返洛阳，改永兴三年为光熙元年，为迎帝人员晋爵，潘尼为中书令当在此时。此间三王（成都王、河间王、东海王）战争不已，竞相挟持皇舆，百官颠沛，无可奈何。潘尼虽亦“备尝艰难”，然正所谓“从容而已”。怀帝永嘉（307—313）中，潘尼迁太常卿。刘曜入洛掠帝事发生于永嘉五年（311）六月。潘尼携家逃出洛都，但道中为贼所困，竟病卒于坞壁。

潘尼的人格精神主要有以下两个特点。

---

① 参万斯同：《晋将相大臣年表》，见《二十五史补编》。

② 《晋书·惠帝纪》。

其一，审友而定交，以著述为务。

在太康群才中，各人的交游态度与方式并不完全一致。但大致有两种情况：一类是交游较广，交游对象之身份地位较高的。张华亦儒亦道，其与玄学名士交游稍多一些。不过“（张）华性好人物，诱进不倦，至于穷贱，候门之士，有一介之善者，便咨嗟称咏，为之延誉”①。张华乐于携引后进，并非势利之人。陆机、陆云功名心切，又羁旅单宦，况一来俊才之名播于王侯，二来欲匡世难必所假借，故因之有“好游权门”之嫌。潘岳自以其才当署郎职，然长期栖迟幕府，踬顿县邑，其后攀附贾谧，竟为“二十四友”之首，那“望尘而拜”的姿态已成“乾没不已”者的典型形象，因而尤为人们所不齿。另一类是交游不多，较少攀结权贵的。傅玄是谠臣直士，交游既稀，奸佞更慑于其刚正，所以傅玄没有朋党。“三张”不仅与外界交往有限，即兄弟仨之间也似乎殊少传递信息。这与“二陆”兄弟、“两潘”叔侄决然不同。潘尼有赠潘岳诗三篇，陆机、陆云兄弟既有赠答诗什，又有书信往来，今存陆云《与兄平原书》竟有三十五篇之多。左思貌丑口讷，恐怕因此少登大雅之堂，又性格孤傲，颇以椒房自矜，虽乡国齐人亦不重之，《三都赋》撰成以后，讥訾纷起，几欲因人废文。虽说左思为贾谧“二十四友”之一，但左思一生其实很少交友。

潘尼交游情况大致属于第二类。当然，从人数多寡方面看，他的交游对象远比傅玄、“三张”、左思为多。这只要看一看潘尼的赠答诗数量，就会有此认识。潘尼之赠答诗什流存至今者有：《献长安君安仁诗》（十章）、《赠司空掾安仁诗》（十章）、《赠河阳诗》、《赠陆机出为吴王郎中令诗》（六章）、《答陆士衡诗》、《答傅咸诗》（并序）、《赠侍御史王元贶诗》、《赠长安令刘正伯诗》、《赠陇西太守张仲治诗》、《赠荥阳太守吴子仲诗》、《答扬士安诗》、《送卢弋阳景宣诗》、《送大将军掾卢晏诗》、《赠汲郡太守李茂彦诗》、《赠刘佐诗》、《赠二李郎诗序》，统计一下，至有赠答诗篇十六首之

---

① 《晋书·张华传》，见《二十五史》，上海古籍出版社、上海书店 1986 年版，总第 1368 页。

多。以潘尼赠答对象分析，其所交往者为两类人物。一是守令掾属之类，名不见经传的下层人物，二是创作方面颇有才藻之名的文章之士。由此统计与分类情况，我们大致能够探知潘尼的交友态度与交游目的。

从交友态度看，潘尼乃持慎择友之态度。世人交友不乏趋于荣名利禄者，或者倾侧乎势利之交，或者驰骋乎当途之务，正所谓“朝有弹冠之朋，野有结绶之友，党与炽于前，荣名扇其后”。这种丑恶现象自曹魏正始迄于西晋元康尤为突出。潘尼既非浮华之人，亦不交浮华之友。关于交友原则和态度，他特别指出，“交不审则惑，行不笃则危”，“定其交而后求，笃其志而后行”，“不苟求也，求必造于义，不虚行也，行必由于正”，“定交而不求益，故交立而益厚”[①]。潘尼认为，交友应当审慎，应当避免浮华，应当摈弃荣名功利观念。众所周知，贾谧“二十四友”中人，显然大都代表了一定的政界身价和文坛地位。然而应该看到，潘尼不预其中，也应该与他鄙弃荣名、不屑钻营有关。毕竟潘尼与傅咸等亦非无名等闲之人，从才名声望诸方面比较，他们不会低次于如刘讷、崔基、杜斌、刘瑰、许猛、邹捷、陈眕、杜育、牵秀之辈。潘尼与傅咸交游，而傅咸犹承乃父傅玄之风范，为一刚直守正之士。

从交友目的看，潘尼倾向于以文会友，友于同好。潘岳与潘尼虽然是叔侄关系，但年龄相近，“义惟诸父，好同朋友”，而且“俱以文章见知”，可见他们之间诗文切磋应是交往方式之一。从潘尼今存三首赠潘岳诗来看，这一点是可以肯定的。泰始二年潘岳初入仕为司空掾，潘尼赠诗曰：“收迹衡门，旋轸上京……歧路多怀，赋诗赠行。”[②] 元康二年潘岳起为长安令，潘尼赠诗曰：“否泰靡常，变通有时……屏营怀慕，舒愤献诗。”[③] 既有赠，当有答，既有献，当有酬，情感交流不应是单向的。又如《赠司空掾安仁诗》（十章）赞美潘岳“骋辞泉踊，敷藻云浮”，“终贾杜口，扬班韬翰”，《赠

① 潘尼：《安身论》。

② 潘尼：《赠司空掾安仁诗》（十章）。

③ 潘尼：《献长安君安仁诗》（十章）。

河阳诗》赞美潘岳"流声馥秋兰，摛藻艳春华"，等等，都特别从文章才华方面着眼，显见平日叔侄间这方面的共同语言不少。潘尼《赠二李郎诗序》曰："元康六年，尚书吏部郎汝南李光彦迁汲郡太守，都亭侯江夏李茂曾迁平阳太守。此二子皆弱冠知名，历职显要。旬月之间，继踵名郡，离俭剧之勤，就放旷之逸。枕鸣琴以俟远致。离别之际，各斐然赋诗。"这一篇诗序也从一个角度说明，潘尼交游之友多为诗友，"各斐然赋诗"被视为挚友情谊中最为灿烂生辉的时刻。史传记载，"（潘）尼尝赠陆机诗，机答之，其四句曰：'猗欤潘生，世笃其藻，仰仪前文，丕隆祖考。'"[①] 陆机答诗，正面夸扬潘尼的文学成就，并赞美其文章世家之辉煌。陆机"服膺儒术，非礼不动"，潘尼"性澹退，唯以著述为事"[②]，他们几度同僚，在长期的日常交往中，文学研讨切磋亦乃经常之事。陆云在《与兄平原书》三十五书之第四书中曾写道："一日，见正叔与兄读古五言诗，此生叹息欲得之。"这一则极有史料价值的文献材料告诉我们，潘尼与陆机、陆云兄弟一样，文学精神很强，他们的创作，完全是"有意而为之"，完全是自觉的文学行为。他们商略古今，探求真谛，"唯以勤学著述为事"[③]。他们之所以成为知己密友，一者因为他们都有着共同的可贵的君子人格，二者因为他们都有着共同的积极的文学精神。

其二，求安身保和，但全身而守正。

如果将潘尼与乃叔潘岳相比较，可以发现，他们在人生追求方面几乎持相反的观点。潘岳是"性轻躁，趋世利"[④]，躁竞不已；而潘尼则"性静退不竞"[⑤]，"机事无瑕，临疑不惑"，"穷不怨否，显不矜泰"[⑥]。其《安身论》、《怀退赋》等文章集中表述了潘尼的人生价值观念。

---

① 《三国志·魏书·卫觊传》注引《潘尼别传》。

② 《艺文类聚》卷四十八引臧荣绪《晋书》。

③ 《晋书·潘尼传》，见《二十五史》，上海古籍出版社、上海书店 1986 年版，总第 1419 页。

④ 《晋书·潘岳传》，见《二十五史》，上海古籍出版社、上海书店 1986 年版，总第 1419 页。

⑤ 《晋书·潘尼传》，见《二十五史》，上海古籍出版社、上海书店 1986 年版，总第 1419 页。

⑥ 潘尼：《益州刺史杨恭侯碑》，见《全上古三代秦汉三国六朝文》，中华书局 1958 年版，总第 2005 页。

潘尼《安身论》立论曰："盖崇德莫大乎安身，安身莫尚乎存正。存正莫重乎无私，无私莫深乎寡欲。是以君子安其身而后动，易其心而后语。定其交而后求，笃其志而后行。"以潘尼之思想分析，崇德是目的，是人生精神追求的目标；安身是效果，是人生至善至高修养境界的直接体现；存正、无私、寡欲是人生行为方式方法的要求。

潘尼阐述其见解曰："然则动者吉凶之端也，语者荣辱之主也。求者利病之几也，行者安危之决也。故君子不妄动也，动必适其道。不徒语也，语必经于理。不苟求也，求必造于义。不虚行也，行必由于正。夫然，用能免或击之凶，享自天之祐。……忧患之接，必生于自私，而兴于有欲。自私者不能成其私，有欲者不能济其欲，理之至也。欲苟不至，能无争乎？私苟不从，能无伐乎？人人自私，家家有欲，众欲并争，群私交伐。争则乱之萌也，伐则怨之府也。怨、乱既构，危害及之。得不惧乎？"潘尼认为，自私、有欲必带来争伐，必萌构怨乱，必招致危害。因此，君子不妄动，不徒语，不苟求，不虚行；动必适道，语必经理，求必造义，行必由正；此乃存正、无私、寡欲的基本要求与实际表现，只有这样，才能达到"安身"之境界。

潘尼的"安身论"思想并不是为了特别建构某种君子人格，而重要的是基于对时代政治性人际生态的审视，和对于现实中无数次血的教训的总结。所以，他在要求君子人格的同时，进一步描写小人妄动苟求的丑态与惨剧："然弃本要末之徒，恋进忘退之士，莫不饰才锐智，抽锋擢颖。倾侧乎势利之交，驰骋乎当途之务。朝有弹冠之朋，野有结绶之友。党与炽于前，荣名扇其后。握权则赴者鳞集，失宠则散者瓦解。求利则托刎颈之欢，争路则构刻骨之隙。于是浮伪波腾，曲辩云沸。寒暑殊声，朝夕异价。驽蹇思奔放之迹，铅刀竞一割之用。至于爱恶相攻，与夺交战……大者倾国丧家，次则覆身灭祀。其故何邪？岂不始于私欲，而终于争伐哉？"潘尼如斯描画并非危言耸听。且不用例说杨骏擅柄悲剧与诸王内讧闹剧，只要对照贾谧及其"二十四友"兴衰史，对照他们的浮华鳞集与死亡星散，即可见潘尼的刻画何其入木三分，一针见血。

《安身论》最后提出并认为，“今之学者，诚能释自私之心，塞有欲之求，杜交争之原，去矜伐之态，动则行乎至通之路，静则入乎大顺之门，泰则翔乎寥廓之宇，否则沦乎浑冥之泉，邪气不能干其度，外物不能扰其神，哀乐不能荡其守，死生不能易其真，而以造化为工匠，天地为陶钧，名位为糟粕，势利为埃尘。治其内而不饰其外，求诸己而不假诸人。忠肃以奉上，爱敬以事亲。可以御一体，可以牧万民。可以处富贵，可以居贱贫。经盛衰而不改，则庶几乎能安身矣。”① 治内求己，忠肃爱敬，人格持恒，“经盛衰而不改”，这个要求不可谓不高。但潘尼阐证周详，不可置辩。

在“名教”与“自然”相争的玄学时代，潘尼“敢因虚以托谈，遂逡巡而造辞”②，他没有也不可能独立于玄学天地之外。然而，潘尼不像一般的玄学家那样为了玄而至于虚，因玄虚而矫饰沽名。他不过是“因虚”“托谈”，去饰求真，返虚为实。对于“名教”与“自然”，他筛选下两种重要的成分：一是老庄自然学说中的“齐万物”、“任运随化”思想，一是周孔名教学说中的“修齐治平”、“忠孝君臣”思想。潘尼任自然而不越名教，重名教而不斥自然；任自然而不放诞，重名教而不冬烘。更可贵的是，他重在接受玄学贵尚思辨、探究名实的思维方法，“必将通天下之理，而济万物之性”③。在玄学家们习用常见的融通适变思维惯性的作用力之下，潘尼边筛选，边糅合，于是生成了潘尼的乱世救生丸：“穷独善以全质，达兼利以济时。”④ 适应于西晋特殊政治形势与文化环境的影响和需要，潘尼改造了儒家者流“穷则独善其身”之旧说，从而在精神王国与生命大宝之间，很漂亮地维系了一根“名教”与“自然”得以勾连交通的纽带。

---

① 《全晋文》卷九十四，见严可均辑《全上古三代秦汉三国六朝文》，中华书局 1958 年版，总第 2003—2004 页。

② 潘尼：《怀退赋》，见严可均辑《全上古三代秦汉三国六朝文》，中华书局 1958 年版，总第 1999 页。

③ 潘尼：《安身论》。

④ 潘尼：《怀退赋》，见严可均辑《全上古三代秦汉三国六朝文》，中华书局 1958 年版，总第 1999 页。

潘尼的行为准则大致是以退为进，故能适变安身。此为玄学思潮自曹魏正始时代流行数十年以来，潘尼吐故纳新并加以应用实践的结果。

可以说，《安身论》一文是潘尼的人生哲学，是潘尼的行动指南。对照潘岳与潘尼各自人生道路后能够发现，潘岳尽管也于《秋兴赋》、《闲居赋》等诗赋文章中口称“止足”，侈谈“闲居”，但他言而无行，躁竞不已，乾没不已。潘尼则能够做到心口如一，言行不悖。他早年曾应州府之辟，后以父老而辞归供养，居家十余年，直至父终才再度出仕。这是他“爱敬以事亲”的实际表现。赵王伦专政时，滥杀忠良，潘尼远引避祸，躬耕陇亩，以求全身全质，这是他“不妄动”，“动必适道”思想的实践。河间王司马颙劫持惠帝，乘舆颠沛，东海王司马越纠合诸王三万甲士西向长安，讨伐司马颙，潘尼等奉命武装迎惠帝东还洛阳。虽然其时兵荒马乱，路途险恶，且有“深识士”告之曰“世故尚未夷，崤函方崄涩，狐狸夹两辕，豺狼当路立”[①]，但潘尼未尝知难而退。征途上既作《恶道赋》，又作《迎大驾诗》，写出了西晋少有的纪乱文学作品，吹出了西晋绮靡主旋律中苍凉的一两声变奏，这是他“达兼利以济时”，“忠肃以奉上”精神的体现。潘尼《安身论》曰：“达则济其道而不荣也，穷则善其身而不闷也。用则立于上而非争也，舍则藏于下而非让也。”由此看来，潘尼既非躁竞趋利之徒，亦非不婴世务之辈，他安身而守正，属于中庸中和人格。陈祚明《采菽堂古诗选》称潘尼文学创作之特色曰：“手笔高苍，情绪警切，而轨于雅正。”潘尼雅正之文风，一如其中和之人格。“风格即人”，此正所谓文品决定于人品。

（原载《江西财经大学学报》2002 年第 2 期，略有改动）

① 潘尼：《迎大驾诗》。

“太康之英”：陆机考论

关于陆机的生活道路以及创作，颇有一些谜案未能得到确切的解释。例如：陆机何时入洛？前后几次入洛？陆机与贾谧的关系怎样？与潘岳的关系怎样？与“二十四友”中其他成员的关系如何？对于陆机“好游权门”，“进趣获讥”的问题应该怎么看待？陆机《文赋》到底写于什么时候？等等。问题很多。有关疑案，我们将作专题探讨，这里重点讨论陆机的仕历与人格精神。

陆机一生，约略分作四个阶段：吴灭之前（261—280）；太康时期（280—290）；元康时期（291—299）；永康以后（300—303）。

对于元康九年（299）以前陆机的经历，笔者另文围绕其入洛次数与时间问题，进行了详细的考说。因而，此处主要论述永康以后阶段，关于此前三个阶段，仅作简单的概括。

陆机字士衡，吴郡华亭（今上海市松江区）人。其祖陆逊曾官东吴丞相，其父陆抗曾官东吴大司马。史载太康元年（280）吴灭时陆机二十岁，则其生年为魏景元二年（261）；他于晋惠帝太安二年（303）被成都王司马颖所杀，时年四十三岁。英年罹祸，人未尽才。

吴灭之前，陆机与昆弟分领父兵，为牙门将，有六七年时间（274—280）。吴灭当年，被俘至洛阳，次年归吴，闭门勤学，处而不仕。太康末入洛，应太傅杨骏之辟，为祭酒。永平元年（291），杨骏被诛，僚属从坐，陆机归吴。元康二年（292），应太子洗马之征。元康四年（294），出为吴王郎中令。元康六年，入为尚书中兵郎，转为尚书殿中郎。这其间曾"取急归吴"一次。元康八年（298），出尚书省入秘书省为著作郎。陆机在著作郎任的时间是从元康八年到永康元年，大约三年。永康元年（300）赵王司马伦诛贾氏、篡帝位以后，陆机直接卷入了诸王内讧与战乱之中。

元康元年（291）到元康九年（299）的九年期间，是贾氏集团把持朝政的时期，诸王各势力基本上都在贾氏的控制之下。陆机在这期间的官职变化大致属于正常的升补迁转。当然，这并不意味着贾氏治下无为安泰、熙熙而乐。相反，贾后乱政，恶贯满盈，令人发指。

贾氏为了专权，迫不及待地杀了太傅杨骏、重臣卫瓘，初废晋武帝杨皇后为庶人，随后将其活活地饿死；又用种种阴谋手段制造内讧，借刀杀人，除掉曾被先后利用过的汝南王亮、楚王玮；再屠杀太子母、太子妃、太子子；最终还是向太子下了毒手，先废之为庶人，复捶杀于许昌。人神共愤的时候，永康元年（300）四月三日，赵王司马伦用孙秀谋，包藏野心，矫诏敕三部司马："中宫与贾谧等杀吾太子，今使车骑入废中宫，汝等皆当从命，赐爵关中侯。不从，诛三族。于是众皆从之。"[①] 史书所谓陆机"豫诛贾谧功，赐爵关中侯"[②]，此便是真相本末。贾后杀了太子，陆机以太子故臣，作《愍怀太子诔》，斥贾后"牝鸡司晨，潜肆鸩毒"。赵王伦同时滥杀张华等忠臣，陆机为文以诔之，复作《咏德赋》以悼之[③]。废杀贾后事了，赵王伦"一依宣、文辅魏故事，置左右长史、司马、从事四人，参军十人"[④]，陆机之被引为相国参军，便在此时。史家谓陆机"好游权门，以进趣获讥"[⑤]，盖以此为证据之一。

① 《晋书·赵王伦传》。

② 《晋书·陆机传》，见《二十五史》，上海古籍出版社、上海书店 1986 年版，总第 1415 页。

③ 《晋书·张华传》，见《二十五史》，上海古籍出版社、上海书店 1986 年版，总第 1369 页。

④ 《晋书·赵王伦传》。

⑤ 《晋书·陆机传》，见《二十五史》，上海古籍出版社、上海书店 1986 年版，总第 1416 页。

赵王伦庸劣而贪冒，仍以辅魏故事不足效，竟至逼夺天子玺绶。据《晋书·陆机传》："赵王伦将篡位，以机为中书郎。"又据同书《惠帝纪》及《赵王伦传》所记载，伦将篡位，遣甲士入殿，晓谕三部司马，示以威赏，而无有敢违者。永宁元年（301）正月乙丑，赵王伦夺了帝位，软禁惠帝于金墉城，时尚书和郁、兼侍中散骑常侍琅琊王睿、中书郎陆机，跟随惠帝至金墉城下而返。

赵王司马伦坐帝位还未足三月，齐王司马冏、河间王司马颙、成都王司马颖等起兵逐杀司马伦，陆机险些做了赵王伦的殉葬品："伦之诛也，齐王冏以机职在中书，《九锡文》及《禅诏》疑机与焉，遂收机等九人付廷尉。赖成都王颖、吴王晏并救理之，得减死徙边，遇赦而止。"①

司马伦篡位，陆机毕竟为写《九锡文》与《禅诏》否？关于这个疑问，陆机分别向齐王、吴王、成都王呈有辩词。《谢齐王表》云："臣以职在中书，使命所出。而臣本以笔札见知，虑逼迫不获已，乃诈发内妹丧，出就第，云哭泣受吊。片言只字，文不关其间。"《与吴王表》云："禅文本草，今见在中书，一字一迹，自可分别。"上成都王之《谢平原内史表》云："臣本吴人，出自敌国……而横为故齐王冏所见枉陷，诬臣与众人共作禅文，幽执囹圄，当为诛始。臣之微诚，不负天地。仓卒之际，虑有逼迫，乃与弟云及散骑侍郎袁瑜、中书侍郎冯熊、尚书右丞崔基、廷尉正顾荣、汝阴太守曹武，思所以获免，阴蒙避回，崎岖自列。片言只字，不关其间。事踪笔迹，皆可推校。"由上述辩词可以看出这样几点：其一，陆机明白自己"职在中书，使命所出"的特别身份地位；其二，陆机、陆云等明白赵王伦的野心，担心参与篡位事必将速祸，因此皆"思所以获免"，考虑怎样才能回避篡位行为的介入，从而得以免罪；其三，陆机、陆云兄弟，"仓卒之际，虑有逼迫"，不得已而为下策，"乃诈发内妹丧，出就第，云哭泣受吊"，一个哭丧，一个受吊，假戏真演，荒唐狼狈；其四，"事踪"可推，

① 《晋书·陆机传》，见《二十五史》，上海古籍出版社、上海书店1986年版，总第1415页。

“笔迹”可校，“片言只字，不关其间”，“微诚”可见，“不负天地”。

简单地说，陆机实未曾参与赵王伦篡位事，齐王幽执之，实属枉陷，成都王、吴王“并救理之”，实是主持公道而已。当然，吴王是陆机之故主，成都王与吴王是同胞兄弟，而成都王的野心并不亚于赵王，从才望角度看，他知道陆机并不是一个于他无用的人物。尽管种种这些也都是不可否认的人际的与政治的因素与事实，但这些也实在与陆机是否参与篡逆一案，毫不相干。

陆机总算又闯过了一劫。“时中国多难，顾荣、戴若思等咸劝机还吴，机负其才望，而志匡世难，故不从。……时成都王颖推功不居，劳谦下士。机既感全济之恩，又见朝廷屡有变难，谓颖必能康隆晋室，遂委身焉。”[①]为了报恩，也为了匡济世难，陆机把自己完全卖给了成都王。永宁元年（301）六月，成都王颖为大将军、录尚书事，“颖以机参大将军军事”[②]。

齐王冏自以诛赵王伦有功，以大司马加九锡，辅政，不入朝见，坐拜百官，僭立官属，名号比之中宫，伺窥神器，无所畏忌。对此，河间王颙有表奏劾，陆机亦著《丞相箴》以刺。终于，永宁二年（302）十二月，齐王冏重蹈赵王伦之覆辙，被长沙王乂诛杀。是月改元太安元年。其时，成都王用陆机为平原（治今山东省平原县）内史。晋制，郡置太守，王国置内史，行太守事。

长沙王专权，诸王亦复愤愤不已。太安二年（303）八月，成都王颖与河间王颙起兵讨长沙王乂。“颖引兵屯朝歌，以平原内史陆机为前将军、前锋都督，督北中郎将王粹、冠军将军牵秀、中护军石超等军二十余万，南向洛阳。机以羁旅事颖，一旦顿居诸将之右，王粹等心皆不服。……十月，大将军颖遣将军马咸助陆机。戊申，太尉乂奉帝与机战于建春门。乂司马王瑚使数千骑系戟于马，以突（马）咸陈，咸军乱，执而斩之。机军大败，赴

① 《晋书·陆机传》，见《二十五史》，上海古籍出版社、上海书店1986年版，总第1416页。
② 《晋书·陆机传》，见《二十五史》，上海古籍出版社、上海书店1986年版，总第1416页。

七里涧，死者如积，水为之不流。”[①] 陆机所统大军，以惨败告终，而挟私构隙者落井下石，诬其持两端，欲谋反，是以陆机竟亦以被成都王所枉杀且灭三族而告终。临刑，陆机怅然问天：“自吴朝倾覆，吾兄弟宗族蒙国重恩，入侍帷幄，出剖符竹。成都命吾以重任，辞不获已。今日受诛，岂非命也！”既而叹曰：“华亭鹤唳，岂可复闻乎！”遂遇害于军中，时年四十三。

陆机的惨败与被杀，原因很复杂。归结起来，似乎有这样几点。其一，诸王混战，连年杀伐，没有谁在为真理而战。况“亡国之余”，羁旅入宦，顿居群士之右，诸将不服，各怀异志。陆机虽曾固辞都督之重任，但成都王颖不许。军心不齐，即使取胜，亦属侥幸。其二，统率数十万人马，“列军自朝歌至于河桥，鼓声闻数百里，汉魏以来，出师之盛未尝有也”。颖谓机曰：“若功成事定，当爵为郡公，位以台司，将军勉之矣！”机曰：“昔齐桓任夷吾，以建九合之功；燕惠疑乐毅，以失垂成之业。今日之事，在公不在机也。”[②] 对于陆机，成都王期望值很高。陆机则确实过于“自负才望”，政治取向既欠斟酌，不够成熟，而功名心切，还缺乏玄学家兼军事家王戎那样的柔冲练达素质。并且虽说以三世为将，但这样规模的战争，陆机似乎还缺乏指挥若定的实战经验。倘能取胜，必为奇迹。其三，陆机兄弟向来不与小人为伍，树敌甚多，故奸佞小人寻机乘隙，阵前拆台，背后插刀。当此咎征否象，即令英雄气凌九霄，仍难免惨败与危亡。

陆机由吴入晋，罹祸异乡，似乎是匆匆地走完了他短暂的一生。循着他的人生步履，我们来审视他人格精神的这样几个方面：

其一，志气高爽，欲匡世难。

虽然说，陆机曾在《文赋》中提出了“诗缘情而绮靡”的著名诗学主张，并且他的行旅诗、思亲赋、怀土赋以及各种挽歌等，不免给人凄凄惨惨戚戚的感觉。然而，陆机其实不是一种文弱书生的形象，他“身长七尺，

① 《资治通鉴》卷八十五。

② 《晋书·陆机传》，见《二十五史》，上海古籍出版社、上海书店 1986 年版，总第 1416 页。

其声如钟”①，是一位魁梧慷慨之士。不仅如此，陆机还是一位志气高爽的豪士：“初，陆机兄弟志气高爽，自以吴之名家，初入洛，不推中国人士。见华一面如旧，钦华德范如师资之礼焉。华诛后作诔，又为《咏德赋》以悼之。”②

所谓“高爽”，即高洁豪爽，高傲豪迈之意，以唐太宗对陆机的品鉴言之，正是：“风鉴澄爽，神情俊迈。”③ 在魏晋时代，“高爽”，亦名士品藻中令人钦慕的气度风范。例如：“黄承彦者，高爽开列，为沔南名士。”④ 又如：“太原郭奕，高爽有识量，知名于时。”⑤ 这里的“高爽”名士，都给人超凡与脱俗的印象。个性高洁豪爽者又多怀远大的抱负与志向。例如：“（陈）登忠亮高爽，沉深有大略，少有扶世济民之志。”⑥ 又如：“（桓）温少有豪迈风气，为温峤所知。累迁琅邪内史，进征西大将军，镇西夏。时逆胡未诛，余烬假息，温亲勒郡卒，建旗致讨，清荡伊、洛，展敬园陵。”⑦桓温也是具有“高爽”气质的名士，据《世说新语·品藻》：“抚军问孙兴公：‘刘真长何如？’曰：‘清蔚简令。’‘王仲祖何如？’曰：‘温润恬和。’‘桓温何如？’曰：‘高爽迈出。’”桓温的气质颇有与陆机相似的地方，即既是高爽迈出、志向可贵的名士，也是一位多情感而好慷慨的名士：“桓公北征经金城，见前为琅邪时种柳，皆已十围，慨然曰：‘木犹如此，人何以堪！’攀枝执条，泫然流泪。”⑧ 从以上对于魏晋相关人物历时与共时的个性风度比较中可见，高爽之士具有某种共同的气质：杰出，脱俗，有抱负。

那么，陆机的抱负是什么呢？曰：志匡世难。

身仕乱朝，对于宦途风险，南金吴士的认识，大多是比较清醒的。其时

① 《晋书·陆机传》，见《二十五史》，上海古籍出版社、上海书店1986年版，总第1414页。
② 《晋书·张华传》，见《二十五史》，上海古籍出版社、上海书店1986年版，总第1369页。
③ 《晋书·陆机陆云传赞》，见《二十五史》，上海古籍出版社、上海书店1986年版，总第1417页。
④ 《三国志·蜀书·诸葛亮传》注引《襄阳记》。
⑤ 《晋书·阮咸传》。
⑥ 《三国志·魏书·陈登传》注引《先贤行状》。
⑦ 《世说新语·言语》刘孝标注引《桓温别传》。
⑧ 《世说新语·言语》。

张翰有人生格言曰："使我有身后名，不如即时一杯酒。"永宁元年（301），张翰偶入洛，被齐王司马冏辟为大司马东曹掾。然而，诸王战乱已由赵王伦永康元年（300）诛杀篡位正式拉开序幕，张华、裴頠、石崇、潘岳以及欧阳建等名士一时间惨遭屠戮。张翰无意仕进，因思故乡菰菜莼羹鲈鱼脍，叹曰："人生贵得适意尔，何能羁宦数千里以要名爵？"遂弃官归吴。不久，永宁二年（302）十二月，齐王冏重蹈赵王伦之覆辙，被长沙王乂诛杀。人皆谓张翰能"见机"。"时中国多难，顾荣、戴若思等咸劝机还吴，机负其才望，而志匡世难，故不从。"①

当然，陆机之所以不能如张翰那样任情洒脱、遗落功名，原因是复杂而深刻的。《世说新语·规箴》："孙皓问丞相陆凯曰：'卿一宗在朝有几人？'陆曰：'二相五侯，将军十余人。'皓曰：'盛哉！'"应该看到，陆氏由往日东吴望族而今被中土人士视为亡国之余，这种历史性变故造成心灵严重失衡以及巨大失落是可想而知的。吴灭以后，陆机总是竭力地甚至不惜一切地维护东吴故国和家世门第的崇高和优越。据《晋书》本传记载："又尝诣侍中王济，济指羊酪谓机曰：'卿吴中何以敌此？'答云：'千里莼羹，未下盐豉。'时人称为名对。"又据《世说新语·方正》记载："卢志于众坐问陆士衡：'陆逊、陆抗是君何物？'答曰：'如卿于卢毓、卢珽。'士龙失色，既出户，谓兄曰：'何至于此！彼容不相知也。'士衡正色曰：'我父、祖名播四海，宁有不知？鬼子敢尔！'议者疑二陆优劣，谢公以此定之。"卢志遭了陆机迎头痛击，耿耿于怀。太安二年陆机兵败被杀，江统、蔡克等众将数十人叩头流血，泣诉二陆之冤，固请赦免陆云，司马颖"迟回者三日"，"恻然有宥云色"②。然而正是卢志、孟玖等，"催令杀云"，劝说成都王颖将陆氏族而灭之。陆机不让于王济，不让于卢志，一再证明了他不甘于失落的高爽志气。因此，陆机"志匡世难"的思想深处，实际亦包含了志匡家国之难的情绪。太康元年平吴不久，武帝即诏有司，随才擢用东吴才士旧吏。

① 《晋书·陆机传》，见《二十五史》，上海古籍出版社、上海书店1986年版，总第1415页。

② 《晋书·陆云传》，见《二十五史》，上海古籍出版社、上海书店1986年版，总第1416页。

陆机之所以多年闭门退处而后才入洛仕晋，显然经过了长期的思想矛盾斗争。既然并非朝夕间的随机抉择，那么陆机的终于仕于敌国，虽然不能不说是为了功名，但恐怕还不只是为了一般意义上的功名。陆机曾在《豪士赋序》中讥刺齐王冏矜功自伐，受爵不让，不能超然自引，高揖而退。唐太宗于是议论曰：“炫美非所，罕有常安；韬奇择居，故能全性。观机、云之行己也，智不逮言矣。睹其文章之诫，何知易而行难?”[①] 陆机有相当多的诗赋文章抒写了他的生命忧患意识，但关于“盖世之业”[②]，他志在必取。既有所期待，当必然坚持。这一点，倘欲探究陆机而又浅尝辄止是极不易把握的。所以唐太宗《陆机陆云传赞》中某些议论殊难谓为的论。

陆机既为名门名将之后，家世门第的优越感，使他自视很高，因而他的高爽志气中还带有自负甚至高傲的色彩。“自以智足安时，才堪佐命，庶保名位，无忝前基”[③]。他的作品中，《汉高祖功臣颂》、《辨亡论》、《祖德赋》、《述先赋》一类的文章不在少数。如吴灭以后，“以孙氏在吴而祖、父世为将相，有大勋于江表，深慨孙皓举而弃之，乃论权所以得、皓所以亡，又欲述其祖、父功业，遂作《辨亡论》二篇”[④]。“二陆”不少诗文中，一方面自觉愧对先祖，一方面企求再创辉煌。作为名门之后，欲振兴家业门德之责任感成为深沉而坚强的意识，时刻起着驱动作用，欲以从头而作的“盖世之业”进一步证实其门第世德的光辉和伟大，此为陆机志气高爽的心理依据。初入洛，“不推中国人”，正是这种气度、心理的直接流露。其“自负才望”，又使他很少接受别人的劝告。如险途上乡人顾荣等劝其还吴，陆机不从；点将时好友孙惠劝其让帅位于得势小人王粹，陆机不听；辕门中副官孙拯劝其斩首有背景而气焰嚣张的孟超，陆机不能用。志气高爽，使陆机始终毕力而忘我地投入他所从事的功名事业之中，包括政治事业和文学事

① 《晋书·陆机陆云传赞》，见《二十五史》，上海古籍出版社、上海书店 1986 年版，总第 1417 页。

② 《豪士赋序》。

③ 《晋书·陆机陆云传赞》，见《二十五史》，上海古籍出版社、上海书店 1986 年版，总第 1417 页。

④ 《晋书·陆机传》，见《二十五史》，上海古籍出版社、上海书店 1986 年版，总第 1414 页。

业。自负才望，使陆机不能冷静对待周围人事，不能深思远虑潜藏的种种危机，因此，虽然“奋力危邦，竭心庸主”，然而“忠抱实而不谅，谤缘虚而见疑，生在己而难长，死因人而易促”①。总之，陆机特殊的人格精神，一定程度上左右着他特殊的命运。陆机的悲剧，某种意义上说，也是性格悲剧。

其二，服膺儒术，著书立言。

西晋是玄风炽盛的时代，纵情任诞更成为一个时代普遍的士人风度。然而陆机志气高爽，他的志趣表现出与当时玄风存在着相当的距离。史书称陆机“服膺儒术，非礼不动”②。考察陆机一生行迹可以看到，史家的这一评价是合乎实际的。

《晋书·陆云传》有一个离奇的故事，描述陆云赴洛途中夜遇正始玄学名士王弼幽灵的情节，且谓“云本无玄学，自此谈《老》殊进”。故事本身当然属于无稽之谈，然而虚构出这样的故事，无非说明玄学风潮对“二陆”产生了不可抗拒的影响。陆机为文“深而雅”，所谓“深”，不只是辞藻方面的特点，还反映了富于理思的特征。陆云“虽文章不及机，而持论过之”③。显然，陆氏兄弟皆长于谈辩。东晋葛洪很富有诗意地赞赏道：“诸谈客与二陆言者，辞少理畅，语约事举，莫不豁然，若春日之泮薄冰，秋风之扫枯叶。”④ 然而葛洪又曰：“陆君深疾文士放荡流遁，遂往不为虚诞之言，非不能也。”⑤ 由此可见，二陆玄学之底蕴功力不亚于当时谈客名流，但对那些夸夸其谈、不婴世务的所谓玄学名士，陆机兄弟却是深恶痛绝的。据《世说新语·简傲》记载：“陆士衡初入洛，咨张公所宜诣；刘道真是其一。陆既往，刘尚在哀制中。性嗜酒，礼毕，初无他言，唯问：‘东吴有长柄壶卢，卿得种来否?’陆兄弟殊失望，乃悔往。”刘道真名刘宝，嗜酒任诞，

① 《晋书·陆机陆云传赞》，见《二十五史》，上海古籍出版社、上海书店 1986 年版，总第 1417 页。
② 《晋书·陆机传》，见《二十五史》，上海古籍出版社、上海书店 1986 年版，总第 1414 页。
③ 《晋书·陆云传》，见《二十五史》，上海古籍出版社、上海书店 1986 年版，总第 1416 页。
④ 《北堂书钞》卷九十八引《抱朴子》。
⑤ 《北堂书钞》卷一百引《抱朴子》。

发言玄远。他的人生取向和行为方式都努力模仿正始玄学名士的风度。“长柄壶卢”正是所谓空而无当的东西，而刘道真竟然以此为急务。对于双飞东岳，远道赴洛以寻求功名的“二陆”兄弟而言，这次拜访显然找错了对象，因而“殊失望”，“乃悔往”。

细审“二陆”文集可见，他们的功名思想是积极的，不加掩饰的，对于政治事业、治国方略等，他们关注尤切，多著文讨论，表达见解。如《五等诸侯论》、《辨亡论》（上、下）、《汉高祖功臣颂》、《孔子赞》、《演连珠五十首》、《盛德颂》等，都集中于这方面的话题，但绝少见空谈玄理的诗赋文章。陆机担任主考官时，其策问纪瞻凡六事，然而无一涉及玄学之命题。总的来看，陆机不尚虚无，他追求事功，也算是生活实践中的崇有派的代表；他的行为准则是仁义礼智信，“服膺儒术，非礼不动”是其人格精神的重要内核。

陆机一生短暂，而著述甚多。陆云曾在《与兄平原书》中称陆机“文章，已足垂不朽”。又提到他们关于撰定史书的情事：“云再拜：诲欲定《吴书》，云昔尝已商之兄，此真不朽事，恐不与十分好书，同是出千载事。兄作必自与昔人相去。《辨亡》则已是《过秦》对事，求当可得耳。陈寿《吴书》有《魏赐九锡文》及《分天下文》，《吴书》不载。”“三不朽”思想是儒家者流人生观的一个重要组成部分。“太上有立德，其次有立功，其次有立言，虽久不废，此之谓不朽。”① 其与道家者流齐万物、等死生、不婴世务、遗落功名的人生观几乎是格格不入的。陆机少有异才，文章冠世，著书垂不朽是其人生追求的重要目标之一。他临终之日，曾以“子书”之未成为遗恨。关于此事，葛洪《抱朴子》曾有记载：“陆平原作子书未成，吾门生有在陆军中，常在左右，说陆君临亡曰：‘穷通，时也。遭遇，命也。古人贵立言，以为不朽，吾所作子书未成，以此为恨耳。’”②

撰著“子书”，不过是陆机立言不朽计划中的一部分。他的立言域很宽，

① 《左传·襄公二十四年》。

② 见《太平御览》卷六〇二引。

就可考知的著述来看，已有十数种：《陆机集》、《连珠》、《要览》、《洛阳记》、《晋纪》、《晋惠帝百官名》、《惠帝起居注》、《吴章》、《正训》、《纂要》、《吴书》以及《陆平原子书》等①。陆机的立言成就主要集中在史学与文学方面。

关于陆机史学方面的成就，学界历来注意不够。《晋纪》、《晋惠帝百官名》、《惠帝起居注》、《吴书》等皆属于历史著作。元康八年（298），“陆士衡以文学为秘书监虞濬所请，为著作郎，议《晋书》限断”②。《晋纪》可能就写于任著作郎时（298—300），其所叙写乃晋之三祖司马懿、司马师、司马昭的历史。《史通·外篇》曰：“晋史，洛京时著作郎陆机始撰《三祖纪》。”又，《内篇》曰：“陆机《晋纪》，列纪三祖，直叙其事，竟不编年。年既不编，何纪之有?”关于这个问题，陆机早作了回答：“三祖实终为臣，故书为臣之事，不可不如传，此实录之谓也。而名同帝王，故自帝王之籍，不可不称纪，则追王之义。”③ 西晋历史如何限断？以宣帝为上限，还是以武帝为上限？对晋之三祖是编之以纪，还是列之以传？这样的问题在武帝、惠帝时曾进行过多次广泛的讨论。然而直至今日，仍可以说，陆机的实践与回答富有创意，富有说服力，也尤其富有胆力。作为史官，对于重大的历史问题，陆机虽不无变通，但据之以名教之君臣纲常，原则性很强。从这里可以看出，陆机著书立言，主要以服膺儒术为思想基础。

关于陆机的文学成就，唐太宗李世民充满激情地赞美道：“文藻宏丽，独步当时；言论慷慨，冠乎终古。高词迥映，如朗月之悬光；叠意回舒，若重岩之积秀。千条析理，则电拆霜开；一绪连文，则珠流璧合。其词深而雅，其义博而显，故足远超枚、马，高蹑王、刘，百代文宗，一人而已。”④

① 详参拙文《“三张二陆两潘一左”著述考》，《安徽教育学院学报》2001年第2期。

② 《初学记》卷十二、《太平御览》卷二百三十四。按，“虞濬”或为“贾谧”之误，盖形近易讹。

③ 《晋书限断议》。

④ 《晋书·陆机陆云传赞》，见《二十五史》，上海古籍出版社、上海书店1986年版，总第1417页。

梁代钟嵘《诗品序》称“陆机为太康之英，景阳、安仁为辅”；梁太子萧统《文选》选陆机诗赋文章百十余篇[①]，居所有入选作家之冠。唐太宗文治武略，万世瞩目。而他作为一代帝国英主，于晋世群才中，唯对陆机情有独钟，在《晋书》列传中为《陆机传》御制传赞，堪称别具慧眼。钟嵘、萧统、李世民，皆可称为高瞻远瞩的文学史家，他们对陆机文学成就与地位的评价和确认，可谓恰如其分。

（原载《杭州师范学院学报》2004年第2期，略有改动）

① 萧统编《文选》收录陆机作品计诗18题35首，乐府17首，赋、颂、序、论、演连珠等59篇，合111篇（首）。《演连珠五十首》以1题50首计。

清正而文弱：陆云考述

陆云（262—303）字士龙，小陆机一岁。史传说他六岁便能写文章。当时东吴尚书闵鸿见而奇之："此儿若非龙驹，当是凤雏。"陆云少与陆机齐名，十三岁与诸昆分领父兵，为牙门将，十六岁被闵鸿举荐为贤良。

晋灭东吴，陆云十九岁。唐修《晋书》本传记载，陆云曾被刺史周浚召为从事，俄以公府掾为太子舍人，后出补浚仪令，寻拜吴王郎中令。那么，此数职各自的具体任职时间情况如何呢？可惜史书语焉不详。蒋方《陆机、陆云仕晋宦迹考》一文认为："周浚在太康初任扬州刺史，三年后入迁侍中，故陆云为周浚从事应在太康一、二年间"。"陆云有《征西大将军京陵王公会射堂皇太子见命作此诗》。京陵王公即王浑，太康元年论灭吴之功而由京陵侯进爵为公，转征东大将军（《晋书》卷四十二）。诗题中的'征西'，应作'征东'，诗中言'淮方'、'南浦'可为证。通检《晋书》，太康之后唯王浑有'征东大将军'之号。王浑在太康六年（285）正月由征东大将军入为尚书仆射（《武帝纪》），此后历司徒、录尚书事数职，元康七年（297）卒，不曾再任军事。在他之后，晋亦无征东大将军之任。故知此诗是为王浑而作，时间在太康六年以前，或许就作于在王浑奉调回京，于射堂礼宴之时，那就是太康六年初的事。诗题称'皇太子见命'，是陆云这时已为太子舍人。”“陆云何时从周浚从事转为太子舍人不得而知，但据此诗可知，太康五、六年时，他已在洛阳太子府中了。”“他何时从浚仪去官，尚不可知。从其任期不会太短的推测看，如果他在太康六年即出宰浚仪，任职两三年，去官当近太康末。”[①] 蒋方的考论有理有据，今从。

太康九年（288），武帝诏内外群官举清能，拔寒素。陆云自浚仪（治今河南省开封市）去官归吴以后，复与陆机同时入洛，“双飞东岳，扬辉上京”[②]。时间当在太康十年（289）。陆氏兄弟“并入洛”以后，陆机被杨骏辟为太傅祭酒，但陆云居何官职未详。不久，杨骏被贾后集团诛杀，僚属从坐，陆机归吴。陆云或同时，或此前归吴，“幽居玩物”，“发愤潜帷”[③]，当即此后之事。关于“二陆”或“三俊”“并入洛”之事，笔者另文专题考说，兹不赘述。

“二陆”归吴以后，元康二年（292）陆机赴洛任太子洗马，元康四年（294）出任吴王郎中令，元康六年（296）入为尚书中兵郎。陆云则居吴数年，“其兄已显登清朝，而弟中渐，婆娑衡门”[④]。

陆云为吴王郎中令，当在元康六年（296）以后，约有三四年时间。理由如下：

第一，《陆云集》卷九有上吴王书启数篇，就有关文字看，书启写于惠帝之时。《国起西园第表启》曰：“郎中令臣云言：伏见西园大营第室，虽未审节度丰俭之制，然用功甚严……臣窃见世祖武皇帝临朝渊嘿，训世以俭，即位二十有六载，宫室台榭，无所新营，屡发明诏，厚戒丰奢。国家纂承，务在遵奉。”晋武帝在位，起自泰始元年（265），终于太熙元年（290），前后共二十六年。

---

① 蒋方：《陆机、陆云仕晋宦迹考》，《湖北大学学报》1995年第3期。
② 郑丰：《答陆士龙诗序》。
③ 陆云：《赠郑曼季往返·高冈》。
④ 郑丰：《答陆士龙诗序》。

第二，书启写于其兄陆机离任吴王郎中令以后。《国起西园第表启》曰：“昔淮南太妃当安厝，臣兄［比下墨］机时为郎中令，从行。”文中“比下墨”三字不可解，当为衍文；或为“陸”之讹衍。既言“昔”，则说明其兄陆机已不在郎中令之任。

第三，书启大约写于元康九年（299）。《西园第既成有司启》曰：“郎中令臣云言：臣前启西园第宅宜遵先帝节俭之制，不宜使至丰丽，被命优隆，言归谦素。先帝背世，曾未十年，而俭德之亡，国为其首，此又所以慷慨酸心，而不敢不尽狂夫之谏者也。”武帝司马炎死于太熙元年（290），那么，“先帝背世，曾未十年”，说明书启当写于元康（291—299）末。

第四，陆云任吴王郎中令至少三年时间。《国人兵多不法启》曰：“郎中令臣云言：……臣忝窃非据，与闻国政。服事以来，荏苒三年。”

第五，陆云任吴王郎中令当紧接其兄离任之后，即始于元康六年。陆云《岁暮赋并序》：“余祇役京邑，载离永久。永宁二年春，忝宠北郡，其夏又转大将军右司马于邺都。自去故乡，荏苒六年，惟姑与姊，仍见背弃。”由永宁二年（302）上推六年，则时在元康六年（296）。

第六，陆云为吴王郎中令之任期下限当在永康元年（300）。因为吴王晏在此年秋被贬爵改封宾徒县王。

综合上述各方面情况可知，陆云任吴王郎中令应在元康六年（296）到永康元年（300）之间，至少三年。

永康元年到永宁二年，陆云任尚书郎、侍御史、太子中舍人、中书侍郎等职。仅仅二三年期间，朝廷频繁发生政变，如贾氏集团的覆灭，赵王伦的败亡，齐王冏的败亡等等，因此朝臣的职事变化亦较多较大。永宁二年（302）春，陆云任清河（今河北省清河县）内史，其夏，转成都王司马颖大将军右司马。第二年冬，因其兄陆机兵败遭族诛，被司马颖所杀。年四十二岁。

关于陆云的人生旅程，可通过下页之列表明其大概。

时间	年龄	事件	地点
景元三年（262）	1岁	祖逊，吴丞相，父抗，吴大司马	生于吴
泰始十年（274）	13岁	遭父丧，分领父兵，为牙门将	在吴
咸宁二年（276）	16岁	举贤良	在吴
太康元年（280）	19岁	东吴灭，为扬州刺史从事	在建业
太康五年（284）	23岁	在太子舍人之任约二三年	在洛
太康六年（285）	24岁	约在此年至太康末二三年中为浚仪令，后因郡守排挤弃官归吴	在浚仪
太康十年（289）	28岁	与陆机并入洛，“双飞东岳，扬辉上京”。但有何官职未详	赴洛
永平元年（291）	30岁	或与陆机同时，或此前已归吴	还吴
元康二年（292）	31岁	陆云居吴，陆机赴任太子洗马。“其兄已显登清朝，而弟中渐，婆娑衡门”	居吴
元康六年（296）	35岁	为吴王司马晏郎中令	在淮南
永康元年（300）	39岁	自此年至永宁二年任尚书郎、侍御史、太子中舍人、中书侍郎等	在洛
永宁二年（302）	41岁	是年春，为清河内史 是年夏，为大将军右司马	在清河 在邺
太安二年（303）	42岁	因陆机兵败受族诛，被成都王颖所杀	

陆云的人格精神主要表现为以下两个特点：

其一，为政清简正直。

陆云仕历时间较乃兄陆机稍长一些，史传称他“性清正”，有政绩。可作为典型事迹的如出任浚仪县令。“县居都会之要，名为难理。云到官肃然，下不能欺，市无二价。……于是一县称其神明。郡守害其能，屡谴责之，云乃去官。百姓追思之，图画形象，配食县社”①。陆云善于治理地方，竟至于令其上司嫉贤妒能，而百姓无比拥戴，为其立生祠。作为地方官，只有清廉正直才能赢得人心所向、众望所归。

陆云崇尚清简素朴的思想还反映在他于淮南担任吴王晏郎中令时期。吴王司马晏尝于西园大营第室，陆云上书曰：“臣窃见世祖武皇帝临朝拱默，

① 《晋书·陆云传》，见《二十五史》，上海古籍出版社、上海书店1986年版，总第1416页。

训世以俭，即位二十有六载，宫室台榭无所新营，屡发明诏，厚戒丰奢。国家纂承，务在遵奉，而世俗陵迟，家竞盈溢，渐渍波荡，遂以成风。虽严诏屡宣，而侈俗滋广。每观诏书，众庶叹息。……臣虑以先帝遗教，日以陵替……今与国家协崇大化，追阐前踪者，实在殿下。先敦素朴，而后可以训正四方。……凡在崇丽，一宜节之以制，然后上厌帝心，下允时望。"① 西晋竞富斗奢现象十分严重，自武帝泰始后期，中经咸宁、太康，至于惠帝元康，朝野上行下效，彼此标榜，几已形成不可逆挽的狂风浊浪，陆云则力挽狂澜，"不虑犯逆，敢陈所怀"，着实令人赞赏他的勇气。

陆云的清正又反映在他于邺都担任成都王颖之左司马时期。"颖晚节政衰，云屡以正言忤旨。孟玖欲用其父为邯郸令，左长史卢志等并阿意从之，而云固执不许，曰：'此县皆公府掾资，岂有黄门父居之邪！'玖深忿怨"②。孟玖职在黄门，陆云鄙之为"刑余之人"。而"成都王长史卢志，与机弟云趣舍不同"。陆云坚持原则，得罪奸党小人，孟玖"与（卢）志谗构日至"③。应该看到，陆氏兄弟不久横遭"夷三族"之祸，表面上看祸端在陆机河桥惨败，然而真正的祸因是，"二陆"志气高爽，守礼清正，不让于奸佞得势之徒，树敌甚多，故至于寡不敌众，邪恶毁灭了清正。

其二，为人文弱儒雅。

魏晋盛行人物品藻风气，对于"二陆"，当时及后来人亦多议其所谓"优劣"。那么孰优孰劣呢？陆云少与陆机齐名，并称"二陆"，后来扬名上京，张华称他们为"二俊"。据葛洪《抱朴子》："嵇君道曰：'每读二陆之文，未尝不废书而叹，恐其卷尽也。《陆子》十篇，诚为快书。其词之富者，虽覃思不可损也。其理之约者，虽鸿笔不能约也。观此二人，岂徒儒雅之士？文章之人也。'"④ 按，《陆子》乃陆云之著作，笔者另文有相关考述。

① 陆云：《国起西园第表启（宜遵节俭制）》，见黄葵点校《陆云集》，中华书局1988年版，第151页。

② 《晋书·陆云传》，见《二十五史》，上海古籍出版社、上海书店1986年版，总第1416页。

③ 《世说新语·尤悔》注引《陆机别传》。

④ 《北堂书钞》卷一百引。

“虽鸿笔不能约”之“约”，《意林》引作“益”，是。嵇氏认为“二陆”不只是“儒雅之士”，他们亦乃“文章之人”。这里有一点需要指出，“云文章不及机”，史传的这一评价符合实际，对于乃兄，陆云也常自叹莫如。但是，倘与晋初以来的诸文士相比较，陆云是赢得了一席之地的，所谓“二陆入洛，三张减价”，无疑是极有力的说明。因此，说陆云亦乃“文章之人”，是合于史实的。就文坛总体状态而言，尤其是这样。二陆皆将门之后，亦皆文章之人，张华称他们为“二俊”，应该即以此为立论依据，赞扬他们是兼文武之才。不过，若将陆云与陆机一对一相较，则陆云“文章不及机”之结论便无须争议了。借用刘勰之品评便可曰：“士衡才优”，而“士龙思劣”[①]。如此说来，“二俊”，仍有优劣之别。

葛洪《抱朴子》又云：“嵇君道问二陆优劣。抱朴子曰：‘吾见二陆之文百许卷，似未尽也。朱淮南尝言二陆重规沓矩，无多少也。”以朱淮南之言言之，二陆实无多少优劣之分，尤其在“重规沓矩”方面。又《陆云别传》曰：“云字士龙……儒雅有俊才，容貌瑰伟，口敏能谈，博闻强记。……年十八，刺史周浚命为主簿。浚常叹曰：‘陆士龙，当今之颜渊也！’”[②] 的确，在服膺儒术，循规蹈矩方面，二陆兄弟共同表现了儒家者流饱学多才而儒雅守礼的文士风度。《世说新语·赏誉》有这样的描述：“蔡司徒在洛，见陆机兄弟住参佐廨中，三间瓦屋，士龙住东头，士衡住西头。士龙为人，文弱可爱。士衡长七尺余，声作钟声，言多慷慨。”中国传统习俗认为，三间屋之三间主次有别，中间者谓明间，亦是供神之所，一般不作居室，而东、西两间作为居室，有主、次之分，西者为右为大。兄弟二人日常居处，长幼有序，礼节分明，这在西晋以任诞相尚、以悖礼相高的风气中，颇见其对于名教与自然的鲜明态度。“服膺儒术，非礼不动”，这在二陆兄弟是基本相同的。不过，他们的性格不尽相同。陆机是“言多慷慨”，陆云是“文弱可爱”。

---

① 《文心雕龙·熔裁》。

② 《世说新语·赏誉》注引。

从气质个性方面看，二陆兄弟是存在着差异的。那就是，陆机有坚毅的个性特征，陆云有柔顺的个性特征。吴灭以后，陆机长时间退而不仕，在一般人而言，尤其在西晋追求利禄享受为一时士风的时代，是很不容易做到的。这是陆机坚毅个性的表现之一。而史述陆机不让于王济，不让于卢志，则更是陆机坚毅个性的突出表现。陆云则不仅亡国后很快仕晋，且太康中为太子舍人时写出《盛德颂》这样歌功颂德的文字，至于说出“太子舍人粪土臣云稽首再拜上书皇帝陛下”这样自我作践的卑躬屈膝语①。虽然可以说《盛德颂》之类文字或亦是某种场合不可免的官样文章，但是也应该看到，陆云大唱赞歌的时候，其战亡之二昆犹尸骨未寒。而陆机不让于卢志的当儿，陆云竟至于“失色”。议者以此定“二陆”之优劣，虽未明言优劣者何，但其实质已经了然。又据《艺文类聚》卷十九引《世说》：“张华问陆机曰：‘云何以不来?’机曰：‘云有笑疾，恐公未悉，故未敢。’俄而云诣华。”二陆“并入洛”，显系太康九年（288）武帝拔寒素、举清能之诏的作用力所致。陆云在拜访张华之时，却因为“有笑疾”而“未敢”辄便亮相，竟躲躲藏藏。对于张华，“二陆”兄弟都是十分钦慕的，但陆云诣华时之举措情态，进一步证明了其柔顺文弱的气质个性。由此亦可见，在文学实践方面，陆云之所以“雅好清省”，多写四言颂赞之体，而“不便五言”抒情之作，显然也与他殊少张扬自我的文弱柔顺人格有关。

（原载《陕西师范大学继续教育学报》
2004年第2期，略有改动）

---

① 上皇帝书中自称“粪土臣”，在陆云之前有蔡邕等说过这样的话。但蔡邕语出《被收时上书自陈》，是狱中自辩语，故如斯自称。

“三张”父名问题新解

关于张载父之名，南齐人臧荣绪《晋书》和唐修《晋书》均写作“收”，然而《太平御览》卷五百九十所引晋代王隐《晋书》却写作“牧”。“收”耶？“牧”耶？鲁鱼亥豕，此乃很正常的传钞笔误现象，或许不值得大做文章。可能是误“收”为“牧”，也可能是误“牧”为“收”。但有一点必须注意的是，偏偏是王隐的《晋书》写作“牧”。

王隐是西晋末东晋初继承父业编修晋史的史学家，太兴（318—321）初年，王隐与郭璞同被召为著作郎，开始编撰晋史。而此时，“三张”之一的张亢还健在，并且长期在朝任职：“中兴初过江，拜散骑侍郎、秘书监。荀崧举亢领佐著作郎，出补乌程令，入为散骑常侍，复领佐著作。”① 如此看来，王隐所书应该更可靠些。如果笔误的可能性不存在，那么王隐对同僚之父的事迹行状至少不应该搞错。

复考之唐修《晋书》，关于“张收”，除《张载传》之外，别无所见。但关于“张牧”，确有其人。咸宁六年（280）平吴一战中，益州刺史王濬是西路七万大军的主帅。据《晋书·王濬传》可以判断，张牧当时受朝廷之命，作为监军，担任王濬帅府军司。攻西陵，捣秣陵，自然少不了他的汗

① 《晋书·张亢传》，见《二十五史》，上海古籍出版社、上海书店1986年版，总第1421页。

马功劳。平吴大捷后，王濬颇居功自傲，所任用擢拔者多蜀中旧人，张牧理所当然亦为王濬之蜀中旧人。事实上，朝廷对参战功臣皆大加封赏，迁官晋爵。如果这位“张牧”可以与“三张”之父画等号的话，那么“蜀郡太守”便是他平吴之战后擢升的官职。又如果这个假说恰为事实的话，那么，张载之创作《平吴颂》，显然就不能简单地视为例行公事的官样文章了。

张载《平吴颂》曰：“夫太上成功，非颂不显。情动于中，非言不彰。猃狁既攘，《出车》以兴。淮夷既平，《江汉》用作。斯故先典之明志，不刊之美事，乌可阙欤？遂作颂曰：上哉仁圣，曰惟皇晋。……布亘地之长罗，振天纲之修网。制征期于一朝，并箕驱而幕张。尔乃拔丹阳之峻壁，屠西陵之高墉。日不移晷，群丑率从。望会稽而振铎，临吴地而奋旅。众军竞趣，烽飚具举。挫其轻锐，走其守御。”平吴大决战，晋军战线东西绵延数千里，水陆各军兵种二十多万人马，张载虽然写到“众军竞趣，烽飚具举”，但在这壮阔的烽飚背景中，却凸现了水师“拔丹阳之峻壁，屠西陵之高墉”的特写。唐人刘禹锡诗句“王濬楼船下益州，金陵王气黯然收”，所张扬的正是这样的气势和场面。“夫太上成功，非颂不显，情动于中，非言不彰”，张载关于创作动机的表白，是全面的，显然的，发自内心的。

平吴之后，张牧的官职累有升迁。据《华阳国志》卷八《大同志》：“太康……三年，更以梁、益州为轻车，刺史乘传奏事。以蜀多羌夷，置西夷府。以平吴军司张牧为校尉，持节统兵。州别立治西夷、治蜀，各置长史、司马。”这里所说的“轻车”，当是“轻州”之误。同卷又云：“元康六年，复以梁、益州为重州。”轻、重，盖指战略地位等重要与否。关于“张牧”其人，刘琳先生注释上引文字时提到：“《晋书·王濬传》载王濬上表云‘臣复与军司张牧、汝南相冯紞等人共入观（孙）皓宫’，即此人。又《益州名画录》、《益州学馆记》云成都文翁石室壁画‘耆旧云是太康中益州刺史张牧笔’，则牧后曾任益州刺史（但有的记载又说是蜀郡太守张收画，收即文学家张载父）。”[①]

刘琳先生注文中提到的有关材料很重要。“耆旧云是太康中益州刺史张牧笔”，这一句透露了一个信息，即张牧在太康年间担任过益州刺史。查清人万斯同《晋方镇年表》，太康元年，胡罴接任王濬益州刺史职；太康三年，张敏接任胡罴益州刺史职。太康六年以后，接任者为何许人，万斯同付之阙如。复检吴廷燮《晋方镇年表》可知，太康六年至太康九年，任益州刺史职者正是张牧。上引刘琳先生之注云：“但有的记载又说是蜀郡太守张收画，收即文学家张载父。”这一句话使我们产生进一步的看法，即史传、画录、馆记，出现了同样的无巧不成书的关于“或张收，或张牧”这样的疑问，只能说明，“收”与“牧”二字，其由于非常形似而造成的讹误概率太高。现在，“张收”与“张牧”，终于又碰到一处，都跑来蜀中，都就成都一石室中之壁画，诉讼署名权。竟有这样巧合的事情吗？现在，合议的结果只能是这样：如果比较具体地交代成都文翁石室壁画的著作权人，那么可以表述为：太康年间蜀郡太守、益州刺史张收（一作牧）。就是说，张收也好，张牧也好，壁画之作者其实是同一个人。西晋时期，写意画派还没有形成，主要以画人物、山水为时尚，以工笔为主导风格。成都文翁石室壁画正是人物画：“《益州名画录》、《益州学馆记》云：‘画仲尼七十二弟子；晋太康中益州刺史张牧笔。’”[②] 由壁画著作权人的问题，还令我们联想到，张载诗赋长于铺采摛文，张协“又巧构形似之言”[③]，这些艺术特征正是画家们的基本功夫；而张亢更是解音律，善表演[④]，兄弟仨并有才藻，蜚声扬名，恐怕还主要得力于有所传承的浓厚家庭艺术氛围的熏陶吧。

比较有关史传材料后，我们还发现，臧荣绪《晋书》说张载“随父入蜀”[⑤]，

---

① （晋）常璩撰，刘琳校注：《华阳国志校注》，巴蜀书社 1984 年版，第 615 页。

② 吴廷燮：《晋方镇年表》，《二十五史补编》第三册，中华书局 1995 年版，第 3441 页。

③ 《诗品》语。

④ 《晋书·张亢传》，见《二十五史》，上海古籍出版社、上海书店 1986 年版，总第 1421 页。

⑤ 《文选·剑阁铭》注引。

王隐《晋书》说张载"随父牧在蜀"[①]，唐修《晋书》说张载"至蜀省父"，显而易见，张载不止一次到过蜀郡。

就张载现存诗赋文章分析，关于蜀地题材的作品，能够直接看出的有三篇：《剑阁铭》、《登成都白菟楼》和《叙行赋》。而其中以《叙行赋》的写作时间较易于判断。赋开篇写道："岁大荒之孟夏，余将往乎蜀都。脂轻车而秣马，循路轨以西徂。朝发轫于京宇兮，夕予宿于谷洛。""京宇"当是指出发地洛阳。"大荒"乃"大荒落"之缩略语。《尔雅·释天》云："〔太岁〕在巳曰大荒落。"谓太岁运行到地支"巳"的方位，这一年便称大荒落。陆侃如先生《中古文学系年》系此赋于太康六年乙巳（285），可从。沈玉成、傅璇琮先生之《中古文学丛考·三张（张载、张协、张亢）小考》以为上述三篇作品是张载在泰始九年癸巳（273）入蜀后所作[②]，时间较陆氏说上推了12年。此说不确。查万斯同《晋方镇年表》可知，从泰始八年（272）六月以后，直到咸宁六年即太康元年（280）三月灭吴，前后八九年的时间，一直是王濬担任益州刺史，张敏任职益州刺史则在太康年间。关于张敏仕历，洪迈《容斋五笔》四曰："有张敏者，太原人，仕历平南参军、太子舍人、济北长史。"[③] 又严可均《全晋文》卷八十云："张敏太原中都人，咸宁中为尚书郎，领秘书监，太康初出为益州刺史。"综合洪氏、严氏二家所载可见，张敏仕履端绪已很清楚。

从以上考述可以看出，"张收"之"收"，实为"牧"之讹误。平吴之战中，张牧担任王濬帅府军司，太康初年任蜀郡太守，太康三年任西夷府校尉，太康六年至九年任益州刺史。这样的一个仕历"三部曲"，似乎恰好套用了一个既定的模式："及晋建西夷府，太守多迁为西夷校尉，亦迁益州刺史。"[④] 并且从时间上看，张牧是谱写如斯"三部曲"的第一人。张牧参与

---

① 《太平御览》卷五百九十引。

② 见余冠英等：《古代文学研究集》，中国文联出版公司1985年版，第170—176页。

③ 转见余嘉锡：《世说新语笺疏》注引，中华书局1983年版，第786页。

④ 《华阳国志》卷三《蜀志·蜀郡》。

平吴，张载写有《平吴颂》；张牧迁职益州刺史，张载至蜀省父，写有《叙行赋》。蜀郡郡治，西夷校尉府府治，以及益州州治，均在成都。张载旅蜀恐非止一次，“随父入蜀”，“随父在蜀”，“至蜀省父”期间，写有《剑阁铭》及《登成都白菟楼》。《剑阁铭》最有可能写于太康六年，是年张牧接任张敏益州刺史之职，当然，也可以是张敏益州刺史任中的任何一年。张载“至蜀省父，道经剑阁，载以蜀人恃险好乱，因著铭以作诫”，“益州刺史张敏见而奇之，乃表上其文。武帝遣使镌之于剑阁山焉”①。

诚然，以上结论不无假说之成分。笔者自亦无意于固执假说，但作以上假说也的确承担着风险。因为倘某君同人一旦间证实了“张牧”之籍贯与“三张”毫不相干，或者“张牧”从未担任过“蜀郡太守”，两个选项中任意一个为“真”时，笔者之假说必“假”，必为谬论无疑矣！当然，目前乃浮想联翩，行于其所当行，思路由然也。冀有高论见教，笔者必然收视反听，止于所当止可也。

（原载《山西大学师范学院学报》2001 年第 1 期）

① 《晋书·张载传》，见《二十五史》，上海古籍出版社、上海书店 1986 年版，总第 1420 页。

左思《三都赋》撰年疑案新断

左思《三都赋》到底撰作于什么年代？关于这一问题的讨论，由来已久，而且，学术界歧说纷纭，迄今未有定论。如果做一番调查与归纳，那么可以看到，代表性的观点约略有以下四种：

第一种观点，认为撰作于太康元年晋灭吴以前，即公元 280 年以前。如傅璇琮先生《左思〈三都赋〉写作年代质疑》[①] 一文持此说。

第二种观点，认为撰作于太康末陆机入洛以后，认为是在元康元年或稍后，即公元 291 年以后。如姜亮夫先生《陆平原年谱》[②] 一书持此说。

第三种观点，认为撰作于元康中左思秘书郎任，认为在公元 295 年左右。如牟世金、徐传武先生《左思文学业绩新论》[③] 一文持此说。

第四种观点，认为撰作于太安二年，即公元 303 年。如陆侃如先生《中古文学系年》[④] 一书持此说。

谁是谁非，暂且勿论。我们先排列出尽可能多的原始材料，必要时以按语略加相关说明。

---

① 傅璇琮：《左思〈三都赋〉写作年代质疑》，见《中华文史论丛》1979 年第 2 期。

② 姜亮夫：《陆平原年谱》，古典文学出版社 1957 年版，第 53—54 页。

③ 牟世金等：《左思文学业绩新论》，《文学遗产》1988 年第 2 期。

④ 陆侃如：《中古文学系年》，人民文学出版社 1985 年版，第 803 页。

材料一，《晋书·左思传》曰：

造《齐都赋》，一年乃成。复欲赋三都，会妹芬入宫，移家京师，乃诣著作郎张载，访岷、邛之事。遂构思十年，门庭藩溷，皆著笔纸，遇得一句，即便疏之。自以所见不博，求为秘书郎。及赋成，时人未之重。思自以其作不谢班、张，恐以人废言，安定皇甫谧有高誉，思造而示之。谧称善，为其赋序。张载为注《魏都》。刘逵注《吴》、《蜀》，而序之曰："观中古已来，为赋者多矣。相如《子虚》，擅名于前……"陈留卫权又为思赋作略解，序曰："余观《三都》之赋，言不苟华，必经典要，品物殊类，禀之图籍，辞义瑰玮，良可贵也。有晋徵士故太子中庶子安定皇甫谧，西州之逸士，枕籍乐道，高尚其事，览斯文而慷慨，为之都序；中书著作郎安平张载、中书郎济南刘逵并以经学洽博，才章美茂，咸皆悦玩，为之训诂。其山川土域、草木鸟兽、奇怪珍异，佥皆研精所由，纷散其义矣。余嘉其文，不能默已，聊藉二子之遗忘，又为之略解。只增繁重，览者阙焉。"自是之后，盛重于时。文多不载。司空张华见而叹曰："班、张之流也，使读之者，尽而有余，久而更新。"于是豪贵之家，竞相传写，洛阳为之纸贵。初，陆机入洛，欲为此赋，闻思作之，抚掌而笑，与弟云书曰："此间有伧父欲作《三都赋》，须其成，当以覆酒瓮耳。"及思赋出，机绝叹伏，以为不能加也，遂辍笔焉。①

按，关于左思创作《三都赋》的情况，上引唐修《晋书》本传记载最为完整、详细。左思产生这一创作欲望的时候，正当其妹入宫。构思结撰十年，其间担任了秘书郎，访问过张载。赋成以后请皇甫谧为序。其后，张载、刘逵、卫权等分别为作注解，加之张华赞叹不已，于是都下竞相传写，

① 《晋书·左思传》，见《二十五史》，上海古籍出版社、上海书店 1986 年版，总第 1522 页。

洛阳一时纸贵，至于使陆机为之绝倒。从文学史的角度看，正史人物传不惜篇幅，详叙一篇作品产生的始末，包括创作欲望、命题构思、资料准备、设计谋求创作的环境与条件、访问专家、冥思苦吟情形、赋成求序细节、学者专家的热情，以及读者的轰动效应和文坛上的巨大影响等等，如此泼墨如云地交代来龙去脉和戏剧性情节，确实不多见。然而左思荣幸非常。太康“三张二陆两潘一左”，只有左思事迹入于《晋书》之《文苑传》。

材料二，《世说新语》之《文学》篇记载曰：

> 左太冲作《三都赋》初成，时人互有讥訾，思意不惬。后示张公。张曰：“此二京可三，然君文未重于世，宜以经高名之士。”思乃询求于皇甫谧。谧见之嗟叹，遂为作《叙》。于是先相非贰者，莫不敛衽赞述焉。①

按，这里提到的两个人物值得注意。一是皇甫谧，一是张华。皇甫谧卒于太康三年（282），时年六十八岁，《晋书》有传。他的著作很多，本传谓“谧所著诗、赋、诔、颂、论、难甚多”。又据吴士鉴《补晋书经籍志》卷四著录，皇甫谧撰有《南都赋注》。以此可以看出，皇甫谧也热衷于诗赋创作，尤其对“京都”题材的赋作感兴趣，那么，左思《三都赋》撰成以后向他求序，原是在情理之中的。张华（232—300）在平东吴、建殊勋以后不久，受到自以大族出身为荣的荀勖的忌恨离间。于是，“（太康）三年春正月……甲午，以尚书张华都督幽州诸军事”②。正月甲午日即正月十八日。张华虽然功大，但当时朝中实际地位不算很高，尤其在受武帝冷落的时候。皇甫谧确实是个大名士，武帝尝借与他两车之书，而他一生却是自甘寒素，数辟不就，数征不起。如果说史载之事，即左思赋成后示之张华，而张华建议左思询求高名之士如皇甫谧者之事属实，那么在时间上看，这只能是太康

① 见余嘉锡：《世说新语笺疏》，中华书局1983年版，第246—247页。

② 《晋书·武帝纪》，见《二十五史》，上海古籍出版社、上海书店1986年版，总第1256页。

三年（282）正月十八日以前的事。

材料三，《世说新语·文学》注引《左思别传》曰：

> 思字太冲……及长，博览名文，遍阅百家。司空张华辟为祭酒，贾谧举为秘书郎。谧诛，归乡里，专思著述。齐王冏请为记室参军，不起。时为《三都赋》未成也。后数年疾终。其《三都赋》改定，至终乃上（止）。初，作《蜀都赋》云："金马电发于高冈，碧鸡振翼而云披。鬼弹飞丸以礌礉，火井腾光以赫曦。"今无"鬼弹"，故其赋往往不同。思为人无吏干而有文才，又颇以椒房自矜，故齐人不重也。

又，《思别传》曰：

> 思造张载，问岷、蜀事，交接亦疏。皇甫谧西州高士，挚仲治宿儒知名，非思伦匹。刘渊林、卫伯舆并蚤终，皆不为思《赋》序注也。凡诸注解，皆思自为，欲重其文，故假时人名姓也。[①]

按，《左思别传》提供的材料，直接影响到关于《三都赋》撰作年代的推断，并且也直接影响到关于左思人格的评价。这里涉及两个主要问题。一是《三都赋》撰成与改定的问题，二是《三都赋》序注到底谁人所为的问题。

先说第一个问题。今查《文选·三都赋·蜀都赋》，其有句曰："金马骋光而绝景，碧鸡倏忽而曜仪。火井沈荧于幽泉，高爓飞煽于天垂。"[②] 此四句文字与上引《左思别传》所载相较，显见有所改易。又，《太平御览》卷八百八十四引张骘《文士传》曰："左思初作《蜀都赋》曰：'鬼弹飞丸以隔礰。'后又改易，无此语。"若以《文士传》中"鬼弹飞丸以隔礰"一

① 余嘉锡：《世说新语笺疏》，中华书局1983年版，第246—247页。

② 《文选》卷四，中华书局1977年版，第75页。

句，与《左思别传》中“鬼弹飞丸以礌礉”一句相较，又可看出改易之处。由此可见，《三都赋》被竞相传抄流播者非只一种版本，应有初稿、再稿、三稿等等，尤其像左思这样精心结撰、披阅十载的大赋，数易其稿应是很正常的创作现象。何况永康元年（300）贾谧被诛而左思退归乡里之后，“专思著述”，那么，反复斟酌与修改他毕生“锐力”的《三都赋》，乃自然中事，不足为怪。正由于这样，故所传抄或所阅读到的《三都赋》，才会出现“往往不同”的现象。因此，所谓当“齐王冏请为记室参军”，“时为《三都赋》未成也”云云，应是从定稿的角度而言。其《三都赋》改定，至终乃止。撰成与改定，无疑是两回事，但一旦遇见死抠字眼的人，那道理未必于他能讲得通。而如果此君既死抠，又为了成见或是宿怨，那非把大家抠糊涂不行。《左思别传》之作者究竟何许人，今不可考知，其乃“不重”左思之“齐人”乎，抑亦“《三都赋》初成，时人互有讥訾”而令“思意不惬”之人乎？未可知也。沈玉成先生尝谓此君“厚诬古人，迹近今日之所谓‘人身攻击’”[①]，此言得之。

再说第二个问题。因为《三都赋》序注问题，《左思别传》中又提及张载、挚虞、卫权、刘逵诸人。

张载前后三为著作郎，第一次在咸宁年间，第二次在太康年间，第三次在惠帝末、怀帝初。左思移居洛阳以后，一面构思《三都赋》，一面兼做秘书郎工作。此间张载因受知于傅玄，而起家佐著作郎，这就是说，咸宁以后，左思与张载已是在朝僚友。并且，左思与张载还有一共同之处，即：貌陋至丑。这在《世说新语》中有所描述。当时潘岳与夏侯湛则因“美容止”被誉为“连璧”，出则同游，洛阳女子萦手于道，投以花果。而左思、张载出游，洛道老妪唾之，顽童掷之。所谓物以类聚，人以群分，左思与张载的共同语当更多一些。再一点，张载之父张牧在太康时期及以前，在蜀中任职十数年，为蜀郡太守、益州刺史、西夷校尉等职，关于张载“随父入蜀”，

① 沈玉成：《〈张华年谱〉、〈陆平原年谱〉中的几个问题》，《文学遗产》1992 年第 3 期。

"随父在蜀"，"至蜀省父"，累见述于史传。所以张载旅蜀经历非止一次，其较早"随父入蜀"，"随父在蜀"大约在咸宁后与太康初之前，甚至有比这个时间更早的可能。这就是说，太康三年以前，左思完全可以访岷、邛之事于张载。左思自泰始八年（272）移居京都，到永兴元年（304）举家适冀州，久居洛阳长达三十余年。惠帝永熙元年（290），陇西王司马泰代石鉴为司空，左思为司空祭酒。张载太康中第二次为著作郎后，此时为太子中舍人，不久，迁乐安相、弘农太守。那么，太康初左思赋成之后，至张载出任地方之前，大约十年的时间里，张载为同僚两度的老朋友注《三都赋》，尤其为注其中之《蜀都赋》，那简直再合情合理不过了。《左思别传》作者谓张载与左思"交接亦疏"，所言已完全失实。

挚虞是皇甫谧门生之一，在他今存作品中，赋这一体裁占了绝大多数。他对文章体裁进行过广泛而深入的研究工作，不仅仅编了《文章流别集》，而且于其中作有《文章流别志》和《文章流别论》。据《左思别传》作者语气来逆向推测，挚虞亦曾序注左思《三都赋》，只是其赋注今已不存①。显然，序注大赋，属皇甫门派之学。挚虞研究文章流别，是对其门派之学的合于逻辑的发展与发扬光大。

刘逵字渊林，济南人，元康中为尚书郎。永康年赵王伦执政期间，刘逵先后任黄门侍郎、侍中等职，但他对司马伦的态度，大约也像陆机等人一样，阳奉阴违。据《晋书·赵王伦传》："或谓（孙）秀曰：'散骑常侍杨准、黄门侍郎刘逵欲奉梁王肜以诛伦。'会有星变，乃徙肜为丞相，居司徒府，转准、逵为外官。"又据《晋书·傅祗传》："及（赵王）伦败，齐王冏收侍中刘逵、常侍驺捷、杜育、黄门郎陆机、右承周导、王尊等付廷尉。"从后来处理结果看，刘逵也没有参与赵王伦篡位禅文的撰制。依刘逵仕履推

---

① 关于张载、挚虞等序注《三都赋》之事，余嘉锡先生《世说新语笺疏》第 249 页之注［七］，值得参考。谨引如后："《隋志》云梁有张载及晋侍中刘逵、晋怀令卫瓘注左思《三都赋》三卷。綦毋邃《注三都赋》三卷亡。今皇甫谧《序》录入《文选》。刘逵、张载《注》在李善《注》中。而《文选集注》于左思《序》亦引有綦毋邃《注》。卫瓘作《吴都赋序》及《注》，见《魏志卫臻传注》。惟挚虞所注不知何篇。《晋书·左思传》谓陈留卫瓘为思赋作略解。《全晋文》一百五以为瓘即權之误。"

测，至少在元康年间他与左思是同僚关系。卫权《三都赋略解序》曰：“中书著作郎安平张载、中书郎济南刘逵，并以经学洽博，才章美茂，咸皆悦玩，为之训诂。”张载再任著作郎与刘逵为中书郎，或许同时，皆在太康中，故相与为左思《三都赋》作注。

卫权，字伯舆，陈留襄邑人，魏司徒卫臻之孙、晋武帝卫贵妃兄之子，曾任怀县令。元康初，汝南王亮辅政时，卫权被擢为尚书郎，而此时左思被陇西王泰辟为祭酒。即此可以看出，卫权与左思，既同为皇家外戚，又同在朝堂互为僚友，那么，卫权注解左思《三都赋》显然也在情理之中。据《三国志·魏书·卫臻传》裴松之注语：“（卫）权作左思《吴都赋》叙及注。叙粗有文辞，至于为注，了无所发明，直为尘秽纸墨，不合传写也。”无论《叙》文辞如何，也无论《注》有否发明，总之，卫权撰有《三都赋略解序》，此为事实，此为《左思别传》的又一个有力反证。根据卫权《三都赋略解序》所述内容以及卫权和左思的仕历，又可以看出，先有皇甫序，继有张载与刘逵注，而后有卫权略解及序。卫权《三都赋略解序》极有可能撰于元康初年其与左思为僚友之时。

由以上辨析已不难看出，《左思别传》在叙事论人方面大有问题，绝非信史。所以严可均指出：“别传失实，《晋书》所弃……今皇甫序、刘注在《文选》，刘序、卫序在《晋书》，皆非苟作……《别传》道听途说，无足为凭。《晋书》汇十八家旧书，兼取小说，独弃《别传》不采，斯史识也。”①

材料四，王隐《晋书》曰：

> 左思专思《三都赋》，杜绝人流之事。自以所见不博，求为秘书郎。②

---

① 《全晋文》卷一百四十六《左思别传》严可均注评，见《全上古三代秦汉三国六朝文》，中华书局 1958 年版，第 2302 页。

② 《初学记》卷十二，《太平御览》卷二百三十三引，见《九家旧晋书辑本》，中州古籍出版社 1991 年版，第 280 页。

按，《唐六典》十引《晋书》曰："左太冲为《三都赋》，自以所见不博，求为秘书郎中。"此《晋书》是臧荣绪《晋书》呢，还是别一《晋书》呢？不得而知。不过，"秘书郎"也好，"秘书郎中"也好，尽管说法有些差异，但左思构思与撰作《三都赋》期间，曾申请任职于皇家图书馆，此亦为史实。并且，从臧荣绪《晋书》有关记载看，左思当时心想事成，实现了这一愿望。

材料五，王隐《晋书》曰：

> 左思少好经术，尝习钟、胡书不成。学琴又不成。貌丑口讷，甚有大才。博览诸经，遍通子史。于时天下三分，各相夸竞。当思之时，吴国为晋所平，思乃赋此《三都》，以极眩曜。其蜀事访于张载，吴事访于陆机，后乃成之。①

按，这里所叙内容有两点值得注意。其一，晋灭吴之时，《三都赋》尚未撰成；其二，左思访吴事于陆机，时间应是太康元年、二年陆机被俘在洛之际。"后乃成之"，这是最有说服力的关键一句，万万不可忽略。正由于左思初访吴事于陆机时，《三都赋》尚未撰成，陆机在《与弟云书》中才有"伧父"之讥，谓待其成以覆酒瓮。当然，左思后来修改《三都赋》的长期过程中，仍然存在再访吴事于陆机的许多机会。

材料六，臧荣绪《晋书》曰：

> （左思）少博览文史，欲作《三都赋》。乃诣著作郎张载，访岷邛之事，遂构思十稔。门庭藩溷，皆著纸笔，遇得一句，即疏之。征为秘书。赋成，张华见而咨嗟。都邑豪贵，竞相传写。②

① 《文选集注》卷八引，转见余嘉锡《世说新语笺疏》，中华书局1983年版，第248页。

② 《文选》卷四《三都赋序》李善注引，中华书局1977年版，第74页。

按，臧荣绪所叙有一点须注意，即左思“构思十稔”期间被“征为秘书”，事在“赋成”之前。

材料七，臧荣绪《晋书》曰：

> 张华见而咨嗟，深赞之，兼作序。都邑豪贵，竞相传写，都下纸贵。

按，张华为《三都赋》作序的确切时间，依“见而咨嗟，深赞之，兼作序”这样的辞句语气推敲，当是在赋成之初。张华既赞之，又序之，复建议左思“询求”“高名之士”如皇甫谧者。

材料八，《文选·三都赋序》李善注曰：

> 《三都赋》成，张载为注《魏都》，刘逵为注《吴》、《蜀》，自是之后，渐行于俗也。①

按，关于张载、刘逵各自所注到底为《三都赋》中哪一部分，又有不同之说法。《文选集注》卷八陆善经注曰：“臧荣绪《晋书》云：‘刘逵注《吴》、《蜀》，张载注《魏都》。’綦毋邃序注本及集题云：‘张载注《蜀都》，刘逵注《吴》、《魏》。’今虽列其异同，且依臧为定。”② 陆善经“依臧为定”，其实不妥。张载入蜀多次，左思亦访张载以蜀事，当以“张载注《蜀都》，刘逵注《吴》、《魏》”为是。

以上我们胪列并梳理了对《三都赋》疑案有关的各种重要史料。对于史料文献中提到的“事实”，我们的原则是，无反证便信其“有”，存在反证方证其“无”，疑似之间则存疑。通过去伪存真，我们将一步步获得更加可信的结论。

---

① 《北堂书钞·赋》引，见《九家旧晋书辑本》，中州古籍出版社 1991 年版，第 144 页。

② 转见余嘉锡：《世说新语笺疏》，中华书局 1983 年版，第 249 页。

从逻辑学的角度说，完全对立的两项不能同时为“真”，亦不能同时为“假”。一个为“真”，另一个必“假”。反之亦然。《左思别传》谓永宁（301—302）年间“齐王冏请（左思）为记室参军，不起，时为《三都赋》未成也”。然而，上述大量文献史料一再表明了张华对《三都赋》的赞赏。假如齐王冏执政时左思此赋犹未成，那么一两年之前张华已经被杀，他对《三都赋》的咨嗟赞叹又如何能成为可能呢？毫无疑问，《左思别传》的说法严重违背了史实。《左思别传》所言有“假”。既然如此，陆侃如先生所藉为推论前提的《左思别传》已“无足为凭”，因此，谓《三都赋》成于太安二年（303）之说，事实上不能成立。

在用作逻辑推理的关系项中，有所谓“与”的关系、“非”的关系、“或”的关系，等等，上述之例便属于“非”的关系。《三都赋》之叙注，到底是自为，还是他为，此乃相反的一对命题，非此即彼，不可能同“真”，亦不可能同“假”。其实，并非所有的考据推论都是“非此即彼”的关系，我们往往会碰到“或此或彼”的关系。史载左思为《三都赋》期间尝为秘书郎，所以，确认为秘书郎之时间对于判断《三都赋》之作年，关系特别重要。现在我们已看到，有此材料表明，元康年间左思被贾谧举为秘书郎；但又有彼材料表明，自泰始八年构思《三都赋》的十年期间，左思亦曾担任秘书郎。所以，牟世金和徐传武先生谓“（公元）295 年左右”左思于秘书郎任上作成《三都赋》，此一结论实际上为或然性结论，而非必然性结论。

史传记载，太康（280—289）末，陆机、陆云“并入洛”，既如此，陆机《与弟云书》中不得谓“此间有伧父欲作《三都赋》，须其成，当以覆酒瓮耳”。而更重要的是，关于皇甫谧作《三都赋序》一事无从否定。故姜亮夫先生认为《三都赋》成于元康元年（291）或稍后之说，不能成立。

史载陆机入洛以后左思《三都赋》犹未成。陆机初入洛在太康元年吴灭之后，则左思此赋不得成于吴灭之前。且又有“赋成于吴灭前说”之反证三：第一，皇甫谧《三都赋序》曰：“故作者（左思）先为吴、蜀二客，盛称其本土险阻瑰琦，可以偏王，而却为魏主，述其都畿，弘敞丰丽，奄有诸华之意。言吴、蜀以擒灭比亡国，而魏以交禅比唐虞，既已著逆顺，且以为鉴戒。”① 第二，王隐《晋书》曰：“当思之时，吴国为晋所平，思乃赋此《三都》，以极眩曜。”② 第三，《文选》注云：“‘三都者’，刘备都益州，号‘蜀’；孙权都建业，号‘吴’；曹操都邺，号‘魏’。思作赋时，吴蜀已平。”③ 由此可见，傅璇琮先生谓《三都赋》作于吴灭前之说，不能成立。

那么，左思《三都赋》究竟撰成于何年呢？太康三年皇甫谧去世之前，左思撰成《三都赋》并向皇甫谧求序之事，能否得到确认呢？经过去伪存真，我们看到，可藉以确证左思《三都赋》撰成于皇甫谧卒之前的下列条件同时存在：第一，左思访张载事；第二，左思被征为秘书郎；第三，泰始八年（272）至太康三年（282），正所谓“构思十稔”；第四，吴、蜀已灭；第五，张华在洛；第六，皇甫谧在世；第七，太康元年（280）陆机入洛，太康二年（281）陆机归吴。由此可见，左思《三都赋》作成于太康二年春季陆机归吴以后、太康三年正月张华出镇幽州之前。而最为肯定的时间应在太康二年（281），从泰始八年（272）至此恰好十年。

（原载《北京大学学报》2002 年第 6 期，《中国古代近代文学研究》2003 年第 4 期全文转载，略有改动）

① 皇甫谧：《三都赋序》，见《文选》中册卷四十五，中华书局 1977 年版，第 641—642 页。文中“吴、蜀以擒灭比亡国”之“以”，意为：由于、因为。“吴、蜀以擒灭比亡国”之“比”意为：相继；皆。如《汉书·文帝纪》曰：“间者数年比不登。”又如《汉书·公孙贺传》曰：“三人比坐事死。”

② 《文选集注》卷八引，转见余嘉锡《世说新语笺疏》，中华书局 1983 年版，第 248 页。

③ 见《文选》上册，卷四中左思《三都赋序》之李善题注，中华书局 1977 年版，第 74 页。

陆机入洛疑案新断

陆机到底何时入洛？几次入洛？向来迷雾重重，今试为考述。

先说初入洛时间问题。

关于陆机生平，有论者提出，太康元年东吴被灭时，陆机被俘北上。这个观点最初由朱东润先生在他的《陆机年表》[①] 中提出，朱东润先生根据陆机的《与弟清河云诗》和陆云的《答兄平原》推论，吴亡之时，陆机并非随即退居旧里，而是被晋军俘虏，北上洛阳。郝立权先生也提出了“二陆”兄弟这一组赠答诗的诗篇命题与写作时间问题：“按《晋书》成都王颖表机为平原内史、云为清河太守，事在永宁二年。而此诗之作，览其序文，当在吴亡后一二年间，不应以平原、清河命题。”[②]

郝立权先生的怀疑很有道理。陆机赠诗，《诗纪》卷二十五所题乃《赠弟士龙》，未以“清河”命题。复检《艺文类聚》卷二十一，陆机赠诗，题作《与弟云诗》；陆云答诗，题作《答兄诗》[③]。《艺文类聚》所载“二陆”此组赠诗、答诗，均未以“平原”、“清河”命题。

关于机、云赠答诗的写作时间，也可以从诗篇有关内容作出推断。陆机

---

① 《武大文哲季刊》1930 年 1 卷 1—2 期。

② 郝立权：《陆士衡诗注》，人民文学出版社 1958 年版。

③ 欧阳询撰，汪绍楹校：《艺文类聚》，上海古籍出版社 1999 年版，第 389 页。

诗序曰：“余弱冠夙孤，与弟士龙，衔卹丧庭。续会逼王命，墨绖从戎，时并萦发。悼心告别，渐历八载。家邦颠覆，凡厥同生，凋落殆半。收迹之日，感物兴哀。而士龙又先在西，时迫，当祖载二昆，不容逍遥。衔痛东徂，遗情西慕。故作是诗，以寄其哀苦焉。”该序据《文馆词林》卷一百五十二参校，有异文如下：“弱冠夙孤”作“夙年早孤”，“会逼王命”作“忝末绪”，“从戎”作“即戎”，“渐历八载”作“渐蹈八载”，“祖载”作“祖送”，“西慕”作“惨怆”，“在西”之“西”，别本作“四”①。据《三国志·吴志·陆抗传》及王隐、臧荣绪两家《晋书》佚文可知，泰始六年（270），陆抗都督东吴信陵、西陵、夷道、乐乡、公安诸军事，治乐乡②，泰始九年（273）拜大司马、荆州牧，泰始十年（274）秋病卒。子陆晏、陆景、陆玄、陆机、陆云分领父兵。晏为稗将军、夷道（今湖北省宜都县）监，景为偏将军、中夏（今湖北省江陵西一带）督，机为牙门将军。太康元年（280），晋益州刺史王濬所率部队浮江而下，二月壬戌日攻杀陆晏，癸亥日攻杀陆景。泰始十年（274）陆抗病卒、五子分兵时，陆机年方十四，陆云十三，此即“夙年早孤”，“续忝末绪”，“墨绖即戎，时并萦发”之意。五子分兵，昆弟皆“悼心告别”；迄于眼下诗篇赠答，机、云离别，“渐历八载”。那么，以陆抗卒年泰始十年（274）为参照数，“渐历八载”，则时在太康二年（281）。关于机、云此赠答诗的写作时间，蒋方《陆机、陆云仕晋宦迹考》③以为在太康三年（282），似乎未曾充分考虑“渐历”二字，不妥；姜亮夫《陆平原年谱》以为在元康六年（296），其对诗义多有误解曲说，非；郝立权《陆士衡诗注》以为“必作于太康二年”，是。

关于陆机吴灭被俘至洛阳事，可从陆云《答兄诗》中有关叙写推断出来：“王旅南征，阐耀灵威。予昆乃播，爰集朔土。载离永久，其毒太苦。

---

① 以上转见金涛声点校：《陆机集》，中华书局1982年版，第157页。

② 城为陆抗筑，在今湖北省松滋县东北长江南岸涴市。

③ 蒋方：《陆机、陆云仕晋宦迹考》，《湖北大学学报》1995年第3期。

上帝休命，驾言其归。”这一段诗，涉及了很多内容：一是晋灭了东吴；二是陆机因国亡被俘至北方；三是兄弟分别时间长久，离愁太深；四是晋帝仁恕，陆机已被放归东吴。

显然，吴灭后，陆机未尝马上仕晋。由于归葬二昆，不容逍遥；由于与弟云“载离永久，其毒太苦”；也还应该因为“家邦颠覆，凡厥同生，凋落殆半，收迹之日，感物兴哀”等等复杂痛苦的心情，陆机没有逗留逍遥异乡都会，他“衔痛东徂”，“退归旧里”了。陆机《与弟云诗》曰：“出车戒途，言告言归。蓐食惊驾，夙兴宵驰。濛雨之阴，炤月之辉。……今我来思，堂有哀声。我行其道，鞠为茂草。”陆云《答兄诗》曰：“虽有丰草，匪释奔驷。虽有重阴，匪遑假寐。”由二陆赠答诗中写景句判断，陆机归吴当是在春雨绵绵、百草丰茂的季节。史载吴灭后陆机“闭门勤学”十年有余，其时间起点自然应该从太康二年（281）算起。

吴灭后陆机到底何时又入洛仕晋呢？

这个问题从唐修《晋书》的记载看，回答应当是“太康末”。但如果与陆机诗文当中的有关叙述相对照，似乎不能吻合，很令人疑惑。

陆机有一篇《思归赋》，其序曰：“余牵役京室，去家四载，以元康六年冬取急归。而羌虏作乱，王师外征，职典中兵，与闻军政。惧兵革未息，宿愿有违，怀归之思，愤而成篇。”元康六年即公元296年，“牵役京室，去家四载”，则说明此前赴洛是在元康二年，离家在洛已经四年。又《行思赋》云：“背洛浦之遥遥，浮黄川之裔裔。遵河曲之悠远，观通流之所会。启石门而东萦，沿汴渠其如带。托飘风之习习，冒沉云之蔼蔼。商秋肃其发节，玄云霈而垂阴。凉风凄其薄体，零雨郁而下淫。睹川禽之遵渚，看山鸟之归林。挥清波以濯羽，藏绿叶而弄音。行弥久而情劳，途愈近而思深。羡品物以独感，悲绸缪而在心。嗟逝官之未久，年荏苒而历兹。越河山而托景，眇四载而远期。孰归宁之弗乐，独抱感而弗怡。”此赋描写从洛阳回东吴故乡的一路行程以及归心似箭却又“近乡情更怯”的那种特别感受。其中“嗟逝官之未久”一句，据《艺文类聚》卷二十七，“逝官”作“逝宦”，“未”作“永”，清人钱培名认为：“‘逝官’不可解，疑当作‘游宦’。”[①] 前述《思归赋并序》曾提到“取急归”之意，但由于“羌虏作乱，王师外征”时自己乃“职典中兵，与闻军政”，未便立即成行，故因“怀归之思，愤而成篇”。赋中且曰：“冀王事之暇豫，庶归宁之有时。候凉风而警策，指孟冬而为期。愿灵晖之促景，恒立表以望之。”可见归心似箭而恨时光迟回之态。虽然说“庶归宁之有时”，“指孟冬而为期”，但“取急归”似乎很快获允，所以《行思赋》曰：“商秋肃其发节，玄云霈而垂阴。”即是说，“背洛浦”、“浮黄川”，“归宁”终于成行，并且是未等至“孟冬”便提前出发了。《思归赋》写于归宁日前，《行思赋》写于归宁途中。两赋写于同一年秋季，而且同样提到了“去家四载”的怀归之思。这样看来，陆机此前入洛仕晋的时间必在元康二年（292）无疑。

然而，多种史传材料都提到了太康末“二陆”（陆机、陆云）或者“三俊”（陆机、陆云、顾荣）同入洛之事。

材料一，《三国志·吴书·陆逊传》注引《机云别传》：“晋太康末，俱入洛，造司空张华。华一见而奇之，曰：‘伐吴之役，利在获二俊。’遂为之延誉，荐之诸公。太傅杨骏辟机为祭酒，转太子洗马，尚书著作郎。”

材料二，《晋书·陆云传》曰：“吴平，入洛。机初诣张华，华问云何在，机曰：‘云有笑疾，未敢自见。’俄而云至。”

材料三，《晋阳秋》曰：“机与弟云并有俊才，司空张华见而说之日：‘平吴之利，在获二俊。’”[②]

材料四，《晋书·陆机传》曰：“至太康末，与弟云俱入洛，造太常张华。……张华荐之诸公。后太傅杨骏辟为祭酒。会骏诛，累迁太子洗马、著作郎。”

材料五，臧荣绪《晋书》曰：“太熙末，太傅杨骏辟机为祭酒。”[③]

① 转见金涛声点校：《陆机集》，中华书局1982年版，第18页。

② 《世说新语》卷一《言语》注引。

③ 《文选·谢平原内史表》李善注引。

材料六，《晋书·顾荣传》："顾荣，字彦先。……与陆机兄弟同入洛，时人号为'三俊'。例拜为郎中，历尚书郎，太子中舍人，廷尉正。"

以上这些材料中有一个重要的信息是，这一次是"二陆"等"同入洛"，陆机被杨骏辟为祭酒。"太康末"当指太康十年（289），次年正月改元太熙，四月又改元永熙。所谓"太熙末"，其时间下限也只能指永熙元年（290）。那么陆机等南金俊才，当是于"太康末"入洛，次年陆机为祭酒。

陆机应了太傅杨骏之辟，有潘岳之诗为旁证："况乃海隅，播名上京。爰应旌招，抚翼宰庭。"① 应招赴洛，初仕晋室，是在"宰庭"，而非东宫。杨骏辟陆机为祭酒之事，还可以由陆机《诣吴王表》得到证实："臣本吴人，靖居海隅。朝廷欲抽引远人，绥慰遐外，故太尉所辟。"② 这一段话很有史料价值，至少证明了四点：其一，证明了陆机应"太傅所辟"乃不争之事实。其二，证明了"太康末"陆机"入洛"亦乃不争之事实。其三，证明了"应太傅辟"乃陆机之初次仕晋。其四，证明了陆机仕晋之前确实是"闭门勤学"，乃"退归旧里"，处而未出。另外，陆侃如先生认为，"（顾）荣为郎中当与机为祭酒同时，其迁尚书郎可能在机迁（太子）洗马时"。③

杨骏任太傅，时在太熙元年（290）五月，第二年三月杨骏即被贾后集团利用楚王司马玮的力量加以突袭诛杀，专擅权柄仅仅十个月而已。杨骏被诛，他的僚属也受株连。据《晋书·潘岳传》记载："杨骏辅政，高选吏佐，引（潘）岳为太傅主簿。骏诛，除名。初，谯人公孙宏少孤贫，客田于河阳，善鼓琴，颇能属文。岳之为河阳令，爱其才艺，待之甚厚。至是宏为楚王玮长史，专杀生之政。时骏纲纪皆当从坐，同署主簿朱振已就戮。岳其夕取急在外，宏言之玮，谓之假吏，故得免。"假吏，指暂时代理职务的

① 潘岳：《为贾谧作赠陆机》。
② 《太平御览》卷二百四十八。
③ 陆侃如：《中古文学系年》下册，人民文学出版社 1985 年版，第 743 页。

官吏。但潘岳实是太傅杨骏“高选”的“吏佐”之一，潘岳也曾在《闲居赋》中谓杨骏为“府主”。这一段史述是很值得仔细寻味的。潘岳大难降临之夜恰好“取急在外”，幸免于难，已算是命大。然而，“时（杨）骏纲纪皆当从坐”，逃过了初一，难逃初二。孰可以免！幸好，潘岳从前积了德，恰恰有恩于今日“专杀生之政”者。当然，还需要注意的是，推翻杨骏势力，乃贾后集团夺权揽权的开始，而潘岳早在咸宁年间便曾于贾充府中为掾，竟是贾氏故吏，所以倒也是千真万确的“假吏”。不过，尽管如此，潘岳只是免死，他仍还受到“除名”之重处严惩。那么，“杨骏纲纪”中其余人等，命运如何，就不是小事一桩了。又据《晋书·傅祗传》记载：“时又收骏官属，祗复启曰：‘昔鲁芝为曹爽司马，斩关出赴爽，宣帝义之，尚迁青州刺史。骏之僚佐不可加罚。’诏又赦之。”所谓“收骏官属”，那就是要逮捕追杀。幸好有直臣傅玄家族的后代，关键时刻敢于挺身而出，他的启奏体现出了引经据典的重要性，换一角度则令人想象当时何等白色恐怖的气氛。

血雨腥风的日子里，陆机是如何把握住了命运的呢？迄今为止，实在难知其详。我们只能掌握他过去的一些个人档案信息：他是东吴名将的后代，何况大司马陆抗卒后，他们兄弟五人分领父兵，吴灭的当儿陆机也是牙门将。所以陆机不只是一个文坛上的奇才，他还是一位辕门中的将军。他带过兵，打过仗，刀光剑影中应急的本能和本领是用不着怀疑的。试想，十年之后，赵王司马伦篡位的时候，陆机、陆云兄弟“虑逼迫不获已，乃诈发内妹丧，出就第，云哭泣受吊”[①]，急中生智，演了一出荒唐戏，多少避免了作为赵王司马伦干将死党的嫌疑。陆机“非礼不动”，然而这种无奈之举，对于艰难地躲过那生死一劫总还是有点儿益处的。还可以试想，十二年之后，成都王司马颖与长沙王司马乂对抗的时候，竟然敢于把二十余万（一说三十七万）人马交给陆机统率，这就颇能引人思索。除此而外，张华也

① 陆机：《谢齐王表》。

是值得考虑的因素。上文提到，杨骏鼠肚鸡肠，嫌忌张华声望，抑而不加重用，而张华后来又成为贾后、贾谧所倚重的人物。张华曾谓：“伐吴之役，利获二俊。”陆机乃张华非常赏识的南金俊才。但无论怎么说，如潘岳那样的背景和面子，终难免“除名”，那么陆机的结局绝对不会比潘岳强多少。《晋书·陆机传》说：“后太傅杨骏辟为祭酒。会骏诛，累迁太子洗马、著作郎。”史传粗疏简略的地方甚为常见，如陆机太子洗马、著作郎两职之间就被省略了吴王郎中令、尚书中兵郎、尚书殿中郎等职。这又使我们再联系《晋书·潘岳传》，其谓：“（公孙）宏言之（司马）玮，谓之假吏，故得免。未几，选为长安令。”潘岳从除名，到选为长安令，史传惜墨如金，只“未几”两字就算过渡了，事实上，这其间潘岳等待了一年又两个月的时间。既如此，倘陆机“会骏诛”而能很快“迁太子洗马”，那简直是不可思议的事。

张华尽管在杨骏被诛后当年迁职中书监，但他亦儒亦道，并不是一个十分坚执利索的人物，又何况眼下乃政局非常时期，因而对于陆机，一时恐爱莫能助。陆机原本应招而来，朝中缺乏得力的党援基础，加之南来海隅之士，“羁旅单宦”，又向来“不推中国人士”，所以陆机未必有逗留洛都的心理基础和长期打算。

那么，陆机是否因为这次宫廷政变而去洛还吴，而后又由吴赴洛，应征为太子洗马了呢？我想这大概是必然的。否则，至少有两个问题无法解释清楚。一是前述《思归赋》、《行思赋》两赋当中同时提到的“去家四载”的问题；二是陆机两组共四首关于“赴洛”之诗的写作时间问题。

从二陆兄弟间大量的往来书信看，他们生前不仅交流讨论诗赋创作，而且有过著述“子书”的计划和行动。正由于这种强烈的立言垂不朽的思想，所以他们在生前就很注意并且十分认真地编辑整理自己的文集。陆云在《与兄平原书》中曾说：“集兄文为二十卷。”由此我们可以看到，陆机诗赋文章中有部分作品不仅有长短不等的序，而且某些序乃事后补写而成。如上述《思归赋并序》，赋序中曰：“以元康六年冬取急归”，而赋之正文却说“指孟冬而为期”，并且《行思赋》已经明白交代是“商秋肃其发节”。即是说两赋正文皆写于元康六年之秋，而《思归赋》之序则属于后来编辑整理时所追记。再例如《吴王郎中时从梁陈作》这一诗题，意为“任吴王郎中之时，从吴王游梁、陈所作”。显而易见，此亦后题之辞。

鉴于此种情况，我们也就尤其要注意陆机的数首“赴洛”诗。就诗题中有“赴洛”二字的四首诗来看，“希世无高符”一首，与“羁旅远游宦”一首，《文选》卷二十六作为一组，题曰《赴洛》。李善注曰：“五言。集云：此篇‘赴太子洗马时作’，下篇云‘东宫作’。而此同云‘赴洛’，误也。”而“总辔登长路”一首，与“远游越山川”一首，《文选》同卷作为另一组，题曰《赴洛道中作》。金涛声点校《陆机集》卷五则题曰《又赴洛道中二首》。不过，我们若将逯钦立先生关于这四首诗之出处的考述文字整理出来，还可以发现以下情况：

“希世无高符”一首，《文选》卷二十六、《陆士衡集》卷五、《诗纪》卷二十五等并题作《赴洛诗》，又吴棫《韵补》一作《赴洛诗》；

“羁旅远游宦”一首，《文选》卷二十六、《陆士衡集》卷五、《诗纪》卷二十五等并题作《赴洛诗》；

“总辔登长路”一首，《艺文类聚》卷二十七、鸣沙石室古籍丛残本《类书残卷·客游门》等并题作《赴洛诗》；

“远游越山川”一首，《艺文类聚》卷二十七、《草堂诗笺》卷二十《述古诗》注等并题作《赴洛诗》。[1]

上述情况促使我们推断，这四首诗的原貌是，有一个总标题曰“《赴洛》”，有关的诗又有题注。“希世无高符”一首，题注是：“赴太子洗马时作”。“羁旅远游宦”一首，题注是：“东宫作”。“总辔登长路”一首，与“远游越山川”一首，各自的题注相同，当皆题注为：“又赴洛道中作”。这

① 以上参见《先秦汉魏晋南北朝诗》之《晋诗》卷五。

样说来，萧统《文选》对此四首诗的标题编录，既有误之者也，亦有不误之者也。误与不误，表现在或用诗题，或用题注，标准不一，含混相乱。当然，陆机诗歌标题的这种特殊情况，是很容易导致传抄者的混淆无准或是丢三落四的，传抄者们要么是不习惯这种命题模式，要么是根本体会不到陆机的“文学三昧”。必须注意的是，陆机的文学精神在太康群才中显得尤为突出，他的文体观念、风格意识、审美思想都非常明确，他的创作几乎是在强烈文学精神激发下的自觉为文的艺术创造。所以，他的诗赋文章的创作，从命题立意，到文体选择，到艺术技巧，到审美趣味，以至模拟练笔，以至纂辑文稿，等等，都分明是专业作家的自觉创作行为，是有目的、有序列的规范化行为，乃非率意为之。正因为这样，关于作品题目的标注，他才会如此一丝不苟。而更有意义的是，正因为这样，在充分领略陆机诗性精神与文学精神相统一的艺术家风貌时，我们藉此，同时，也通过他的崇实求细的态度，得以进一步地把握他的进退出处的轨迹。

比如上述四首“赴洛”诗，“希世无高符”一首，题注为“赴太子洗马时作”，说明了赴洛的原因和时间。“羁旅远游宦”一首，题注为“东宫作”，叙述了赴洛已及之终点站和游宦托身的感受。这首诗虽然是“东宫作”，但不是应令应教之作，不是阿谀颂德之作，而是抒写“思乐乐难诱，曰归归未克”的慷慨悲心，是流露“仰瞻凌霄鸟，羡尔归飞翼”的身不由己。这是写因“赴洛”而产生的余波和影响，乃扣题而作，上、下两篇相合，方见题完意足。“总辔登长路”一首，与“远游越山川”一首，各自皆题注为“又赴洛道中作”，其有一种不易察觉的表达意味和作用。逯钦立先生辑编之《晋诗》卷五依《文选》题作《赴洛道中作诗二首》，而金涛声先生点校《陆机集》卷五题为《又赴洛道中二首》，亦自当有所据依。两者似乎大同小异。但不能忽略了这一个“又”字。“又”，不是修饰限定“二首”，即意非：“又……二首”；“又”，乃修饰限定“赴洛”，即意为：“又赴洛”。可见表达意味大不相同。细细比照揣摩两组四首“赴洛”诗的写景抒情，这种认识自当更为深入。

之所以就“赴洛”诗作如上反复论析，旨在说明，陆机赴洛返吴，返吴赴洛，恐怕不是一而再的问题，或许是再而三，甚至三而四的问题（当然他最后一次赴洛未能返吴）。至少，“赴太子洗马时作”，“东宫作”，无论是作为两首孤立的诗来看，还是作为颇有意味的组诗来看，陆机有一回“赴洛”，乃专程赴“太子洗马”之征。而此前还应该有一回“二陆”或“三俊”之“同赴洛”。即此，关于“归吴勤学”之“积十年”[①] 与“积十一年”[②] 的数字出入，大约也就易于理解了；无非是因为“足岁”与“虚岁”的精确与含糊罢了。而更重要的是那么一个“积”字，也由此能够获得确解：在这里除了表示时间上有“赓续”之义外，还含有“累加”之义。顺便提示，“以元康六年冬取急归”，陆机并未一去不返，他又北顾中土，渡江溯河了。思归之情与立功之志，令他十分矛盾痛苦，但他还是很快“又赴洛”了。这是后话，且按住不表。

既然已如上述，“元康六年冬”以及“去家四载”，是十分重要的参数，那么，陆机任太子洗马的时间当在元康二年（292）之后无疑。《晋书·陆机传》说：“吴王晏出镇淮南，以机为郎中令。”具体年月未作交代。复参读陆机《皇太子赐燕并序》：“元康四年秋，余以太子洗马出补吴王郎中（令）。”以此推算，陆机在太子洗马任大约三年时间。

元康六年，陆机由淮南（治今安徽省寿县）回到洛阳，入为尚书郎。此可证之以陆机《答贾长渊》一诗，其自序曰：“余昔为太子洗马，鲁公贾长渊以散骑常侍侍东宫积年。余出补吴王郎中令，元康六年入为尚书郎，鲁公赠诗一篇，作此诗答之云尔。”以此推算，陆机担任吴王郎中令亦大约三年时间。亦以陆机诗句为证：“谁谓伏事浅，契阔逾三年。”[③] 但任太子洗马与吴王郎中令两职，从元康二年到元康六年的实际时间只有四年。这也是以“虚岁”计或以“足岁”计的问题，实际上无关紧要。

---

① 唐修：《晋书·陆机传》，见《二十五史》，上海古籍出版社、上海书店 1986 年版，总第 1414 页。

② 《文选·文赋》注引臧荣绪《晋书》。

③ 《吴王郎中时从梁陈作》。

根据臧荣绪《晋书》记载，"（陆）机为尚书中兵郎"[①]，"继转殿中郎，又转著作郎"[②]。所谓尚书中兵郎、殿中郎，据《晋书·职官志》可知，皆为尚书分曹郎职，也都可以简称尚书郎。又据《晋书·惠帝纪》：元康六年，"八月，氐、羌推氐帅齐万年僭号称帝，围泾阳。十一月，遣安西将军夏侯俊、建威将军周处等讨万年。"前述陆机《思归赋并序》中提到，他"以元康六年冬取急归"，而当时"羌虏作乱，王师外征"，自己"职典中兵，与闻军政，俱兵革未息，宿愿有违"。可见陆机赋序所言与史载军事形势相合，亦可知，陆机元康六年（296）由淮南赴洛，"取急归（吴）"之秋，职在尚书中兵郎。但归吴后何时又赴洛，何时继转尚书殿中郎，查无确切记载。陆机在《谢吴王表》中说："殿中以臣为郎中，命转中兵郎，复以颇涉文学，见转殿中郎。"可以肯定的是，此次取急归吴，时间不可能很长，这从陆机《吊魏武帝文并序》中得到说明："元康八年，机始以台郎出补著作，游乎秘阁。"所谓"出补"，乃由于尚书郎（包括中兵郎以及殿中郎）属尚书省，而著作郎自元康二年之后已改属秘书省。陆机在著作郎任的时间是从元康八年（298）到永康元年（300），大约三年。

此后，陆机的仕历情况是：永康元年（300），为赵王司马伦相国参军、中书郎。永宁元年（301），因司马伦被诛，收付廷尉，减死徙边，遇赦止，随后为成都王司马颖大将军司马。太安元年（302），为平原内史。太安二年（303），为成都王司马颖前锋大都督，统兵二十余万南向洛阳，攻长沙王司马乂，兵败，被成都王颖所杀，遭灭族之祸，再未能回归东吴。

陆机由吴入晋，似乎是匆匆地走完了他短暂的一生，他的人生步履可大致归纳如本文列表所示。

---

① 《文选·答贾长渊》注引。

② 《文选·谢平原内史表》注引。

表 2　陆机履历表

时间	年龄	重要事件	地点
景元二年（261）	1 岁	祖逊，吴丞相；父抗，吴大司马	生于吴
泰始十年（274）	14 岁	遭父丧，分领父兵，为牙门将	在　吴
太康元年（280）	20 岁	东吴灭，国破家亡，被俘北上	赴　洛
太康二年（281）	21 岁	归葬二昆；退处旧里，闭门勤学	归　吴
太康十年（289）	29 岁	应太傅辟而出仕，约次年为祭酒	赴　洛
永平元年（291）	31 岁	因杨骏诛，且僚佐皆当从坐而敛迹	归　吴
元康二年（292）	32 岁	应太子洗马之征	赴　洛
元康四年（294）	34 岁	为吴王司马晏郎中令	入　吴
元康六年（296）	36 岁	为尚书中兵郎 同年秋，因紧急事告假 或年底、或明年、至迟后年，转尚书殿中郎	赴　洛 归　吴 赴　洛
元康八年（298）	38 岁	以尚书殿中郎出补著作郎	在　洛
永康元年（300）	40 岁	为赵王司马伦相国参军、中书郎	在　洛
永宁元年（301）	41 岁	因司马伦诛，收付廷尉，减死徙边，遇赦止为成都王司马颖大将军司马	在　洛
太安元年（302）	42 岁	为平原内史	在　齐
太安二年（303）	43 岁	为成都王颖前锋大都督，统兵二十余万南向洛阳，攻长沙王乂，兵败，被成都王颖所杀	

由上表可见，陆机前后五次赴洛。第一次在太康元年（280），吴亡后被俘入洛。第二次在太康十年（289），初仕晋入洛，太傅杨骏辟为祭酒。第三次在元康二年（292），应太子洗马之征入洛。第四次在元康六年（296），由吴王郎中令赴任尚书中兵郎入洛。第五次约在元康七年（297），归吴假满，继任尚书郎入洛。此后直到太安二年（303）被杀，再未归吴。

（原载《洛阳大学学报》2003 年第 1 期，有改动）

陆机《文赋》撰年疑案新断

《文赋》是陆机关于文学创作的经验总结和理论探索，无论在魏晋六朝文论中，还是在中国文学史上，都堪称文学理论的经典著作。杜甫《醉歌行》云："陆机二十作文赋。"这句诗似乎已明白地道出了陆机《文赋》的撰作年代。其实不然。《文赋》究竟写于何时，真可谓迷雾难拨，而学术界聚讼纷纷，莫衷一是。亦有学者提出，因为迄今并无确凿材料可以加以断定，"所以，严格地说，《文赋》的真实写作年代，恐怕还是以存疑为好"[①]。

归纳起来，关于《文赋》撰作年代问题的讨论，学者们提出了三种完全不同的意见。今就三种代表性观点条列论析如下。

先讨论第一种观点。

有论者认为《文赋》作于陆机二十岁时，持如此观点的学者有三位先生：姜亮夫、万曼、张文勋。姜亮夫先生推论说，《文赋》"精思博辨，自非入洛后世务纷絮，情思不愉时所能为"，并且，"机少小能文，最为世称，甫诗谨严，必非虚构"[②]。他将《文赋》系于太康元年（280），时陆机二十岁。万曼先生认为杜甫的诗句"语气非常肯定"，当有依据；再说，"陆机早在吴国灭亡之前就读过曹王的《典论》，在《论文》的影响之下，酝酿或

① 参阅张少康：《中国古代文论家评传・陆机》，中州古籍出版社1988年版。

② 姜亮夫：《陆平原年谱》，古典文学出版社1957年版，第32页。

草创《文赋》，是很有可能的”[1]。张文勋先生的看法是，当时正值吴亡，二陆退归勤学，“有条件集中精力去探讨文学创作理论的问题”，而陆机“早年就具有高度的文学修养，二十岁写成《文赋》也不是不可能的”[2]。

上述三位先生的结论，基本上建立在主观化的推论基础之上，缺乏确凿有力的实据。其可作为立论之关键前提有：“甫诗谨严，必非虚构”；杜甫“语气非常肯定”；陆机“早年就具有高度的文学修养”。

辨陆机《文赋》撰作年代之前，先辨杜诗中“文赋”一词，到底何解？

既然诗句出于唐人，那么我们可以考察一下唐人关于“文赋”一词的习惯用法。险觅狂搜《全唐诗》，凡见用“文赋”一词者，包括杜甫诗，计七首。现依《全唐诗》卷次，分两类略引说如下：

第一类，“文赋”一词之含义仅有一解的，共五首。

于濆《巫山高》：“宋玉恃才者，凭云构高唐。自重文赋名，荒淫归楚襄。”[3] 于濆之诗为旧题乐府，共十句。此为中间四句。诗中“文赋”一词，指宋玉《高唐赋》之类作品。

崔璐《览皮先辈盛制，因作十韵以寄，用伸款仰》：“襄阳得奇士，俊迈真龙驹。勇果鲁仲由，文赋蜀相如。浑浩江海广，葩华桃李敷。”[4] 崔璐之诗为五古，此引中间数句。诗中“文赋”一词，义指为文作赋的才能与成就。

李咸用《和友人喜相遇十首》：“为儒自愧已多年，文赋歌诗路不专。肯信披沙难见宝，只怜苦草易成编。”[5] 李咸用之诗为七律，此引前四句。诗中“文赋”一词，与“歌诗”一词并列，构成合成词组，指文、赋、歌、诗等体裁。

卢延让《苦吟》：“莫话诗中事，诗中难更无。吟安一个字，捻断数茎

① 《读〈文赋〉札记》，《光明日报》1962 年 9 月 2 日。
② 《关于〈文赋〉的几个问题》，《思想战线》1978 年第 5 期。
③ 《全唐诗》卷十七，中华书局 1960 年版，总第 168—169 页。
④ 《全唐诗》卷六百三十一。
⑤ 《全唐诗》卷六百四十六。

须。险觅天应闷，狂搜海亦枯。不同文赋易，为著者之乎。”[①] 诗为五律。卢延让感叹于吟诗之苦，认为写诗太难了，而不同于为文作赋那么容易。卢延让此诗中“文赋”一词，与上引李咸用诗中“文赋”一词，含义完全相同，皆指文学作品之体裁。

齐己《与杨秀才话别》：“庾信哀何极，仲宣悲苦多。因思学文赋，不胜弄干戈。自古有如此，于今终若何。到头重策蹇，归去旧烟萝。”[②] 此诗亦为五律。“因思学文赋，不胜弄干戈。”此两句诗的意思，与杨炯五律《从军行》中“宁为百夫长，胜作一书生”两句诗，取意相近。诗中“文赋”一词，义谓舞文弄墨，写诗赋文章。

第二类，“文赋”一词可作两解的，共二首。

杜甫《醉歌行》：“陆机二十作文赋，汝更少年能缀文。总角草书又神速，世上儿子徒纷纷。骅骝作驹已汗血，鸷鸟举翮连青云。”[③] 杜诗为歌行体，原有题注云：“别从侄勤落第归。”诗共二十四句，此为前六句。诗中“文赋”一词，既可以解释为指《文赋》一文，但也可以理解为泛指诗赋文章。因为“作文赋”，与“缀文”，实际上是两个短语。从语法上讲，均属于“动词”+“宾语”结构；从逻辑上讲，可以前后置换；从修辞上讲，是互文手法。

写诗追求精练，用词力避重复，有时要照顾韵脚，有时不得不省略。在这里，“作文赋”中之“文赋”是“诗赋文章”的简称，而“缀文”中之“文”则是“诗赋文章”简称为“文赋”之后的再简称。杜勤科场失意了，杜甫于是开导他、激励他。《晋书·陆机传》不是说陆机“少有异才，文章冠世”吗？不是说“年二十而吴灭，退居旧里，闭门勤学，积有十年”，“遂作《辨亡论》二篇”[④] 吗？你“缀文”之才华不仅可比之于陆机，而

① 《全唐诗》卷七百一十五。
② 《全唐诗》卷八百四十一。
③ 《全唐诗》卷二百一十六。
④ 《晋书·陆机传》，《二十五史》，上海古籍出版社、上海书店 1986 年版，总第 1414 页。

且，较之陆机，你脱颖而出时，年岁比陆机还小。虽然落第了，算得了什么呢？要像鸷鸟举翮，壮志凌云，莫要气馁。不难发现，这几句诗化用了史传事典。杜诗用字，讲究来历，诗律之细，于此可见。显而易见，杜甫从陆机“少有异才，文章冠世”，终为“太康之英”这一角度，启发劝勉从侄楷模陆机，勤学磨砺，不要无视自己的少年才华而自暴自弃。

太康之英，陆才如海，岂止一篇《文赋》呢？杜诗不言“《文赋》”，而总称“文赋”，有两层道理。一是“类”相同，方有可比性，前面说陆机“作文赋”，后面以杜勤“能缀文”对举，况乃总角之年便“草书神速”。陆机的“文章”才华，与杜勤的“文章”才华，同类可比。“文章”杰出，与“书法”超凡，亦类同而连带，以见少年杜勤才艺非常。二是“一般”（如“文赋”）比“个别”（如“《文赋》”）更具有概括性，此乃舍小就大，避微取宏，与下文言“连青云”之壮志，气势相称。假如我们忽略上述各种“道理”，而一定要把“文赋”解释为“《文赋》”，那么，“陆机二十作文赋”这个句子，从语法上分析，没有一点毛病。但联系上下文，整个一首诗，其实与陆机《文赋》这一理论经典丝毫未曾沾边。所以，从诗之立意、布局、修辞等思维逻辑方面分析，将“文赋”解释为“《文赋》”，非常勉强。

李商隐《赠孙绮新及第》：“长乐遥听上苑钟，彩衣称庆桂香浓。陆机始拟夸文赋，不觉云间有士龙。”① 这是一首七绝。如上引杜诗一样，李商隐此诗中之“文赋”，亦可以作上述之二解。不过，我们要注意一下《晋书·陆云传》之有关记载：“（云）少与兄机齐名，虽文章不及机，而持论过之，号曰：‘二陆’。……云与荀隐素未相识，尝会（张）华坐，华曰：‘今日相遇，可勿为常谈。’云因抗手曰：‘云间陆士龙。’隐曰：‘日下荀鸣鹤。’鸣鹤，隐字也。”② 晚唐李商隐写诗，爱用典故，也长于用典故。李诗后两句意谓，还真不能自矜自夸，面前这位及第才子自有过人之处，犹如陆

① 《全唐诗》卷五百四十。

② 《晋书·陆云传》，《二十五史》，上海古籍出版社、上海书店 1986 年版，总第 1416 页。

机长于为文作赋，而陆云长于善辩好论。从李商隐用典艺术分析，此诗中“文赋”一词，亦以作“诗赋文章”之解为胜。

综合上述唐诗分析可见，唐人诗中的“文赋”一词，习惯上都是概称文体。李商隐、杜甫诗之“文赋”，虽可作两解，但结合上下文义，皆以作“诗赋文章”之解为胜、为更切合诗旨。退一步讲，杜诗中“文赋”即令解作“《文赋》”，那么，谓作于陆机二十岁时，实在找不出任何一种旁证。清人冯浩笺注李商隐诗句“陆机始拟夸文赋”云：“前辈谓《文赋》当为入洛之前所作。杜诗‘二十作《文赋》’，未知何据。”[①] 冯浩所谓的“入洛”，乃谬承旧说，指太康末二陆“俱入洛”。不过，重要的是，冯浩指出，杜诗称“陆机二十作《文赋》”，乃言而无据。进一步地，我们又要补充指出，杜诗中“文赋”一词，实际上应该解作“诗赋文章”。由此看来，前述姜亮夫等三位先生认为《文赋》作于陆机二十岁时之说法难以成立。

再讨论第二种观点。

有论者认为《文赋》作于陆机二十九岁以后。夏承焘先生持此观点。他在《关于陆机〈文赋〉的三个问题》一文中指出，“臧荣绪《晋书》和唐修《晋书》都叙作《文赋》在入洛之后。（陆机入洛在晋武帝太康十年，即公元二八九年，那时他二十九岁）。我们若没有更有力的证据可以反驳此说，那么，说《文赋》不作于陆机二十岁而作于二十九岁以后，这句话是可以肯定的”[②]。

关于陆机入洛时间，夏承焘先生接受了过去流行的说法，并以此为推论之前提，从而认为，《文赋》作于陆机二十九岁以后。事实上，陆机前后共五次入洛：第一次入洛在太康元年（280），此时二十岁；第二次入洛在太康（280—289）末，当在二十九岁时；第三次在元康二年（292），此时三十二岁；第四次在元康六年（296），此时三十六岁；第五次大约在元康七

① 冯浩：《玉溪生诗集笺注》，上海古籍出版社 1979 年版，第 713 页。

② 夏承焘：《关于陆机〈文赋〉的三个问题》，《文艺报》1962 年第 7 期。又见于《夏承焘集》第 8 册，浙江古籍出版社、浙江教育出版社 1997 年版，第 303 页。

年（297），时年三十七左右。这样看来，陆机《文赋》如果并非作于太康初入洛以后，那么当作于太康末入洛以后无疑。就是说，夏承焘先生谓"《文赋》不作于陆机二十岁而作于二十九岁以后"，这个结论有可能是对的，甚至"是可以肯定的"，然而，这个时间范围毕竟太大。为了探明《文赋》创作的具体年代，我们还是进一步寻求更为确切的结论。

最后讨论第三种观点。

有论者认为《文赋》作于陆机四十岁左右。做这样推论的研究者颇多，但在具体时间方面意见并不一致。逯钦立先生《〈文赋〉撰出年代考》① 一文，根据陆云《与兄平原书》第八书断定《文赋》与书中所言其他作品同一年代。此与陆侃如先生《中古文学系年》意见相合。但逯钦立先生结论说，《文赋》作于永宁二年六月前不久，"至早为永宁元年（301）岁暮之作"。陆侃如先生则认为与《叹逝赋》同作于四十岁时。他认为，逯以《与兄平原书》三十五篇一律作于公元 302 年夏后不为无误。毛庆先生撰有《〈文赋〉创作年代考辨》② 一文，他根据陆机作品用语情况比较，认为《文赋》当作于永宁二年（302）或太安二年（303）。周勋初先生从玄学思想对陆机的影响入手分析，认为《文赋》当为作者后期作，时间应在永康元年（300）。李泽厚、刘纲纪先生则指出："只要分析一下陆机四十岁至死前这几年的情况，即可看出《文赋》作于四十之后的说法是没有什么足够的根据的。当然，我们说作于公元 299 年至 300 年 4 月之前，即陆机未满四十之前，也还是一种推想，尚无确证，但以为比定为四十以后作要合理一些。"③

如果将上述六位学者的意见进行归纳，那么可以有一个综合性的结论，即《文赋》撰作之年代，其上限在元康九年（299），其下限在太安二年（303）。这个综合性的结论，也进一步说明了前述第一与第二两种代表性说

① 《〈文赋〉撰出年代考》，《学原》1948 年二卷一期。

② 毛庆：《〈文赋〉创作年代考辨》，《武汉大学学报》1980 年第 5 期。

③ 李泽厚、刘纲纪：《中国美学史》，中国社会科学出版社 1987 年版。

法皆不能成立。

不过，综合性结论的时间范围依然宽泛。在第三种代表性观点中，我们赞同陆侃如等先生的“作于四十岁时”说，同时作以下补充性申说。

欲证成陆机《文赋》“作于四十岁时”说，陆云的《与兄平原书》三十五书之第八书是极其重要的佐证材料之一。其曰：“云再拜：省诸赋，皆有高言绝典，不可复言。顷有事，复不大快，凡得再三视尔。其未精，仓卒未能为之次第。省《述思赋》，流深情至言，实为清妙。恐故复未得为兄赋之最。兄文自为雄，非累日精拔，卒不可得言。《文赋》甚有辞，绮语颇多。文适多体，便欲不清。不审兄呼尔不？《咏德颂》甚复尽美，省之恻然。《扇赋》腹中愈首尾，发头一而不快，言‘乌云龙见’，如有不体。《感逝赋》愈前，恐故当小不？然一至不复减。《漏赋》可谓清工。兄顿作尔多文，而新奇乃尔，真令人怖，不当复道作文。谨启。”

由陆云《与兄平原书》之第八书，我们可以确认这样几个已知条件：

第一，陆云第八书中言及与评论的陆机作品，从文体上看都是“赋”这一种体裁。陆侃如先生指出：“书中称《咏德赋》为《咏德颂》，《叹逝赋》为《感逝赋》，《漏刻赋》为《漏赋》，《羽扇赋》为《扇赋》，均无关宏旨。”[①] 陆机或许只有《咏德赋》而无《咏德颂》，检《晋书·张华传》，有记载曰：“华诛后（陆机）作诔，又为《咏德赋》以悼之。”陆机“不推中国人士”而唯独崇拜张华。张华被杀以后，陆机含蓄地以“赋”代“颂”，这在当时尖锐复杂的政治形势下，是完全可以理解的。赋为名，颂为实，陆云乃言其实。这里特别要注意的是陆云此书开头的话：“省诸赋，皆有……”这第一句话就已经明确交代了他所评论之全部作品的体裁性质。

第二，陆云第八书中“文赋”一词，乃指“《文赋》”。应该明确，既然已如第一项已知条件所提示，此书所论之作品，如《述思赋》、《咏德赋》、《羽扇赋》、《叹逝赋》、《漏刻赋》等，体裁上都是清一色的赋，因

① 陆侃如：《中古文学系年》下册，人民文学出版社1985年版，第790页。

此，陆云刚刚评价了第一篇作品《述思赋》后，不可能出现“文赋甚有辞，绮语颇多”或“文、赋甚有辞，绮语颇多”这样的语句。如果指称文体，那么此书只论“赋”，未论“赋”之外的“文”，故不得“文”、“赋”并举。而接下来的“文适多体，便欲不清”一句，倒恰好是陆云因陆机《文赋》而生发的议论。陆机《文赋》语及“文”中诗、赋、碑、诔、铭、箴、颂、论、奏、说等“多体”，然而，对所排比之十种文体中的每一“体”，他的界定仅有四个字。似乎已提纲挈领，却又似乎以偏概全。这恐怕正是“意不称物”的表现。而于读者而言，面对如此简约的定义，其结果恐怕也是认识“不清”吧。二陆兄弟文学精神强烈，交流与讨论中，关于文学主张都能力陈己见，畅所欲言。魏晋之间，鲜见昆弟积极切磋文学甚于陆机、陆云者。“文适多体，便欲不清。不审兄呼尔不?”此乃陆云读《文赋》后的不满足感，以及其与乃兄的商榷语。在陆云此第八书中，“文”这个字共出现五次，其中四次皆属于单音为词，是一个内涵与外延均大于“赋”的概念，乃总称“文章诗赋”。而“文赋”二字，在此处并非泛指文体，而是特指《文赋》。

第三，陆云第八书中有语句表明，陆机《述思赋》、《文赋》、《咏德赋》、《羽扇赋》、《叹逝赋》、《漏刻赋》等六赋为同时所作。此第八书结构完整，思路清晰，前总提“省诸赋”，中间部分对六篇赋逐一加以评价，最后总说读后感受。“兄顿作尔多文”云云，说明了所评“诸赋”包括《文赋》，乃近期所作。“尔”是指示代词，指所评六赋；“顿”是时间副词，指最近的一个短时期。

第四，陆云第八书中语及陆机《叹逝赋》。其赋序曰：“昔每闻长老追计平生同时亲故，或凋落已尽，或仅有存者。余年方四十，而懿亲戚属亡多存寡，昵交密友亦不半在。或所曾共游一途，同宴一室，十年之内，索然已尽。以是思哀，哀可知矣。”据此可知，该赋作于陆机“年方四十”之时。陆机《叹逝赋》曰：“信松茂而柏悦，嗟芝焚而蕙叹。”张华于永康元年（300）四月三日被杀，陆机既作诔文哀之，又作《咏德赋》悼之。张华正是陆机《叹逝赋序》中所叹逝的“昵交密友”。

第五，陆云第八书不必写于永宁二年（302）夏在邺城为成都王颖大将军右司马时。陆云《与兄平原书》之第四书曰：“一日见正叔与兄读古五言诗，此生叹息欲得之。”此第四书当作于元康九年（299）至永康元年（300），时陆机、潘尼皆在著作郎任上。陆云由吴王郎中令入洛仕为尚书郎等职，当在元康九年与永康元年之际；潘尼于张华、潘岳等被杀后投奔齐王冏，最晚不迟于永康二年（301）春。只有二陆与潘尼同在洛阳，才会出现陆云第四书所描述的情景。由此可见，以《与兄平原书》三十五篇一律作于公元302年夏后不为无误。陆云第四书、第八书，当写于永康元年（300）。

由以上已知条件，我们可以进行逻辑推理。既然陆云第八书讨论的“诸赋”乃陆机“顿”然间撰成，则“诸赋”当然作于最近的同时。既然陆机《文赋》是陆云第八书讨论的“诸赋”之一，而“诸赋”中之《咏德赋》写于陆机之“昵交密友”张华被杀之年，即永康元年（从被杀之日到年底仍有近九个月），《叹逝赋》写于陆机“年方四十”时，即同样在永康元年，那么《文赋》撰成的时间亦应在永康元年（300）。更进一步地讲，《叹逝赋》与《咏德赋》一样写于永康元年（300）四月三日张华被杀之后不久，而从创作意图、创作心境等因素考虑，《文赋》当写于张华被杀之前不久。准确地讲，陆机《文赋》撰于永康元年（300）之春月。

（原载《天津师范大学学报》2003年第5期，《中国古代近代文学研究》2004年第2期全文转载）

“三张二陆两潘一左”著述考略

“三张二陆两潘一左”是建安曹魏文士集团之后的又一次文坛兴盛景象。其时，潘陆张左，才高词赡，烂若云锦，但斗转星移，人代湮灭，太康群才的诗赋文章流传至今者十一而已。这里既钩稽文献载录，亦参考学界既有成果，旨在潘陆张左著述考证方面的会要集成。

一、张载著述

（一）《张载集》

1. 著录

（1）《晋书·张载传》：“载性闲雅，博学有文章。”

按，《晋书》本传未述及张载文章卷帙。

（2）《隋书·经籍志》著录：“晋中书郎《张载集》七卷，梁一本二卷，录一卷。”

（3）《旧唐书·经籍志》著录曰：“《张载集》三卷。”

（4）《新唐书·艺文志》著录曰：“《张载集》二卷。”

2. 有关总集、类书选录张载之作品

（1）梁·萧统《文选》：《七哀诗》五言 2 首（卷二十三）、《拟四愁诗》七言1首（卷三十）、《剑阁铭》（卷五十六）。

按张载《七哀》佚句云：“汉祖想枌榆，光武思白水。”此见于《文心雕龙·丽辞》所引，当补入张载诗文集中。

（2）唐·欧阳询《艺文类聚》收录张载作品共诗9首，文11篇。

3. 后人辑集、评选张载作品

（1）明·张溥辑张载、张协作品为《张孟阳、景阳集》一卷，入《汉魏六朝百三名家集》。

（2）清·吴汝纶辑编《张孟阳集选》一卷，入《汉魏六朝百三家集选》。

（3）清·严可均辑张载文入《全晋文》卷八十五，计13篇。

（4）丁福保辑张载诗入《全晋诗》卷四，计15篇。

（5）逯钦立辑张载诗入《先秦汉魏晋南北朝诗·晋诗》卷七，计21篇。

（二）《鲁灵光殿赋注》

文廷式《补晋书艺文志》卷六、黄逢元《补晋书艺文志》卷四以及丁国钧《补晋书艺文志补遗》均见著录。

（三）《三都赋注》

《隋书·经籍志》著录张载之《三都赋注》（与刘逵、卫权合注）三卷，大多佚亡，略有零星者散见于《文选》李善注文中。此《三都赋注》，据《世说新语·文学》刘孝标注引《左思别传》所云，乃左思冒名而作的产物。然而从上文可见，张载还有《鲁灵光殿赋注》，文廷式、黄逢元以及丁国钧等多家《补晋书艺文志》均见著录。那么，张载是否曾为左思《三都赋》作注，从其尝注《鲁灵光殿赋》一事，也许能得到点儿进一步的认识。

二、张协著述

（一）《张协集》

1. 著录

（1）《晋书·张协传》曰："协字景阳，少有俊才，与载齐名。"《晋书·张载等传赞》曰："载、协飞芳，棣华增映。"

按，《晋书》本传未述及张协文章卷帙。

（2）《隋书·经籍志》四著录："晋黄门郎《张协集》三卷，梁四卷，录一卷。"

（3）《旧唐书·经籍志》、《新唐书·艺文志》均著录曰："《张协集》二卷。"宋人郑樵《通志》著录为四卷，元代编《宋史·艺文志》未见著录。

2. 有关总集、类书选录张协之作品

（1）梁·萧统《文选》：《咏史》五言1首（卷二十一）、《杂诗》五言10首（卷二十九）、《七命》（卷三十五）。

（2）唐·欧阳询《艺文类聚》录诗10首、文11篇。

3. 后人辑集、评选张协作品

（1）明·张溥辑张载、张协作品为《张孟阳、景阳集》一卷，入《汉魏六朝百三名家集》。

（2）清·吴汝纶辑编《张景阳集选》一卷，入《汉魏六朝百三家集选》。

（3）清·严可均辑张协文入《全晋文》卷八十五，计15篇。

（4）丁福保辑张协诗入《全晋诗》卷四，计13篇。

（5）逯钦立辑张协诗入《先秦汉魏晋南北朝诗·晋诗》卷七，包括残篇计15篇。

三、张亢著述

（一）《张亢集》

著录情况如下：

（1）《晋书·张亢传》：“亢字季阳，才藻不逮二昆，亦有属缀。”

按，《晋书》本传未述及张亢文章卷帙。

（2）《隋书·经籍志》著录：“（梁）又有散骑常侍《张亢集》二卷，录一卷……亡。”

张亢虽与张载、张协两位兄长齐名文坛，但其诗文创作风貌与格调，今皆不得其详。六朝以来诗文评中，罕见对张亢作单论专评的。《隋书·经籍志》以后，《旧唐书·经籍志》、《新唐书·艺文志》均见著录《张抗集》二卷，有论者谓“抗”当作“亢”。此后，公私书目再不见任何著录，亦无辑本传世。显然，他的著述至迟于宋代已经基本上失传了。萧统《文选》、欧阳询《艺文类聚》均未选录张亢之片言只语。

（二）《历赞》

唐代所编《晋书·张亢传》有记载说：“荀崧举亢领佐著作郎，出补乌程令，入为散骑常侍，复领佐著作。述历赞一篇，见《律历志》。”又据《艺文类聚》卷五、《太平御览》卷十六引王隐《晋书》云：“张载弟、前乌程令名亢。依蔡邕注《明堂月令中台要解》，又缀诸说（一作脱）历数而为《历赞》。秘书监荀崧见《赞》异之，云：‘信该罗历表义矣。’”[①] 东晋人荀崧所见张亢之“《赞》”，其全称到底是什么，诸家著录稍有不同。吴士鉴《补晋书经籍志》卷三、丁国均《补晋书艺文志》卷三、秦荣光《补晋书艺文志》卷三以及黄逢元《补晋书艺文志》卷四，皆著录《述历

① 清代汤求辑、今人杨朝明校补：《九家旧晋书辑本》，中州古籍出版社 1991 年版，第 254 页。

赞》。显然，他们皆承唐修《晋书》而来。然而，文廷式《补晋书艺文志》卷四则著录为《宗历赞》。“述历赞”，或者“宗历赞”，其意皆不甚可解。王隐是晋代史学家，他的记载当更有权威性，因此，“《赞》”之全称当为《历赞》。又，唐修《晋书》称张亢此《赞》见于《律历志》，然检唐修《晋书·律历志》，查而未见。即此可知，张亢《历赞》亦已佚失。

四、陆机著述

（一）《陆机集》

1. 著录

（1）《晋书·陆机传》：“所著文章凡三百余篇，并行于世。”

按，《晋书》本传未具体述及其文章卷帙。

（2）《隋书·经籍志》四著录：“晋平原内史《陆机集》十四卷。”注云：“梁四十七卷，录一卷。亡。”

按，陆云在《与兄平原书》中曾说：“集兄文为二十卷。”此为生前之辑编，显然算不得全集。又，《北堂书钞》卷一百引《抱朴子》佚文曰：“吾见二陆之文百许卷，似未尽也。”则可见陆集卷帙甚为可观。

（3）《旧唐书·经籍志》、《新唐书·艺文志》均著录曰：“《陆机集》十五卷。”

（4）宋代郑樵《通志·艺文略》：“平原内史《陆机集》四十七卷。”

按，《通志·艺文略》之著录或承《隋书·经籍志》注语而来，未必有所亲见。

（5）《宋史·艺文志》著录：“《陆机集》十卷。”晁公武《郡斋读书志》、陈振孙《直斋书录解题》著录与此相同。晁公武《郡斋读书志》曰：“（陆机）所著文章凡三百余篇，今存诗、赋、论、议、笺、表、碑、诔一百七十余首，以《晋书》、《文选》校正外，馀多舛误。”

2. 有关总集、类书选录陆机之作品

（1）梁·萧统《文选》：《叹逝赋》（卷十六）、《文赋》（卷十七）、《皇太子宴玄圃宣猷堂有令赋诗》四言1首（卷二十）、《招隐诗》五言1首（卷二十二）、《赠冯文罴迁斥丘令》四言1首（卷二十四，下同）、《答贾长渊》四言1首、《于承明作与士龙》五言1首、《赠尚书郎顾彦先》五言2首、《赠顾交趾公真》五言1首、《赠从兄车骑》五言1首、《答张士然》五言1首、《为顾彦先赠妇》五言2首、《赠冯文罴》五言1首、《赠弟士龙》五言1首、《赴洛》五言2首（卷二十六，下同）、《赴洛道中作》五言2首、《吴王郎中时从梁陈作》五言1首、《猛虎行》杂言1首（卷二十八，下同）、《君子行》五言1首、《从军行》五言1首、《豫章行》五言1首、《苦寒行》五言1首、《饮马长城窟行》五言1首、《门有车马客行》五言1首、《君子有所思行》五言1首、《齐讴行》五言1首、《长安有狭邪行》五言1首、《长歌行》五言1首、《悲哉行》五言1首、《吴趋行》五言1首、《短歌行》四言1首、《日出东南隅行》五言1首、《前缓声歌》五言1首、《塘上行》五言1首、《挽歌诗》五言3首、《园葵诗》五言1首（卷二十九）、《拟古诗》五言12首（卷三十）、《谢平原内史表》（卷三十七）、《豪士赋序》（卷四十六）、《汉高祖功臣颂》（卷四十七）、《辨亡论》上、下2篇（卷五十三）、《五等论》（卷五十四）、《演连珠》50篇（卷五十五）、《吊魏武帝文》（卷六十）。以上计诗18题35首，乐府17首，赋、颂、序、论、演连珠等59篇，合111篇，在所有入选作者中，陆机入选作品数居《文选》之冠。

（2）唐·欧阳询《艺文类聚》录诗61首、文53篇。

3. 后人辑集、校注陆机作品

（1）宋·徐民瞻辑刻《晋二俊文集》，收《陆士衡集》十卷，此为最早辑本。但宋本早佚，今所可见者有明代陆元大翻宋本（《四部丛刊》影印），另有知不足斋所藏影宋钞本（今藏北京图书馆）。

（2）明代张溥辑陆机作品为《陆平原集》二卷，入《汉魏六朝百三名家集》。

（3）清代严可均辑陆机文入《全晋文》卷九十六至九十九，计136篇。

（4）丁福保辑陆机诗入《全晋诗》卷三，计105篇。

（5）逯钦立辑陆机诗入《先秦汉魏晋南北朝诗·晋诗》卷五，计98篇。

（6）郝立权《陆士衡诗注》收录诗歌99篇，分为四卷，此为迄今为止陆机诗歌唯一的全注本，人民文学出版社1958年曾据原印本校点排版。

（7）金涛声点校《陆机集》，分十卷。此以《四部丛刊》影印明人陆元大翻宋本《陆士衡文集》为底本，校以影宋钞本，并参校其他有关总集、类书以及史传等文献，附录有补遗三卷及陆机《晋纪》、《洛阳记》、《要览》等佚文。中华书局1982年出版。

（二）《连珠》

所见著录有：

（1）《隋书·经籍志》集部："又《连珠》一卷，陆机撰，何承天注。"

（2）《旧唐书·经籍志》："《连珠集》五卷，陆机撰。"

（三）《要览》

《旧唐书·经籍志》丙部著录："《要览》三卷，陆士衡撰。"《新唐书·艺文志》著录："陆士衡《要览》三卷。"宋人郑樵《通志·艺文略》著录与此相同。此外，丁国钧《补晋书艺文志》卷三，文廷式《补晋书艺文志》卷四，秦荣光《补晋书艺文志》卷三，吴士鉴《补晋书经籍志》卷三以及黄逢元《补晋书艺文志》卷三，皆著录《要览》三卷。《要览》序云："直省之暇，乃集要术三篇：上曰《连璧》，集其嘉名，取其连类；中曰《述闻》，实述余之所闻；下曰《析名》，乃搜同辨异。"此序见严可均《全晋文》，但未详所出。《要览》早已佚失，《太平御览》、《说郛》等书中仍可见佚文多条。金涛声校点《陆机集》附录佚文16条。

（四）《洛阳记》

《隋书·经籍志》著录曰：“《洛阳记》一卷，陆机撰。”《旧唐书·经籍志》、《新唐书·艺文志》、《通志·艺文略》著录与此相同。此书早已失传，姜亮夫《陆平原年谱》、金涛声校点《陆机集》录佚文若干。

（五）《晋纪》

《隋书·经籍志》著录曰：“《晋纪》四卷，陆机撰。”《旧唐书·经籍志》著录曰：“《晋帝纪》四卷，陆机撰。”《新唐书·艺文志》、《通志·艺文略》著录与此相同；而唐代《艺文类聚》及宋代《太平御览》皆引作“陆机《晋书》”。此书亦久已失传。关于陆机《晋纪》，姜亮夫先生之考证甚为精要，谨引如下：“按《文心雕龙·史传篇》：‘晋代之书，陆机肇始而未备。’所谓未备者，未备有晋一代之书也。《史通·内篇》曰：‘陆机《晋纪》，列纪三祖，直叙其事，竟不编年。年既不编，何纪之有？’又《外篇》曰：‘晋史，洛京时著作郎陆机始撰《三祖纪》。’则《晋纪》实即《三祖纪》也，故刘彦和以为未备。《初学记·文部》引陆机《晋书限断议》曰：‘三祖实终为臣，故书为臣之事，不可不如传，此实录之谓也。而名同帝王，故自帝王之籍，不可不称纪，则追王之义。’则陆书实宜名《三祖纪》也。惟当时撰《晋纪》者，实不一人，其可考者如干令升、曹嘉之、邓粲、王韶之、徐广、裴松之、刘谦之，皆见《隋书·经籍志》。盖当时著者多人，皆略举数帝，而非全载（如机书只三祖，干书自宣帝迄于愍帝，邓书只元、明纪，韶之书只安帝讫义熙九年，皆其证），故一以《晋纪》为称。此贞观修书诏书所谓‘干、陆、曹、邓，略记帝王者’也。机以高才，为世所重，肇始未备，创此称名，为一代所宗，故通称则曰《晋纪》，专号宜曰《三祖纪》云。其书已亡。”①

① 姜亮夫：《陆平原年谱》，古典文学出版社1957年版，第99页。

（六）《晋惠帝百官名》

《旧唐书·经籍志》、《新唐书·艺文志》均著录为：《晋惠帝百官名》三卷，陆机撰。《通志·艺文略》则著录为：《晋惠帝百官名》二卷，陆机撰。

（七）《惠帝起居注》

《隋书·经籍志》著录《惠帝起居注》二卷，但未署撰著人。章宗源《隋书经籍志考证》卷五曰：“《宋书·蔡廓传》……《魏志·张燕传》注……并题陆机《晋惠帝起居注》。”姚振宗《隋书经籍志考证》卷十五认为《晋惠帝起居注》当为陆机任著作郎时所撰。陆侃如先生推测，《晋惠帝起居注》与《晋惠帝百官名》当为同时作①。

（八）《吴章》

《隋书·经籍志》“字书类”著录：“《吴章》二卷，陆机撰。”宋人郑樵《通志·艺文略》著录：“《吴章》二卷，陆机撰。”

（九）《正训》

吴士鉴《补晋书经籍志》卷三、黄逢元《补晋书艺文志》卷三，秦荣光《补晋书艺文志》卷三、文廷式《补晋书艺文志》卷四及丁国钧《补晋书艺文志》附录，均著录陆机《正训》十卷。

（十）《会要》

见秦荣光《补晋书艺文志》卷三、黄逢元《补晋书艺文志》卷三著录，卷帙未详。

① 参见《中古文学系年》下册，人民文学出版社 1985 年版，第 772 页。

（十一）《纂要》

见秦荣光《补晋书艺文志》卷三著录，卷帙未详。

（十二）《吴书》

关于《吴书》，未见公私书目著录，然可以陆云《与兄书》为据：“云再拜：诲欲定《吴书》，雲昔尝已商之兄，此真不朽事，恐不与十分好书，同是出千载事。兄作必自与昔人相去。”

（十三）《陆平原子书》

见秦荣光《补晋书艺文志》卷三著录，卷帙未详。

五、陆云著述

（一）《陆云集》

1. 著录

（1）《晋书·陆云传》：“所著文章三百四十九篇，又撰《新书》十篇，并行于世。”

按，《晋书》本传未具体述及其文章卷帙。

（2）《隋书·经籍志》四著录：“晋清河太守《陆云集》十二卷。”注云：“梁十卷，录一卷。”

按，《北堂书钞》卷一百引《抱朴子》佚文曰：“吾见二陆之文百许卷，似未尽也。”则可见陆集卷帙甚为可观。

（3）《旧唐书·经籍志》、《新唐书·艺文志》均著录曰：“《陆云集》十卷。”

（4）《宋史·艺文志》著录：“《陆云集》十卷。”

2. 有关总集、类书选录陆云之作品

（1）梁·萧统《文选》:《大将军燕会被命作诗》（卷二十）、《为顾彦先赠妇》（卷二十五，下同）、《答兄机》、《答张士然》。

（2）唐·欧阳询《艺文类聚》录诗5首、文9篇。

3. 后人辑集、校注陆云作品

（1）宋·徐民瞻辑刻《晋二俊文集》，收《陆士龙文集》十卷，此为最早辑本。

（2）明·张溥辑陆云作品为《陆清河集》二卷，入《汉魏六朝百三名家集》。

（3）清·严可均辑陆云文入《全晋文》卷一百至一百零四，计131篇。

（4）丁福保辑陆云诗入《全晋诗》卷三，计32篇。

（5）逯钦立辑陆云诗入《先秦汉魏晋南北朝诗·晋诗》卷六，计37篇。

（6）黄葵点校《陆云集》，分十卷。此以宋庆元六年（1200）华亭县学刻《陆士龙文集》十卷本为底本。庆元本现存北京图书馆，尚完整，有项元汴跋。黄葵点校之《陆云集》，校以《四部丛刊》影印明人陆元大翻宋本《晋二俊文集》、清影宋钞本《晋二俊文集》，并参校其他有关总集、类书以及史传等文献，附录有《补遗》、版本序跋及陆云传记资料，中华书局1988年8月版。

（二）**《陆子》**

《隋书·经籍志》曰："《陆子》十卷，陆云撰，亡。"《旧唐书·经籍志》、《新唐书·艺文志》著录相同。

按，《隋志》列《陆子》入道家。《晋书·陆云传》记载："初，云尝行，逗宿故人家，夜暗迷路，莫知所从。忽望草中有火光，于是趣之。至一家，便寄宿。见一年少，美风姿，共谈《老子》，辞致深远。向晓辞去，行十许里，至故人家，云此数十里中无人居，云意始悟。却寻昨宿处，乃王弼家。云本无玄学，自此谈《老》殊进。"

（三）《新书》

《晋书·陆云传》曰："（陆云）所著文章三百四十九篇，又撰《新书》十篇，并行于世。"

关于《陆子》与《新书》问题，兴膳宏、川合康三《隋书经籍志详考》有所讨论，今谨引以为参考。其曰："《晋书》五四本传有云：'又撰《新书》十篇。'其即《陆子》邪？《意林》四引《抱朴子》佚文曰：'《陆子》十篇诚为快书。其辞富者，虽精思不可损也；其理约者，虽鸿笔不可益也。'《意林》六（宋刻）有'《陆子》十卷'，引其佚文一则。"

（四）《棋品序》

《隋书·经籍志》曰："《棋品序》一卷，陆云撰。"

按，姚振宗《隋书·经籍志考证》卷三十三以为"当为陆云公"之误①。

（五）《笑林》

见文廷式《补晋书艺文志》卷五著录，卷帙未详。

六、潘岳著述

（一）《潘岳集》

1. 著录

（1）《晋书·潘岳传》："辞藻绝丽，尤善为哀诔之文。"

按，《晋书》本传未具体述及潘岳文章卷帙。

① 关于陆云公，《梁书·文学传》有载述。

(2)《隋书·经籍志》四著录:“晋黄门郎《潘岳集》十卷。”

(3)《旧唐书·经籍志》、《新唐书·艺文志》均著录曰:“《潘岳集》十卷。”

(4)《宋史·艺文志》著录:“《潘岳集》七卷。”

2. 有关总集、类书选录潘岳之作品

(1)梁代萧统《文选》:《藉田赋》(卷七)、《射雉赋》(卷九)、《西征赋》(卷十)、《秋兴赋》(卷十三)、《闲居赋》(卷十六,下同)、《怀旧赋》、《寡妇赋》、《笙赋》(卷十八)、《关中诗》(四言)(卷二十,下同)、《金谷集作诗》(五言)、《悼亡诗》(五言)(卷二十三)、《为贾谧作赠陆机》(四言)(卷二十四)、《河阳县作》(五言)(卷二十六,下同)、《在怀县作》(五言)、《杨荆州诔》(卷五十六,下同)、《杨仲武诔》、《夏侯常侍诔》(卷五十七,下同)、《马汧督诔》、《哀永逝文》。

(2)唐代欧阳询《艺文类聚》录诗16首、文44篇。

3. 后人辑集潘岳作品

(1)明代张燮辑潘岳作品为《潘黄门集》六卷(附录一卷),入《七十二家集》。

(2)明代汪士贤辑潘岳作品为《潘黄门集》六卷,入《汉魏诸名家集》。

(3)明代张溥辑潘岳作品为《潘黄门集》一卷,入《汉魏六朝百三名家集》。

(4)清代严可均辑潘岳文入《全晋文》卷九十至九十三,计61篇。

(5)丁福保辑潘岳诗入《全晋诗》卷四,计18篇。

(6)逯钦立辑潘岳诗入《先秦汉魏晋南北朝诗·晋诗》卷四,计22篇。

(二)《关中记》

《旧唐书·经籍志》著录曰:“《关中记》一卷,潘岳撰。”《新唐书·

艺文志》著录：“潘岳《关中记》一卷。”丁国钧《补晋书艺文志》卷二、文廷式《补晋书艺文志》卷二、秦荣光《补晋书艺文志》卷二、黄逢元《补晋书艺文志》卷二以及吴士鉴《补晋书经籍志》卷二等，著录相同。姚振宗曰：“又两唐志有潘岳《关中记》一卷，本志不著录，或亦编入本集。”①

（三）《潘氏家谱》

丁国钧《补晋书艺文志》卷二、黄逢元《补晋书艺文志》卷二以及吴士鉴《补晋书经籍志》卷二均有著录。

七、潘尼著述

（一）《潘尼集》

1. 著录

（1）《晋书·潘尼传》：“尼少有清才，与（潘）岳俱以文章见知，性静退不竞，唯以勤学著述为事。”

按，《晋书》本传未述及潘尼文章卷帙。

（2）《隋书·经籍志》四著录：“晋太常卿《潘尼集》十卷。”

（3）《旧唐书·经籍志》、《新唐书·艺文志》均著录曰：“《潘尼集》十卷。”《宋史·艺文志》未见著录，大约宋末以后《潘尼集》已经失传。

2. 有关总集、类书选录潘尼之作品

（1）梁·萧统《文选》：《赠陆机出为吴王郎中令》（四言）（卷二十四，下同）、《赠河阳》（五言）、《赠侍御史王元贶》（五言）、《迎大驾》（五言）（卷二十六），共诗4题4首。

（2）唐·欧阳询《艺文类聚》录诗15首、文20篇。

① 《隋书经籍志考证》卷三十九。

3. 后人辑集、评选潘尼作品

（1）明代张燮辑潘尼作品为《潘太常集》二卷（附录一卷），入《七十二家集》。

（2）明代张溥辑潘尼作品为《潘太常集》一卷，入《汉魏六朝百三名家集》。

（3）清代吴汝纶编录《潘太常集选》一卷，入《汉魏六朝百三家集选》。

（4）清代严可均辑潘尼文入《全晋文》卷九十四、九十五，计26篇。

（5）丁福保辑潘尼诗入《全晋诗》卷四，计24篇。

（6）逯钦立辑潘尼诗入《先秦汉魏晋南北朝诗·晋诗》卷八，计30篇。

八、左思著述

（一）《左思集》

1. 著录

（1）《晋书·左思传》："貌寝口讷，而辞藻壮丽。"

按，《晋书》本传未述及左思文章卷帙。

（2）《隋书·经籍志》四著录："晋齐王府记室《左思集》二卷。"注云："梁有五卷，录一卷。"又云："《五都赋》六卷，并录，张衡及左思撰。"又云："《齐都赋》二卷并音，左思撰。"

（3）《旧唐书·经籍志》、《新唐书·艺文志》均著录曰："《左思集》五卷。"《宋史·艺文志》未见著录，大约宋末以后《左思集》已经失传。

2. 有关总集、类书选录左思之作品

（1）梁代萧统《文选》：《三都赋并序》（卷四）、《咏史》五言8首（卷二十一）、《招隐诗》五言2首（卷二十二）、《杂诗》五言1首（卷二十九），共诗3题11首，文1篇。

（2）唐·欧阳询《艺文类聚》录诗7首、文6篇。

3. 后人辑集左思作品

（1）近人丁福保辑编《左太冲集》一卷，入《汉魏六朝名家集初刻》。需要特别指出的是，明代张溥《汉魏六朝百三名家集》未辑录左思作品，而郑振铎谓“《左太冲集》有《汉魏六朝百三家集》本”，实粗疏致误。《四库全书总目提要》认为张溥《百三名家集》“有可成集而遗之者”，而“左思《三都赋》、《白发赋》、《髑髅赋》及《文选》所载《咏史诗》亦可成一卷”。即此可以看出，丁福保编录之《左太冲集》，是《隋志》著录之《左思集》失传以后最早的辑本。

（2）清代严可均辑左思文入《全晋文》卷七十四，包括残篇计7篇。

（3）丁福保辑左思诗入《全晋诗》卷四，计14首。

（4）逯钦立辑左思诗入《先秦汉魏晋南北朝诗·晋诗》卷七，包括残篇计15首。

（原载《安徽教育学院学报》2001年第2期）

陆机研究综述

20 世纪关于陆机研究的论文约在二百篇，其中讨论《文赋》者占三分之二强，这一点表明了学术界对陆机这样一位西晋文学理论家的高度重视。

就 20 世纪陆机研究之阶段性特征来看，1979 年以前论文总数不足五十篇，即是说五分之四的世纪光阴中，所发表的论文只占了百年论文总量的四分之一，并且，基本上清一色地做的是关于《文赋》的题目。当然，由于种种历史的原因，前 80 年里有三个时段的空白，一是世纪初叶的 20 多年，二是“大跃进”以前的近 10 年，三是受“文革”影响的 15 年。历史的发展循其客观规律而动，不同的时代有不同的追求，或者是反封建、求解放，或者是抓革命、促生产，或者是挖毒草、换脑筋。所谓学术研究，就是一些执着的学者钻空子生产加工精神产品。那么，在历时很长的前一阶段，学者们从八十年的岁月里艰难地挤出了大约三十年的时间，他们断断续续地打磨出一批批的艺术产品，殊为不易，是很值得珍视的。

从改革开放到 1999 年是 20 世纪陆机研究的后一阶段，人们的精神面貌焕然一新，学术思想空前活跃。这一阶段，新见迭出，硕果累累。仅仅 20 年的时间，论文总数竟三倍于前 80 年的总和。更为可喜的是，学者们打破了陆机研究只做《文赋》题目的尴尬局面，不断转换视角以发现和探讨新课题，多方位、多层面地进行开拓挖掘。所讨论的方面，关于《文赋》当然是重头戏。这之中既有新的注绎解读，也有“撰作年代”问题的旧话重提；既有《文赋》创作论、构思论、想象论、灵感论等话题的广泛研讨，也有关于“缘情”和“言志”及心理学、美学意义上的深入思辨。《文赋》而外，关于陆机研究又广及其生平仕历、文本考证、创作实践、人格心态以及文学史地位评价诸多方面。多维观照和纵深透视相结合，说明关于文学本质及其规律的探讨在陆机研究方面有了实质性的开拓进展。1999 年以前的这 20 年是陆机研究取得丰硕成果的辉煌年代。

以上为 20 世纪陆机研究阶段性特征的简单回顾，下面分专题从生平仕历及评价研究、《文赋》研究、其他作品研究三个方面来谈。

一、生平仕历及评价研究

陆机（261—303）字士衡，东吴名将之后，西晋太康之英，他是当时政坛和文坛上的重要人物，正史有传。其籍贯，据臧荣绪《晋书》、王隐《晋书》、房玄龄等《晋书》均作“吴郡”。吴郡治所在今江苏苏州市。《中国大百科全书·中国文学》卷李思永、韦凤娟撰“陆机”条与王运熙、杨明《魏晋南北朝文学批评史》等从之。但金涛声《陆机集·前言》[①]，蒋祖怡、韩泉欣《陆机评传》[②] 均作“吴郡华亭（今上海市松江县)”。关于陆机籍贯，笔者赞同“吴郡华亭”说。据《世说新语·尤悔》：“陆平原河桥败，为卢志所谗被诛，临刑叹曰：‘欲闻华亭鹤唳，可复得乎！’”吴中置华亭县虽然在唐天宝十年（751），治今上海市松江区，但此前实有华亭之地。《世说新语》刘孝标注引《八王故事》曰：“华亭，吴由拳县郊外墅也，有清泉茂林。吴平后，陆机兄弟共游于此十余年。”由拳县为秦置，三国吴黄龙三年（231）改名禾兴县，治今浙江嘉兴市，今松江县位于其东北。华亭别称华亭谷。吴士鉴、刘承干《斠注》：“《元和郡县图志》二十五曰：华亭

① 金涛声点校：《陆机集》，中华书局 1982 年版。

② 《中国历代著名文学家评传》，山东教育出版社 1983 年版。

谷在华亭县西三十五里，陆逊、陆抗宅在其侧，逊封华亭侯。陆机云华亭鹤唳，此地是也。”又，松江府别称“云间”，在今上海松江县一带，正因陆云对客自称“云间陆士龙”而得名。

要深入研究一个文学家，往往离不开编制年谱这样的基础工程。在20世纪陆机研究的前一阶段，有几位前辈为之付出了辛勤，其成果有：李泽仁《陆士衡史》（附《陆士衡年谱》）①，何融《潘陆年谱》②，朱东润《陆机年表》③ 以及姜亮夫《陆平原年谱》④。这些著作较为完备地考订排列了陆机的生平事迹，亦兼及其艺术和思想渊源，所采史料丰富，颇能方便于广大研究者。当然，这些年谱也难免有疏于考证之处。例如姜亮夫先生《年谱》认为陆机两为著作郎，第一次在元康三年，第二次在元康八年。后者可以陆机《吊魏武帝文》之序为证：“元康八年，机始以台郎出补著作。”而于前者则似乎言而无据。沈玉成先生著文指出：“寻姜氏致误之由，盖在泥定唐修《晋书·陆机传》‘骏诛，累迁太子洗马、著作郎’于吴王郎中令之前，中华标点本校记已明言其误。姜氏不察，遂立两为著作郎之说，而弥缝未能无迹。”⑤

事实上，某些史传如唐修《晋书》关于陆机的入洛时间、归吴勤学、仕晋经历等的记载颇有矛盾讹误之处，其谬说历千载以讹传讹而至于今日。倘不能审读比照“二陆”文集和众家晋史，未必能尽得其实。例如唐修《晋书》云：陆机“年二十而吴灭，退居旧里，闭门勤学，积有十年”，“至太康末，与弟云俱入洛”。这一说法为当今许多学者所接受采纳，如姜亮夫《年谱》，金涛声《陆机集·前言》，蒋祖怡、韩泉欣《评传》，陆侃如《中古文学系年》，黄葵《陆云集·前言》等等。当然，并非从未有论者对此提出过异议。早在1930年朱东润《陆机年表》已经推论，陆机在吴亡后并不

① 1926年5月《尚友书塾季报》。

② 《知用丛刊》第二。

③ 《武大文哲季刊》1930年1卷1—2期。

④ 上海古典文学出版社1957年版。

⑤ 《〈张华年谱〉、〈陆平原年谱〉中的几个问题》，《文学遗产》1992年第3期。

是随即退居旧里，而是去了洛阳，赴洛的原因是战败被俘到北方，根据是“二陆”的赠答诗什《与弟清河云诗》和《答兄平原》。半个世纪后，陈庄有《陆机生平三考》[①] 一文，傅刚有《陆机初次赴洛时间考辨》[②] 一文相继响应朱说。他们不断排比史料，进一步论证了陆机曾先后二次赴洛，一是太康初年被俘后入洛，二是元康二年仕晋入洛。十年之后，又有蒋方撰《陆机、陆云仕晋宦迹考》[③]，在朱东润、陈庄、傅刚考论的基础上，集其大成，同时通过清理比照众家晋史材料、二陆诗文自述以及其他有关史料，得出结论说：“吴灭后，陆机被俘去洛阳，陆云在建业出任扬州刺史从事。太康三年，陆机放归，退吴读书，至元康二年方应征辟入洛。兄弟俩在吴灭后仕晋的时间不同，经历也不相同。他们约在元康六年以后才同在洛阳仕宦，直至被害。”蒋方关于二陆吴灭后退居读书，太康末并入洛仕晋之旧说的重新考订，论据确凿，论证有力，对于学术界重新检讨研究二陆生平以及创作等方面意义十分重大。而上述陈庄、傅刚、蒋方三篇论文，前后呼应，共同补充发明，在陆机生平考证方面堪称划时代的力作，值得陆机研究者注意。

陆机曾为“二十四友”之一，《晋书》本传说他“好游权门，与贾谧亲善，以进趣获讥”。虽然说他是“太康之英”、“一代之杰”，萧统《文选》录他的作品数最多，但后人对他的评价却褒贬不一。有人说，潘陆“所作诗篇，文辞华美，把卑污性格掩饰得不露形迹，《文选》所录如陆机《乐府诗》、潘岳《悼亡诗》，就诗而论，确是清新可诵，《诗品》列潘陆为上品，还是恰当的”[④]。也有人说陆机诗“大都感兴不深，缺乏动人的内容”，“语言过于雕琢，有时强作对偶，流于拙滞”，“他写了许多乐府诗，大都因袭旧套，按题敷衍，很少结合自己的生活感受，不过以繁富求胜罢了”[⑤]。文

---

① 《四川大学学报》1983 年第 4 期。

② 《上海师范大学学报》1986 年第 2 期。

③ 《湖北大学学报》1995 年第 3 期。

④ 范文澜：《中国通史简编》第 2 册，人民出版社 1949 年版。

⑤ 中科院文学所等编：《中国文学史》，人民文学出版社 1962 年版。

学评价方面，有论者认为钟嵘将“太康之英”冠于陆机欠妥，而应冠之左思[①]。人格评价方面也往往被看作和潘岳一样地“热中仕进，性格卑污，正好是士族的代表人物”[②]。总之，颇多微词。

关于陆机人格评价方面，笔者认为以徐公持先生的意见为公允：“有迹象显示，当时陆机与贾谧及二十四友核心分子如石崇、潘岳等关系并不十分紧密。自今存陆机及诸人诗文中可知，陆机虽与潘岳同著文名，但当时彼此交往竟不很多，二人直接互致诗文极少。”“陆机一生对于功名的追求十分执著，其竞进欲望可与潘岳相比拟，但在知耻这一点上稍强于潘岳，潘岳不但竞进，而且更加浮躁。陆机在政治冒险方面又可与刘琨相比拟，但在坚持道义这一点上则不如刘琨，刘琨比他更见气骨；与刘琨的为国捐躯相比，陆机死于军阀混战中，未免人格缺乏光彩。”[③]

二、《文赋》研究

回顾20世纪《文赋》研究的历程，可以发现，前一阶段的80年是以注解译释为重点，可称为文本解读阶段；后一阶段的20年则以全方位的研究为态势，可称为理论挖掘阶段。另外，从50年代末到90年代初断续进行了一场关于“形式主义”问题的大讨论。这样一个与前后两阶段部分重合衔接的阶段可称为性质评价阶段。

20世纪研究《文赋》的论文有140篇左右，涉及内容十分广泛，为方便叙说，兹归纳为以下三个方面。

（一）作年考探

杜甫《醉歌行》云：“陆机二十作文赋。”这句诗似乎已明白地道出了

---

① 《中国历代著名文学家评传》刘文忠撰《左思》篇。

② 范文澜：《中国通史简编》。

③ 徐公持：《陆机论》，《传统文化与现代化》1998年第1期。

陆机《文赋》的撰作年代。其实不然。《文赋》到底撰成于何年，学术界争议颇多，其说法大致有三种。

1. 谓作于二十岁时。持如此观点的学者有三位：姜亮夫、万曼、张文勋。姜亮夫《陆平原年谱》推论说，《文赋》“精思博辨，自非入洛后世务纷絮，情思不愉时所能为”，并且，“机少小能文，最为世称，甫诗谨严，必非虚构”。他将《文赋》系于太康元年（280），时陆机二十岁。万曼认为杜甫的诗句“语气非常肯定”，当有依据；再说，“陆机早在吴国灭亡之前就读过曹丕的《典论》，在《论文》的影响之下，酝酿或草创《文赋》，是很有可能的”①。张文勋的看法是，当时正值吴亡，二陆退归勤学，“有条件集中精力去探讨文学创作理论的问题”，而陆机“早年就具有高度的文学修养，二十岁写成《文赋》也不是不可能的”②。

2. 谓作于二十九岁以后。夏承焘持此观点。《文选》李注征引臧荣绪《晋书》云：“机少袭领父兵，为牙门将军。年二十而吴灭，退临旧里，与弟云勤学，积十一年。誉流京华，声溢四表，被征为太子洗马，与弟云俱入洛。司徒张华素重其名，如旧相识，以文录呈。天才绮练，当时独绝，新声妙句，系踪张蔡。机妙解情理，心识文体，作《文赋》。”夏承焘认为，臧氏《晋书》及唐修《晋书》均言《文赋》作于入洛之后，即太康十年（289），时陆机二十九岁；而杜甫诗并非史家之记载，不足为凭，《文赋》“不作于陆机二十岁而作于二十九岁以后”③。

3. 谓作于四十岁左右。做这样推论的研究者颇多，但在具体时间方面意见并不一致。逯钦立《〈文赋〉撰出年代考》④ 根据陆云《与兄平原书》第八书断定《文赋》与书中所言其他作品同一年代，与陆侃如《中古文学系年》意见相合。但逯结论说作于永宁二年六月前不久，“至早为永宁元年

① 《读〈文赋〉札记》，《光明日报》1962 年 9 月 2 日。

② 《关于〈文赋〉的几个问题》，《思想战线》1978 年第 5 期。

③ 《关于陆机〈文赋〉的三个问题》，《文艺报》1962 年 7 月。

④ 《学原》1948 年二卷一期。

(301)岁暮之作”。陆则持异议：根据第八书中提及文章之次第考证，“至少我们可以说作于公元300年，与《叹逝赋》同作于四十岁时”。陆认为，逯以《与兄平原书》三十五篇一律作于公元302年夏后不为无误。毛庆《〈文赋〉创作年代考辨》① 根据陆机作品用语情况比较，认为《文赋》当作于永宁二年或太安二年（303)。周勋初从玄学思想对陆机的影响入手分析，认为《文赋》当为作者后期作，他据陆云《与兄平原书》第八书定为永康元年（300)。李泽厚、刘纲纪《中国美学史》在认真考证了陆机后期仕历后指出：“只要分析一下陆机四十岁至死前这几年的情况，即可看出《文赋》作于四十之后的说法是没有什么足够的根据的。当然，我们说作于公元299年至300年4月之前，即陆机未满四十之前，也还是一种推想，尚无确证，但以为比定为四十以后作要合理一些。”

综上所述，关于《文赋》撰作年代问题确实迷雾难拨。因为迄今并无确凿材料可以加以断定。“所以，严格地说，《文赋》的真实写作年代，恐怕还是以存疑为好。”②

（二）文本解读

现存最早的为《文赋》作注解的本子是唐代选学家李善的注本。自唐代以迄清代，大约出现了三十余家“《文选》学”家，有关《文赋》的研究成果，实际上体现于他们对《文赋》的校勘及注释。1949年以前，研究《文赋》的论文（著）计20余篇（部)，其中关于注解的有：唐大圆的《文赋注》③，许文雨的《陆机文赋》④，李全佳《陆机〈文赋〉义证》（上、下)⑤，方竑《文赋绎意》⑥，程千帆注《文赋》⑦。

① 《武汉大学学报》1980年第5期。

② 张少康：《中国古代文论家评传·陆机》，中州古籍出版社1988年版。

③ 《德言月刊》第一期。

④ 见《文论讲疏》，正中书局1937年版。

⑤ 《中山学报》1944年二卷2—3期。

⑥ 《中国文学》（重庆）一卷三期。

⑦ 见《文论要诠》，开明书店1948年版。

新中国成立以后，关于《文赋》的译注，在20世纪60年代，周振甫、刘禹昌分别做过。“文革”以后，王纯庵于《辽宁第一师院学报》1978年第二期发表《〈文赋〉初探》一文。其特点是对《文赋》二十个自然小段，逐段翻译、分析、概括段意，并且附有“《文赋》结构略图”。另外需要提到的还有：蓝天的《〈文赋〉译注》[1]，顾启、姜光斗的《〈文赋〉今译》[2]、梁溪生的《〈文赋〉今译》[3]。80年代以来，学术刊物基本上少有注译之作发表。这一现象很鲜明地反映了《文赋》研究工作的阶段性特征。

20世纪陆机研究的后一阶段。注释解读《文赋》的著作有三种。其一是张怀瑾的《〈文赋〉译注》，该书对原文附加注释之外，又用字句对译的方式以语体译出，绪论部分介绍作者生平和文艺思想，附录部分采辑后代对《文赋》及作者的评论。其二是中州古籍出版社出版的周伟民《〈文赋〉注释》。以上两书都有普及性强的共同特点。其三是张少康先生的《〈文赋〉集释》。全书内容有三部分：校勘、集注、释义。校勘部分以南宋淳熙贵池尤袤刻本《文选》为底本，参校以《唐陆柬之书陆机文赋》、日本《文镜秘府论》及各本《文选》。集注部分重在收集历代各家注释，以时代为先后取其首见者，新中国成立后有关译注，凡属通俗化的，或无有创见者则一律不收，其涉及分歧见解者，著者均能于按语中进行认真剖析。释文部分则对每一段主旨作扼要分析，往往能够揭示关键之处并深入探讨其理论价值和意义。书后附有“历代各家对《文赋》的总评”及1980年以前“《文赋》研究论文目录”。该书参考和引用了八十余种图书资料，初步总结了历代及当时在《文赋》研究方面的成果，是一部很有学术价值的《文赋》注绎解读的集大成之著作。

---

① 《河北大学学报》1979年第2期。
② 《宁波师专学报》1979年第2期。
③ 《江苏师院学报》1980年第1期。

（三）理论探讨

20世纪围绕《文赋》之文艺理论的探讨，方方面面，纷然蔚然。较早涉及理论方面研究的是诸有琼1947年11月至1948年2月于《经世日报·读书周刊》上谈陆机《文赋》论“创作的准备”、论“运思”、论“辨体”的三篇文章。80年代以后，研究的论题打破了片面和单调，表现了多元化与多样化。例如论及创作学、美学、灵感论、文体学以及文艺心理学，等等。这一现象反映了新时代之思想活跃与学术繁荣。

即将过去的世纪里，学者们就《文赋》确实进行了广泛而又深入的理论研究与探讨，其中令人瞩目且颇多争议者有这样几个重要话题：“形式主义”问题；“巧而碎乱”问题；“缘情绮靡”问题。兹分而述之。

1.“形式主义”问题

1959年以后，有几名著名学者先后著文认为陆机《文赋》的思想倾向是形式主义的。景印（李嘉言）《关于〈文赋〉一些问题的商榷》提出，陆机本人的创作表现与《文赋》的观点完全一致，“他实是六朝形式主义文学的开先人。”[①] 1959年，人民文学出版社出版了郭绍虞先生的《中国古典文学理论批评史》上册。郭著认为：《文赋》是一篇“形式主义的文论”，陆机“在文学史上是骈文的创始者，在文学批评史上也可以说是形式主义理论的创始者”。“象《文赋》这样，比较详尽地阐述形式主义的文论者还比较少见”。郭先生语气肯定，结论响亮。吴调公也认为：“过分强调艺术形象和文采，而忽视文章‘尚用’和现实主义，开后来的形式主义之风，这一点陆机也有责任”，“建安文学的‘慷慨’和‘梗概多气’一面，似乎没有被陆机注意，而正始文学开始趋于浮靡的倾向，却似乎被陆机深化了一层，以至变本加厉，发展而为形式主义文学”[②]。

以上几位先生的观点在当时及以后很长时间受到了“反方”的辩驳。

① 《光明日报》1959年9月23日。

② 《〈文赋〉的艺术构思论》，《南京师范学院学报》1963年第1期。

1959 年 12 月 27 日《光明日报》有晏震亚《如何评价〈文赋〉》一文与李嘉言先生针锋相对。晏文认为，陆机实际上是反形式主义者，“一方面他批判了两汉形式主义的文学风尚（主要指辞赋），一方面也是对晋代形式主义文学发展的抵制，因而也是有现实意义的。应当充分给以肯定”。

郭绍虞先生一方面认为《文赋》“有形式主义的倾向”，一方面反对“粗暴地贬低《文赋》的价值”①。1961 年 8 月 12 日《文汇报》刊发郭先生《对〈文赋〉所谓“意”的理解》一文。此文针对陆侃如《陆机〈文赋〉二例》② 及《陆机的创作理论和创作实践》③ 两篇文章提出意见说，“我们只有从构思来理解《文赋》中之所谓‘意’，那么既不致简单地把《文赋》扣上形式主义的帽子，也不致加以过高的评价，《文赋》是‘形式主义文论的萌芽’，但毕竟不是形式主义的文论”。郭先生似乎在与别人商榷的同时婉转地修正自己。

到了 20 世纪 80 年代，不少学者如牟世金、姜涛、张少康、毛庆、徐中玉、阳海洲等相继著文拨乱反正。牟世金指出：“《文赋》注意到从如何表达内容出发来论创作，抵制了过分追求辞采藻饰的形式主义倾向。”④ 姜涛认为从《文赋》本身，“绝然得不出只是‘重视技巧而忽视内容’的‘形式主义的文论’的结论。”⑤ 张少康先生在《文赋集释·前言》中提到，六朝文学确有形式主义和唯美主义倾向，“这显然不能归罪于陆机。相反，我们倒是应当充分肯定陆机这些主张对六朝文艺形式发展上所起的积极作用。”

20 世纪 90 年代，阳海洲著文认为，过去对陆机《文赋》所谓“形式主义”的指责“似乎失之偏颇，一是对《文赋》的内容缺乏具体分析，二是脱离了魏晋时期文学发展的客观实际情况”⑥。现在看起来，阳氏所言乃一

---

① 《中国古典文学理论批评史》上册。

② 《文学评论》1961 年第 1 期。

③ 1961 年 8 月 1 日《文汇报》。

④ 《〈文赋〉的主要贡献何在》，《文史哲》1980 年第 1 期。

⑤ 《试论陆机的〈文赋〉——兼与郭绍虞同志商榷》，《辽宁大学学报》1980 年第 2 期。

⑥ 《陆机〈文赋〉与形式主义——兼与游国恩、吴调公先生商榷》，《贵阳师专学报》1994 年第 1 期。

针见血，指出了过去一段时期古代文学研究领域的学风“偏颇”。

陆机《文赋》“形式主义”问题的辩论从 1959 年到 1994 年断断续续进行了三十五个年头。回顾一番不免唏嘘，而思想起来不妨通脱。先秦两汉时期，儒家尚质轻文的思想长期占据统治地位，唐宋以后，儒家思想复归正统，流波千余年。20 世纪五六十年代，极端左倾思想盛行，渗透挤占各个领域，“恐美症”恐怖了数十年。文艺界思想扭曲变态其来有自，毋庸深辩。认为陆机理论与创作为形式主义，主要原因在于论者盲目趋时，或人云亦云罢了。改革开放以来，文艺理论界跟着转换脑筋，正本清源。反省一番关于“形式主义”认识的幼稚病，相视心照，一笑了之而已，请勿重提。

2.“巧而碎乱”问题

这个问题最早由刘勰提出。《文心雕龙·序志》云：“魏典密而不周，陈书辩而无当，应论华而疏略，陆赋巧而碎乱，流别精而少巧，翰林浅而寡要。又君山公干之徒，吉甫士龙之辈，泛议文意，往往间出，并未能振叶以寻根，观澜而索源。不述先哲之诰，无益后生之虑。”黄侃《文心雕龙札记》曰：“碎乱者，盖谓其不能具条贯。”亦即组织结构方面缺乏条理，不够严密。

关于“巧而碎乱”问题，现代学者所持看法并不一致。赞同者如游国恩、萧涤非《中国文学史》认为“这相当中肯地指出了他的缺点”。张少康先生在《中国古代文论家评传·陆机》中分析“知”与“能”命题时这样认为：“‘能’固然重要，只‘知’而不‘能’是写不出好作品来的，但是，不重视‘知’，或‘知’之不深，那么也很难真正做到‘能’。《文赋》之弱点也正是在对‘知’的重视不够，也许这正是刘勰‘巧而碎乱’（《序志》篇），‘泛论纤悉，而实体未该’（《总术》篇）的原因所在。”

有不少学者明确地提出反对意见。毛庆指出，说《文赋》“巧”不错，说它“碎乱”就不大合适。因为《文赋》之结构，层次分明，详略得当，中心突出，前后呼应①。吴枝培《说〈文赋〉“体有万殊，物无一量”节》②

① 毛庆：《〈文赋〉研究中的几个问题》。

② 《南京大学学报》1986 年第 2 期。

所持看法与毛庆大致相同。文章在分析了《文赋》结构层次，明确了“体有万殊”节于全篇中之重要地位后指出：“《文赋》的内容有其严密的内在联系，组织结构是极有条理的，刘勰的意见未免过矣。”顾兆禄《魏晋玄风与陆机〈文赋〉的思辨性》[①] 一文取新的论证角度而能达成共识：“陆机自己说《文赋》写作的目的就是为了解决意不称物、文不逮意的矛盾。这一主旨贯穿了《文赋》的始终。”“《文赋》以其体系特征显示了玄学思辨对作者理论思考方式的巨大影响。刘勰认为《文赋》‘巧而碎乱，鲜观衢路’，钟嵘认为《文赋》‘通而无贬，不显优劣’等均有以己度人之嫌。”

3.“缘情绮靡”问题

“缘情绮靡”说在陆机及其《文赋》研究中一直是个敏感区。陆机的文学生命几乎一系于“缘情绮靡”说的是非褒贬。

贬之者如明代谢榛云：“夫‘绮靡’重六朝之弊，‘浏亮’非两汉之体。徐昌谷曰：‘诗缘情而绮靡，则陆生之所知，固魏诗之查秽耳’。”[②] 清代沈德潜认为陆机“诗缘情而绮靡”“先失诗人之旨”[③]。他如纪昀、朱彝尊等亦以教化卫道的眼光挑剔批判“缘情绮靡”。褒之者如李善注“绮靡”为“精妙之言”；余萧客《文选纪闻》注引楼颖《国秀集序》云：乃“彩色相宣，烟霞交映，风流婉丽”之谓。

关于“绮靡”一词，现当代学者们的解释还很不统一。有人分而析之：“绮言其文采，靡言其声音。”[④] 有人统而言之：“犹言侈丽、浮艳。”[⑤] 杨明先生说：“‘绮靡’当即‘猗靡’，它与‘赋体物而浏亮’的‘浏亮’一样是连绵字。”再者，汉晋时期不少句例说明“猗靡”一词有“优美动人”之义，与后世“婀娜”、“旖旎”的意思相近，那么，“绮靡”应也是此义[⑥]。

① 《南京社会科学》1994 年第 10 期。

② 《四溟诗话》卷一。

③ 《说诗晬语》卷上。

④ 陈柱：《讲陆士衡〈文赋〉自记》，《学术世界》1935 年 9 月 1 卷 4 期。

⑤ 《魏晋南北朝文学史参考资料》，中华书局 1963 年版。

⑥ 《六朝文论若干问题之商讨》，《中州学刊》1985 年第 6 期。

近年来，有学者继续索解“绮靡”之义。“绮”本义指一种素白色织纹的缯，《汉书》颜注：“绮，文缯，即今之细绫也。”又，《方言》曰：“东齐言布制之细者曰‘绫’，秦晋曰‘靡’。”郭璞注：“靡，细好也。”显然，“绮靡”连文，是同义复词，意为细好。陆机的“绮靡”说，即是以织物的精细，譬喻文采的美妙华丽[①]。笔者以为，孙氏此说与李善释“绮靡”为“精妙之言”正相合，言而有据，切中陆机文学思想和创作实践。

直至二十年前，仍有学者批评“缘情绮靡”说：“在当日的风气下，贵族文人更容易欣赏这种缘情绮靡之说，而各取所需，加以片面发挥，取绮靡者竞逐妍华，重抒情者流于淫放，于是这一论点，便被他们吸取、鼓吹、变本加厉，而成为南朝淫靡轻艳文学的理论根据。”[②] 这种观点恰好与20世纪60年代初周汝昌先生的观点相反。周汝昌《陆机〈文赋〉“缘情绮靡”说的意义》[③] 认为“缘情”与“言志”、“闲情”、“艳情”、“色情”无关，“绮靡”与“侈丽”、“浮艳”、“绘画横陈”无涉，“诗道之坏”不应由陆机担负责任。进入80年代，牟世金先生《〈文赋〉的主要贡献何在》一文指出，所谓“缘情绮靡”，不过是要求用美好的艺术形式来抒发感情。这种要求本身，何至于就把文学创作“引入歧途”了呢？

与“缘情绮靡”说相关的又一个争论焦点是：“诗缘情”与“诗言志”的异同及其文学批评史意义是什么？

关于这个问题，学者们有两种不同的意见。一种意见认为，“缘情”与“言志”是相对立的范畴。朱自清先生说：“诗本是‘言志’的，陆机却说‘诗缘情而绮靡’。‘言志’其实就是‘载道’，与‘缘情’大不相同。陆机实在是用了新的尺度。”[④] 李泽厚、刘纲纪也指出：“说诗‘缘情’，即是说诗是由情而生的，这和儒家传统的‘诗言志’的说法有重要区别。”[⑤] 另一

---

① 孙蓉蓉：《论“绮靡”说》，《徐州师范学院学报》1994年第3期。

② 刘大杰、王运熙、李庆甲：《中国文学批评史》上册，上海古籍出版社1979年版。

③ 《文史哲》1963年第2期。

④ 《朱自清诗文选集》。

⑤ 《中国美学史》第二卷上册。

种意见认为：汉魏晋时代，情、志在内涵上已是完全相同的两个名词了，所以，将“缘情”和“言志”相对立，并不符合实际。持此观点者如毕万忱之《言志缘情说漫议》① 以及前述杨明先生《六朝文论若干问题之商讨》等。杨明指出：“拈出‘言志’和‘缘情’作为两种对立文艺观的标目，似乎是不够准确、易滋误解的”，“这种看法是值得商榷的”。

“诗言志”与“诗缘情”到底有无区别？能否称为中国诗学两大并行的文学理论范畴？关于这一点，詹福瑞先生新著《中古文学理论范畴》② 中的《“诗缘情”辨义》篇进行了系统而深入的研究。福瑞师认为：“诗缘情”与“诗言志”是两种不同的文学观念。“诗言志”是志中有情，强调世情、群体之情；“诗缘情”则是情中有志，强调物感之情、一己之情。“诗言志”所涉及的情，带有伦理道德的规范，而“诗缘情”则淡化、消解了礼义的规范。“诗缘情”的提出，与魏晋重个体的思潮及文学创作重抒情的倾向有密切关系。并且，到了南朝时期，文学观念基本上完成了由“诗言志”到“诗缘情”的转变。“诗言志”被称之为中国诗论的开山纲领，而“诗缘情”则成为六朝文学的一面旗帜。

20 世纪陆机研究中，初有朱自清先生的《诗言志辨》，其后有裴斐先生的《诗缘情辨》，而新近詹福瑞先生的《中古文学理论范畴·“诗缘情”辨义》，对文献史料等做进一步的梳理研究和理论挖掘，考释阐说相关重要概念和范畴，见解精警独到，富于思辨色彩，是“缘情绮靡”说研究中又一突破性重要成果。

三、其他作品研究

在 20 世纪陆机研究前、后两个阶段中，《文赋》研究始终是个热点，而对于《文赋》之外其他作品的研究则始自后一阶段，起步很晚。研究内

① 《古代文学理论研究》第 6 辑，上海古籍出版社 1982 年版。
② 詹福瑞：《中古文学理论范畴》，河北大学出版社 1997 年版。

容可以归纳为两个方面，一是文本考证，二是艺术解析。

（一）文本考证方面创获不少，重点涉及以下作品

1.《平复帖》。这是我国现存除战国竹简、汉代木简外最早的名人墨迹。据宋《宣和书谱》记载："陆机《平复帖》，作于晋武帝初年。前右军《兰亭燕集叙》大约百有余岁。今世张、钟书法，都非两贤真迹，则此帖当属最古也。"此帖于1600多年中辗转流落，到1937年张伯驹以四万元从溥儒购得。1956年张伯驹将《平复帖》连同杜牧之书张好好诗卷、黄庭坚草书卷等法书名迹一齐捐献国家。王世襄有《西晋陆机平复帖流传考略》考述该帖流传经过，见《文物参考资料》1957年第1期。历来鉴赏家认为《平复帖》"文字奇古，不可尽识"。启功先生是全文释读《平复帖》的第一人。金涛声点校之《陆机集》卷首有影印真迹，"补遗"中收录启功先生的释文。

2.《晋平西将军孝侯周处碑》。顾炎武《金石文字考》断为伪作，姜亮夫《年谱》认为真伪参半。《周处碑》在金涛声点校《陆机集》中"姑存"于卷十。周处乃周鲂之子，其生年亦大致可考。碑文有句子说周处"遂来吴事余厥弟，欢然受诲"。曹道衡先生据《世说新语》、《三国志·吴书·周鲂传》、《晋书·周处传》等考证推论说："如果照《世说新语》及《晋书》的记载，就算周处改悔并拜陆云为师的时间是孙皓的天玺元年（276），那么这一年周处至少已四十岁，而陆云才十六岁。世上哪有四十岁的人拜十六岁的人为师之理?""从这个情节看来，碑文显然是后人摭拾《晋书》及其他史料而作，其中当然也可能包含某些业已散佚的书籍中的材料。但文章决非陆机作则可以断定。"①

3.《孙权诔》。《陆机集补遗》卷三有《孙权诔》佚文两则，一辑自《太平御览》卷一，另一辑自沈约《宋书·乐志》一。据史传可知，孙权死

① 《〈陆机集〉志疑》，《文史》第二十六辑，中华书局1986年版。

于吴神凤元年（252），陆机则生于吴景帝（孙休）永安四年（261）。即是说：陆机生于孙权卒后九年。曹道衡先生撰文指出：“‘诔’一般是悼念刚死去的人而作，孙权死时，陆机尚未出生，当然不会作诔。所以我颇疑是别人所作，而后人误入当时的《陆机集》中，沈约不察，误以为陆机作。”①

4.《吴大帝诔》。此文原见于《艺文类聚》卷十三。“吴大帝”是孙权的谥号。曹道衡先生认为“此文倒不一定非陆机之作，而可能是他为晋武帝作诔，而欧阳询在编《艺文类聚》时误入‘吴大帝’条下。因为在这段残缺的逸文中，称颂死者的话很空泛，难于判断它究竟是指孙权还是司马炎。但有些字句似可看出此文乃哀悼司马炎之作。”②

5.《为顾彦先赠妇二首》。顾彦先即顾荣，与“二陆”齐名，时号“三俊”。然胡刻本《文选》李善注：“集云：‘为全彦先作。’今云‘顾彦先’，误也。且此上篇赠妇，下篇答，而俱云‘赠妇’，又误也。”案，六臣本“全”作“令”，又，《玉台新咏》中有陆云作《为顾彦先赠妇往返》，共四首，然见于《文选》者唯其中第二、第四首，亦题为《为顾彦先赠妇二首》。李善题注：“集亦云‘为顾彦先’，然此二篇并是妇答，而云‘赠妇’，误也。”这个“顾、全、令”问题在20世纪议论纷纭。逯钦立认为“‘为令彦先’当是‘为令文、彦先’之误。”③ 姜亮夫《年谱》推论说，“全彦先当即仕吴为右大司（马）左军师之全琮后人”。曹道衡所论则换了角度：“不论陆机和陆云这两组诗所指的是顾荣，是顾令文和顾荣，还是指全彦先，从情理而论，都不像是真在代人作诗赠答。”“假使这些诗原如逯钦立先生说的那样是《为令文·彦先赠妇》，那就更难解释。似乎顾令文和顾荣同时请他们作诗赠妇，而二人之妻又同时请他们作诗答夫。所以这两组诗的题目中的主名显系拟托。”④。沈玉成不同意逯钦立说，因为胡刻《文

① 《〈陆机集〉志疑》，《文史》第二十六辑，中华书局1986年版。

② 《〈陆机集〉志疑》，《文史》第二十六辑，中华书局1986年版。

③ 《先秦汉魏晋南北朝诗》据六臣本李善注按语；中华书局1983年版。

④ 《试论陆机陆云的〈为顾彦先赠妇〉》，《河北师院学报》1989年第1期。

选》中乃“全彦先”非“令彦先”，《考异》不出校，可见袁本、茶陵本亦作“全”，逯氏所据六臣本作“令彦先”，盖形近而误。而“一题代两人赠妇，于理不可通，且未见同类之例”。沈氏赞同姜亮夫：“姜氏据二陆诗内证，可信，益可明善注不误。”① 然而亦有论者提出了新的且与沈氏恰好相反的观点，“以为此题原本不误，只是李善注《文选》时所见‘顾彦先’之‘顾’字错讹或漫漶，遂生出后来许多枝节”②。

笔者这里要指出一点，即善注中“全”也好，“令”也好，毕竟否定了“顾”。李善两次题注，指出三处错误，言之凿凿、不厌其烦，当毋庸置疑矣。那么曹道衡先生的意见不乏启示，而“顾、全、令”之遗案仍须继续探讨。

6.《与弟清河云诗》十首。《陆云集》有《答兄平原》十首。关于二陆“赠答诗”，姜亮夫《年谱》系于元康六年，谓“此诗盖作于将返上京，送弟先行之时无疑”。郝氏则以为“必作于太康二年”。沈玉成在《〈张华年谱〉、〈陆平原年谱〉中的几个问题》一文中赞同郝说，指出姜说为非：“玩诗意，似机已扶柩返抵吴中的旧宅，拟葬二兄于先人墓侧，作书示云，令其速归”，“云诗当在东归途中及初抵吴郡所作”。

7.《赠冯文罴迁斥丘令一首》等。李之亮的《〈文选〉陆机诗笺识》一文认为《文选》陆机诗李善“某些注释偶有漏讹”，因此“择其诗数首，略为笺识”，“为读者提出若干线索”。该文笺识陆机诗共七题八首，即：《赠冯文罴迁斥丘令一首》、《赠冯文罴一首》、《答贾长渊一首并序》、《赠顾交趾公真一首》、《赠从兄车骑一首》、《为顾彦先赠妇二首》和《吴王郎中时从梁陈作》。李文笺识颇有发人思索之处。如李善于《赠从兄车骑一首》题下引《集》为注云：“陆士光。”李文考《晋书·陆晔传》后指出，“陆机此诗所云‘从兄车骑’绝非陆晔士光”，“李善注引《陆士衡集》注文亦出于后人纂注，并非直接出于陆机之手，因此前注既误，李善又以讹传讹，遂

① 《〈张华年谱〉、〈陆平原年谱〉中的几个问题》。

② 李之亮：《〈文选〉陆机诗笺识》，《殷都学刊》1994年第4期。

使遗误千载，不可不辨”。

8.《赴洛》二首和《赴洛道中作》二首。这几首诗或以为皆陆机太康末入洛时的作品。李善注《赴洛二首》指出：“集云此篇赴太子洗马时，下篇云东宫作，而此同云赴洛，误也。”有论者认为“第一首写别离心情及途中感受，第二首写初到东宫和乡关之思，两首会通，总括了从出发到就任这段生活的情景。因此，在两篇各自的题款之上又冠以《赴洛二首》，也是很自然的。而李善将其割裂开来看，所以觉得题目有误。从这里也可以知道，陆机是接到担任太子洗马的征召才从故乡起程赴洛的。”① 陆侃如《中古文学系年》认为《赴洛道中作》二首与《赴洛》上篇为同时的作品。因此均系于太康十年（289）。这显然有失妥当。蒋方著文提出，这两首应是元康六年赴假还洛时所作。“倘从表达感情角度比较，《赴洛》二首描写应征离别之际的难舍难分，《赴洛道中作》则触物伤感，孤独自怜，情绪较平和，感慨更深沉，是已有仕晋经历之后的心境。”②

（二）艺术解析方面有单篇品鉴，也有类型总结

《隋书·经籍志》载《陆机集》十四卷（注谓梁代时有四十七卷），据《晋书》本传可知，唐代时所见陆机诗、赋、文章有三百余篇。而今所存《陆士衡文集》计十卷，共一百七十多篇。对于陆机作品，除《文赋》而外，向来所做解读研究少得可怜，单篇品鉴赏析者到1985年始有王英志《陆机“诗缘情而绮靡”说诗例一则——简析〈招隐诗〉》③ 填补空白。该文从探讨文学思想出发，着重指出陆机在文体风格诸方面发展曹丕，尤其于《文赋》中提出了具有划时代意义的“诗缘情绮靡”说。论文作者通过剖析陆机代表作《招隐诗》，客观、公正地评价了“缘情绮靡”说的得失，沈海

① 陈庄《陆机生平三考》。
② 《陆机、陆云仕晋宦迹考》。
③ 《名作欣赏》1985年第3期。

燕的《连珠体试论》[①] 虽非专论陆机创作，但其中关于陆机《演连珠》五十则，却有很好的例析和归纳。沈文从连珠体发展史的角度总结了陆机《演连珠》取得的五个方面的成就，足证刘勰所谓“义明而词净，事圆而音泽，磊磊自转，可称珠耳”之评价不诬。詹杭伦有文章进一步挖掘陆机文学思想瑰宝，他认为陆机的《演连珠》五十首，不愧为文苑里一串光彩夺目的明珠，其中不乏精深的美学见解[②]。曹道衡先生《试论陆机陆云的〈为顾彦先赠妇〉》一文除探析有关创作背景，还通过比较认为，陆机的《为顾彦先赠妇》,《为陆思远妇作》、《为周夫人赠车骑》等诗，“精神风貌仍与无名氏古诗相类，而显得辞藻更富丽，感情也更细腻，较之拟古十二首的亦步亦趋的单纯模仿，显然高出一筹”。王力坚也有文章例析陆机“拟古诗”，认为“陆机拟诗对原作的重要突破与超越，不是求‘出意’而是求‘变词’，即力求以工丽的语言风格出奇创新”[③]。

对陆机创作做单篇品鉴者另有：陈启智的《陆机〈演连珠〉的语言美》，载《渤海学刊》1985 年第 2 期；金涛声的《情真辞切，华美动人——说陆机〈赴洛道中作〉》，载《语文园地》1985 年第 5 期；朱文萍的《“悲情触物感，沉思郁缠绵”——说陆机〈赴洛道中〉二首》，载《古典文学知识》1991 年第 3 期。

对陆机创作做类型探讨以及全面总结，在 20 世纪陆机研究的后一阶段日益受到重视。较有代表性的论文有：毛庆《怎样评价陆机的拟古诗》[④]；刘昆庸《论陆机〈拟古诗〉》[⑤]；胡大雷《陆机心态与行旅诗的独特性》[⑥]；傅刚《论陆机诗歌创作的艺术特色》[⑦]；徐柏青《重评陆机的诗》[⑧]；穆克宏

① 《文学遗产》1985 年第 4 期。
② 《陆机〈演连珠〉中美学观点试探》,《四川师大学报》1986 年第 5 期。
③ 《袭故而弥新——陆机〈拟明月何皎皎〉探析》,《古典文学知识》1997 年第 4 期。
④ 《中州学刊》1987 年第 1 期。
⑤ 《福建师大学报》1998 年第 4 期。
⑥ 《河北大学学报》1995 年第 3 期。
⑦ 《上海师大学报》1989 年第 2 期。
⑧ 《湖北师院学报》1990 年第 3 期。

《策勋于鸿规，底债于流制：刘勰论潘陆赋》[①]；徐公持《陆机论》[②]。

从上述胪列可以看到，陆机创作研究中，诗歌是研究的重点，而拟古诗乃重点之中的重点。毛庆提出，要实事求是地评价《拟古十四首》，应该弄清这样几个问题：陆机写拟古诗的目的是什么？这个目的是否达到？拟古诗为什么能名重当时？它与当时的文学发展究竟有什么联系？围绕这些问题，毛庆认为，陆机是在追求表现手法的创新，在追求一种新的语言风格，例如手法上讲究含蓄、细腻以及通感修辞，语言上则重华丽和对偶。“若拟古诗道自进”[③]，魏晋诗人之所以好尚模拟，无非是想“入乎其中，出乎其外”。关于拟古诗，刘昆庸通过与《古诗十九首》的比较研究，认为陆机在表情、主题及铺陈方式上有所发展，“对警句的追求和通感手法的运用，更表现出陆机对文学美的自觉。但由于观念的偏颇，一些拟诗对意象和语言的符号化处理，导致了诗歌感性特征的消失，而沦为单纯的模仿和抄袭。”20 世纪陆机拟古诗研究始于毛庆，有开拓起予之功，刘昆庸晚出转精，所论客观平正。

关于陆诗特色，傅刚概括为八个字：“繁缛赡密，工巧绮练。”“繁缛赡密是篇章结构上表现的特色”，往往从采用赋法、对偶、析文（相对于建安的粗疏文风）等几个方面实现，“体现了陆机应艳的美学理想”；“工巧绮练则是字词句表现的特色”，有意摒弃常语、口语、俗语而多用书面辞汇、成语等，“一洗口语的鄙质”，“体现的是和、雅的美学理想”。结合陆机创作实际看，傅刚所论显然准确地把握住了陆诗的艺术特色。

20 世纪末的陆机研究出现了重音符，徐公持先生《陆机论》一文尤其令人耳目一新。文章指出：陆机创作中，怀念颂赞父祖的内容特别多，“对于父祖前辈的这种无限美化，神圣化，同时也无形中提高了对于本人建立功名的期望值”，他的一生中，始终存在着一个“父祖情结”。“父祖情结化为

---

① 《中国文学研究》1988 年第 3 期。

② 《传统文化与现代化》1998 年第 1 期。

③ 孙月峰：《文选集评》卷三十。

强烈的功名心，使陆机对于政治问题寄予最大的关心。”“陆机一生行止中，也显示出他是西晋文士中政治追求最为执著、功名欲念最为强烈的人物之一。”“总之，作为文学家的陆机，是一位坚持儒家传统、执著于政治功名的文学家，此点在整个西晋文士中都是很突出的。陆机文学个性的重要方面亦在于此。”文章还指出，陆机文学风格在于精巧化与繁缛化，他致力于创造超越前人的文学形式美，并且，“陆机为当时文学主流中最具代表性作家，为时尚风气之领先者，盖无疑义”。徐公持先生联系文化背景，把握作家心态，结合创作实际，对陆机进行了多方位的观照和深入的透视，作出了崭新而精确的总结，将20世纪陆机研究推向了新的水平、新的境界，同时激发了我们新世纪陆机研究的美好憧憬。

（原载《古代文学理论研究》丛刊第十九辑，略有改动）

谢灵运著述考略

一、《四部目录》

《隋书》卷三十二《经籍志序》曰："宋元嘉八年，秘书监谢灵运造《四部目录》，大凡六万四千五百八十二卷。"史载谢灵运所编之目录早已失传。关于谢灵运造《四部目录》之事，有两个问题比较模糊。一是编此目录的时间问题，二是该目录的卷数问题。

先讨论时间问题。宋文帝征谢灵运为秘书监的时间是在元嘉三年（426），据《宋书》本传，其时目的有二：一是"使整理秘阁书，补足遗阙"，二是"令灵运撰《晋书》"。然而，谢灵运"既自以名辈，才能应参时政，初被召，便以此自许。既至，文帝唯以文义见接，每侍上宴，谈赏而已。王昙首、王华、殷景仁等，名位素不逾之，并见任遇。灵运意不平，多称疾不朝。直穿池植援，种竹树堇，驱课公役，无复期度。出郭游行，或一日百六七十里，经旬不归，既无表闻，又不请急。上不欲伤大臣，讽旨令自解。灵运乃上表陈疾，上赐假东归"。虽然在京任职两年，但谢灵运几乎是以不务正业的态度作消极反抗，以示心中的不平。因而撰《晋书》只是"粗立条流，书竟不就"。以此而推，"整理秘阁书，补足遗阙"，包括"造《四部目录》"这些项目恐怕也是敷衍而为之的。而元嘉八年（431），谢灵运因与会稽太守构隙，驰京诣阙申辩，文帝“知其见诬，不罪也，不欲使东归，以为临川内史”。谢灵运赴任临川前曾在京师停留一段时期，所谓“造《四部目录》”这一任务大概正是此时最后完成的。

再讨论卷数问题。谢灵运所造《四部目录》之卷数多少，各种文献的记载不尽一致，甚至悬殊很大。有记载六万多卷的，如上引《隋书·经籍志序》，又如《文献通考》卷一百七十四《经籍考一》：“文帝元嘉八年，秘书监谢灵运造《四部目录》，大凡六万四千五百八十二卷，元徽元年，秘书丞王俭又造《目录》，大凡万五千七百四卷。”有记载一万多卷的，如阮孝绪《古今书最》曰：“宋元嘉八年《秘阁四部目录》，一千五百六十四帙，一万四千五百八十二卷。五十五帙，四百三十八卷佛经。宋元徽元年，《秘阁四部书目录》，二千二十帙，一万五千七十四卷。”[①] 有记载四千多卷的，如《封氏闻见记》卷二曰：“宋文帝八年，秘书监谢灵运造《四部目》，凡四千五百八十二卷。”又如《旧唐书》卷四十七之记载：“至宋谢灵运造《四部书目录》，凡四千五百八十二卷。”此二者所记与上述《文献通考》所著录卷数正好少了“六万”两字。比较起来看，阮孝绪著录的时间最早，也很具体细微；并且，就“帙”与“卷”的比例关系，以及“元嘉八年”（431）与“元徽元年”（473）的卷数多寡等情况判断，谢灵运所造《四部目录》之卷数应为“一万四千五百八十二卷”。

二、《诗集》

关于谢灵运《诗集》，史籍著录主要有：（1）《隋书》卷三十五《经籍志四》曰：“《诗集》五十卷，谢灵运撰。梁五十一卷。又有宋侍中张敷、袁淑补谢灵运《诗集》一百卷。”（2）《旧唐书》卷四十七《经籍志》曰：“《诗集》五十卷，谢灵运撰。”（3）《新唐书》卷六十六《艺文志四》曰：

① 见《全梁文》卷六十六。

“谢灵运《诗集》五十卷。”另外，南宋高似孙《剡录》亦著录曰：谢灵运《集诗》五卷。按，高氏此录或为“谢灵运《诗集》五十卷”之误。

史籍所著录的谢灵运《诗集》，与下文所考述的《诗集钞》、《杂诗钞》、《晋元正宴会游集》等十一种文集一样，均为谢灵运所编之历代诗或文的总集，而非其个人作品集。《诗集》编纂时间或亦起于元嘉三年（426）被征为秘书监之后，属于“整理秘阁书，补足遗阙”工作内容的一部分。不过，谢灵运可能未竟其功，所以，张敷（402—442）、袁淑（408—453）将谢灵运所编纂之《诗集》增补为一百卷。此总集大约散佚于南宋以后。

三、《诗集钞》

关于谢灵运《诗集钞》，史籍著录主要有：（1）《隋书》卷三十五《经籍志四》曰：“《诗集钞》十卷，谢灵运撰。”（2）《旧唐书》卷四十七《经籍志》曰：“《诗集抄》十卷，谢灵运撰。”（3）《新唐书》卷六十六《艺文志》曰：“谢灵运《诗集》五十卷，又《诗集钞》十卷。”另外，南宋高似孙所编之《剡录》曰：谢灵运《集钞》十卷。按，高氏此录之“《集钞》”疑为“《诗集钞》”之略。

《诗集钞》（十卷）乃谢灵运所编之诸总集中的一种，这是无疑的。但是，此与《诗集》（五十卷）是什么样的关系呢？是《诗集》（五十卷）编纂前的预备性操作呢，还是《诗集》（五十卷）编纂后对优秀之作的选录呢？或者是诗歌中某一类型或体裁的总集？真的是不得而知。这近乎一个谜，看来只能猜测。

四、《杂诗钞》

《杂诗钞》只见录于《隋书》卷三十五《经籍志四》：“梁有《杂诗钞》十卷，录一卷，谢灵运撰，亡。”杂诗是中古时期十分流行的诗歌类型之一，除了谢氏《杂诗钞》之外，作为此类诗总集而见录于《隋志》的还有："《杂诗》七十九卷，江邃撰；《杂诗》二十卷，宋太子洗马刘和注；《二晋杂诗》二十卷。"据《隋志》著录可知，谢灵运所编之《杂诗钞》当散佚于陈、隋两朝。

五、《诗英》

关于谢灵运《诗英》，史籍著录主要有：（1）《隋书》卷三十五《经籍志四》曰："《诗英》九卷，谢灵运集。梁十卷。"（2）《旧唐书》卷四十七《经籍志下》曰："《诗英》十卷，谢灵运撰。"（3）《新唐书》卷六十六《艺文志四》曰："谢灵运《诗集》五十卷，又《诗集钞》十卷，《诗英》十卷。"另外，南宋高似孙所编之《剡录》著录曰：谢灵运《诗英》九卷。

谢灵运的《诗英》，与《隋志》所著录的萧统等编的《文章英华》（三十卷）、《古今诗苑英华》（十九卷）、《今诗英》（八卷）、《众诗英华》（一卷）等一样，当均属于诗或文的优秀作品选集。谢氏《诗英》盖于两宋以后散佚。

六、《新撰录乐府集》

该集只见录于两《唐书》而不见于《隋志》。《旧唐书》卷四十七《经籍志下》著录曰："《新撰录乐府集》，十一卷，谢灵运撰。"《新唐书》卷五十七《艺文志一》著录曰："谢灵运《新录乐府集》，十一卷。"两《唐书》所录之名称大同小异，但顾名思义，此为历代乐府诗之总集则是无疑的。《新撰录乐府集》大约失传于两宋之际。

七、《回文集》

该集于史籍中的著录主要有：（1）《隋书》卷三十五《经籍志四》著

录曰："《回文集》十卷，谢灵运撰。"（2）《旧唐书》卷四十七《经籍志下》著录曰："《回文诗集》一卷，谢灵运撰。"（3）《新唐书》卷六十六《艺文志四》著录曰："谢灵运《诗集》五十卷，又《诗集钞》十卷，《诗英》十卷，《回文诗集》一卷。"虽然《隋志》所录谢灵运该集名称较两《唐书》少一"诗"字，且卷数也有区别，但"回文诗"可以简称为"回文"，因而"《回文集》"与"《回文诗集》"实际上应是同一部书，属于特殊类型之诗歌总集。从史籍著录情况看，该集于晚唐五代已经散佚严重，至南宋以后则不复存在了。

八、《赋集》

南朝宋时期编纂的赋总集有多种，《隋书》卷三十五《经籍志四》著录曰："《赋集》九十二卷，谢灵运撰。梁又有《赋集》五十卷，宋新渝惠侯撰；《赋集》四十卷，宋明帝撰。"谢灵运所编纂之《赋集》，虽然南宋高似孙于《剡录》中亦记载称九十二卷，但两《唐书》中已经不见著录，因而可以推测，该集大概于晚唐五代时期就散佚不存了。

九、《七集》

关于谢灵运《七集》，史籍著录主要有：（1）《隋书》卷三十五《经籍志四》著录曰："《七集》十卷，谢灵运集。"（2）《新唐书》卷六十六《艺文志四》著录曰："谢灵运《诗集》五十卷，又《诗集钞》十卷，《诗英》十卷，《回文诗集》一卷，《七集》十卷。"另外，南宋高似孙所编之《剡录》著录曰：谢灵运《七集》十卷。谢灵运自己的创作中有《七济》这样的赋作，但《七集》显然是历代"七"体作品的一部总集。该集约散佚于南宋以后。

十、《设论集》

《设论集》是谢灵运按体裁编撰的又一部历代作品总集。该集主要见录于两《唐志》。《旧唐书》卷四十七《经籍志下》著录曰："《设论集》三卷，刘楷撰。又五卷，谢灵运撰。"《新唐书》卷六十六《艺文志四》著录曰："谢灵运《设论集》五卷。"刘楷是南朝齐武帝时人，与王俭（452—489）同时而晚于谢灵运。另据《隋书》卷三十五《经籍志四》记载："梁有《设论集》三卷，东晋人撰。"这说明在谢灵运之前已有类似的总集出现，谢灵运的《设论集》是增而广之。该集大约自北宋以后失传。

十一、《连珠集》

关于谢灵运《连珠集》，史籍著录主要有：(1)《隋书》卷三十五《经籍志四》曰："梁有《设论连珠》十卷，谢灵运撰《连珠集》五卷。"(2)《旧唐书》卷四十七《经籍志下》曰："《连珠集》五卷，谢灵运撰。"(3)《新唐书》卷六十六《艺文志四》著录曰："谢灵运《设论集》五卷，又《连珠集》五卷。"另外，南宋高似孙所编之《剡录》著录曰：谢灵运《连珠集》五卷。按，魏晋之际，傅玄曾就"连珠"这一体裁编有专集，其《连珠序》今存。谢灵运所编之《连珠集》大约自南宋以后散佚。

十二、《策集》

谢氏所编此集只见录于《旧唐书》卷四十七《经籍志下》："《策集》六卷，谢灵运撰。"据《隋志》著录情况看，东晋末，殷仲堪曾撰有《策集》一卷。此类总集所收，当是朝廷选官时策问孝秀之类的应用文章，例如《隋志》中有著录曰："《策集》六卷，梁有《孝秀对策》十二卷，亡。

《宋元嘉策孝秀文》十卷。”谢灵运此集当于两宋以后散佚。

十三、《晋元正宴会诗集》

此集只见录于两《唐志》，且文字稍有不同。《旧唐书》卷四十七《经籍志下》著录曰：“《晋元氏宴会游集》四卷，伏滔、袁豹、谢灵运等撰。”《新唐书》卷六十六《艺文志四》著录曰：“《晋元正宴会诗集》四卷，伏滔、袁豹、谢灵运集。”又，中华书局版《旧唐书》点校本校记曰：“‘元氏’，闻本、殿本、惧盈斋本同，局本作‘元王’，广本、《新志》作‘元正’。”按，该集之名称当以《新唐书·艺文志》之著录为是。伏滔，东晋哀帝、孝武帝时人，桓温曾辟为参军，宴会必命同游。袁豹，籍占陈郡，与谢灵运之祖籍相同，东晋末曾为太尉刘裕长史。时谢灵运为太尉参军，二人皆为刘裕幕下同僚。《晋元正宴会诗集》约于南宋以后失传。

（原载韩国《东亚文献研究》[2007]，
署名杜伟伟、姜剑云，略有改动）

谢灵运翻译《金刚经》小考

谢灵运（385—433）是山水诗人，又是“在家菩萨”（《景德传灯录》卷四），其注解《金刚经》一事已为人们所熟知，其实他还可能翻译过《金刚经》。北宋文莹《玉壶清话》卷二载：“江南边镐初生，其父忽梦谢灵运持刺来谒，自称前永嘉守，修髯秀彩，骨清神竦，所被衣巾轻若烟雾，曰：‘欲托君为父子。顷寄浙西飞来峰翻译《金刚经》，然其经流分，中有未合佛旨处，愿寄君家刊正。无他祝，慎勿以荤膻啖我，及七岁放我出家为真僧，以毕前经。’梦讫，镐生。眉貌高古，类梦中者，父爱之，小字康乐。”显然，这是一则关于谢灵运这位文化名人转世人生的志怪故事，但故事主人公“顷寄浙西飞来峰翻译《金刚经》”的自叙未必全属子虚。因为有以下史实与史迹可资佐证：一是钱塘飞来峰有东晋咸和时期印度高僧慧理建立的翻经院；二是飞来峰、下天竺寺附近的古迹“客儿亭”、“翻经台”，传说都与谢灵运有关（见北宋契嵩撰《镡津文集》卷一二）；三是谢灵运生活了大约十二年的杜明师道馆附近有灵隐寺，这为谢灵运习佛创造了条件，通过学习，他具有了良好的佛学修养。如谢灵运所撰《十四音训序》是一部有关佛教涅槃思想的专业梵汉辞典，他的梵学与佛学水平无疑胜任佛经的翻译与注释，事实上，他也确实参加了《华严经》、《大般涅槃经》等重要佛经的翻译与润改。但谢灵运是一个俗世中的名士，同时代的或者在之前的许多佛学名家都曾致力于《金刚经》的梵汉转译工作，在这种背景下，他翻译的《金刚经》很难得到佛教界权威人士的认同，自然也就难以传世了。

（原载《文学遗产》2005年第6期）

谢灵运润改《华严经》的一则资料

关于谢灵运参加编译《华严经》之事，唐代新罗国崔致远《唐大荐福寺故寺主翻经大德法藏和尚传》云："夫《华严》大不思议经者，乃常寂光如来于寂场中觉树下与十方诸佛召尘沙菩萨而所说也。龙胜诵传下本满十万偈。东晋庐山释慧远以经流江东，多有未备，乃令弟子法净、法领等，逾越沙雪，远寻众经。法领遂至遮拘槃国，求得前分三万六千偈来归。时有佛贤三藏为伪秦所擯，投趾东林。远善视之，驰使飞书，解其擯事。贤后至建康，于道场寺译出领所获偈。南林寺法业笔受成五十卷。则知西天应北天之运，契期金水之年，东林助南林之缘，发光木火之用，共成人事，益耀中华。东安寺慧严、道场寺慧观及学士谢灵运等，润文分成六十卷。然于《入法界品》内有两处文脱；一，从'摩耶夫人'后至'弥勒菩萨'前中间。天主光等十善知识。二，从'弥勒'后至'普贤'前中间。脱'文殊申手，案善财顶'等半纸余文。"①

《华严经》全称《大方广佛华严经》，又名《大不思议经》，有三个重要译本。一是东晋天竺三藏佛驮跋陀罗所译，六十卷，三十四品。二是初唐于阗国三藏实叉难陀所译，八十卷，三十九品。三是中唐罽宾国三藏般若所

---

① 崔致远：《唐大荐福寺故寺主翻经大德法藏和尚传》，见《大正藏》第五十册，台北新文丰出版公司1985年版，第281—282页。

译，四十卷，仅译《大方广佛华严经》百千偈中《入不思议解脱境界普贤行愿品》（实即《华严经》中的《入法界品》）。三个译本中，六十卷本收录于《大正藏》第九册，八十卷本、四十卷本均收录于《大正藏》第十册。

崔致远的《法藏和尚传》对于研究谢灵运的佛学活动，有着非常重要的资料价值。

第一，崔致远的《法藏和尚传》虽然没有记载佛驮跋陀罗（359—429）等翻译《华严经》的确切时间，但六十卷本《大方广佛华严经》所附后记则予以补充："《华严经》梵本凡十万偈。昔道人支法领，从于阗国得此三万六千偈。以晋义熙十四年岁次鹑火三月十日，于扬州司空谢石所立道场寺，请天竺禅师佛度跋陀罗，手执梵文，译梵为晋，沙门释法业亲从笔受。时吴郡内史孟顗、右卫将军褚叔度为檀越。至元熙二年六月十日出讫。"[①] 晋义熙十四年为公元418年，元熙二年（420）即宋永初元年，时谢灵运三十六岁。是年六月，刘裕代晋称帝，谢灵运由康乐县公降为康乐县侯，任散骑常侍。

第二，谢灵运在佛驮跋陀罗主译《华严经》之盛事，所从事的具体工作是润饰文字、编定卷帙。据《开元释教录》卷三记载："《大方广佛华严经》六十卷，初出元五十卷，后人分为六十。沙门支法领从于阗得梵本来。义熙十四年三月十日于道场寺出，元熙二年六月十日讫。法业笔受。见祖祐二录。"[②] 是谁将五十卷《华严》分为六十卷的呢？从崔致远《法藏和尚传》的记载中可以了解，是谢灵运等将南林寺法业笔受而成的五十卷《华严》，经过"润文"，再行调整分卷，于是编成了影响久远的六十卷本《大方广佛华严经》。

（原载《文献》2007年第4期）

① 六十卷本《大方广佛华严经》所附后记，见《大正藏》第九册，台北新文丰出版公司1985年版，第788页。

② 见《开元释教录》卷三，《大正藏》第55册，台北新文丰出版公司1985年版，第505页中。

“独步一时”的谢灵运书画

一、书法作品

谢灵运是一位书法家，并且在当时享有很高的声誉。据《宋书》本传记载：“灵运诗、书，皆兼独绝，每文竟，手自写之，文帝称为‘二宝’。”此评在《南史》卷十九中亦有相同的记载。当然，也有人不以为然，如南齐人王僧虔《论书》曰：“宋文帝书，自云可比王子敬，时议者云‘天然胜羊欣，功夫少于欣’。……谢灵运乃不伦，遇其合时，亦得入流。”① 不过，谢灵运的书法不仅在他生前获得了爱好书法的宋文帝的极高赞赏，而且在他死后四百多年仍然得到书法理论家的肯定。例如晚唐张彦远的《法书要录》卷五中认为“翰墨之妙可入品流者”，在秦有李斯一人，在汉有蔡邕、杜操二人，在晋有山涛、嵇康、庾亮、谢尚、谢奕、谢安、王导、王羲之、王献之等六十五人，在宋有武帝、文帝、谢灵运、谢方明等二十五人。可见，谢灵运在中国书法史上的确是占有一席之地的。

就专攻与特擅来看，草书方面，谢灵运前与嵇康、钟繇、桓玄，后与王僧虔、欧阳询、虞世南等共二十二人可谓并驾齐驱；隶书方面，前与蔡邕、

① 参见《南齐书》卷三十三《王僧虔传》。

钟会、卫夫人，后与陆柬之、褚遂良、释智永等共二十五人相提并论[①]。从上文叙述可以看出，谢灵运书法艺术的涵养，显然渊源于王、谢家族得天独厚的文化条件与传统。而就脉络相承关系来考察，谢灵运继承和发扬的正是王献之这一门派风格：“谢灵运母刘氏，子敬之甥，故灵运能书，而特多王法。”[②] 子敬即王献之，他是王羲之的第七子，也是谢灵运的七舅爷。而谢灵运也的确堪称王献之书法艺术的真正传人：“逸少秉真、行之要，子敬执行、草之权。父之灵和，子之神俊，皆古今之独绝也。……其八分即二王之右也。子敬殁后，羊（欣）、薄（绍之）嗣之。宋、齐之间，此体弥尚，谢灵运尤为秀杰。”[③] 也正由于谢灵运楷模子敬而能似之，以至于达到乱真的效果，所以也就要开了小聪明，常常借秘书省工作之便，造假乱真，偷梁换柱。对于谢灵运此举，王僧虔在他的《论书》中作了无情的曝光：“昔子敬上表，多于中书杂事中，皆自书。（谢灵运）窃易真本，相与不疑。元嘉初，方就索还。《上谢太傅殊礼表》，亦是其例。亲闻文皇说此。”[④] 事情发生在元嘉初年，而文帝只是小范围地谈说此事，似乎并未公开罪罚谢灵运。细细揣测，可能是两个原因。其一，文帝特别欣赏谢灵运的才学，极赞其兼而独绝的诗与书为“二宝”，而谢灵运仿真且能乱真的手段更证实了他书法艺术的高超，文帝私下谈说此事，实际在一定程度上，流露了他暗地称奇叫绝的心态。其二，宋文帝书法，“自云可比王子敬”，他是个王献之崇拜者，而且他与谢灵运风格相近，都汲取而得力于王献之：“宋文帝有子敬风骨，超纵狼藉，翕焕为美。康乐往往惊遒……量其直置孤梗，是灵运之流。”[⑤] 君臣都是书法迷，又都痴迷于王献之。基于这样的情形，文帝当能设身处地，理解谢灵运非法却合情的艺术行为。事实上，文帝是多所体谅甚至偏袒谢灵运的。

---

① 参见《法书要录》卷八。

② 虞龢：《上明帝论书表》，见《全宋文》卷五十五。

③ 参见《法书要录》卷四引张怀瓘评语。

④ 参见《全齐文》卷八。

⑤ 参见《法书要录》卷三。

关于谢灵运书法的特点，唐代张怀瓘《书断》评价说：“模宪小王，真、草俱美。石蕴千年之色，松低百尺之柯。虽不逮师，歙风吐云，簸荡川岳，其亦庶几。”① 遗憾的是，谢灵运的书法作品今已不可见，其艺术造诣如何也无从领略。或许，借助于《南史》本传中的一段关于谢氏艺术沙龙的场面描写，可供我们发挥一些想象：“（谢）瞻，字宣远……与从叔混、族弟灵运俱有盛名。尝作《喜霁诗》，灵运写之，混咏之。王弘在坐，以为‘三绝’。”另外，唐人张彦远《法书要录》卷五中的有关记载，也有助于我们了解谢灵运的书法风格：“复见三谢两张，连辉并俊。若夫小王风范，骨秀灵运。快利不拘，威仪或摈。犹飞湍激石，电注雷震。（谢灵运，陈郡人，宋侍中秘书监。今见带名行书七行。）”值得赞赏的是，《法书要录》特别强调实录，“翰墨之妙可入品流者”皆著者张彦远“前后所亲见者”，而“其所不睹，空居名额，并世所传拓者，不敢凭推，一皆略焉”②。至于宋佚名《宣和书谱》卷十六《草书四》著录谓谢灵运有草书《古诗帖》藏于御府，这恐怕令人怀疑。世存草书作品一卷曰《古诗四帖》，传为唐代张旭所作，写于五色笺上，共 40 行，纵 28.8 厘米，横 192.3 厘米。其所书作品前两首为庾信的两首《步虚词》，后两首为谢灵运的《王子晋赞》、《岩下一老翁四五少年赞》。此《古诗四帖》现藏辽宁省博物馆，其非谢灵运所书，自无须争辩。除非出现令人震惊的考古奇迹：《古诗四帖》中两首《步虚词》的作者，实为谢灵运而非庾信。以现有史料文献推测，谢灵运的书法作品大约于两宋以后便完全失传了。

二、绘画作品

谢灵运又是一位画家，然而见于史传文字记载的材料简直微乎其微。值得庆幸的是，唐代张彦远《历代名画记》中的一段记载，给我们保存了极

① 参见《法书要录》卷八引。
② 参见《法书要录》卷五。

有价值的一点信息。《历代名画记》卷三曰：

> 会昌五年，武宗毁天下寺塔，两京各留三两所，故名画在寺壁者，唯存一二。当时有好事者，或揭取陷于屋壁。已前所记者，存之盖寡。先是宰相李德裕镇浙西，创立甘露寺，唯甘露不毁，取管内诸寺画壁，置于寺内。大约有：顾恺之画《维摩诘》，在大殿外西壁；戴安道《文殊》，在大殿外西壁；陆探微《菩萨》，在殿后面；谢灵运《菩萨》六壁，在天王堂外壁；张僧繇《神》，在禅院三圣堂外壁；张僧繇《菩萨》十壁，在大殿两头；张僧繇《菩萨并神》，在文殊堂外壁；展子虔《菩萨》两壁，在大殿外；韩干《行道僧》四壁，在文殊堂内；陆曜《行道僧》四壁，在文殊堂内前面；唐凑《十善十恶》，在三门外两头；吴道子《僧》二躯，在释迦道场外壁；吴道子《鬼神》，在僧迦和尚南外壁；王陀子《须弥山海水》，在僧迦和尚外壁。

明代陶宗仪在《辍耕录》中曾把“中国画”的门类做了划分，其“画家十三科”是：“佛菩萨相、玉帝君王道相、金刚鬼神罗汉圣僧、风云龙虎、宿世人物、全境山林、花竹翎毛、野骡走兽、人间动用、界画楼台、一切傍生、耕种机织、雕青嵌绿。”这个分类，与北宋《宣和画谱》“十门”之分、南宋邓椿《画继》“八类”之分，都有一个共同之处，即都将“佛菩萨相”这样的宗教画列于诸门类之首。而晋宋之际自著名画家顾恺之在建康瓦官寺画《维摩诘像》、戴逵画《文殊像》以来，壁画“佛菩萨像”可谓蔚为风气，经久不衰，影响深远。这一文化现象说明，佛教自东晋以来在中土迅速传播，首先从精神领地上广泛征服士人阶层，并且因此使文学、绘画等艺术与佛教保持着同步发展与繁荣的态势。从上引《历代名画记》的记载中可以看到，谢灵运绘画的题材正是“菩萨像”，并且，其壁画《菩萨像》即使经历了晚唐会昌五年（845）的灭佛浩劫，仍然幸存六壁之多。可见谢灵运生前所画的《菩萨像》作品，在数量上是相当可观的，而在艺术上也应该是很有自家风格的。所以绘画界认为，谢灵运绘画与六朝时期诸名家一样，是占据着一席之地的："顾宝光、袁倩之师陆探微，以善'人物'名；谢约之'山水'，谢灵运之'佛像'，谢稚之'孝子列女'等故事图，亦皆独步一时。"而"宝光之弟彦先，灵运之弟惠连，要皆不弱其家声者也"①。

既然"谢灵运之'佛像'"堪称"独步一时"，那就难怪远在庐山东林寺的慧远还要盛请谢灵运撰写《佛影铭》这样的文章了。晋义熙八、九年间，慧远在东林寺凿峰筑台，雕画佛影，"地势既美，像形亦笃"，自撰《万佛影铭》后，兴犹未尽，于是遥请谢灵运撰铭相和。又，大约十二年后，即宋景平二年（424），范泰于祇洹寺立佛像并撰《佛赞》后，"远送《像赞》"，嘱谢灵运"同作"，于是谢灵运有《和范光禄祇洹像赞三首》，即《佛赞》、《菩萨赞》、《缘觉声闻合赞》。而同时谢惠连亦有佛菩萨像赞之类作品寄呈。由此可见，时人之所以多以《像赞》之类的文体与谢灵运相赠酬唱和，乃由于谢灵运在"佛菩萨相"绘画方面有着"独步一时"的地位和影响。

取名为"甘露寺"者，在南方并非一处。据《嘉定镇江志》记载："甘露寺，在北固山，唐宝历中（825—827年）李德裕建。"镇江甘露寺乃"西殿东塔"布局，代表了唐代"以殿堂为中心，塔居其次"的典型风格，可惜唐末毁于火灾，后来又多因大风、雷电袭击，总是屡建屡毁。因而，堆存于甘露寺"天王堂外壁"的"谢灵运《菩萨》六壁"，大约于唐末五代之时就已经荡然无存了。

（原载《文史知识》2004年第10期，有改动）

---

① 参见郑午昌《中国画学全史》，上海书画出版社1985年版，第74页。

谢灵运与钱塘杜明师

一、“杜明师”其人

谢灵运最早接触并曾长期相处的方外之人是“杜明师”。钟嵘《诗品》曰：“初，钱塘杜明师夜梦东南有人来入其馆，是夕，即灵运生于会稽。旬日而谢玄亡。其家以子孙难得，送灵运于杜治养之。十五方还都，故名‘客儿’。”钟氏此语，出自南朝宋刘敬叔《异苑》。

据《云笈七签·杜昺传》可知，“杜明师”即杜昺，字叔恭，钱塘人，“明师”是他的道徒弟子为他所上的谥号。不过，关于杜氏的名和字，史书中的记载不尽相同。其姓名，所见者有：杜昺、杜炅、杜炯、杜恭。其字，所见者有：子恭、叔恭。谢文学先生考证认为：“杜明师名昺字子恭。唐高祖李渊之父名昺，为避其讳，改杜昺为杜炅，或迳称其字。《宋书》、《洞仙传》、《道学传》、《南齐书》撰于唐朝前，原本不当避唐讳，今本乃唐人所改。宋以后的著作，有的改回，有的沿用，遂成混乱。古书上的杜昺、杜炅、杜子恭、杜叔恭、杜恭实为一人，即杜明师。”（《钟嵘〈诗品〉谢灵运条杜明师考》）。比照相关文献，的确能够看出，“昺”与“炅”，形近且义同；“炅”与“炯”，则义同音亦同；而“杜恭”显然是“杜子恭”或“杜叔恭”之苟简。

既言“钱塘杜明师”，则杜炅之“杜治”乃在钱塘。作为该教区的领袖，他的影响巨大而广泛，“远近道俗，归化如云，十年之内，操米户数万”（《云笈七签·杜炅传》）。换言之，他的道徒弟子至少也在十万以上了。

二、“东土豪家及都下贵望并事之为弟子”

对于杜炅，《异苑》与《诗品》均未直呼其名字，而是称说其谥号，这意味着杜炅在晋宋之际甚至在整个南朝时期，正是一位家喻户晓且有相当影响的明星人物。史书曰：“初，钱唐人杜炅，字子恭，通灵有道术，东土豪家及都下贵望，并事之为弟子，执在三之敬。”（《南史·沈约传》）“通灵有道术”，可征之以王羲之的故事。据《太平御览》卷六六六引《太平经》曰：“王右军病，请恭，恭谓弟子曰：‘右军病不差，何用吾?’十余日果卒。”这里“恭”指“杜恭”，即杜炅。按，“病不差”，意谓此病已不可救药。《方言》第三曰：“差，愈也。南楚病愈者谓之差。”王羲之《十七帖》曰：“冀病患差，末秋初冬，必思与诸君一佳集。”杜明师既曰“不差”，王右军当然也就“没治”，而王羲之“十余日果卒”。

事钱塘杜炅为弟子的“东土豪家及都下贵望”都有哪些人物呢?《云笈七签·杜炅传》及《三洞珠囊·道学传》等文献中记载了值得我们注意的六个故事。一是杜炅回答“时为吴兴太守”的谢安关于“黄白光”之问，预言谢安将来“当位极人臣”。二是杜炅传授陆纳“灵飞散方”，令其“大厄得过”。三是杜炅告诫桓温关于北伐的时机，桓温不从其言，“遂至此败”。四是杜炅回答谢玄问淮肥克苻坚之计，结果正不出其所料。五是杜炅向桓温发出预警，谓卢竦将因兵变而亡身，后来果如其所言。六是王羲之问病于杜炅，杜谓弟子曰王所患已是不治之症。故事涉及的重要人物有五个：一是谢安，后贵为太傅，时称“贤相”；二是尚书令陆纳；三是大司马桓温；四是车骑将军谢玄；五是右军将军王羲之。不难看出，这些人物都是东晋统治集团中的高层骨干、风云人物，包括了政治界的和军事界的。人生中的生老病死之大事，他们要问之于杜明师，甚至有关社稷祸福、战争成败之大事，他们亦卜之于杜明师。他们将杜明师奉若神明。钱塘道馆“杜明师”杜昺，不仅在民间令“远近道俗，归化如云”，而且在“东土豪家及都下贵望”这样的贵族政治阶层中，也的确具有巨大而广泛的影响。

需要特别指出的是，上述“东土豪家及都下贵望”中的几个代表人物中，属于王、谢门阀士族的就有谢安、谢玄和王羲之。而这些人物都与谢灵运有着直接的血缘关系：谢安是谢灵运的从曾祖，谢玄是谢灵运的祖父，王羲之是谢灵运母亲的外祖父。另外还要注意到，不仅“（王）羲之雅好服食养性，不乐在京师”，“又与道士许迈共修服食，采药石不远千里”（《晋书·王羲之传》），“栖心绝谷，修黄老之术”（《晋书·郗愔传》），十分崇信道教，而且王羲之之子，亦即谢灵运母亲之舅王凝之、王徽之、王献之他们也是崇奉道教的。史载会稽内史王凝之之事曰：“王氏世事张氏五斗米道，凝之弥笃。孙恩之攻会稽，僚佐请为之备。凝之不从，方入靖室请祷，出语诸将佐曰：‘吾已请大道，许鬼兵相助，贼自破矣。’既不设备，遂为孙所害。”（《晋书·王凝之传》）无疑，上述史实不仅说明王、谢世家皆信崇道教，而且意味着谢灵运受道教的影响，既是不可避免的，同时还会是很深刻的。谢灵运之所以出生后不久被送入杜明师之道馆养育，上述史实也无疑地从王、谢世家道教情结这一特殊的角度，解释了个中深层的宗教原因。

三、灵运始入“杜治”的时间

如何确认谢灵运始入“杜治”的时间，学界争论的焦点落在如何理解钟嵘《诗品》“旬日而谢玄亡”这一句上，由此则形成了三种不同的观点。今阐说个人意见如下。

第一种观点以为，“谢玄亡”乃“谢安亡”之误。谢灵运生于太元十年（385），这一年，谢安去世，三年后谢玄去世。基于此，或指出，“此云后旬日谢玄卒，当系谢安之误”①；或指出：“谢安当时在一人之下，万人之上的大人物，谢氏能与王氏并称王谢，可说全在此人，他的死亡，在谢家当然是大事。魏晋时人多半迷信，谢家遇到这样的大丧，不祥孰甚？于是不敢把新生的小孩留在家里，而把他送到旁处去躲避。此即《诗品》所谓：‘其家以子孙难得，送灵运于杜治养之。’杜家是信奉五斗米道的，此举总有借宗教之力祓除不祥之意。”

按，第一种观点很令人生疑。其一，谢安去世之时，谢玄、谢瑍犹健在，如何会产生“子孙难得”的感慨？其二，更特别要思考的是，谢安是谢玄的三叔，而不是谢玄的父亲，谢安去世，谢玄、谢瑍一门又如何会产生“子孙难得”的感慨？显然，以“玄”改“安”之说，于情理未通，不能成立。

第二种观点以为，“谢玄亡”乃“谢瑍亡”之误。《宋书·谢灵运传》曰：“父瑍，生而不慧，为秘书郎，蚤亡。灵运幼便颖悟，玄甚异之，谓亲知曰：‘我乃生瑍，瑍那得生灵运？’”持此观点者，或指出，“仲伟殆误其父瑍为祖玄欤”②；或指出，“本传有父瑍早亡之语，则玄为瑍字之讹无疑矣”③。

按，第二种观点也与史实矛盾。《晋书·谢玄传》曰：“玄既舆疾之郡，（太元）十三年，卒于官，时年四十六。追赠车骑将军、开府仪同三司，谥曰献武。子瑍嗣，秘书郎，早卒。子灵运嗣。”所谓“嗣”，意思是“继承”。《尔雅·释诂》：“嗣，续也。”既言“嗣”，则必为生者“嗣”死者。由此可见，谢玄去世时，其子谢瑍犹在：谢玄卒，子瑍嗣；瑍卒，子灵运嗣。显然，以“玄”改“瑍”之说，不能成立。

第三种观点以为，“‘谢玄亡’当为谢玄‘稚子’亡之误”。《晋书·谢玄传》载谢玄上疏有云：“臣所以区区家国，实在于此。不谓臣愆咎夙积，

① 丁陶庵：《谢康乐年谱》，《京报》（文学副刊第41—42期）1925年10月17日—11月14日。
② 许文雨：《钟嵘诗品讲疏》，成都古籍书店1983年版，第61　62页。
③ 郝立权：《谢康乐年谱》，《齐大季刊》1935年第6期。

罪钟中年，上延亡叔臣安、亡兄臣靖，数月之间，相系殂背。下逮稚子，寻复夭昏。哀毒兼缠，痛百常情……”孔颖达曰：“子生三月父名之。未名之曰昏，谓未三月之死也。”据此，有论者认为：从谢玄的上疏中，“可以知道谢玄当时痛不欲生的不安心情，而刚生下的‘稚子，寻复夭昏’，谢瑍又是个白痴，谢玄自己亦病魔缠身，怎能会不产生‘其家以子孙难得’的忧患，将刚生下的小孙子灵运送到杜明师治所避灾呢？”“不过，钟嵘转引的是刘敬叔《异苑》中的话，那是小说家言，因此，也就以讹传讹了。”①

按，刘敬叔以字行，彭城人。他先后在晋、宋两朝为官，与谢灵运是同时代的人。约义熙十一年（415）正月，谢灵运任刘道怜咨议参军；义熙十三年，刘敬叔任刘道怜骠骑参军。元嘉三年（426），刘敬叔为给事黄门郎；这一年，谢灵运任秘书监，旋迁侍中，时从弟谢弘微为黄门侍郎。作为同僚，刘敬叔对于谢氏豪族尤其是当代名人谢灵运之事迹的记载不至于出现重大失误。况且，既言“谢玄的‘稚子’死时还不足三个月，当然他不会有名，所以，谢玄在《疾笃疏》中说‘稚子’”；那么，刘敬叔在《异苑》中对于这样一个没有名字的“稚子”该如何指称和叙写呢？“谢玄亡”与“谢玄‘稚子’亡”，这两者之间，怎样才可能出现文字上的讹误呢？没有确凿的依据，不可辄言历史文献字句之讹。

即此看来，以上三种观点都存在难以克服的矛盾，都不能成立。

刘敬叔《异苑》，据四库馆臣考证，虽其卷数与《隋志》著录相合，亦大致完整，但毕竟不是原本，而是明代胡震亨辑缀整理而成，故“疑已不免有所佚脱窜乱”（《四库全书总目》卷一四二）。今存《异苑》中“初，钱塘杜明师夜梦东南有人来入其馆”一段，当为胡震亨据《诗品》辑佚而得。这其中，我们恐怕要注意一个“初”字。此“初”字至“即灵运生于会稽”数句，是插叙往事。“旬日而谢玄亡”句，当是上承“初……”句之前所叙某事。当然，这“某事”为何事，今不得而知。即是说，“旬日而谢

① 谢文学：《〈诗品〉谢灵运条“谢玄亡”考辨》，《许昌师专学报》2002 年第 1 期。

玄亡”这一句，文字不误。但这一句以下，所叙皆非太元十年谢灵运生、谢安卒时之事，而是太元十三年谢玄卒之后事。谢玄去世，谢瑍弱智，谢灵运年幼，此门庭一脉单传，飘若游丝。于是，“其家以子孙难得，送灵运于杜治养之”。这一年，谢灵运四岁。

四、客儿“十五方还都”

杜明师之道馆当在钱塘飞来峰、下天竺寺一带，或者就在灵隐山，杭州灵隐山北坞有所谓“客儿亭”之遗迹。唐人诗中又有关于“梦谢亭”的歌咏。例如朱庆馀的《梦谢亭》诗云：“梦后何人见，孤亭似旧时。褰开诚得地，冥感竟因诗。不往过应少，悲来下独迟。顾惭非谢客，灵贶杳难追。”又例如白居易对《余杭形胜》中“梦儿亭古传名谢”一句自注曰：“州西灵隐山上有‘梦谢亭’，即是杜明浦梦谢灵运之所，因名客儿也。”这里“杜明浦”显然是“杜明师”之误。鲁鱼亥豕，繁体的“師”，与“浦”形近易讹。所谓“梦谢亭”，说明此为当初杜明师梦见谢灵运之所。另外，在下天竺的莲花峰一带有一座“翻经台”（北宋契嵩《镡津文集》卷十二谓在灵隐山南坞）。相传客儿年幼时常常在此翻译佛经，故有此称。北宋僧人文莹《玉壶清话》卷二有一则故事语及谢灵运寄居浙西飞来峰翻译《金刚经》事，虽为记梦情节，但对研究了解谢灵运早年的钱塘经历很富有启发意义。

客儿“十五方还都”，关于其“还都”的原因与时间亦可作些推论。

孔子曰：“吾十有五而志于学，三十而立。”（《论语·为政》）谢灵运“十五方还都”的重要原因之一应该是，他已到了总角之年，亦已到了“志学之年”。当然，掌握了杜炅的史传材料后还可以发现，杜明师的仙逝也是谢灵运“还都”的重要原因之一。

《云笈七签·杜炅传》中有文句描述杜炅仙逝的一些情形：“隆安中，琅琊孙泰以妖惑陷咎，及祸延者众。炅忽弥日聚集，纵乐无度。敕书吏崇桃生市凶具，令家作衣衾，云：‘吾至三月二十六日中当行。’体寻小恶，至期，于寝不觉，尸柔气洁。”这些描述表明，杜昺死于其弟子孙泰被杀之后。从史书所载可知，会稽孙泰被司马道子谋杀之后，其侄孙恩逃至海上，图谋报复。隆安三年（399）十一月，孙恩率义军攻浙东，先后攻克上虞、会稽等地，杀会稽内史王凝之（谢灵运之二舅爷）、吴兴太守谢邈（谢灵运之从祖）、黄门郎谢冲（谢方明之父、谢惠连之祖）等。徐州刺史谢琰（谢灵运之从祖）击退孙恩，为会稽太守，都督五郡军事。王凝之乃王羲之之子、谢道韫（灵运祖姑）之夫，他笃信天师道，孙恩攻城时，他犹跪咒于静室。

综上所述，孙泰被杀在隆安二年十二月，杜昺去世在次年三月，孙恩攻打浙东在十一月以后。从政治的角度分析，孙泰被杀导致两浙地区政治与宗教形势复杂并恶化，钱塘已成是非之地。从情理上推测，谢灵运“还都”的时间则应当在杜明师仙逝之后不久，至迟也应在孙恩攻打浙东之前。

谢灵运被寄养于钱塘杜昺之道馆，与杜明师朝夕相处，长达十二年之久。由于这样的特殊生活与经历，所以，“灵运小名客儿”（《宋书·谢宏微传》）。家人或管他叫“阿客”，其从叔谢混尝云：“阿远刚躁负气，阿客博而无检。”（《宋书·谢宏微传》）他有时自称“越客”，其有诗句云：“梦人心昔绝，越客肠今断。”（谢灵运《道路忆山中》）后人则多称之曰“谢客”，如钟嵘曰：“谢客为元嘉之雄，颜延年为辅。”（钟嵘《诗品·序》）

十余年道馆生涯，无疑地培养了谢灵运浓厚的宗教情结，并且也深刻影响了谢灵运此后的生活道路和文学创作。

（原载《中国道教》2005 年第 3 期）

谢灵运与慧远交游考论

谢灵运是晋宋之际的名士兼佛学家，慧远乃庐山高僧。谢灵运“志学之年”便崇拜慧远，发愿“希门人之末”，而且也曾游庐山，见慧远，为檀越，凿池筑台植白莲，应邀撰《佛影铭》。其庐山情结不为不笃挚，但“诚愿弗遂”，最终没有成为慧远的弟子。他与慧远的交往情形比较复杂和特别，若即若离的深层原因乃在于谢灵运诸端“心杂”的个性与思想特征。

一、慧远其人

慧远（334—416），雁门楼烦（今山西代县）人。一生几乎与东晋相始终，是当时著名的高僧。他的经历大致分为三个阶段：游学许洛时期、师从道安时期、栖隐庐山时期。

他早年主要学习和接受中国的传统学术文化，博通儒家与道家的经典著作，“虽宿儒英达，莫不服其深致”（《高僧传》卷六下同）。二十一岁时欲往江东追随范宣子栖隐山林，但适值中原纷乱，南行未果。于是往归道安，“一面尽敬，以为真吾师也”。闻道安讲《般若经》，豁然而悟，乃叹曰：“儒道九流，皆糠秕耳。”遂投簪落发，委命受业。年二十四就讲说，援道入佛，“引《庄子》义为连类，于惑者晓然”。道安曾赞叹说：“使道流东国，其在远乎!”前秦建元九年（373），苻丕攻陷襄阳，道安乃分张徒众，各随所之。慧远携弟子初南适荆州，后欲往罗浮山，及至浔阳，见庐山清静，足以息心，乃留住龙泉精舍。东晋太元十一年（386），桓伊为慧远创建东林寺。此后三十余年，慧远足不出山，栖隐修持传教，弟子甚众。他曾经派遣法净、法领西渡流沙，求取禅法、律藏梵本经卷，又迎请僧伽提婆、佛陀跋陀罗至庐山译出《阿毗昙心论》、《达磨多罗禅经》等重要经典。他一方面与北方鸠摩罗什书信往返，切磋教义，另一方面又广泛吸引南方僧俗人物，同修净土，游览歌咏，遂使庐山成为当时佛教的一方重镇。

东晋慧远是中国佛教文化史上的一位特殊而关键的人物，昌武师有这样一段论述堪称精辟的概括：“慧远是支遁以后又一位既‘高’且‘名’的中土士族出身的僧人。他和支遁一样，既不同于那些以传翻外来佛典著称的译师，也不同于刻苦求法的头陀僧。他具有高度的佛学素养，又‘博综六经，尤善《老》、《庄》’，通儒术，善文章；作为僧人，他不仅精于佛教义学，信仰、修持的实践方面也是一代典范；他更有巨大的社会威望，声名卓著，在教团内外广有影响，从而成为对于推动中国佛教发展作出巨大贡献的人。”①

二、谢灵运的庐山情结

慧远作为一代高僧与名僧，吸引了当时许许多多的高官与名士，而谢灵运正是其中的名士之一。但谢灵运曾经几上庐山呢？关于这个问题，由于年代久远，文献不足，确实显得迷雾难拨。就谢灵运与慧远庐山相见而言，杨勇《谢灵运年谱》认为有两次②，分别在隆安三年（399）、元兴元年（402），顾绍柏《谢灵运集校注》、曹虹《慧远评传》认为仅有一次③，乃

① 孙昌武：《文坛佛影》，中华书局2001年版，第130—131页。

② 杨勇：《谢灵运年谱》，见陈祖美编校《谢灵运年谱汇编》（黄世中主编《谢灵运研究丛书》之一），广西师范大学出版社2001年版，第64—65页。

③ 参见顾绍柏《谢灵运集校注》，中州古籍出版社1987年版，第402页；曹虹《慧远评传》，南京大学出版社2002年版，第153—154页。

在义熙七年（411）或义熙八年（412）。可见结论悬殊。本文拟依时间顺序，略述谢灵运与慧远的几件相关情事，以期能够解读谢灵运的庐山情结。

1. 隆安三年（399），慧远六十六岁，谢灵运十五岁

从钟嵘《诗品》等文献可知，谢灵运"十五方还都"，他由钱塘"杜明师"——杜昺道馆回到了京都建康。据谢灵运《庐山慧远法师诔并序》之序曰："予志学之年，希门人之末，惜哉，诚愿弗遂，永违此世。"又诔辞曰："自昔闻风，志愿依归。山川路邈，心往形违。"他说，很早以前受到慧远的影响，决心拜慧远为师而皈依佛门，但由于山高水远，所以始终是心向往之，而未能成为现实。显然，这里的"昔"就是指"志学之年"，即十五岁时。可是，"希门人之末"而"诚愿弗遂"，难道原因就在于"山川路邈"吗？其实，有材料显示，谢灵运在慧远生前到过庐山至少一次。这说明，所谓的"山川路邈"，只是一个不成其为借口的借口而已。谢灵运在同一篇文章中，两次提到欲"皈依"慧远的"志愿"，"希门人之末"的"诚愿"，且明确提到"志学之年"，那么可以推断，谢灵运这一年当亲往庐山拜见过慧远。不然的话，所谓的"志愿"、"诚愿"，又何从说起呢？所谓的"希门人之末"，又岂止是待在家里口头说说而已的呢？而且，所谓的"诚愿弗遂"，恰恰说明了谢灵运曾经以实际行动努力追求过。至于未能如愿，那是另外一回事，其原因则又另当别论。

谢灵运"志学之年"便"志愿皈依"慧远，其原因大概有三：一是慧远名望很高，谢灵运"闻风"而受到影响。二是谢灵运"束发怀耿介"（《过始宁墅》），少年时代其志向便特立而坚定，被依例授员外散骑侍郎而不就。东南道教领袖杜明师既已仙逝而东吴钱塘亦起动荡，谢灵运于是不得已去道馆而欲入于佛门。三是谢灵运的表兄道敬作为榜样也是重要的影响。道敬（370—420）乃王凝之（谢灵运之二舅爷）之孙，比谢灵运年长十五岁。王凝之任江州刺史，他跟随着来到了江州。道敬十七岁的时候，已经通解大乘经论。太元十六年（391），他二十二岁时入庐山出家，成为慧远的弟子。（陈舜俞《庐山记》卷三）隆安三年（399）时，道敬三十岁，犹在慧远门下。道敬是所谓的“庐山十八贤”中人之一，尽管“十八贤”乃后人的传说，但换一个角度说，道敬是慧远的高足弟子，在当时庐山慧远僧团中自有一定的地位和影响。如此说来，谢灵运之所以欲皈依庐山慧远，其中还有一个很重要的原因是，东晋王、谢士族本就与庐山慧远早已发生过密切的宗教联系。由此可见，谢灵运于“志学之年”而“志愿皈依”庐山慧远，是有着多方面的思想基础与现实基础的。

钱塘杜明师卒于隆安三年（399）三月，谢灵运“还都”的具体时间则应该在此后不久。那么，他往谒庐山慧远也应该是在这一年的夏秋以后，至迟在冬季成行。

慧远既是一位高僧与名僧，又堪称一位诗人。他十分爱好游览歌咏，尤其喜好众人共做一个题目，“佥焉同咏”。据他的《游山记》所写，他在庐山，“凡再谒石门，四游南岭。东望香炉，秀绝众形。北眺九江，凝形览视。四岩之内犹观之掌焉”。又据无名氏所作的《庐山诸道人游石门诗·序》的记载：“释法师（按，指慧远）以隆安四年仲春之月，因咏山水，遂杖锡而游。于是交徒同趣三十余人，咸拂衣晨征，怅然增兴。”假如谢灵运于“志学之年”，即于隆安三年往谒庐山慧远的说法成立，或者说，确有其事，那么，谢灵运在庐山是否会逗留盘桓至“隆安四年仲春之月”呢？这“交徒同趣三十余人”中，有没有谢灵运呢？撰《庐山诸道人游石门诗·序》的那位无名氏究竟是谁呢？谢灵运参加过慧远发起的佛教活动，他是否亲自参加过慧远“因咏山水”而发起的游览歌咏活动，并从而在后来的山水诗创作中直接受启发与影响了呢？慧远后来派弟子道秉赴建康，远邀谢灵运同作《佛影铭》，又到底是基于什么样的心理与动机呢？这一系列的问题，实在是非常地诱人遐想，发人深思。这里只是顺便提出，且俟学界同人共同研究探讨。

2. 元兴元年（402），慧远六十九岁，谢灵运十八岁

从史料文献看，慧远于庐山率众一百二十三人建斋立誓往生西方净土便在这一年。且看《高僧传》卷六《释慧远传》的有关记载：

既而谨律息心之士，绝尘清信之宾，并不期而至，望风遥集。彭城刘遗民、豫章雷次宗、雁门周续之、新蔡毕颖之、南阳宗炳、张莱民、张季硕等，并弃世遗荣，依远游止。远乃于精舍无量寿像前，建斋立誓，共期西方。乃令刘遗民着其文曰：

惟岁在摄提（格），秋七月戊辰朔，二十八日乙未，法师释慧远，贞感幽奥，宿怀特发，乃延命同志息心贞信之士百有二十三人，集于庐山之阴般若台精舍阿弥陀像前，率以香华敬廌而誓焉……此其同志诸贤，所以夕惕宵勤，仰思攸济者也。

……今幸以不谋，而佥心西境……然其景绩参差，功德不一。虽晨祈云同，夕归攸隔……先进之与后升，勉思策征之道。然复妙觐大仪，启心贞照。识以悟新，形由化革。藉芙蓉于中流，荫琼柯以咏言……究兹道也，岂不弘哉！

“岁在摄提格”，据汤用彤先生考定为壬寅年元兴元年（402）。这一次以慧远为首的庐山立誓活动，谢灵运有没有参与其中呢？关于这个问题，学界的回答不尽一致。

不少学者如汤用彤、顾绍柏等持否定的观点。汤用彤在“叙莲社故事妄伪显著者”时认为：“至若谢灵运约于义熙七八年顷，始到匡山见慧远，则又在立誓后十一年矣。而敦煌本唐法照撰《净土五会观行仪》卷下云，远大师与诸硕德及谢灵运、刘遗民一百二十三人结誓修念佛三昧，皆见西方极乐世界，可见康乐原亦曾列入结誓者之数（唐飞锡《念佛三昧宝王论》，迦才《净土论序》，文谂、少康《净土瑞应传》均列谢氏于百二十三人之中）。世传远因其心杂，不许入社，亦妄也。”[①] 汤先生否定谢灵运曾参与立誓活动的前提是：“义熙七八年顷”之前，谢灵运未到过庐山。但是，该前提的依据何在，理由是什么，却未见有充分而可信的论证。显然，汤先生的

① 汤用彤：《汉魏两晋南北朝佛教史》，中华书局 1983 年版，第 243—244 页。

这个前提本身缺乏可靠性。况且，其原注既言唐飞锡、迦才等“均列谢氏于百二十三人之中”而又未辨其非，则似有辄言“妄伪”之嫌。

顾绍柏先生基本上持相同的观点：“元兴元年，慧远与刘遗民、雷次宗等一百二十三人于庐山精舍无量寿佛像前建斋立誓，共期来生生西方；时灵运在京，未能参与其事。……至于灵运凿池种白莲（凿池事或许有之），求入社不许，陶渊明不愿入社，‘攒眉而去’，亦属虚妄。”① 这里亦有令人不解之处：谓“时灵运在京”，可有足以采信的“旁证”没有？论职事，其时谢灵运是自由人，不在官场。论交通，作为国公之家，没有克服不了的困难。况且，既言“凿池事或许有之”，又何以言“种白莲”之事“亦属虚妄”呢？《国清百录》卷二《述匡山寺书》曰：“东林之寺，远自创般若、佛影二台，谢灵运穿凿流池三所。”《佛祖统纪》卷三十六云：“（谢灵运）为凿东西二池种白莲，因名白莲社。”谢灵运为凿流池“二池”或“三所”，究竟是干什么用的呢？难道是为了解决慧远僧团的生活用水困难吗？“凿池”、“种白莲”、“白莲社”，这三者之间应该存在实际的因果联系。有如此认识，也才能真正理解，刘遗民《发愿文》中的“藉芙蓉于中流，荫琼柯以咏言”两句，乃是写实，即景即事，并非一般的点缀之辞。试深思之，既然“凿池事或许有之”，倘事在立社之后，那么其意义究竟又何在呢？

杨勇先生的《谢灵运年谱》则列叙多种材料，对于谢灵运是否参与庐山立誓活动这一问题，给出了肯定的回答。其于“元兴元年壬寅（402）”系谢灵运事迹曰：

> 与慧远等结白莲社。
>
> 灵运《净土咏》曰：“法藏长王宫，怀道出国城；愿言四十八，弘誓拯群生。净土一何妙，来者皆菁英；颓言安可寄，乘化必晨征。”唐法照《净土五会念佛诵经观行仪》：“晋时，有庐山慧远大师，与诸硕

① 顾绍柏：《谢灵运集校注》，中州古籍出版社1987年版，第402—403页。

德及谢灵运、刘遗民一百二十三人，结誓于庐山，修念佛三昧，皆见西方极乐世界。”唐迦才《净土论》序：“慧远法师、谢灵运等，虽以佥期西境，终是独善一身，后之学者，无所承习。”唐飞锡《念佛三昧宝王论》：“慧远公从佛陀跋陀罗之藏授念佛三昧，与弟慧持，高僧慧永，朝贤贵士，隐逸清信宗炳、张野、刘遗民、雷次宗、周续之、谢灵运、阙公则等一百二十三人，凿山为铭，誓生净土。”《文谂少康往生西方净土瑞应传》：“有朝士谢灵运、高人刘遗民等，并弃世荣，同修净土，信士都一百二十三人，于无量寿像前，建斋立誓，遗民著文赞诵。”《佛祖统纪》：“谢灵运，为凿东西二池种白莲，因名白莲社。”时灵运又有《送雷次宗诗》曰：“符瑞守边楚，感念凄城壕；志苦离思结，情伤日月滔。”①

按，《净土论序》之作者迦才为隋末至唐初贞观时人，《念佛三昧宝王论》之作者飞锡为盛唐天宝时人，《往生西方净土瑞应传》作者之一少康为中唐贞元时人，《净土五会念佛诵经观行仪》之作者法照（746—838）为中晚唐大历至开成时人。迦才、飞锡、少康、法照等，生活于自隋末至晚唐的不同的时代，前后跨时约二百五十年，他们异口同声，当有一定的依据。迄今为止，我们并没有充分的理由来怀疑他们造假，我们缺乏确凿的反证。当然，这并不是说上述文献中一点儿问题也没有。例如，飞锡《念佛三昧宝王论》中提到了慧持和阙公则二人亦在百二十三人之中，这显然是错误的。因为慧持于隆安三年（399）与兄慧远辞别入蜀，慧远苦留不止。而阙公则乃西晋武帝时人。他们不当在百二十三人之中，这是显而易见的。应该看到，谢灵运凿池为台，植白莲，表现了檀越净土信仰的虔诚，而“莲社”名称的来历也应从这里发源。谢灵运凿池植莲并参与立誓之事，以现有文献状况看，在不存在相应反证的情况下，宁信其有，不能因某些材料部分失真

① 杨勇：《谢灵运年谱》，见陈祖美编校《谢灵运年谱汇编》，广西师范大学出版社 2001 年版，第 65 页。

而搞全盘否定。比较起来看，杨勇先生《谢灵运年谱》中的结论是可取的。

这里还要顺便提一下杨勇先生所引谢灵运的《净土咏》。此诗题目在各种版本中不尽一致。《广弘明集》卷十五题作《和从弟惠连无量寿颂》，而《艺文类聚》卷七十六、《汉魏六朝百三名家集·谢康乐集》皆题作《无量寿佛颂》，多出一“佛”字，但都没有“和从弟惠连”这五个字。明代沈启原辑、焦竑校之《谢康乐集》在文类作品中亦题作《无量寿佛颂》，而诗类作品中则题作《净土咏》。范泰曾寄所写《佛赞》并书信《与谢侍中书》给谢灵运，谢灵运于是有《和范光禄祇洹像赞三首并序》。又有《答范光禄书》中云：“忽见诸《赞》，叹慰良多，可谓俗外之咏。寻览三复，味玩增怀，辄奉和如别。虽辞不足观，然意寄尽此。从弟惠连，后进文悟，衰宗之美，亦有一首，并以远呈。”或以为谢灵运《净土咏》即和谢惠连“亦有一首”之作。但这里不无疑问。其一，范泰所寄书信及像赞中并未见关于无量寿佛及净土方面的内容，谢灵运所和范泰的“祇洹像赞三首”分别是《佛赞》、《菩萨赞》、《缘觉、声闻合赞》，而谢惠连“亦有一首”竟是关于无量寿佛的，这很有些令人费解。其二，谢惠连之“亦有一首”，唐初《艺文类聚》等大型类书均不见收录，道宣《广弘明集》或者乃误解范泰与谢灵运的书信并因此而误题，毕竟此诗在其他版本中均无“和从弟惠连”这五个字。

那么，《净土咏》一诗会不会是谢灵运参与庐山立誓活动时的吟咏之作呢？就有关诗句分析，答案应该是肯定的。我们且看诗的内容：

> 法藏长王宫，怀道出国城。愿言四十八，弘誓拯群生。净土一何妙，**来者皆菁英**。**颓年**安可寄，乘化必**晨征**。

据《无量寿经》卷上记载：“（过去世自在王佛）时有国王，闻佛说法，心怀悦豫，寻发无上正真道意，弃国捐王，行作沙门，号曰法藏。”阿弥陀佛成佛之前称法藏比丘。谢灵运《净土咏》诗的前半部即写阿弥陀佛本缘故事。意谓：法藏比丘原本国王，为寻求佛道而弃国捐王。他发了四十八大心愿，立誓救助众生。这里，“怀道出国城”的法藏，与“束发怀耿介”（《过始宁墅》）的康乐公，在贵族身份与宗教取向方面不无相似之处，有欲引以为同调的意思。“弘誓”一词，一方面写阿弥陀佛的四十八大心愿，另一方面也恰到好处地点出庐山的建斋立誓活动。诗的后半部分写作者自己的感想。意谓：观想念佛，期生净土正是无上修持法门，四方毕集于此，立誓往生净土庄严世界之“息心贞信之士”，都是当今杰出的英才。与其待衰朽之年无所依赖与寄托，还不如随顺自然，年青时及早修持精进，以期往生净土。这里，“净土一何妙，来者皆菁英”两句，赞美了弥陀净土信仰的意义，以及前来结社立誓者身份与修养等的不同一般。尤其“来者皆菁英”一句，所指也正是上引《僧传》中的“谨律息心之士，绝尘清信之宾”。而“颓年安可寄，乘化必晨征”两句，与刘遗民《发愿文》中的“夕惕宵勤，仰思攸济”，“先进之与后升，勉思策征之道”等句意，亦有相合之处。还要格外注意的是，“晨征”一词，在《庐山诸道人游山诗·序》中出现过，体现了庐山慧远僧团一贯的修持精进精神。“晨征”，字面的意思是清晨远行，但可引申为及早行事、行动等意思，“颓年”一词，又见于谢灵运的《顺东西门行》、《感时赋并序》、《石壁立招提精舍》等诗文，意为衰弱、衰老之年。“晨征”与“颓年”在同一句中对举比照，更进一步证明了谢灵运《净土咏》一诗并不是晚年的和谢惠连之作，而是年青时代的作品。庐山结社立誓时，谢惠连还未出世，而谢灵运十八岁，正是所谓可以“晨征”的时候，是“束发怀耿介”（《过始宁墅》）思想的体现和延续。

从前引刘遗民《发愿文》中的“藉芙蓉于中流，荫琼柯以咏言”两句，可以看到，庐山结社是的确有莲花作为象征标志的，并且结社立誓期间“佥焉同咏”，也举行了相关的集体吟诗活动。而谢灵运的《净土咏》一诗，便是这次立誓兼歌咏活动中的作品之一，可以认为是谢灵运参加庐山立誓活动的佐证。

另外，慧远与一百二十三人并不一定完全是师徒关系，就是说不一定唯弟子方可参与立誓，参与者不一定皆慧远的弟子。这一次立誓主要以信仰相同，“不期而至，望风遥集”，用刘遗民《发愿文》中的话说，“今幸以不谋，而佥心西境”。并且，即使是“社中人”，也不必就是“门人”。据《肇论疏》载，刘遗民于立誓之年任柴桑令，次年之冬方弃官隐居庐山。即是说，立誓之时，刘遗民可以是“社中人”，但不必就是“门人”。“莲社中人”，与“慧远门人”，不一定是全等的关系。所以，关于谢灵运，不可辄言其未入社，但当然可断言其非门人。谢灵运两上庐山，“希门人之末”，但“诚愿弗遂”，注意力开始转向官场。其《初去郡》诗云：“牵丝及元兴，解龟在景平。负心二十载，于今废将迎。”诗写于景平元年（423），以此上推二十年，时当元兴二年（403）或三年（404）。但他踏入仕途的有案可稽的时间是在义熙元年（405），“二十年”是约数。“及元兴”，意思是刚好追及、没有错过元兴之年。入仕之前，当有些准备，包括心理的，即萌发或产生了入仕意识，亦可称之为“牵丝”。“牵丝”之时乃在元兴后期，此之谓“牵丝及元兴”。

3. 义熙七年（411）至义熙八年（412），其时，慧远七十八九岁，谢灵运二十七八岁

义熙元年（405）三月，谢灵运踏入仕途，任琅邪王司马德文大司马行参军。不久，抚军将军刘毅由历阳（今安徽和县）移镇姑孰（今安徽当涂），谢灵运为刘毅记室参军。义熙五年（409）正月，刘毅为卫将军、开府仪同三司，但次年五月败于卢循，降为后将军。义熙七年，刘毅任江州都督、刺史，镇豫章（今江西南昌），第二年四月，为卫将军，都督荆宁秦雍四州诸军事、开府仪同三司、荆州刺史，持节如故，谢灵运由记室参军转卫军从事中郎。刘毅欲图刘裕，又请交、广二州，许之。九月，刘毅至江陵。刘裕使安帝诏刘毅罪，捕杀刘藩、谢混（谢灵运之从叔），征讨刘毅。十月，刘毅兵败自缢。从上述刘毅、谢灵运行迹看，义熙七、八年两年中，谢灵运一直担任刘毅幕僚，在先后随刘毅调任姑孰、豫章、江州、江陵期间，道经浔阳，当稍滞留，亦有机会入庐山，“因得游山见远公”①。

当然，义熙七年至义熙八年这两年中，谢灵运是否一定有条件游庐山见慧远，答案并不是十分肯定的。由于缺乏确凿的材料来证实，所以只能暂时如此推断。不过，以为义熙七八年间谢灵运入庐山见慧远，长期以来一直是比较流行的观点。郝昺衡先生在其《谢灵运年谱》“义熙八年壬子”条中说：“刘毅镇江陵，以为卫军从事中郎，道出寻阳，登庐山，见释慧远……按《通鉴》，毅以江州都督兼刺史，镇豫章，为义熙七年四月；而移镇江陵，则义熙八年四月也。《高僧传·慧远传》‘陈郡谢灵运负才傲俗，少所推崇，及一相见，肃然心服’云云，当为此二年间事也。”② 亦有学者注引上述郝氏观点认为，谢灵运“时至义熙七八（411、412）年间，才有机会登庐山，与慧远有第一次也是最后一次的相见”③。论者语气肯定，几乎是确凿无疑的。然而实际上，从上文有关考述不难看出，这样的结论还缺乏可靠的文献依据和严密的逻辑论证。

4. 义熙九年（413），慧远八十岁，谢灵运二十九岁

这一年，慧远撰写了《万佛影铭》（一作《佛影铭》），又派遣弟子道秉远赴建康，邀请谢灵运亦撰写《佛影铭》，“佥焉同咏”，“以充刊刻”。两篇《佛影铭》是慧远与谢灵运作为一代名僧与名士间仅存的，直接交流对话以切磋教义的宗教文学作品。其文献价值也是很值得重视的。

慧远《万佛影铭》见载于《广弘明集》卷十五，有题注、序、铭并后记。兹录其序与铭部分如下：

……远昔寻先师，奉侍历载，虽启蒙慈训，托志玄籍，每想奇闻，以笃其诚。遇西域沙门，辄餐游方之说，故知有佛影，而传者尚未晓

① 参见汤用彤：《汉魏两晋南北朝佛教史》下册，中华书局 1983 年版，第 314 页。

② 郝昺衡：《谢灵运年谱》（原载《华东师大学报》1957 年第 3 期），转引自陈祖美编校《谢灵运年谱汇编》，广西师范大学出版社 2001 年版，第 40 页。按，郝立权（昺衡）另有《谢康乐年谱》，发表于 1935 年 6 月出版的《齐大季刊》第六期，陈祖美编校的《谢灵运年谱汇编》已一并收录。

③ 曹虹：《慧远评传》，南京大学出版社 2002 年版，第 153—154 页。

然。及在此山，值罽宾禅师、南国律学道士，与昔闻既同，并是其人游历所经，因其详问，乃多有先征。然后验神道无方，触象而寄，百虑所会，非一时之感。于是悟彻其诚，应深其信，将援同契，发其真趣，故与夫随喜之贤，图而铭焉。

廓矣大像，理玄无名。体神入化，落影离形。回晖层岩，凝映虚亭。在阴不昧，处暗逾明……淡虚写容，拂空传像。相具体微，冲姿自朗。白毫吐曜，昏夜中爽。感彻乃应，扣诚发响。留音停岫，津悟冥赏。抚之有会，功弗由曩……铭之图之，曷营曷求。神之听之，鉴尔所修。庶兹尘轨，映彼玄流。漱情灵沼，饮和至柔。照虚应简，智落乃周。深怀冥托，宵想神游。毕命一对，长谢百忧。①

“佛影”是什么呢？简单地说就是佛像。但慧远于庐山立佛影台所仿造图绘的佛影，与佛教传说中的“佛影”还不完全是一回事。佛教有经典描述了世尊化毒龙留佛影的“奇闻”，充满了浪漫而神秘的传奇色彩。据梁释僧罽《释迦谱》卷三《释迦留影在石室记》引《观佛三昧经》记载：

尔时龙王白佛言：“唯愿如来常住此间，佛若不在，我发恶心无由成道。唯愿留神，殷勤三请。”……龙王于其池中，出七宝台奉上如来：“唯愿天尊受我此台。”佛言：“不须此台，汝但以罗刹石窟施我。”诸天闻已，各脱宝衣，以扫佛窟。佛摄神足，独入石室，自敷坐具，令此石窟暂为七宝。时罗刹女及以龙王，为四大弟子及阿难等造五石窟。尔时世尊，坐龙王窟不移坐处，亦受王请，入那干诃城及以诸国。……尔时世尊安慰龙王：“我受汝请，当坐汝窟中，经千五百岁。”时诸龙王合掌劝请，还入窟中。佛即坐已，窟中作十八变，踊身入石，犹如明镜在于石内，映现于外，远望则见，近则不现。诸天百千，供养佛影，

① 慧远：《万佛影铭并序》，见《广弘明集》卷十五，《四部丛刊》本。

影亦说法。石窟高一丈八尺，深二十四步，石清白色。[①]

“佛影”圣迹在何处呢？据慧远《万佛影铭》原题注云：“佛影今在西那伽诃罗国南山古仙石室中。度流沙，从径道，去此一万五千八百五十里。感世之应，详于前记也。”其具体地点，据王邦维先生考证认为：“阿富汗东部的 Jalalabad 平原的 Nagaraahaara，即玄奘《大唐西域记》卷二所讲到的‘那揭罗曷国’”，而“那揭罗曷国和醯罗城在古代以有众多佛教圣迹而著名。法显、宋云、玄奘等都到过这里。东晋慧远撰《佛影铭》，讲到的‘佛影’，就在那揭罗曷国”[②]。佛影故事引发人们遐想，产生了解不开的“佛影情结”，引得无数善男信女不远万里去瞻拜佛影圣迹。法显西行天竺时曾至那揭罗曷国瞻礼佛影，并描述了他的所见所闻：“那竭城南半由延有石室博山，西南向佛留影。此中去十余步观之，如佛真形。金色相好，光明炳着，转近转微，仿佛如有。诸方国王遣工画师摹写，莫能及。”（《高僧法显传》）

慧远《万佛影铭》所叙论之内容，涉及这样几个方面的意思：第一，谓瞻礼佛影，饶益开悟，但悟兹灵应，则理契其心。佛影亦为妙物，其意义在于妙寻法身之应，以神不言之化。其开悟的特点是化不以方，唯其所感，慈不以缘，冥怀自得。此法身之运物可方之日月化物，不知其何以物物而群品熙荣，万物已成。幽极之中，仿佛道存之焉。这种不言之化与无为无不为颇为相通。慧远长于“引《庄子》义为连类”，此为一例。而观想念佛的禅智意蕴在这里显然是一次集中的借题发挥。第二，叙立佛影台及图而铭之的缘起。缘起经历了三个阶段。起初奉侍先师释道安时悉此奇闻，故愈发笃其诚信。其后又从西域沙门的传闻中知有佛影，但未知其详。而近来则通过罽宾禅师、南国律学道士的亲身游历，印证了以往的奇闻传说。遂立台图影，“佥焉同咏”，“发其真趣”。第三，言图而铭之的意义在于鉴尔所修，映彼

① 参见《大正藏》第 50 册，台北新文丰出版公司 1985 年版，经号 No. 2040。

② 王邦维：《论阿富汗新发现的佉卢文佛教经卷》，见《中华佛学学报》第 13 期（2000 年 5 月）。

玄流，而瞻礼佛影正可照虚应简，深怀冥托，长谢百忧。

慧远《万佛影铭并序》中所说的“罽宾禅师、南国律学道士”分别是谁呢？关于“罽宾禅师”，许理和认为是佛驮跋陀罗[①]，冢本善隆认为或指佛陀跋陀罗，或指僧伽提婆[②]。汤用彤认为“罽宾神师”是佛陀跋多罗，但关于“南国律学道士”，他说：“不知为何人，但似非法显。因显时尚未归来。”又说：“（谢灵运）铭作于义熙九年秋冬之后，故言及法显。又铭之序中，言‘庐山法师闻风而悦’，乃指远公在远方闻天竺佛教流风遗泽而悦，非闻法显所言也。铭中有‘承风遗则’句可证。”[③] 综合多种史料文献来看，罽宾禅师当指佛陀跋陀罗，南国律学道士或指法显。佛陀跋陀罗携弟子慧观等四十余人，于义熙七年（411）从长安来投东林寺，义熙八年（412）秋与慧观离开庐山，西游荆州。他后来所译的《观佛三昧海经》中，有世尊化毒龙留佛影的“奇闻”。法显因慨叹中土律藏传译未全，乃矢志西游天竺寻求律藏。慧远亦致力律学，常慨叹江东经典未备，禅法不闻，律藏残缺，于是命弟子法领、法净等，远寻众经以传译之。又曾经致书劝请昙摩流支补译罽宾律师弗若多罗未译完的《十诵律》。法显搭乘外国商船登岸青州的时间是义熙八年（412）秋七月，受青州刺史李嶷之请，居留“一冬一夏”后，约于义熙九年（413）秋七月到达建康，其时距庐山慧远立台图影毕，仍有一个月左右的时间。以此而推，慧远撰《佛影铭》之前，闻法显说“佛影”事，亦并非没有可能。

作为一代宗教领袖，释慧远时常主持一些佛教法事兼文咏的活动，立佛影台并图而铭之，便是又一次这样的集体活动。谢灵运《佛影铭》亦见载于《广弘明集》卷十五，是当时“挥翰之宾，佥焉同咏”之众作中的一篇。兹录其铭文并序如下：

---

① 许理和著，李四龙等译：《佛教征服中国》，江苏人民出版社 1998 年版，第 359 页。

② 木村英一编：《慧远研究·研究篇》，创文社 1962 年版，第 76 页。

③ 汤用彤：《汉魏两晋南北朝佛教史》，中华书局 1983 年版，上册，第 246 页。

夫大慈弘物，因感而接，接物之缘，端绪不一，难以形检，易以理测，故已备载经传，具著记论矣。虽舟壑缅谢，像法犹在，感运钦风，日月弥深。法显道人至自祇洹，具说佛影，偏为灵奇，幽岩嵌壁，若有存形，容仪端庄，相好具足，莫知始终，常自湛然。庐山法师闻风而悦，于是随喜幽室，即考空岩，北枕峻岭，南映滮涧，摹拟遗量，寄托青彩，岂唯像形也笃，故亦传心者极矣。道秉道人远宣意旨，命余制铭，以充刊刻。石铭所始，实由功被，未有道宗崇大若此之比，岂浅思肤学所能宣述？事经徂谢，承眷罔已，辄罄竭劣薄，以诺心许。徽猷秘奥，万不写一；庶推诚心，颇感群物。飞鹗有革音之期，阐提获自拔之路，当相寻于净土，解颜于道场。圣不我欺，致果必报。援笔兴言，情迫其概。

……亹亹正觉，是极是理，动不伤寂，行不乖止……我无自我，实承其义；尔无自尔，必祛其伪……望影知易，寻响非难，形声之外，复有可观。观远表相，就近暧景，匪质匪空，莫测莫领……日月居诸，胡宁斯慨。曾是望僧，拥诚俟对；承风遗则，旷若有概。敬图遗踪，疏凿峻峰；周流步栏，窈窕房栊。激波映墀，引月入窗；云往拂山，风来过松。地势既美，像形亦笃；彩淡浮色，详视沉觉。若灭若无，在摹在学……弱丧之推，阐提之役；反路今睹，发蒙兹觌。式厉厥心，时逝流易；敢铭灵宇，敬告震锡。

谢灵运《佛影铭并序》主要叙论了这样几个方面的内容：第一，谓庐山法师久闻佛影之说，于是立台图影，所绘之佛像，形神兼备，“岂唯像形也笃，故亦传心者极矣”。第二，谓庐山法师“命余制铭”，虽说自己“浅思肤学”，但仍然“罄竭劣薄，以诺心许”，还是谈谈自己关于像法的理解。第三，谓佛影于“形声之外，复有可观，观远表相，就近暧景，匪质匪空，莫测莫领”。第四，谓庐山佛影台环境幽美，佛像形貌真实，瞻礼佛影能够使弱丧迷途者、阐提无缘者知返与觉悟。

谢灵运《佛影铭并序》未提及该文的撰写时间，但可以做一些推论。据慧远《万佛影铭》后记云：“晋义熙八年，岁在壬子，五月一日，共立此台，拟像本山，因即以寄诚。虽成由人匠，而功无所加。至于岁次星纪，赤奋若贞于太阴之墟，九月三日，乃详检别记，铭之于石。爰自经始，人百其诚。道俗欣之，感遗迹以悦心。于是情以本应，事忘其劳。于时挥翰之宾，佥焉同咏。咸思好远猷，托相异闻，庶来贤之重轨。故备时人于影集大通之会。诚悲现所期。至于伫襟遐慨，固已超夫神境矣。”这里所谓的“赤奋若”，乃指义熙九年（413），这一年为癸丑年。《尔雅释天》曰：“（太岁）在丑曰赤奋若。”又，谢灵运《佛影铭》中记载说：“法显道人至自祇洹，具说佛影，偏为灵奇，幽岩嵌壁，若有存形，容仪端庄，相好具足，莫知始终，常自湛然”。法显由青州到达建康的时间大致在义熙九年之秋七月，慧远立台图影毕并撰成《佛影铭》乃在义熙九年之秋九月，其后道秉赴建康，谢灵运受请撰成《佛影铭》则应在义熙九年（413）之秋冬。

5. 义熙十二年（416），慧远去世，谢灵运三十二岁

据《高僧传》卷六《慧远传》记载：“（慧远）以晋义熙十二年八月初动散，至六日困笃。大德耆年，皆稽颡请饮豉酒，不许。又请饮米汁，不许。又请以蜜和水为浆。乃命律师，令披卷寻文，得饮与不。卷未半而终。春秋八十三矣。门徒号恸，若丧考妣，道俗奔赴，毂继肩随。远以凡夫之情难割，乃制七日展哀。遗命使露骸松下。既而弟子收葬。浔阳太守阮侃，于山西岭凿圹开隧。谢灵运为造碑文，铭其遗德。南阳宗炳又立碑寺门。”

慧远去世后，谢灵运写了哀悼性的文章《庐山慧远法师诔并序》，全文如下：

道存一致，故异代同晖；德合理妙，故殊方齐致。昔释安公振玄风于关右，法师嗣沫流于江左，闻风而说，四海同归。尔乃怀仁山林，隐居求志。于是众僧云集，勤修净行；同法餐风，栖迟道门。可谓五百之季，仰绍舍卫之风；庐山之隈，俯传灵鹫之旨，洋洋乎未曾闻也！予志学之年，希门人之末，惜哉，诚愿弗遂，永违此世。春秋八十有四，义熙十三年秋八月六日薨。年逾纵心，功遂身亡；有始斯终，千载垂光。呜呼哀哉！乃为诔曰：

於昔安公，道风允被……事师以孝，养徒以义……粳粮虽御，独为苌楚……广演慈悲，饶益众生……公之出家，年未志学……大宗戾止，座众龙集……乃修什公，宗望交泰。乃延禅众，亲承三昧。众美合流，可久可大……生尽冲素，死增伤凄。单縈土椁，示同敛骸。人天感悴，帝释恸怀。习习遗风，依依余凄。悲夫法师，终然是栖。室无停响，途有广蹊。呜呼哀哉！端木丧尼，哀直六年。仰慕洙泗，俯惮罘筌。今子门徒，实同斯艰。晨扫虚房，夕泣空山。呜呼法师，何时复还。风啸竹柏，云霭岩峰。川壑如泣，山林改容。自昔闻风，志愿皈依。山川路邈，心往形违。始终衔恨，宿缘轻微。安养有寄，阎浮无希。呜呼哀哉！

关于慧远去世的时间，《高僧传·慧远传》和谢灵运《庐山慧远法师诔并序》的记载是矛盾的。关于这个问题，汤用彤先生所编《慧远年历》两说并存："晋安帝义熙十二年（公元416年），或十三年，年八十三或八十四，卒于庐山之东林寺。"[①] 顾绍柏先生一方面系慧远卒年于义熙十三年[②]，另一方面又取存疑态度："月、日完全相同，唯年份不同，'二'与'三'仅有一笔之差，二者必有一误。今找不到更多佐证，难以判断孰是孰非（灵运与慧远是同时代人，又是在慧远新逝即作诔，自不会误记卒年，但不能排除后世辗转传抄或刊刻致误的可能）。"[③]

关于慧远去世的时间，基本上可以肯定是在义熙十二年（416）。其理由是：第一，《高僧传·慧远传》记载为"义熙十二年"。第二，《出三藏记

① 汤用彤：《汉魏两晋南北朝佛教史》上册，中华书局1983年版，第243页。
② 顾绍柏：《谢灵运集校注》，中州古籍出版社1987年版，第412页。
③ 顾绍柏：《谢灵运集校注》，中州古籍出版社1987年版，第265页。

集》卷十五《慧远法师传》、谢灵运《庐山法师碑》皆记慧远去世时“春秋八十三”，张野《远法师铭》亦记“年八十三而终”。谢灵运《庐山慧远法师诔并序》出现记载错误的原因有这样的一些可能：一种可能是传抄刊刻过程中出现的讹误。另一种可能是撰诔时，谢灵运不仅不在庐山，而且也并不在慧远去世的这一年。《高僧传》卷六《慧远传》曰：“远以凡夫之情难割，乃制七日展哀。遗命使露骸松下。既而弟子收葬。浔阳太守阮侃，于山西岭凿圹开隧。谢灵运为造碑文，铭其遗德。南阳宗炳又立碑寺门。”这里记叙慧远去世后，有七日展哀，露骸松下，弟子收葬，凿圹开隧以安葬，立碑寺门等不同的几个阶段。由此可以推想，不同的阶段当有不同的哀悼纪念活动，及相应的哀悼纪念文章，所以，张野有《远法师铭》，谢灵运有《庐山慧远法师诔并序》，又有《庐山法师碑》。这几篇文章，正应该分别写于不同的阶段。因而，就像谢灵运《庐山法师碑》撰写于元熙二年（420），即撰写于慧远去世后的第四年一样，《庐山慧远法师诔并序》或亦为谢灵运于慧远去世之年之后的某一年撰写而成的①，所谓“义熙十三年”及“八十四岁”云云，乃因误记而误写。

《庐山慧远法师诔》分诔序和诔辞两个部分。诔序高度概括了慧远怀仁山林、隐居求志的人生取向，赞扬了慧远引领庐山僧团勤修净行、弘传佛道的深广影响，同时以作者希门人之末而诚愿弗遂的怅失心情，进一步突出了慧远法师令僧俗闻风而悦、四海同归的独特宗教人格魅力。诔辞共十三章。前三章主要写慧远之师道安可贵的宗教人格精神特点：事师以孝，养徒以义；粳粮虽御，独为苌楚；广演慈悲，饶益众生。中间五章重点写慧远以下几个方面的道德修养：少年时代便辞亲随师，析微辨疑，勤勉不倦；与道安

① 例如诔辞中“单縈土椁，示同敛骸”，“习习遗风，依依余凄”，“端木丧尼，哀直六年”等句，依内容推测，似乎应该写的是“遗命露骸松下”，“既而弟子收葬”之时之事。换句话说，谢灵运《庐山慧远法师诔并序》并非写于慧远“新逝”之时。是不是可以这样认为：张野《远法师铭》写于义熙十二年（416）慧远新逝“展哀”之时；谢灵运《庐山慧远法师诔并序》写于“弟子收葬”之时，也许“露骸松下”有两年左右；谢灵运《庐山法师碑》写于元熙二年（420）“凿圹开隧”以安葬之时。当然，这只是假说，还有待学界同人来一起论证。

师分手以后，恪守戒律，令声续振；南下栖隐匡庐，定慧兼修，觉悟了佛道的最高境界，弟子众多，师徒和乐亲睦；修好鸠摩罗什，延请佛陀跋陀罗，集众流派学说之长，乃使佛教精神发扬光大，使之久远。后五章写慧远之逝和僧俗之悲。先写慧远长辞，日月沉晖，山河同悲。次写遗命露骸松下，人天感悴，余凄依依。次写弟子哀直经年，悲痛之情挥之不去。最后以作者自己与慧远宿缘轻微、始终衔恨的遗憾，表达了不尽的哀思。

6. 元熙二年，即永初元年（420），谢灵运三十六岁

此时距慧远去世已经四个春秋。谢灵运缅怀庐山慧远，又撰写了一篇《庐山法师碑》。兹录相关内容如下：

> 法师讳慧远，本姓贾。雁门楼烦人。弱而好学……法师藉旷劫之神明，表今生之灵智。道情深邃，识鉴渊微。般若无生之津，道行息心之观，妙理与高悟俱彻，冥宗与深心等至。安公叹曰："使道流东国者，其在远乎！"太元初，襄阳既没，振锡南游。考室庐阜，结宇倾岩。同契不命而景响，闻道誓期于霜雪。自以年至耳顺，足不越山……既道渐中土，名流遐域，外国诸僧咸东向礼……又以心本无二、即色三家之谈不穷妙实，乃着《法性论》。理深辞婉，独拔怀抱。罗什见论而叹曰："汉人未见新经，便暗与理会。"
>
> 若夫温心善诱，发必远言，栖寄林岭，游兴能彻……自枕石漱流，始终一概。恬智交养，三十余载。春秋八十三，命尽绝岭。遗言露骸松林，同之草木。达生神期，既于此矣。古人云道存人亡，法师之谓。凡我门徒，感风徽之缅邈，伤语晤之永灭。敢以浅见，扬德金石……
>
> 九流乖真，三乘归佛……息心空谷，训徒幽壤……夫子之悟，屡劫独明。仰高契峻，俯深怀清……景薄命尽，宗倾理湮。寒暑递易，悲欣皋壤。秋蓬四转，春鸿五响。孤松独秀，德音长往。节有推迁，情无遗想。
>
> 元熙二年春二月朔，康乐公谢灵运撰。

谢灵运《庐山法师碑》收录于宋咸淳四明东湖沙门志盘所撰《佛祖统纪》卷二十六，见《大正藏》第49册。关于这一篇文字，史料文献中时有提及，但现存各种版本的《谢灵运集》均不见收录，所以有些学者认为《庐山法师碑》已经失传。如顾绍柏先生《谢灵运生平事迹及作品系年》"义熙十三年"部分叙曰："释慧远八月卒于庐山，灵运在京撰《庐山慧远法师诔》。又作铭（已佚），张野为之序。"① 但也有学者发现并注意到了这篇碑文。如罗国威先生在其《新发现的谢灵运佚文及〈述祖德诗〉佚注》中对《庐山法师碑》有所考述②。

再有一个问题，该《庐山法师碑》之序与张野《远法师铭》之序，是不是同一篇文章？答案应该是否定的。理由有三：第一，两者文字上虽有雷同之处，但区别还是很多，很大。第二，《世说新语》刘孝标注文既已言"张野《远法师铭》"，则张野所序之《铭》理应是张野自己所作的《远法师铭》，而不应是谢灵运所作的《铭》，即《庐山法师碑》。第三，从碑文中"寒暑递易，悲欣皋壤，秋蓬四转，春鸿五响"数句内容看，该碑文写于元熙二年（420）无疑，当是宗炳为东林寺立寺碑时一系列活动中的内容之一。而至元熙二年时，张野（350—418）去世已经两年。

谢灵运《庐山法师碑》撰于元熙二年二月初一日，其时在刘裕于同年六月以宋代晋，改元"永初"之前四个月，因而谢灵运仍爵为康乐公。此碑之序共分四个部分。第一部分侧重记叙慧远早年游学及后来师从道安的生活经历，并借道安的叹赏，突出了慧远识鉴渊微，妙理与高悟俱彻的学养。第二部分侧重记叙慧远南来庐阜以后足不越山的事迹，尤其描述与桓玄相关的两件大事，突出了慧远确然贞固，抗言万乘的可贵气节。这一部分强调慧远在国内的威望。第三部分侧重记叙慧远对于中土佛教传播与发展所作出的巨大贡献，其中突出"迎请禅师"，"究寻经本"和"著《法性论》"三事，并以鸠摩罗什的惊叹，强调慧远"名流遐域"，对"外国诸僧"的深刻影

① 顾绍柏：《谢灵运集校注》，中州古籍出版社1987年版，第412页。

② 罗国威：《新发现的谢灵运佚文及〈述祖德诗〉佚注》，《辽宁大学学报》1996年第3期。

响。第四部分概括叙写慧远居庐山三十余载，温心善诱，游兴能彻，枕石漱流的人格魅力，同时抒发了慧远“道存人亡”后，“凡我门徒，感风徽之缅邈，伤语晤之永灭”的哀悼之情。此碑之铭共分六章，乃以韵语赞辞，一唱三叹，重复和强化了碑序中对慧远的钦赞，同时，进一步抒发了慧远卒后四年来无尽的缅怀与伤悼之情。谢灵运的《庐山法师碑》是缅怀高僧慧远的一篇哀悼性文字，也是集中体现谢灵运“庐山情结”的最后一篇完整的文章。

三、慧远、谢灵运若即若离关系探因

谢灵运崇拜和向往庐山慧远，这是毫无疑问的，而谢灵运并没有能够成为慧远的弟子，这也是毫无疑问的。综合上文考述可以看到，谢灵运不只是发愿“希门人之末”，而且也曾付出过努力的。但是，既曾付诸努力而又“诚愿弗遂”，这其中的原因到底是什么呢？前人谓慧远拒谢灵运于“门”外，“以心杂止之”，此说是否可信呢？关于这个问题，我们倾向于同意“心杂”之说。

谢灵运的“心杂”表现，当有如下数端：

其一，思想多元。谢灵运自幼入钱塘道馆生活十多年，道者流达生任情与自然逍遥思想在他一生中表现得根深蒂固。从有关谢灵运曾于钱塘翻译《金刚经》的传奇故事来推想，在寄养道馆期间，他的佛学知识与修养已经达到了相当的水平。虽然他认为“六经典文，本在济俗为治，必求灵性真奥，岂得不以佛经为指南耶”（《高僧传》卷七《慧严传》宋文帝引范泰、谢灵运语），但他并不摒弃儒者流建功立业，济世用世的社会理想，即便在他的佛学论著《辨宗论》中，还是表现出了明显的折中儒、佛的思想倾向。他写过《维摩经十譬赞》共八首，而结合其一生行迹与活动情况看，他的宗教体验多带有大乘居士佛教的特点，“示行愚痴，而通达世间出世间慧”，“示行憍慢，而于众生犹如桥梁”（《维摩诘所说经·佛道品第八》），或隐或仕，在出处行藏方面并不执着什么固有的准则。其研习佛教，侧重于义理层面的玄学化探讨，但人生指南似乎杂糅维摩与庄周，而多以道家诞放思想为先。史传曾记载他“又与王弘之诸人出千秋亭饮酒，裸身大呼，颉深不堪，遣信相闻。灵运大怒曰：‘身自大呼，何关痴人事’”。孟颉是千秋亭所在州郡的太守，亦笃信佛教，但谢灵运曾奚落讽刺过他，谓：“得道应须慧业，丈人生天当在灵运前，成佛必在灵运后。”孟颉“事佛精恳”，竟为灵运所轻若此，故“深恨此言”（事见《南史》卷十九《谢灵运传》）。谢灵运最终招致被杀的悲剧命运，隐约中多少亦与此事相关。

其二，多愆礼度。关于这一方面，《南史》本传多有记载和描写。如曰：谢灵运“性豪侈，车服鲜丽，衣物多改旧形制，世共宗之，咸称谢康乐也。”又称其“辄杀门人”并因此而免官。复曰：谢灵运“既自以名辈，应参时政，至是唯以文义见接，每侍上宴，谈赏而已。王昙首、王华、殷景仁等名位素不逾之，并见任遇，意既不平，多称疾不朝直。穿池植援，种竹树果，驱课公役，无复期度。出郭游行，或一百六七十里，经旬不归。既无表闻，又不请急”（《南史》卷十九《谢灵运传》）。诸如此类，若以不同的衡量标准来评价，则既可以认为他是挑战传统，不平则鸣，充满了反抗的意识，也可以认为他是享乐主义的，自由主义的，甚至是无政府主义的。

其三，露才扬己。据有关文献记载：“谢灵运云：‘天下才共有一石，曹子建独得八斗，我得一斗，自古及今同用一斗。奇才敏捷，安有继之?’”（李瀚、徐子光补注《蒙求集注》引）其自负之情、自得之态，乃可谓登峰造极，无以复加。又据《高僧传》卷六对谢灵运初见慧远之事的记载：“陈郡谢灵运负才傲俗，少所推崇，及一相见，肃然心服。”谢灵运由于其父弱智并过早去世，所以，他所受到的庭训家教是非常有限的，而他的自负与自傲的个性，以至于发展到了令堂叔及堂兄弟们都为之担忧的地步。谢混在《诫族子诗》中开篇被诫的就是谢灵运：“康乐诞通度，实有名家韵。若加绳染功，剖莹乃琼瑾。”又据史书记载：“（谢）瞻文章之美，与从叔混、族弟灵运相抗。灵运父瑍无才能，为秘书郎早卒，而灵运好臧否人物。混患之，欲加裁折，未有其方。谓瞻曰：‘非汝莫能。’乃与晦、曜、弘微等共游戏，使瞻与灵运共车。灵运登车便商较人物，瞻谓曰：‘秘书早亡，谈者亦互有同异。’灵运默然，言论自此衰止。”（《南史》卷十九《谢灵运传》）谢混有诗句云：“昔为乌衣游，戚戚皆亲侄。”上引《南史·谢瞻传》中所记，正是谢灵运“志学之年”由钱塘回到京师后，谢混率众子侄为“乌衣之游”中的一组镜头。

以上谢灵运诸端“心杂”的个性与思想特征，在其一生中既有某些阶段性的突出表现，亦贯穿始终，这是一些近乎“执迷不悟”的行为特点。在《高僧传》中又见这样一段记载：祇洹寺僧苞一时闻名京师，“陈郡谢灵运闻风而造焉，及见苞神气，弥深叹服。或问曰：‘谢公何如？’苞曰：‘灵运才有余，而识不足，抑不免其身矣。’”（《高僧传》卷七《释僧苞转》）由此可见，对于谢灵运身上的一些致命的缺陷，佛门中人是看得一清二楚的。慧远作为一代高僧，自有“慧眼”，其以“心杂”止谢灵运于“门”外，是完全有可能的，也不是没有道理的。

在《高僧传·慧永传》中有这样一段话很值得注意：“远既久持名望，亦雅足才力，从者百余，皆端整有风序，及高言华论，举动可观。”庐山慧远门人多为修持而有威仪的义学僧，他们的佛学修养和人格魅力体现在两个方面，即：发必“高言华论”；且“端整有风序”。慧远栖迟道门，一方面抗言万乘，但另一方面又乐意接受贵族檀越的施舍。例如桓伊为慧远创建东林寺，刘裕尝遗之以米，谢灵运则为之凿池筑台植莲花。崇信佛教，这是慧远、谢灵运相即相交往的一个重要的宗教信仰方面的共同基础。慧远既重修持，又好文咏。对于谢灵运，慧远所欣赏的大概是他的“高言华论”，是他作为一代文豪的天才，以及在佛教义学方面的颖悟，因而在某些相关的佛教活动中，乃待之以“佥焉同咏”的“挥翰之宾”。这是慧远、谢灵运相即相交往的一个重要的宗教思辨与审美方面的共同基础。但佛门清规戒律甚多，若衡量“端整有风序”，谢灵运显然不具备这一条件。如此说来，谢灵运虽向往慧远，“希门人之末”，但其“诚愿弗遂”也便成情理中事。慧远、谢灵运在人格精神与价值追求方面并非完全契合一致，或者说还存在着背离现象，这是他们相即相交往却又貌合神离的原因。

对于慧远，谢灵运耿耿于怀，并非没有微辞。其“微辞”可以从两篇重要的文章中体味出来。一篇是义熙九年（413）谢灵运应慧远之请所写的《佛影铭并序》，另一篇是义熙十二年（416）慧远去世后谢灵运所作的《庐山慧远法师诔并序》。

《佛影铭》序之后半部云：“道秉道人远宣意旨，命余制铭，以充刊刻。石铭所始，实由功被，未有道宗崇大若此之比，岂浅思肤学所能宣述？事经徂谢，承眷罔已，辄罄竭劣薄，以诺心许。徽猷秘奥，万不写一；庶推诚心，颇感群物。飞鸮有革音之期，阐提获自拔之路，当相寻于净土，解颜于道场。圣不我欺，致果必报。援笔兴言，情百其概。”仔细品味起来，这段话中的“岂浅思肤学所能宣述”一句，是自谦之语。“事往徂谢”，意思是事情已经成为过去。此“徂谢”之事，表面似指慧远立台图影并铭石之事，但联系下文语意看，当指慧远拒灵运于“门”外，“以‘心杂’止之”之事。乃以委婉之笔，含蓄地旧事重提。作者接着表述自己的心情：此事都已经过去十多年了，并且自己“承眷罔已”，长期以来不断得到法师的关心，所以思想起来，尽管才力有限，对法师的深意，佛影的灵奇，未必能恰到好处地加以揭示和阐说，但还是要应邀撰铭，以对法师立台图影并铭石之事、之功，表达由衷的赞美。以下则是关于佛教义理的探讨。作者说：以自己对有情众生的认真观察和思索，可以认为，既然如不祥之鸟猫头鹰都有变更恶声、改恶从善的时候，那么所谓“不具信”、“断善根”的“一阐提”人，亦能改邪归正、自拔于罪恶的泥潭。佛言：一切众生，悉有佛性。那么，“心杂”之人何以不能入于佛门呢？既然我们有共同的弥陀净土信仰，期生西方极乐世界，那么，我们会在庄严美妙之国修道成道，开颜欢笑的。众生悉有佛性，佛陀之言，不会有错，诚心事佛，必有善报。您的美意，使我欣跃非常，所以提笔撰铭，以酬华翰。

这里要特别提到的是，关于“阐提成佛”的见解，在中土佛学界，恐怕还是以谢灵运提出的时间为最早。鸠摩罗什谓：“边国人未有经，便暗与理合，岂不妙哉!”罗什称赞的是慧远，称赞慧远在“泥洹常住”之说传到中土之前，便著《法性论》，且提出了“至极以不变为性，得性以体极为宗”的高见（事见慧皎《高僧传》卷六《慧远传》）。法显在道场寺译出六卷《泥洹经》是在义熙十四年（418），竺道生“阐提成佛”之说的提出，当在此之后。然而，早在义熙九年（413），谢灵运便以“阐提获自拔之路”之说，表达了同样含义的佛学理论见解。可见，在佛学义理的颖悟阐证方面，慧远、谢灵运不相上下，是有着同样的超前意识的。这也就难怪为什么竺道生提出“顿悟”新说后有那么多的僧俗之人要与谢灵运激烈争论、往复不已了。

《庐山慧远法师诔》序云：“予志学之年，希门人之末，惜哉，诚愿弗遂，永违此世。”又诔辞曰：“自昔闻风，志愿皈依。山川路邈，心往形违。始终衔恨，宿缘轻微。安养有寄，阎浮无希。”所谓“宿缘”，也就是佛教所谓的前生因缘，“安养”指西方极乐世界，“阎浮（提）”即赡部洲，指三千大千世界。前面说“诚愿弗遂”令其感到可惜，后面说“诚愿弗遂”令其“始终衔恨”。之所以令其“可惜”与“衔恨”，好像是因为“山川路邈，心往形违”，但接下来的“宿缘轻微”一句，则暗示原因不在自身，乃在于庐山法师。于是，诔辞末两句呼应序文中的“诚愿弗遂，永违此世”感叹道：算了，算了，法师已故，自己安心养身，期生极乐世界，努力超脱红尘吧。谢灵运的这篇诔文很特别，既对慧远饱含赞扬与哀悼之情，又对这位法师耿耿于怀，反复重提旧事，含蓄地写出了自己的不满与无奈。

（原载《太原师范学院学报》2005年第2期）

谢灵运与慧严、慧观

在晋宋之际，谢灵运是名士、诗人和佛教学者，慧严、慧观则是当时的名僧，在“什门八骏”①、“什门十哲”② 之列。史载他们有一定的交往，但语焉不详。经过挖掘相关文献，梳理他们各自佛教活动的线索，可以标注他们交往的结合点及其情形，并且可以看到，他们曾相会于庐山，复聚于荆州，共译经于建康，在《华严经》、《大般涅槃经》的汉译润改过程中有过重要的合作。

一、慧严其人

慧严（363—443），俗姓范氏，豫州（治今安徽芜湖）人。年十二为诸生，通晓《诗经》、《尚书》等儒家经典。太元三年（378），他十六岁时出家，又深入研习佛教义学。至三十岁时已遍览群籍，博通内外，在当时享有着很高的声誉。他听说鸠摩罗什自凉州入长安后，又北上受学于罗什大师。对于

---

① “什门八俊”为鸠摩罗什的八大弟子，一般指道生、僧肇、道融、僧睿、道恒、昙影、慧严和慧观八人。

② 据元觉岸所著《释氏稽古略》卷二，“什门十哲”为鸠摩罗什的十大弟子，乃在“什门八俊”之外加僧䂮与道标二人。

梵文佛经之读音与义理，他不断地认真求教和核正。慧严的佛学知识非常丰富，造诣很高，成为关中“什门八俊”之一，亦被时人列于“什门十哲”之中。

慧严回到京师建康后，驻止于东安寺。南朝宋高祖刘裕、宋文帝刘义隆对慧严都优礼有加。据梁慧皎《高僧传》卷七《慧严传》记载：“宋高祖素所知重（慧严）。高祖后伐长安，要与同行，严曰：‘檀越此行，虽伐罪吊民，贫道事外之人，不敢闻命。’帝苦要之，遂行。及文帝在位，情好尤密，每见弘赞佛法。”宋文帝起初并不是十分崇信佛教，但自元嘉十二年（435）后，其“信心乃立，始致意佛经，及见严、观诸僧，辄论道义理”。慧严与慧观几乎成了宋文帝身边的佛学顾问。颜延之撰成《离识观》和《论检》后，文帝便命慧严与颜延之展开了激烈的讨论。二人“辩其同异，往复终日”，令文帝笑赞不已，曰：“公等今日，无愧支、许。”这里，文帝将慧严、颜延之分别比作东晋高僧支遁和名士许询，而《僧传》所言慧严“博晓诗书”、“精炼佛理”之说，即此可见一斑。慧严“学洞群籍”，“多所异闻”，在当时学术界是颇有影响的。《高僧传》卷七记载了慧严与天文学家何承天之间这样的一段佳话：

> 东海何承天以博物著名，乃问严：“佛国将用何历？”严云：“天竺夏至之日，方中无影，所谓‘天中’。于五行，土德，色尚黄，数尚五。八寸为一尺，十两当此土十二两。建辰之月为岁首。及讨核分至，推校薄蚀，顾步光影，其法甚详。宿度年纪，咸有条例。”承天无所厝难。后婆利国人来，果同严说。

又据隋灌顶《大般涅槃经玄义》卷二记载可知，慧严、慧观和谢灵运共同治改《大般涅槃经》，此乃奉宋文帝之诏而进行的译经活动。之所以敕慧严、慧观二僧与谢灵运“更共治定”，恐怕是因为“此二高明，名盖净众”，而谢灵运则“抗世逸群，一人而已”。慧严“学洞群籍”，所著有《无生灭论》及《老子略注》等。从上文叙说可以看出，慧严“名盖净众”

之处当主要是在“精炼佛理”，又“多所异闻”。所以宋文帝盛称“严法师器识渊远，学道之匠”（《高僧传》卷七）。即此亦可以进一步说明，慧严在晋宋时期佛教丛林中的地位的确是相当高的。

二、慧观其人

慧观，清河（今山东清平）人，俗姓崔氏。十岁时以博览驰名，二十岁时出家游方受业。曾至庐山师从慧远。闻鸠摩罗什大师入关，乃“自南徂北，访核异同，详辩新旧，风神秀雅，思入玄微，时人称之曰：‘通情则（道）生、（道）融上首，精难则（慧）观、（僧）肇第一。’”（《高僧传》卷七《慧观传》）曾著《法华宗要序》，得到了罗什大师很高的评价。慧观与慧严一样，皆为时人列于“什门八俊”与“什门十哲”之中，均为鸠摩罗什的杰出弟子。慧观南适荆州后，受到州将司马休之的敬重，被延住高悝寺。其在荆楚期间，广布教化，回邪归正者，十有其半。刘裕南伐司马休之时，在江陵与慧观相遇，“倾心待接，依然如旧，因敕与西中郎游”。西中郎将，即后来的宋文帝刘义隆。不久，慧观回到京师，驻止于道场寺，成为佛陀跋陀罗与求那跋陀罗译经活动的主要组织者，其所居道场寺亦为时人号称“禅窟”。

慧观“既妙善佛理，探究《老》、《庄》，又精通《十诵》，博采诸部，故求法问道者，日不空筵”。元嘉初曾参与三月上巳曲水宴会，席间应制，“与朝士赋诗，（慧）观即坐先献，文旨清婉，事适当时”。所与交游者又有王僧达、何尚之，“并以清言致款，结赏尘外”。显然，慧观既是名僧，亦乃才士。其所著有《辨宗论》、《论顿悟渐悟义》、《十喻序赞》以及诸经序等。著作除《法华宗要序》、《胜鬘经序》、《修行地不净观序》等之外，大多失传。在中国佛教发展史上，慧观自占有一席之地。他与僧睿同为研习《妙法莲花经》的创始人，又先后参与了《华严经》、《大般涅槃经》、《楞伽经》等重要经典的翻译活动，而更重要的是，他的“二教五时”判教说，给隋唐佛教的发展带来了深远的影响。

关于慧观的生卒年，史传均无确切的记载，但我们可以据有关文献进行简单的推论。慧皎《高僧传》卷七谓慧观“宋元嘉中卒，春秋七十有一”。又据隋费长房撰《历代三宝记》卷十对《楞伽经》的著录：“《楞伽阿跋多罗宝经》四卷，元嘉二十年于道场寺译，慧观笔受。见道慧僧佑法上等录。”《楞伽阿跋多罗宝经》，又称《四卷楞伽经》、《宋译楞伽经》，外国沙门求那跋陀罗译，宝云传语，慧观笔受。另据梁僧祐撰《出三藏记集》卷十五《宝云法师传》记载：“顷之，道场慧观临卒，请云还都，总理寺任。云不得已而还。居岁余复还六合。（宝云）以元嘉二十六年卒，春秋七十余。”从以上三则材料可以看出，慧观卒年的时间上限在元嘉二十年，下限在元嘉二十四年。姑且取其中，则卒年在元嘉二十二年（445）左右。复以此上推七十一年，则其生年在东晋宁康三年（375）左右。亦以此可知，慧观约长谢灵运十岁。

三、慧严、慧观简历疑点

史料文献中有关慧严、慧观的简历疑点主要有三：一是严、观初离庐山往长安，师从鸠摩罗什的时间；二是随佛陀跋陀罗离长安复到庐山的时间；三是离荆州随刘裕到建康的时间。

疑点之一。慧严、慧观何时与道生、慧睿等“自南徂北”离庐山往长安，史传中未见准确的时间记载。弄清这个问题，可从考察竺道生的生平行迹入手。史传谓道生初入庐山，且于庐山见僧伽提婆，幽栖七年后与慧观等自庐山往长安师从罗什。据汤用彤先生考证认为，僧伽提婆于隆安元年（397）冬，与慧持等四十余义学沙门在庐山重译《中阿含经》。不久，提婆东下建康。道生应在太元十六年（391）至此前到庐山，得见提婆，从习一切有部。[1] 僧伽提婆乃于太元十六年来庐山，所以汤先生认为道生入庐山最

---

① 汤用彤：《汉魏两晋南北朝佛教史》，中华书局1984年版，第438页。

早在太元十六年（391）。不过，《高僧传》中亦记载说道生乃于隆安中入庐山。这说明竺道生入庐山的时间最早在隆安元年（397），那么，“幽栖七年”后，与慧观、慧严等离庐山往长安的时间，当在元兴三年（404）。

疑点之二。佛陀跋陀罗在长安被摈逐，其携慧观等四十余人离开长安的时间，是在罗什去世之前呢，还是之后呢？这个问题学术界目前仍存在争议。问题的症结在于史传的记载存在矛盾。

先看慧皎撰《高僧传》卷七中的有关记载：“（慧观）乃著《法华宗要序》以简什。什曰：‘善男子，所论甚快。君小却当南游江汉之间，善以弘通为务。’什亡后，乃南适荆州。州将司马休之甚相敬重，于彼立高悝寺，使夫荆楚之民回邪归正者，十有其半。”那么，鸠摩罗什是在哪一年去世的呢？检读《高僧传》卷二，在《鸠摩罗什传》中，有这样一段文字：“（罗什）以伪秦弘始十一年八月二十日，卒于长安，是岁，晋义熙五年也。……初，什一名鸠摩罗耆婆。外国制名，多以父母为本。什父鸠摩炎，母字耆婆，故兼取为名。然什死年月，诸记不同。或云弘始七年，或云八年，或云十一年。寻‘七’与‘十一’，字或讹误，而译经录传中，犹有‘一’年者。恐雷同三家，无以正焉。”对于鸠摩罗什之卒年，慧皎亦存有疑义。僧祐则大概因为无法确认具体年月，干脆笼统地说：“以晋义熙中卒于长安。”（《出三藏记集》卷十四《鸠摩罗什传》）但是，另有两则材料很值得注意。其一，《出三藏记集》卷十二《成实论出论后记》云：“大秦弘始十三年，岁次豕韦，九月八日，尚书令姚显请出此论，至来年九月十五日讫。外国法师拘摩罗耆婆手执胡本，口自宣译，昙晷笔受。”按，此“拘摩罗耆婆”，即前引《高僧传》中慧皎所言之“鸠摩罗耆婆”，皆指鸠摩罗什。又，“来年九月十五日”，指弘始十四年（412）九月十五日，此时罗什犹健在，犹在译经，则其去世必在义熙八年（412）之后无疑。由此也就一并否定了《高僧传》中的“弘始十一年”及其以前如“弘始七年”等诸说。其二，僧肇所撰《鸠摩罗什法师诔并序》的记载是：“癸丑之年，年七十，四月十三日，薨乎大寺。”（道宣《广弘明集》卷二十三）此“癸丑之年”，即弘始十五年，乃义熙九年。僧肇是罗什的弟子，亦为时人列于“什门八俊”与“什门十哲”之中，甚至还在“什门四圣”之中，他的记载应该是没有问题的。

复检梁僧祐所撰《出三藏记集》卷十四《佛陀跋陀罗传》，其曰：“闻鸠摩罗什在长安，即往从之。什大欣悦。共论法相，振发玄绪，多有妙旨。因谓什曰：‘君所释不出人意而致高名，何耶？’什曰：‘吾年老故尔，何必能称美谈？’什每有疑义，必共谘决。时伪秦主姚兴，专志经法，供养三千余僧，并往来宫阙，盛修人事。唯佛贤守静，不与众同。后语弟子云：‘我昨见本乡有五舶俱发。’既而弟子传告外人。关中旧僧道恒等以为显异惑众，乃与三千僧摈遣佛贤，驱逼令去。门徒数百并惊惧奔散，乃与弟子慧观等四十余人俱发，神志从容，初无异色。识真者咸共叹惜，白黑送者数千人。兴寻怅恨，遣使追之，佛贤谢而不还。先是庐山释慧远，久服其风，乃遣使入关，致书祈请。后闻其被斥，乃书与姚主，解其摈事，欲迎出禅法。顷之，佛贤至庐山，远公相见欣然，倾盖若旧。自夏迄冬，译出禅数诸经。佛贤志在游化，居无求安，以义熙八年，遂适荆州。”按，佛贤，即佛陀跋陀罗，意译为“觉贤”，亦略作“贤”。这里所叙佛陀跋陀罗往长安及后来被摈逐的原因、过程，以及在庐山的一段经历，都非常详细。其中有些细节与慧皎的记载也相同：“于是率侣宵征，南指庐岳。沙门释慧远久服风名，闻至欣喜若旧。远以贤之被摈，过由门人，若悬记五舶止说在同意，亦于律无犯。乃遣弟子昙邕致书姚主及关中众僧，解其摈事。远乃请出禅数诸经。贤志在游化，居无求安，停止岁许，复西适江陵。”（《高僧传》卷二《佛驮跋陀罗传》）既然“以义熙八年，遂适荆州”，此前在庐山的时间是“自夏迄冬”，“停止岁许”，那么以此而推，佛陀跋陀罗、慧观等离长安往庐山的时间，当在义熙七年（411）之春，即在罗什义熙九年去世之前。慧皎既已误记罗什之卒在“义熙五年”，那么，据此错误的前提，谓慧观“什亡后乃南适荆州”，其说之谬，也就不足为怪了。

疑点之三。《高僧传》卷七《慧观传》记载：“宋武南伐休之，至江陵与观相遇，倾心待接，依然若旧，因敕与西中郎游，即文帝也。俄而还京，止道场寺。”关于刘裕、佛陀跋陀罗、慧观等还建康的具体时间，这里未作明确的交代。又据《出三藏记集》卷十四《佛大跋陀传》记载：“顷之，佛贤至庐山，远公相见欣然，倾盖若旧。自夏迄冬，译出禅数诸经。佛贤志在游化，居无求安，以义熙八年，遂适荆州。遇外国舶主，既而讯访，果是天竺五舶，先所见者也。倾境士庶，竞来礼事。其有奉施，悉皆不受。持钵分卫，不问豪贱。时陈郡袁豹，为宋武帝太尉长史，在荆州。佛贤将弟子慧观，诣豹乞食。豹素不敬信，待之甚薄。未饱辞退。豹曰：‘似未足，且复小留。’佛贤曰：‘檀越施心有限，故今所设已罄。’豹即呼左右益饭。饭果尽，豹大惭。既而问慧观曰：‘此沙门何如人？’观答曰：‘德量高邈，非凡人所测。’豹深叹异，以启太尉。太尉请与相见，甚崇敬之，资供备至。俄而太尉还都，请与俱归，安止道场寺。”按，“分卫”，指托钵乞食，意谓以乞得之食物分施僧尼，卫护之而令修道业。对照《宋书》可知，刘裕于义熙八年九月讨伐刘毅，十月王镇恶克江陵，十一月，太尉刘裕至江陵。袁豹为太尉长史，谢灵运于刘毅败后改依刘裕，为太尉参军，均随到江陵。上引《记集》所叙佛陀跋陀罗带着慧观至袁豹处托钵乞食事，当在义熙八年十一月以后至义熙九年二月之前。“俄而太尉还都，请与俱归，安止道场寺。”刘裕还建康在义熙九年二月，那么，佛陀跋陀罗、慧观等随同刘裕东下归建康的时间亦应在义熙九年（413）二月无疑。此后约半年，法显自青州南下至建康，亦安止于道场寺。于是，建康的译经事业自此越发兴盛起来了。

四、谢灵运与慧严、慧观的交往及译经活动

慧严长谢灵运二十二岁，慧观长谢灵运十岁左右。谢灵运与他们的交往情况可作这样的概括，即：相会于庐山；复聚于荆州；共译经于建康。

1. 相会于庐山

名士谢灵运与名僧慧严、慧观在译经活动中曾经有过合作。那么他们最

初的交往是在何时何地呢？关于这个问题，历史文献中并没有直接的记载。本文提出“相会于庐山”说，主要考虑到了以下几个方面的情况。

第一，竺道生“初入庐山”后，见僧伽提婆，从习一切有部，“幽栖七年，以求其志”（《高僧卷》卷七），其时间起讫如前考述，为隆安元年（397）到元兴三年（404）。在庐山期间，他结识了几位同道，据《高僧传》记载，有慧睿、慧严，据《出三藏记集》记载，又有慧观。慧严、慧观何时初到庐山，则未见准确的纪年，但时间最晚应在元兴三年道生、慧严、慧观以及慧睿结伴北上长安师从罗什之前。

第二，慧观、慧严及慧睿并非云游四方、踪迹不定的行脚僧，他们当与道生慕名登匡庐求学一样，并非短暂的停留。《高僧传》卷七慧观本传记载：“（慧观）弱年出家，游方受业，晚适庐山，又谘禀慧远。闻什公入关，乃自南徂北，访核异同，详辩新旧。”按，“谘禀慧远”，说明慧观在庐山是投慧远门下受业，师从慧远的。既如此，则当假以岁月，经历寒暑的。

第三，在后人捏合的“庐山十八贤”中有道生和慧睿，这意味着道生、慧睿参与了元兴元年（402）慧远主持的庐山立誓结社活动，同时还意味着慧睿游学庐山的时间，虽不能肯定与道生同步，但至迟在元兴元年，甚或更早。再从道生、慧睿、慧严、慧观多次结伴游学的情况来推断，慧严、慧观虽不在“十八贤”之列，但也应该在“百二十三人”之中。

第四，从有关文献看，谢灵运参加了元兴元年慧远主持的立誓结社、期生弥陀净土的盛大佛教活动[①]。既如此，谢灵运与慧严、慧观以及道生、慧睿的庐山相见与交往便都成为可能。元嘉年间，谢灵运向慧睿请教梵文佛经知识，从而写出了《十四音训叙》，又围绕阐提成佛、顿渐之悟问题，与道生、慧观等一道，参加了僧俗界所进行的一场激烈的佛学思想论争。从这里我们进一步认识到，谢灵运无论与慧远、道生，还是与慧睿、慧严、慧观，他们之间的交往历史是很早的，其友谊是源远流长的。

---

① 姜剑云：《谢灵运与慧远交游考论》，《太原师范学院学报》2005 年第 2 期。

2. 复聚于荆州

元兴三年，竺道生、慧观一行自庐山北上长安，师从鸠摩罗什。道生、慧严、慧观皆成为罗什的优秀弟子，被列于“什门八俊”、“什门十哲”之中，竺道生甚至被列入“什门四圣”之中（觉岸《释氏稽古略》卷二）。

竺道生游学长安四年，他于义熙四年（408）夏末由长安抵庐山暂栖，并给刘遗民带来了“什门四圣”之一的僧肇所著的《般若无知论》。第二年，竺道生“还都，止青园寺”（《出三藏记集》卷十五、《高僧传》卷七）。

慧观“自南徂北”后，访核异同，详辩新旧，风神秀雅，思入玄微，时人称之曰：“通情则生、融上首，精难则观、肇第一”（《高僧传》卷七）。义熙二年，鸠摩罗什于长安译出《妙法莲花经》七卷，慧观撰《法华宗要序》，僧睿作《法华经后序》（《出三藏记集》卷二、卷八）。义熙四年，佛陀跋陀罗与智严自青州东莱郡（今山东掖县）前往长安，拜见鸠摩罗什，“什公倒屣迎之，以相得迟暮为恨”（念常《佛祖历代通载》卷七）。然而，罗什专弘龙树派大乘学说，有门徒两千多人，声势盛大；佛贤则修习声闻乘上座部学说，有弟子数百，弟子中有宝云、慧观等名僧。学说体系既不完全兼容，况复鸠摩罗什门下“并往来宫阙，盛修人事，唯佛贤守静，不与众同”（《出三藏记集》卷十四《佛大跋陀传》）。如此一来，长安道场的内讧与分化便是迟早中事。于是，义熙七年，“关中旧僧道恒等以（佛贤）为显异惑众，乃与三千僧摈遣佛贤，驱逼令去。门徒数百并惊惧奔散，乃与弟子慧观等四十余人俱发，神志从容，初无异色。……顷之，佛贤至庐山，远公相见欣然。……以义熙八年，遂适荆州”。

需要指出的是，慧严是否亦为佛贤弟子，是否与佛贤、慧观等四十余人一起南下庐山，投趾东林，而后西去荆州，僧传等文献并未有明确的交代。但从慧严与慧观结伴游学以及后来建康译事中多所合作的密切关系看，大致上能够得出肯定的结论。

循着另一条线索，我们再来考察谢灵运的行迹。

谢灵运志学之年便向往慧远，“希门人之末”，但即便已有庐山之行，他还是怅然而归。“牵丝及元兴，解龟在景平。”（谢灵运《初去郡》）谢灵运求入慧远门下未果后，注意力开始转向官场。义熙元年（405），他二十一岁，终于踏入仕途。这一年三月，为琅邪王司马德文大司马行参军，不久，转任抚军将军刘毅记室参军。（参《宋书》本传及《资治通鉴》）义熙七年四月至次年十月，刘毅先后镇守江州、江陵一带，谢灵运或复有入庐山见远公的可能。义熙八年十一月，刘裕打败了刘毅，谢灵运改依刘裕，任太尉参军。同年秋，佛陀跋陀罗与慧观已离开庐山，西游荆州。“时陈郡袁豹，为宋武帝太尉长史，在荆州。佛贤将弟子慧观，诣豹乞食。豹素不敬信，待之甚薄，未饱辞退。豹曰：‘似未足，且复小留。’佛贤曰：‘檀越施心有限，故今所设已罄。’豹即呼左右益饭。饭果尽，豹大惭。既而问慧观曰：‘此沙门何如人?’观答曰：‘德量高邈，非凡人所测。’豹深叹异，以启太尉。太尉请与相见，甚崇敬之，资供备至。俄而太尉还都，请与俱归，安止道场寺。”（《出三藏记集》卷十四《佛大跋陀传》）

僧祐的《出三藏记集》中提到了袁豹。关于袁豹的生平事迹，史载未详。在东晋末年，他除了在刘裕幕下做过太尉长史外，还担任过丹阳太守（《隋书》卷三十五《经籍志》）。据《晋书·殷仲文传》记载：“仲文善属文，为世所重。谢灵运尝云：‘若殷仲文读书半袁豹，则文才不减班固。’言其文多而见书少也。”显然，向来“负才傲俗，少所推崇”的谢灵运，对袁豹的博学倒是承认而加以推崇的，所以，谢灵运与袁豹、伏滔曾合作编纂了《晋元正宴会诗集》四卷（《新唐书》卷六十六《艺文志》）。谢灵运与袁豹籍贯相同，都是陈郡人，又才气相投。在荆州期间，他们一为太尉参军，一为太尉长史，都是刘裕幕府的同僚。佛陀跋陀罗带着慧观托钵于袁豹，“豹深叹异，以启太尉，太尉请与相见，甚崇敬之”。谢灵运亦因而与慧观（或者还有慧严）复聚于荆州，也便是情理中事。

义熙九年二月，太尉刘裕还都，并请佛陀跋陀罗与慧观俱归，安止于道场寺。谢灵运亦随至京师，由太尉参军改官秘书丞。

3. 共译经于建康

在建康的译经活动中，谢灵运与慧严、慧观的合作共有两次。一次是义熙十四年（418）开始的《华严经》的翻译，再一次是元嘉八年（431）对北本《大般涅槃经》的改治。

先说《华严经》的翻译。

《华严经》全称《大方广佛华严经》，亦称《不思议解脱经》。中土《华严经》的汉译本有三，即东晋佛陀跋陀罗主译的六十卷本，初唐实叉难陀主译的八十卷本，中唐般若主译的四十卷本。关于《华严经》的中土初译情况，在《出三藏记集》卷九《华严经出经后记》中有所概述："《华严经》胡本凡十万偈。昔道人支法领，从于阗得此三万六千偈。以晋义熙十四年岁次鹑火三月十日，于扬州司空谢石所立道场寺，请天竺禅师佛度跋陀罗，手执梵文，译胡为晋，沙门释法业亲从笔受。时吴郡内史孟颢、右卫将军褚叔度为檀越。至元熙二年六月十日出讫。凡再校胡本，至大宋永初二年辛丑之岁，十二月二十八日校毕。"按，谢石（327—388）为谢灵运之从曾祖。这篇《后记》叙述了《华严经》初译的缘起及过程等简单的情况。据传《华严经》梵本有上、中、下三本，世所传只有龙树受持的下本，计十万偈，四十八品，分成六个梵荚。佛陀跋陀罗主译的《华严经》，乃慧远弟子支法领从西域于阗国携归的梵文略本，共三万六千偈，译成三十四品，总由七处、八会之说法而成。但上引的《后记》中既没有提到谢灵运，也没有提到慧严和慧观。又据《开元释教录》卷三记载："《大方广佛华严经》，六十卷。初出元五十卷，后人分为六十。沙门支法领从于阗得梵本来，义熙十四年三月十日，于道场寺出，元熙二年六月十日讫，法业笔受。见祖祐二录。"唐释智升在这一段记载中，向我们提供了一条新的重要信息，即佛贤主译、法业笔受的《华严经》译文，原为五十卷，后人改编为六十卷。那么，"后人"是谁呢？

关于谢灵运、慧严、慧观参加《华严经》译事，见载于崔致远《唐大荐福寺故寺主翻经大德法藏和尚传》：

夫《华严》大不思议经者，乃常寂光如来于寂场中觉树下与十方诸佛召尘沙菩萨而所说也。龙胜诵传下本满十万偈。东晋庐山释慧远以经流江东，多有未备，乃令弟子法净、法领等，逾越沙雪，远寻众经。法领遂至遮拘槃国，求得前分三万六千偈来归。时有佛贤三藏为伪秦所摈，投趾东林。远善视之，驰使飞书，解其摈事。贤后至建康，于道场寺译出领所获偈。南林寺法业笔受成五十卷。则知西天应北天之运，契期金水之年，东林助南林之缘，发光木火之用，共成大事，益耀中华。东安寺慧严、道场寺慧观及学士谢灵运等，润文分成六十卷。然于《入法界品》内有两处文脱。一，从“摩耶夫人”后至“弥勒菩萨”前，中间（脱）“天主光等十善知识”。二，从“弥勒”后至“普贤”前，中间脱“文殊申手，案善财顶”等半纸余文。①

崔致远为唐代新罗国人，在唐朝考取进士并担任官职，后来回国，著有《桂苑笔耕集》。他的这篇《法藏和尚传》较前引《华严经》译后记所叙更为具体。除了记载中土僧人远寻众经而得《华严经》、初译过程，印证了《华严经》初译本前后卷数变化之事，还指出了《六十华严》的两处脱文。而更重要的还在于记录了《华严经》译事中一个鲜为人知的重要档案，那就是慧严、慧观及谢灵运参加了《华严经》译文的润文及改编工作。

那么，慧严、慧观及谢灵运对《华严经》译文的润文及改编是在何时进行的呢？

综合分析上述有关史料可以看出，《华严经》初译的翻译及编定可分为三个阶段。第一阶段自义熙十四年（418）三月十日至元熙二年（420）六月十日，共两年零三个月，在建康道场寺，佛陀跋陀罗译梵为晋，南林寺法业亲从笔受。此为初出，译成五十卷。第二阶段自元熙二年六月十日译出，至永初二年（421）十二月二十八日校毕，共一年零六个月，将汉译与胡本

① 高楠顺次郎、渡边海旭等编：《大正藏》，第五十册，台北新文丰出版公司1985年版，第281—282页。

两次对校而定。第三阶段是对《华严经》译文的润文及改编工作，当在永初三年（422）的上半年，“东安寺慧严、道场寺慧观及学士谢灵运等，润文分成六十卷”。当然，还会存在这样一些可能，即慧严、慧观、谢灵运的润文及改编工作与第二阶段是同步的，或者是“凡再校”中的“第二校”这一过程。但无论是第二阶段，还是第三阶段，慧严、慧观皆在建康，谢灵运亦居官京师。元熙二年（420）六月，刘裕以宋代晋，改元永初，谢灵运依例降康乐公为康乐侯，起为散骑侍郎，两个月后转任太子左卫率，直到永初三年七月中旬出任永嘉太守。从时间、文才及佛学修养等条件看，他们胜任这一译事工作，而这次佛典译文的润改工作正是慧严、慧观、谢灵运自交往以来佛教活动中的第一次合作。

再谈《大般涅槃经》的改治。

永初二年（421）十月二十三日，也就是在建康道场寺校毕《华严经》之前的两个月，北凉昙无谶译出了《大般涅槃经》四十卷。然而，此经传到建康却迟至九年之后的元嘉七年（430）。《涅槃经》有大、小乘之分。小乘《涅槃经》侧重记叙佛陀入灭故事，如西晋白法祖所译《佛般泥洹经》二卷。大乘《涅槃经》除叙事而外，还侧重阐说佛身常住和阐提成佛之教义，如北凉玄始十年（421）昙无谶所译的《大般涅槃经》四十卷。

关于谢灵运、慧严、慧观改治《大般涅槃经》的情况，见于慧皎《高僧传》卷七《慧严传》中的记载：

> 《大涅槃经》初至宋土，文言致善，而品数疏简，初学难以措怀。严乃共慧观、谢灵运等，依《泥洹》本，加之品目。文有过质，颇亦治改。始有数本流行。严乃梦见一人，形状极伟，厉声谓严曰：“《涅槃》尊经，何以轻加斟酌？”严觉已，惕然。乃更集僧，欲收前本。时识者咸云：“此盖欲诫厉后人耳。若必不应者，何容实时方梦？”严以为然。顷之，又梦神人告曰：“君以弘经之力，必当见佛也。”

这一段话，概括了北本《涅槃经》的优点和缺点，介绍了南本《涅槃经》改治的主要内容和倾向，同时，通过写慧严梦中被遣的故事，暗示了南本《涅槃经》客观上存在一些偏颇或缺陷。另外，从慧严梦中故事看，慧严大概是这次《涅槃经》改治组的组织者或者说领导人。以故事情节及叙述语气等揣测，这里被批评的对象显然不是慧严。又，唐释慧琳《一切经音义》卷二十六解释《北本涅槃经》第二十三卷中“手抱脚蹋”一词时说：“《说文》正作桴，或作抱，同。鲍交反。《玉篇》云：引取也。蹋，徒盍反，践弃也。此喻渡烦恼河。勤修二善，是抱取义也。勤断二恶，是践弃义。《南经》谢公改为‘运手动足’，言虽是巧，于义有阙疏也。”这里直接点出“谢公”，以示文责所属。谢灵运“轻加斟酌”，“言虽是巧”，但不免“有未合佛旨处”。

推断慧严、慧观及谢灵运改治《大般涅槃经》的时间，主要以隋硕法师《三论游意义》中的记载为推论前提：“晋末初宋元嘉七年，《涅槃》至阳州，尔时里山慧观师，令唤生法师讲此经也。”按，“阳州”即扬州，治建康。北本《涅槃经》以元嘉七年（430）方传至京师，则说明慧严、慧观及谢灵运改治《大般涅槃经》的时间应在元嘉八年。这一年，谢灵运上书自理，从始宁老家来到京师，滞留数月后于年底赴任临川内史，直至被杀再未回归京师。所以可以说，润改《大般涅槃经》，是谢灵运与慧严、慧观关于佛学活动的第二次合作，也是最后一次合作。

（原载《河北大学学报》2005 年第 6 期）

谢灵运与“黑衣宰相”慧琳

在东晋后期及刘宋时期，谢灵运是名士、诗人和佛教学者，慧琳则是当时名僧，乃有“黑衣宰相”之称。史载他们有一定的交往，但语焉不详。挖掘相关文献，梳理他们各自佛教活动的线索，可以标注他们交往的结合点及情形，并且可以认为，他们的交游以及与刘义真、颜延之的聚合，除了基于政治目的之驱动，还缘于性格相近，趣味相投等因素，而在顿、渐悟之争中，他们问难与答辩，尖锐精辟，扮演了重要的角色。

一、慧琳其人

慧琳，生卒年不详。秦郡秦县人。俗姓刘氏。少年出家，为道渊之弟子，住建康冶城寺。道渊俗姓寇氏，里籍不详。出家住建康东安寺。据《高僧传》记载，道渊“少持律捡，长习义宗，众经数论，靡不通达，而潜光隐德，世莫之知。后于东安寺开讲，剖析玄微，洞尽幽赜，使终古积滞，涣然冰解，于是学徒改观，翕然附德。后移止彭城寺。宋文帝以渊行为物轨，敕居寺任。后卒于所住，春秋七十有八。”① 按，“敕居寺任”，一本作

① 见《高僧传》卷七，《大正藏》第 50 册，台北新文丰出版公司 1985 年版，第 369 页上。

“敕居寺住”。结合上下文意看，“住”当作“任”。道渊乃义学僧，曾为少帝义符时崇信佛教之权臣傅亮的座上宾，后又得文帝之褒嘉，很显然，他在当时佛门中颇有影响，堪称高僧大德。

慧琳虽然受业于道渊，但在气质、性格方面与乃师迥然有别。道渊谨于持律，“潜光隐德”，慧琳则“俳谐好语笑”，又“为性傲诞，颇自矜伐”。师徒之个性，一是内充以为美，另一则骄慢张扬。据史传记载：“（道渊）尝诣傅亮。琳先在坐，及渊至，琳不为致礼。渊怒之彰色。亮遂罚琳杖二十。”① 道渊与慧琳师徒间，关系紧张，有如陌路。弟子完全不顾儒家师道尊严的传统，为师者则只是长习义宗，但修持不够，瞋恚于色，仍有执着烦恼，这颇能反映南方沙门只标榜玄思义解而不重修持实践的共同倾向。

作为佛门中人，慧琳是以敢于批判与诋毁佛教而著称的。《均善论》是反映其佛教思想与态度的代表作。此文又名《均圣论》，亦即《白黑论》，其写作动机乃针对当时崇佛与反佛双方所争执的根本问题而发。文中假设白学先生（代表儒、道）与黑学道士（代表沙门）相互问难辩驳，对于如“净土说”、“地狱说”、“来生说”之类的佛教核心问题，多有讥评之辞。尽管文章旨归在调和三教，认为三教“均善”（各有长处），教主“均圣”（皆为圣人），主张“六度（佛教的六度）与五教（儒家的五常）并行，信顺（指道）与慈悲（指佛）齐立”，但由于贬裁佛法，败黜释氏，所以旧僧群起而攻之，欲加摈斥。所幸者得文帝见论而赏之，故免于被逐。

《均善论》的写作时间，汤用彤先生以为在元嘉十年前后，其推测曰：“按《弘明集》载宗炳《致何承天书》，言及《白黑论》，并称承天为何衡阳。何为衡阳太守，系殷景仁为仆射时。殷除仆射，在元嘉九年。”② 然而，检读何尚之《列叙元嘉赞扬佛教事》一文，我们发现有这样一段记载：“元

① 见《高僧传》卷七，《大正藏》第 50 册，台北新文丰出版公司 1985 年版，第 369 页上。

② 见汤用彤《汉魏两晋南北朝佛教史》，中华书局 1983 年版，下册，第 302 页。

嘉十二年五月乙酉，有司奏丹阳尹萧摹之上言称：‘佛化被于中国，已历四代。……请自今以后，有欲铸铜像者，悉诣台自闻……’奏可。是时有沙门慧琳，假服僧次，而毁其法，着《白黑论》。衡阳太守何承天，与琳比狎，雅相击扬，着《达性论》，并拘滞一方，诋呵释教。永嘉太守颜延之、太子中舍人宗炳，信法者也，检驳二论，各万余言。琳等始亦往还，未抵迹乃止。炳因着《明佛论》以广其宗。”① 按颜延之任永嘉太守在元嘉十一年。据此可以推知，慧琳《均善论》当写于元嘉十一年以后。换句话说，不可能写于元嘉十年谢灵运被捕以前。否则，因慧琳《均善论》而起的三教调和问题的大讨论，谢灵运是不可能不参加的。

在佛门中，慧琳绝对是个异端分子。《均善论》掀起了轩然大波后，宋文帝拯救了他一次。但慧琳可能屡有异端邪说。陆澄奉宋明帝之诏，编有《法论》，搜集并整理中土佛教论著，编为十六集，如：《法性集》、《觉性集》、《般若集》、《业报集》、《杂论集》以及《邪论集》等。上述慧琳《均善论》及何承天、颜延年、宗炳的相关争辩文章都编在《杂论集》。第十六集是《邪论集》，共收文章四篇，而其中有《婚农无伤论》、《问难》两篇“邪论”，作者正是慧琳。② 何承天曾经在他的《与宗居士书论释慧琳〈白黑论〉》一文中说：“冶城慧琳道人作《白黑论》，乃为众僧所排摈，赖蒙值明主善救，得免波罗夷耳。”③ 所谓“波罗夷”，意译“重禁”、“断头”等，又称“根本罪”，犯此重禁者，依佛教戒律应当被逐出僧团。《四分律》卷一曰：“云何名波罗夷，譬如断人头，不可复起。比丘亦复如是，犯此法者，不复成比丘，故名波罗夷。”④ 慧琳一而再、再而三地犯重禁之罪，宋文帝虽然赏识爱重他，但不可能因此反复徇私枉法，所以慧琳被排摈的命运

---

① 见《全宋文》卷二十八，严可均编《全上古三代秦汉三国六朝文》第 3 册，中华书局 1958 年版，总第 2590 页。

② 参见僧祐：《出三藏记集》卷十二，中华书局 1995 年版，第 428—447 页。

③ 见《全宋文》卷二十三，严可均《全上古三代秦汉三国六朝文》第 3 册，中华书局 1958 年版，总第 2561 页。

④ 《四分律》卷一，见《大正藏》第 22 册，台北新文丰出版公司 1985 年版，第 571 页下。

终究是不可避免的。

关于慧琳的悲剧结局，有以下一些文献记载：

何承天以为琳比丘捷生奇见也。颜延之谓之居其门而伺其阙。为法盗害，何地可容？后抵罪于交州，鼓愤而卒。[①]

琳既自毁其法，被斥交州。世云渊公见“麻星”者，即其人也。[②]

琳既自毁其法，被斥交州。因患目盲，数岁愤结而卒。[③]

琳后感肤肉糜烂，历年竟死。时以为叛教之报。[④]

综括以上各种材料分析可见，慧琳被斥交州（治龙编，在今越南河内东北）后，当是感染了恶疾天花，皮肤溃烂，双目失明，郁愤数年而卒。被排摈斥逐于交州的原因，显然是由于《婚农无伤论》、《问难》之类“贬裁佛教”、“自毁其法”的“邪论”。

慧琳似乎应该属于博学而有才思的文僧一类。他于内典之外，兼善儒学及庄老，且长于制作，故有集十卷。所撰著有《论语说》[⑤]、《孝经注》、《庄子·逍遥游篇注》[⑥]、《均善论》、《释慧琳难》、《婚农无伤论》、《问难》[⑦] 等，但撰作大多失传，现存作品除《均善论》[⑧] 外，另有《龙光寺竺道生法师诔并序》、《虎丘法纲法师诔并序》[⑨] 以及与谢灵运的关于顿悟、渐悟之争的往复问答文章与书信。

---

① 见《北山录》卷九，《大正藏》第 52 册，台北新文丰出版公司 1985 年版，第 629 页上。

② 见《高僧传》卷七，《大正藏》第 50 册，台北新文丰出版公司 1985 年版，第 369 页上。

③ 见《释门自镜录》卷一《宋彭城寺慧琳毁法被流目盲事》，《大正藏》第 51 册，台北新文丰出版公司 1985 年版，第 809 页下。

④ 见《佛祖统纪》三十六，《大正藏》第 49 册，台北新文丰出版公司 1985 年版，第 344 页中。

⑤ 据《清史稿》卷一百四十五《艺文志》，《二十五史》本，上海古籍出版社、上海书店 1986 年版，总第 9352 页。

⑥ 参见《南史》卷七十八。

⑦ 参见《出三藏记集》卷十二。

⑧ 参见《宋书》卷九十七《天竺迦毗黎传》。

⑨ 参见《广弘明集》卷二十三。

二、“性情所得故相与游耳”

谢灵运与慧琳的交游应当始于永初元年（420）以后，缘于庐陵王刘义真的网罗。

刘裕以宋代晋以后，长子刘义符为太子，次子刘义真任司徒，三子刘义隆西镇荆州。刘义符虽身为太子，但不知政治为何物，只管吃喝玩乐，一个顽童而已。即使后来被立为皇帝，百官亦难得见他坐理朝政。他只是变着法儿玩乐，一如既往，既无政治头脑，亦无防人之心，直到被废被杀。刘义真作为次子，对乃兄的位置与形象看在眼里，盘算在心里。永初元年（420）刘义符立为太子，同年八月，颜延之任太子舍人，谢灵运由散骑常侍转任太子左卫率。次年正月刘义真任司徒。永初三年（422）五月，宋武帝染疾，以刘义真为车骑将军、开府仪同三司、南豫州刺史，加都督，镇历阳（今安徽和县），未至任而武帝亡。尽管太子失德，智商有限，但立长不立幼，这是祖上的规矩。刘裕又精明，他担心晏驾之日，次子义真与太子义符之间发生不测，所以让义真离京外任。

据史传记载：“义真聪明，爱文义，而轻动无德业，与陈郡谢灵运、琅邪颜延之、慧琳道人并周旋异常，云：‘得志之日，以灵运、延之为宰相，慧琳道人为西豫州都督。’徐羡之等嫌义真与灵运、延之昵狎过甚，故使范晏从容戒之。义真曰：‘灵运空疏，延之隘薄，魏文帝云鲜能以名节自立者。但性情所得，未能忘言于悟赏，故与之游耳。’”① “周旋异常”与“昵狎过甚”，这可是些值得注意的关键词。短短两年之中，刘义真把太子身边的重要人物网罗到了自己的集团中，而其政治用心昭然已揭，路人皆知。从这里也不难看出，武帝驾崩以后，徐羡之等顾命大臣迫不及待地促刘义真之镇历阳（今安徽和县），出谢灵运永嘉（今浙江温州），出颜延之始安（今

① 《宋书》卷六十一《刘义真传》。

广西桂林），出释慧琳姑苏（今江苏苏州），其首要的目的在于瓦解义真集团，解除对新内阁的政治威胁，这其中多少亦有出自刘裕之本意者。因而，史书所谓“羡之等以为灵运、延之构扇异同，非毁执政”云云，以为义真“与少帝不协”云云①，亦并非空穴来风。

义真集团的聚合，除了基于政治目的的驱动之外，当然还缘于其他的一些因素，如性格相近，趣味相投。

在个性方面，义真的特点是“聪敏”，“警悟”，“性轻易”，“轻动无德业”，血气方刚，带着孩子气，显得比较浮躁。谢灵运的特点是“性褊傲，不遵法度，朝廷但以文义处之，不以为有实用”②，这也正是刘义真所说的“空疏”。慧琳之骄慢张扬已如前述。而“延之性既褊激，兼有酒过，肆意直言，曾无遏隐……当其为适，傍若无人”③。元嘉中，慧琳得文帝优宠，“每召见，常升独榻，延之甚疾焉。因醉白上曰：‘昔同子参乘，袁丝正色。此三台之坐，岂可使刑余居之。’上变色。”④ 其人格特征用义真“隘薄”之评来概括，实际上亦恰如其分。

物以类聚，人以群分。此“四子”之聚合，确实亦有“性情所得”之缘由。“性情所得”，又取向一致，当其“相与游”而形成团体时，由于内部缺乏相互间的提醒或警示，轻动张扬的表现会显得愈发突出而招人注意。史传作者还特别记录了刘宋“国哀”之日“四子”的行为举止：“(义真)将之镇，列部伍于东府前。既有国哀，义真与灵运、延之、慧琳等坐视部伍，因宴舫里，使左右剔母舫函道施己船而取其胜者。及至历阳，多所求索，羡之等每不尽与。深怨执政，表求还都。”⑤“四子”皆自命不凡，以为怀才不遇，“灵运自谓才能宜参权要，常怀愤邑”⑥，所以难免有牢骚与不

---

① 参见《宋书》卷六十一《刘义真传》。

② 《资治通鉴》卷一百二十。

③ 《宋书》卷七十三《颜延之传》。

④ 《宋书》卷七十三《颜延之传》。

⑤ 《南史》卷十三《刘义真传》。

⑥ 见《资治通鉴》卷一百二十。

平。但相近的、近乎共同的人格取向，只能说明“四子”乃一群肆意放言，“不护细行”的狷生狂人，而非“以名节自立”，头脑成熟且有大家风度的政界名流，义真集团之被颠覆亦乃不可避免之命运。

从趣味所好方面看，“四子”有投合之处。钟嵘《诗品》曰：“谢灵运为元嘉之雄，颜延年为辅。”晋宋之际，陶潜既已躬耕陇亩，回归自然，文坛上的领袖地位当然非“颜、谢”莫属。慧琳道人则如上所述，乃一文僧，史谓“有才章，兼外内之学，为庐陵王义真所知”①，“以才学为太祖所赏爱”②。又有记载曰：“元嘉中，遂参权要，朝廷大事皆与议焉。宾客辐凑，门车常有数十辆。四方赠赂相系，势倾一时。方筵七八，座上恒满。琳着高屐，披貂裘，置通呈书佐，权侔宰辅。会稽孔觊尝诣之，遇宾客填咽，暄凉而已。觊慨然曰：‘遂有黑衣宰相，可谓冠履失所矣。’”③ 显而易见，谢灵运、颜延之、慧琳之“文义”、“才学”声誉，在当时文坛或者僧俗界，都是领其风骚的。关于义真，《宋书》、《南史》、《资治通鉴》一再称其“聪明爱文义”，“聪敏爱文义”，“警悟爱文义”，而宋文帝则在元嘉二十四年《诏群臣书》中自称：“吾少览篇籍，颇爱文义。游玄玩采，未能息卷。”④所谓“文”，当指文章，侧重于“玩采”之“采”；而所谓“义”，当指义解，侧重于“游玄”之“玄”。上行下效。帝王之所好，往往对一代文化思潮起着推波助澜的作用。魏晋玄学侧重究寻“三玄”义理，晋宋之际以来，究寻佛学义理成为风靡僧俗知识阶层的一种时髦，也从而掀起了一场有时代宗教特色的新玄学思潮。而谢灵运、慧琳以及竺道生，在“笃好佛理”方面，正所谓“性情所得，未能忘言于悟赏，故相与游耳”。他们以杰出的才学，惊人的颖悟，在佛学义解方面探赜索隐，敢想敢说，新解迭出，并相互击扬和发挥，成为宗教思想占主流的一代新玄学思潮中引人注目的

① 《宋书》卷九十七《慧琳传》。

② 《宋书》卷七十三《颜延之传》。

③ 《南史》卷七十八《慧琳传》。

④ 《全宋文》卷三，见严可均编《全上古三代秦汉三国六朝文》，中华书局1958年版，总第2458页。

“弄潮儿”。

三、谢灵运与慧琳的顿悟、渐悟之争

谢灵运与慧琳之间的交往大致上有三个时期。第一个时期为永初谢灵运在京期间。在庐陵王集团中，义真与谢灵运、慧琳及颜延之“四子”，“周旋异常”，“昵狎过甚”。他们“性情所得”，趣味相投，而于政治方面蠢蠢欲动，以至于摩拳擦掌。第二个时期为谢灵运任职永嘉期间。义真集团被强行拆解后，释慧琳与竺法纲同住姑苏虎丘，就顿悟、渐悟问题，以书信往返的方式，参与了谢灵运与诸道人的辨宗大讨论。第三个时期为谢灵运结束始宁初隐、回京任秘书监时期。此时宋文帝刘义隆一举剪除徐羡之、傅亮以及谢瞻朋党，迎乃兄义真之柩回京，追复庐陵王之封，并同时将已星散“四子”中幸存的谢灵运、慧琳、颜延之三人悉数召回都城建康。谢灵运任秘书监，旋迁侍中，颜延之任中书侍郎，慧琳得文帝赏爱优宠，热衷于参政议政，声势显赫，以至于时人有“黑衣宰相”之讥。

据《宋书・谢弘微传》记载：“兄（谢）曜历御史中丞、彭城王义康骠骑长史，元嘉四年卒。弘微蔬食积时，哀戚过礼，服虽除，犹不啖鱼肉。沙门释慧琳诣弘微，弘微与之共食，犹独蔬素。慧琳曰：‘檀越素既多疾，顷者肌色微损，即吉之后，犹未复膳。若以无益伤生，岂所望于得理？’弘微答曰：‘衣冠之变，礼不可逾。在心之哀，实未能已。’遂废食感咽，歔欷不自胜。”谢弘微为谢灵运之从弟，永初元年（420）六月任荆州刺史刘义隆文学，次年夏秋之际任镇西将军刘义隆咨议参军。他是刘义隆的智囊人物之一，与谢灵运常有书信往来和诗歌唱和。上引材料中慧琳劝弘微节哀事证明，元嘉三年（426）徐羡之集团覆灭后，慧琳与谢灵运、颜延之均被召回建康，并且亦表明，慧琳道人与谢氏兄弟的关系十分密切。

慧琳与谢灵运相交往的文字，留存至今者有他们关于顿、渐悟之争的问答及谢灵运的一封书信。慧琳问难之辞如下：

释慧琳问：三复精议，辨划二家，斟酌儒道，实有怀于论矣。至于去释渐悟，遗孔殆庶，蒙窃惑焉。释云有渐，故是自形者有渐；孔之无渐，亦是自道者无渐。何以知其然耶？中人可以语上，久习可以移性，孔氏之训也。一合于道场，非十地之所阶，释家之唱也。如此渐绝文论，二圣详言，岂独夷束于教、华拘于理？将恐斥离之辨，辞长于新论乎！勖道人难云“绝欲由于体理”，当谓日损者，以理自悟也。论曰：“道与俗反，本不相关，故因权以通之”，“物济则反本”。问曰：权之所假，习心者亦终以为虑乎？为晓悟之日，与经之空理，都自反耶？若其永背空谈，翻为末说；若始终相扶，可循教而至不？答维、驎假知中殊为藻艳，但与立论有违。假者，以旋迷丧理，不以钻火致惑。苟南向可以造越，背北可以弃燕，信燕北越南矣。虑空可以洗心，捐有可以祛累，亦有愚而空圣矣。如此，但当勤般若以日忘，瞻郢路而骤进，复何忧于失所乎？将恐一悟之唱，更踬于南北之譬耶！①

谢灵运在《与诸道人辨宗论》开篇部分说：“释氏之论：圣道虽远，积学能至，累尽鉴生，方应渐悟。孔氏之论：圣道既妙，虽颜殆庶，体无鉴周，理归一极。”意思是说：佛者流认为，成佛之路虽然遥远，但只要不断地学习，就能踏上成佛之路。世俗牵累灭尽了，佛光也就出现了。如此之功，也正应验了“渐悟”之法。儒者流认为，成圣之路极其微妙，虽大贤如颜渊，充其量也只能称作“复圣”。圣人之道，实在无法透彻地解悟，依理而推，成圣乃顿然间一蹴而就，直接领悟神圣之理念而实现成圣之结果的。对于儒、释二教的思维模式与终极追求，谢灵运做了这样的分析和比较，这也正是慧琳问难中所说的“辨划二家，斟酌儒道”。此“儒道”之“道”，乃指佛教。

对于谢灵运的辨析，慧琳称“实有怀于论”，表示了赞同的态度。但他

① 谢灵运：《与诸道人辨宗论》，见《广弘明集》卷十八，《四部丛刊》影印本。

对谢灵运同时抛舍佛教“渐悟”和儒教“殆庶”之论，表示迷惑不解。慧琳认为：释家说有渐悟，这本来是从俗人的角度说的，儒家说无渐悟，这也不过是从圣人的角度说的。孔氏既言，对中等智慧的人可以教给上等的道理，与时推移，本性亦可改变，那么，这不正是“渐悟”吗？以释氏之主张，一合乃假知，只是暂时的契合，不是依十住十地循序渐进那样的情形和境界。可见，摈弃“渐悟”而指望“顿悟”，如此“新论”还是难以成立。超绝众相即“空”，亦名之曰“理”。① 所以，虑空可以洗心，捐有可以祛累，“有”者为愚，“空”者乃圣。既如此，就只应该勤思佛智，日损尘累，朝着成佛之路勤修骤进，此乃正途。不难看出，所谓的“顿悟”之说，实难自圆其说。

慧琳对“顿悟”说的质疑，论说得亦不无道理。谢灵运的答辩之辞如下：

> 孔虽曰语上，而云圣无阶级；释虽曰一合，而云物有佛性。物有佛性，其道有归，所疑者渐教；圣无阶级，其理可贵，所疑者殆庶。岂二圣异涂，将地使之然？斥离之叹，始是有在；辞长之论，无乃角弓耶？难云：“若其永背空谈，翻为末说；若始终相扶，可循教而至。”可谓公孙之辞，辩者之囿矣。夫智为权本，权为智用。今取圣之意则智，即经之辞则权。傍权以为检，故三乘咸蹄筌；既意以归宗，故般若为鱼兔。良由民多愚也，教故迂矣。若人皆得意，亦何贵于摄悟？假知之论旨，明在有者能为达理之谏。是为交赊相倾，非悟道之谓，与其立论有何相违？燕北越南，有愚空圣，其理既当，颇获于心矣。若勤者日忘，瞻者骤进，亦实如来言。但勤未是得，瞻未是至，当其此时，可谓向宗。既得既至，可谓一悟。将无同辔来驰，而云异辙耶！②

---

① 按，《大乘义章》曰：“空者，理之别目。绝众相，故名曰空。”

② 谢灵运：《答纲琳二法师并书》，见《广弘明集》卷十八，《四部丛刊》影印本。

谢灵运在《与诸道人辨宗论》开篇部分又说：“有新论道士以为，寂鉴微妙，不容阶级，积学无限，何为自绝。今去释氏之渐悟，而取其能至；去孔氏之殆庶，而取其一极。一极异渐悟，能至非殆庶，故理之所去虽合各取，然其离孔、释远矣。”这里，“新论道士”指竺道生。“一极”，谓一步到位，即“顿悟”。道生认为，参透佛教真理的那种最高境界是极其微妙的，不是以循序渐进的方式达到的。如果承认积学渐进之说，那就等于说永无止境。换句话说，再如何苦修精进，那也永远不可能到达终点，永远成不了佛。谢灵运辨析和比较儒、佛两家后，各取所长，各舍其短，折中了儒佛，但也不再是原来意义上的儒佛。所以，谢灵运赞同了竺道生的“顿悟”之说，但又在此基础上做了进一步的发挥。

对于慧琳的质疑，谢灵运紧扣“得意”二字而论。他认为：取圣之意则智，即得到了鱼兔，即领会了般若。这叫作“归宗”。在此之前的一切努力和过程，例如即经之辞，例如研习三乘，无非筌蹄，傍权而已。一合乃假知，假知非真知，既无从言“悟”，又如何有“渐悟”？勤、瞻，是方法，“得意”才叫作“悟”，是境界。既未“得意”，即未“归宗”，故可谓“向宗”。圣之“意”，即佛之“理”。“理”不可分，自不能分步得，要么得到了，要么未得到。既得既至，可谓一悟。“一悟”者，“彻悟”也，“顿悟”也。

慧琳与谢灵运的问答，用语得体，没有冷嘲热讽，属于纯粹的关于佛教基本理论问题的学术争鸣。

谢灵运在给纲、琳二法师的书信中写道：“披览双难，欣若暂对。藻丰论博，蔚然满目，可谓胜人之口。然未厌于心，聊伸前意。无由言对，执笔长怀。谢灵运和南。”这里所言之“欣若暂对”，意谓高兴地暂且辩答。“藻丰论博”云云，则是对慧琳、法纲来函“文义”的赞美，谓文采可观，义解亦不无可取之处。而“执笔长怀”及“谢灵运和南”云云，亦足见他们在佛教义理讨论与切磋的活动中，既是互为论敌的关系，同时又是彼此密友的关系。这种法友间赏心快意的交游与切磋的情景，在谢灵运辞官永嘉、归隐始宁并邀来昙隆道人共游时，尤其展现得令人称羡和向往：或“寻微探赜，何句不研，奚疑弗析”；或“偕是登临，开石通涧，剔柯疏林，远眺重叠，近瞩岖嵚”；或“帙舒轴卷，藏拔纸襞，问来答往，俾日余夕”[①]。此情此景，正如释慧琳赞美竺法纲的那样：“从容情理，赏托文义。交游敦亮尽之契，进趣慕复外之道。”[②] 其与动辄以“妄语”、“邪论”、“叛教”等重禁罪名相加的旧僧相比而言，乃摈弃了人身之攻击，而融入了契心之法喜。

（原载《宗教学研究》2007 年第 2 期）

① 谢灵运：《昙隆法师诔》，见《广弘明集》卷二十三，《大正藏》第 52 册，台北新文丰出版公司 1985 年版，第 266 页。

② 慧琳：《虎丘法纲法师诔并序》，《全宋文》卷六十三，见严可均《全上古三代秦汉三国六朝文》，中华书局 1958 年版，第 3 册，总第 2781 页。

谢灵运与“涅槃圣”竺道生

一、道生其人

竺道生（355—434），俗姓魏氏，巨鹿（今属河北）人，寓居彭城（今江苏徐州）。其家本为世代官宦士族，其父担任过广戚（治今江苏沛县东）令，受到了县民的热情拥戴，称之为“善人”。道生于童稚时代得遇沙门竺法汰，于是“改俗归依，伏膺受业”。年在志学，已登讲座，年至具戒，而器鉴日深。

考察道生之行迹后可见，他一生中三次栖居庐山。

第一次时间在隆安元年（397）至元兴三年（404）。史传称其“初入庐山，幽栖七年，以求其志”①。此番入庐山，当主要受僧伽提婆的吸引，于是从之而习一切有部。元兴三年（404），道生与慧睿、慧严等同游长安，受业于鸠摩罗什，被时人列于“什门十哲”、“什门八俊”、“什门四圣”之中。

第二次入庐山是在义熙四年（408）。道生由长安抵庐山约当是年夏秋之际，他给刘遗民、慧远带来了僧肇所著的《般若无知论》。义熙五年，刘遗民致书僧肇，于《般若无知论》有所论难。义熙六年（410）八月十五

① 《高僧传》卷七《竺道生传》。

日，僧肇答刘遗民书中叙及他与道生的友情，曰："生上人顷在此同止数年，至于言语之际，常相称咏。中途还南，君得与相见。未更近问，惘悒何言。"竺道生暂栖庐山大约一年，便于义熙五年（409）"还都，止青园寺"①。青园寺之所在，本为皇家菜园，东晋褚氏皇后即此立寺，因以为名。据《高僧传》记载："（道）生既当时法匠，请以居焉，宋太祖文皇深加钦重。……王弘、范泰、颜延之，并挹敬风猷，从之问道。"② 竺道生居建康青园寺的时间约有二十年。在此期间，他的佛学活动突出者有三：一是景平元年（423）十一月，道生、慧严等请佛驮什、智胜于建康龙光寺译法显所得《弥沙塞律》三十四卷、《弥沙塞比丘戒本》一卷、《弥沙塞羯磨》一卷，智胜传译，道生、慧严笔受参正，至次年十二月译讫。③ 二是约于永初三年（422）至景平元年（423）上半年提出了"顿悟成佛"说，从而在僧俗界引起了一场激烈而持久的关于顿悟、渐悟之争的大讨论。④ 三是约于元嘉五年（428）提出了"阐提成佛"说，所谓"珍怪之辞"，惊世骇俗，从而招来了滞文旧僧的围攻，被摈逐出建康青园寺，流落至姑苏，与竺法纲同止虎丘寺。《高僧传》记载被摈之事曰："生于大众正容誓曰：'若我所说反于经义者，请于现身即表疠疾。若于实相不相违背者，愿舍寿之时据狮子座。'言竟拂衣而游。初投吴之虎丘山，旬日之中，学徒数百。其年夏，雷震青园佛殿，龙升于天，光影西壁。因改寺名号曰'龙光'。"⑤

第三次栖居庐山是在元嘉七年（430）至元嘉十一年（434）。据释氏传录云："（道）生以元嘉七年投迹庐阜，俄而《大涅槃经》至于京都。""生

① 《高僧传》卷七《竺道生传》。

② 《高僧传》卷七《竺道生传》。

③ 参见僧祐：《出三藏记集》卷二、卷三和慧皎《高僧传》卷三。

④ 按，义熙十四年（418）三月十日，佛陀跋陀罗受吴郡内史孟顗、右卫将军褚叔度的启请，与慧严、慧业等百余人，在建康道场寺始译支法领从于阗得到的梵本《华严经》，于元熙二年（420）六月十日译讫，至永初二年（421）十二月二十八日校定，成五十卷本《华严经》。（见《出三藏记集》卷九《华严经后记》）其后由谢灵运、慧严、慧观等改编为六十卷本《华严经》。竺道生或亦参加了此次译经活动。《华严经》中有"十住"、"十地"等与"（小）顿悟"相关的内容，因而，此次《华严经》的翻译，或许成为引发自永初三年（422）开始的僧俗界"顿、渐之争"的重要契机。

⑤ 《高僧传》卷七《竺道生传》。

既获新经，寻即建讲。以宋元嘉十一年冬十月庚子，于庐山精舍升于法座。”[①] 道生的“阐提成佛”之说，与大本《涅槃经》所言，合若符契，而舍寿之日，果真如其所誓乃坐化于法座。“于是京邑诸僧，内惭自疚，追而信服，其神鉴之至，徵瑞如此。仍葬庐山之阜。”[②]

竺道生之三上庐峰，似乎划出了他佛教生涯中的几个代表性的有意味的段落。初入庐山，标志着他游学经历的开始：“中年游学，广搜异闻，自杨徂秦，登庐蹑霍，罗什大乘之趣，提婆小道之要，咸畅斯旨，究举其奥，所闻日优，所见踰赜。”[③] 再入庐山，标志着他在佛学领域“孤明先发”，“彻悟言外”而又频惹争端时代的到来：“于是，校阅真俗，研思因果，乃言善不受报，顿悟成佛。又著《二谛论》、《佛性当有论》、《法身无色论》、《佛无净土论》、《应有缘论》等。笼罩旧说，妙有渊旨，而守文之徒，多生嫌嫉，与夺之声，纷然竞起。”[④] 又因说一阐提人皆得成佛，“独见忤众，于是旧学以为邪说，讥愤滋甚，遂显大众，摈而遣之。”三入庐山，标志着道生佛学的影响愈来愈广泛和深远。“时人叹曰：‘龙既已去，生必行矣。’俄而投迹庐山，销影岩岫，山中僧众，咸共敬服。”及道生去世以后，宋文帝犹述其顿悟义，而“时人以生推阐提得佛，此语有据，顿悟、不受报等，时亦宪章”。道生之佛学思想显然乃集毗昙学、般若学和涅槃学之大成，尤在涅槃学方面深有所得，因而自南朝至隋唐，道生颇受崇拜，以至于有“涅槃圣”之称。

二、谢灵运与道生隐隐约约的交往情形

汤用彤先生说：“谢康乐与道生交谊如何，今不可知。”[⑤] 的确，关于谢

① 僧祐：《出三藏记集》卷十五。

② 《高僧传》卷七《竺道生传》。

③ 慧琳：《龙光寺竺道生法师诔》，《广弘明集》卷二十三，《四部丛刊》影印本。

④ 《高僧传》卷七，下同。

⑤ 汤用彤：《汉魏两晋南北朝佛教史》，中华书局 1983 年版，下册，第 475 页。

灵运与道生的交往情况，我们所知甚少。目前，我们只能根据有限的材料做如下推测。

1. 初晤于庐山

以道生的行迹看，他“中年游学”的第一站是庐山，从僧伽提婆习一切有部，时间在隆安元年（397）。道生幽栖庐山一共七年，直至元兴三年（404）与慧睿、慧严、慧观等北上长安师从鸠摩罗什。这七年期间，谢灵运或许曾两上庐山。一次在隆安三年（399），拜访慧远，“希门人之末”；一次在元兴元年（402），于庐山东林寺凿池筑台植莲花，并参加慧远主持的净土立誓与文咏活动。从时间、地点及宗教信仰等方面所具有的条件看，谢灵运与竺道生初晤于庐山是完全可能的。其可能性的晤面当有两次，一次在隆安三年（399）至隆安四年（400）访慧远而逗留庐山期间，另一次在元兴元年（402）莲社立誓活动中。

2. 相互切磋、激扬于建康及永嘉

竺道生师从鸠摩罗什约四年时间，于义熙四年（408）从长安南下，经庐山暂栖一年后于义熙五年“还都，止青园寺”，直至约元嘉五年（428）因倡“阐提成佛”说被驱逐至姑苏虎丘山，其间约二十年，竺道生一直住止建康青园寺，在都城进行了有声有色、几乎是轰轰烈烈的佛学活动。这期间的二十年中，谢灵运或仕或隐，其去留京都的情况大致是：义熙元年（405）入仕后至义熙八年（412）主要跟随刘毅镇守长江中游历阳（今安徽和县）、姑熟（今安徽当涂）、豫章（今江西南昌）、江陵（今属湖北）等地，八年间一直外任军镇幕府。义熙八年改依刘裕后，于次年春二月回建康由太尉参军改官秘书丞。义熙十一年（415）至义熙十二年先后任刘道怜咨议参军，转中书侍郎，改任世子刘义符中军咨议、黄门侍郎等职。义熙十三年（417）至元熙元年（419），谢灵运两次往返于彭城（今江苏徐州）和建康之间。此后四年一直居官生活于建康。永初三年（422）秋至景平元年（423）秋出守永嘉。其后辞官，归隐始宁。元嘉三年（426）至元嘉五年（428）在京任秘书监、侍中。随后再度归隐始宁。如此看来，在竺道生居止建康的二十年中，谢灵运断断续续任京官的时间大约为十年。

谢灵运、竺道生同在建康的大约十年中，不可能没有交往。在建康僧俗界，谢灵运与竺道生堪称宗教新闻人物，他们颖悟力超常，往往新论迭出，备受人们的关注。在建康，《华严经》的译翻及润改活动持续了大约四年的时间，佛陀跋陀罗主译，慧业、慧严、慧观、谢灵运等百余人都参加了译经活动。竺道生与慧严、慧观皆为鸠摩罗什的高徒，又都受到刘裕的崇敬，均为建康佛学义解名僧，那么，竺道生极有可能也是这“百余人”中的一个。这就是说，建康期间，谢灵运与竺道生之间存在着直接交往的可能性。

顿、渐悟之争，始于永初三年秋之后，即是说乃紧接着《华严经》译事的结束而展开的，并且也不妨说乃直接受了《华严经》中“十住”、“十地”之说的触发。竺道生、谢灵运是初期顿、渐悟之争的中心人物，又共同力主“顿悟成佛”之说，相互支持和激扬，这又进一步促使我们推想：竺道生“大概一定是”参加了《华严经》的翻译活动，并且，正由于谢灵运也参加了《华严经》的润改，所以，他们也就有可能在译经活动期间，就共同感兴趣的话题进行切磋、讨论。

谢灵运出守永嘉后展开的“顿、渐悟之争”，只不过是竺道生、谢灵运译经期间切磋、讨论的扩大和深化，以此而演化为刘宋初僧俗界关于宗教话题的带给佛教发展以划时代意义的一场新玄谈。

“顿、渐悟之争”的初始阶段，以谢灵运与永嘉“同游诸道人”讨论“新论道士”竺道生的“顿悟”主张始，以竺道生回复王弘并赞赏谢灵运的“折衷”见解终。从这一颇带有策划运作意味的佛学玄谈情况看，谢灵运与竺道生一唱一和，遥相呼应，淋漓尽致地畅说了他们的“顿悟成佛”主张。即此又可以认为，顿、渐悟大讨论期间，虽然谢灵运出守永嘉，竺道生居止建康，但此间他们的间接交流，其实际上又应该属于直接的交往。

3. 诀别于庐山

竺道生被驱逐出京后居姑苏虎丘寺约两年，于元嘉七年三登庐山，居东林寺，直到元嘉十一年去世。谢灵运几乎与竺道生同时离京，竺道生流落姑苏，谢灵运归隐始宁。三年后，谢灵运因与孟颢构隙最后一次来到建康。停留的几个月中，谢灵运参加了对北本《大般涅槃经》的改治。元嘉八年（431）冬，谢灵运被外任为临川内史。元嘉九年春，谢灵运赴任临川途中经过庐山，其《登庐山绝顶望诸峤》诗中写道："山川非前期，弥远不能辍。但欲淹昏旦，遂复经盈缺。"这几句诗表明，赴任临川途中，谢灵运滞留庐山至少有一个多月。

谢灵运盘桓庐山而不去的原因是比较复杂的，归结起来，约略有如下数端。其一，庐山是一处美丽而清净的所在，风光怡人，足可幽隐求志。其二，庐山慧远是曾经令谢灵运向往而又颇感无奈的高僧，而今，慧远去世都已经十六年了，往事历历，又恍如梦幻，仕与隐的矛盾着实使谢灵运备受折磨与苦痛。他或许犹然埋怨慧远法师，假如当初"希门人之末"之"诚愿"得遂的话，何至于仕隐反复落到如今这步田地呢？仕而无功，隐又不甘，此时身临庐山，忆及慧远，难免徙倚徘徊。其三，故地重游，隐逸习佛中人如雷次宗者，乃旧日于庐山结识的故友，此番相聚，促膝叙旧，自是情理中事。另外，从雷次宗往临川回访谢灵运，谢灵运作《送雷次宗诗》之事看，谢灵运与雷次宗间交往的历史很长，友谊亦很深厚。其四，竺道生乃因倡"阐提成佛"之说而被摈逐辗转至庐山的。道生"孤明先发"，其说竟与经本契合，终于赢得众人的刮目相看和广泛尊崇，真乃可喜可贺之事。而谢灵运刚刚参加了对北本《大般涅槃经》的改治，他将新的《涅槃经》带至庐山，与道生深入切磋交流，究寻"文义"，这也是顺理成章之事。

赴任临川，谢灵运乃奉诏而行，尽管"庐山情结"，犹然未解，但上了山还得下山，不得不告辞道生而去。于是乎元嘉九年（432）谢灵运与竺道生的告别乃成诀别。第二年冬，谢灵运被杀于广州，第三年冬，竺道生坐化于庐山。

三、谢灵运、王弘、竺道生间的顿、渐之争

如前所说，“顿、渐之争”的初始阶段，以谢灵运与永嘉“同游诸道人”讨论“新论道士”竺道生的“顿悟”主张始，以竺道生回复王弘并赞赏谢灵运的“折衷”见解终。因此可见，在“顿、渐之争”初始阶段的舞台上，由竺道生、谢灵运合作导演，并有王弘、慧琳等参加，他们共同扮演了重要的论辩与玄谈的角色。

王弘（379—432），字休元，琅邪临沂人，出身世家大族，历仕晋宋两朝。他是在谢灵运的安排下走上辩论会演讲台的。且看王弘的《与谢灵运书问辨宗论义》：

> 弘白：一悟之谈，常谓有心，但未有以折中异同之辨，故难于厝言耳。寻览来论，所释良多，然犹有未好解处。试条如上，为呼可容此疑不？既欲使彼我意尽，览者泠然。后对无兆，兼当造膝。执笔增怀，真不可言。王弘敬谓。①

“一悟之谈”，意即“顿悟之论”，关于“顿悟”的主张。所谓“折中异同之辨”，指谢灵运《辨宗论》中折中儒、释两家，谓“去释氏之渐悟，而取其能至，去孔氏之殆庶，而取其一极”之主张。王弘认为，像谢灵运这样折中儒、佛之论，过去还从未有过，虽然看到谢灵运在与“诸道人”的往返辩论中多有解说，但仍觉得多有费解之处，所以向谢灵运提出了几个问题。王弘说，之所以有所质疑，目的是通过商榷辩论，使双方各自的意思得到淋漓尽致的发挥，使大家有一个透彻的了解。从王弘《与谢灵运书》中“寻览来论”一句可知，谢灵运将他与永嘉“同行诸道人”的往返问答

① 王弘：《与谢灵运书问辨宗论义》，《全宋文》卷十八，见严可均《全上古三代秦汉三国六朝文》，中华书局1958年版，第3册，总第2533页。

辩论寄呈远在江州的王弘，其目的一方面是征询王弘对于“顿悟”说的看法，而另一方面当是为了使“顿、渐之争”的活动搞得更有声有色一些。这与谢灵运将他与永嘉“诸道人”的往返问答辩论寄呈于虎丘寺的慧琳、法纲的意图是一样的。就是说，谢灵运发起的顿悟、渐悟大讨论，主要是学术讨论，属于晋宋之际好尚“文义”风气下的新玄学、新玄谈的性质，也是法友间的特殊交往形式。这与后来道生因倡“阐提成佛”被摈逐、慧琳因有“邪论”“贬裁佛教”遭放逐的情形与性质是大不一样的。道生、慧琳被逐事件中，既有宗教思想分歧的因素，又有政治是非和人际恩怨的复杂因素。道生、慧琳与其对立面的矛盾关系，不是法友间的关系。谢灵运演述竺道生之“顿悟”说，有所发挥，他是在主动地并且是积极地寻找“论敌”，以切磋“文义”。

再看谢灵运的《答王卫军书》：

> 灵运白：一悟理，质以经诰，可谓俗文之谈。然书不尽意，亦前世格言。幽僻无事，聊与同行道人共求其衷。猥辱高难，词徵理析，莫不精究。寻览弥日，欣若暂对。辄复更伸前论，虽不辨酬释来问，且以示怀耳。海峤岨回，披叙无期，临白增怀，眷叹良深。谢灵运再拜。①

王弘于永初三年（422）进号卫将军，时在江州刺史任上。谢灵运回信说：“顿悟”之说，显然是圣贤经典之外的讨论。不过，古人亦云，书不尽意。荒远之处，闲来无事，遂与同行道人推求圣贤言外之旨，探赜索隐。承蒙垂问，所言皆有理有据，研究得十分深入。数日来一直在研读推敲华函高论，今且欣然以对，就此前所论作进一步申说。虽未必能够圆满地回复解答您所提出的质疑，但暂且以此表达我的思想与心意吧。天涯幽僻，山高水远，此信不知何日能够送达。临纸叹别，思念之情无以言表。

---

① 谢灵运：《答王卫军书》，《广弘明集》卷十八，《四部丛刊》影印本。

据慧皎《高僧传》记载：“（道）生既潜思日久，彻悟言外，乃喟然叹曰：‘夫象以尽意，得意则象忘。言以诠理，入理则言息。自经典东流，译人重阻，多守滞文，鲜见圆义，若忘筌取鱼，始可与言道矣。’于是，校阅真俗，研思因果，乃言‘善不受报’，‘顿悟成佛’。”① 道生在究寻佛典的过程中，显然从魏晋以来关于“言意之辩”的玄学大讨论中受到重要的启发。他的意思是说，佛经万卷，设象而已，象外之意即佛之真理，多守滞文者则莫能舍象取意。拿这番意思，对照一下上引谢灵运《答王卫军书》中“一悟理，质以经诰，可谓俗文之谈。然书不尽意，亦前世格言”云云者，中心思想并无二致。由此可见，在倡“顿悟成佛”说方面，竺道生与谢灵运的确在一唱一和，彼此激扬。只不过，竺道生叹芸芸僧俗中人，得佛陀真谛者少，得意入理者寡，堪与言道之知音者稀，故措辞较为尖刻；而谢灵运乃言之于致友人之书信中，所以语意尤其宛转。

那么，王弘到底提了些什么问题，谢灵运又是如何回答的呢？且看王弘与谢灵运关于“顿、渐悟之争”的问答：

> 论曰：“由教而信，有日进之功；非渐所明，无入照之分。”问曰：由教而信，而无入照之分，则是暗信圣人。若暗信圣人，理不关心，政可无非圣之尤，何由有日进之功？
>
> 答曰：颜子体二，未及于照，则向善已上，莫非暗信。但教有可由之理，我有求理之志，故曰关心。赐以之二，回以之十，岂直免尤而已，实有日进之功。
>
> 论曰：“暂者假也，真者常也。假知无常，常知无假。”又曰：“假知累伏，理暂为用，用暂在理，不恒其知。”问曰：暂知为假知者，则非不知矣。但见理尚浅，未能常用耳。虽不得与真知等照，然宁无入照之分邪？若暂知未是见理，岂得云理暂为用？又不知以何称知？

① 《高僧传》卷七《竺道生传》，金陵刻经处本。

答曰：不知而称知者，正以假知得名耳。假者为名，非暂知如何？不恒其用，岂常之谓？既非常用，所以交赊相倾，故谏人则言政理，悦己则犯所知。若以谏时为照，岂有悦时之犯？故知言理者浮谈，犯知者沉惑。推此而判，自圣已下无浅深之照，然中人之性有崇替之心矣。

论曰："教为用者心日伏，伏累弥久，至于灭累。"问曰："教为用而累伏"为云何伏邪？若都未见理，专心暗信，当其专心，惟信而已。谓此为累伏者，此是虑不能并，属此则彼废耳，非为理累相权，能使累伏也。凡厥心数，孰不皆然！如此之伏，根本未异，一倚一伏，循环无已，虽复弥久，累何由灭？

答曰：累伏者属此则废彼，实如来告。凡厥心数，孰不皆然，亦如来旨。更恨不就学人设言，而以恒物为讥耳。譬如药验者疾易痊，理妙者吝可洗，洗吝岂复循环，疾痊安能起灭？则事不侔，居然已辨。但无漏之功，故资世俗之善。善心虽在五品之数，能出三界之外矣。平叔所谓冬日之阴，辅嗣亦云远不必携，聊借此语以况入无，果无阻隔。①

按，"论曰"云云，指谢灵运答永嘉"同行诸道人"之辞中的观点。王弘所提问题主要有三，谢灵运就其所问逐一作了回答。

第一个问题是：既然说通过教化而崇信，只称渐修，谈不上"顿悟"，那么，这也不过是避免了"非圣"之过错，又如何能说有日进之功呢？

谢灵运回答说：颜渊与圣人仍有差距，未臻圣明之境。但向善即崇信，有求理之志便意味着关心。子贡闻一以知二，颜渊闻一以知十，这就不只是避免过错了，而确实是在不断进步呢。

第二个问题是：既然说"暂知"为"假知"，那也总算是"知"了。只不过相对于"真知"来说，入理有深浅之别，又怎么可以说就不能达到

① 谢灵运：《答王卫军问》，《全宋文》卷三十二，见《全上古三代秦汉三国六朝文》，中华书局1958年版，总第2614—2615页。按，王卫军所问与谢永嘉所答中，内容多有重复，此从严可均缀合问答而去其重复，以省篇幅。

彻悟的境界呢？假如说“暂知”算不得“见理”，那么，“理暂为用”之“理”是什么？又凭什么把“不知”也称做“知”？

谢灵运回答说：把“不知”而称做“知”，也正是权且以“假知”之“知”这么指称罢了。“假”与“暂”，都不能称做“常”。既然并非永恒不变，所以“假知”、“暂知”者所谓的“理”，总是摇摆不定，徇私随意，取舍矛盾。这些中等智慧的人，言“理”又废“理”，其所谓的“理”自非“真理”可知矣。而所谓的“知”，或谓之“假知”，或谓之“暂知”，姑且名之为“知”吧，究其实，并不是“真知”。由此可见，圣人以下，无所谓“浅深之照”。要么顿悟，入照见理；要么“暂知”以为假象，始终徘徊于“渐修”之途。

第三个问题是：你在答永嘉慧骥问时提到，接受教化以修行的人，心中世俗牵累会一天天地隐遁起来，长期地平息牵累，直到灭绝。请问，“教为用而累伏”是说什么东西隐遁了呢？两种相悖的思虑不能并存，此起彼伏。信教与牵累正是这样，属此而彼废，并不是“理”、“累”彼此变通推移能使“累”伏的情形。如此说来，信教与牵累，一倚一伏，无限循环，时间再长，“累”又如何能灭？

谢灵运回答说：关于“累伏者属此则废彼”，以及“凡厥心数，孰不皆然”之论，你说得不无道理。而灭累惟在顿悟，伏累乃在渐修。消除烦恼是为无漏，但无漏之功，本就需要借助世俗之善。向善之心虽然属于儒家勋、劳、功、伐、阅“五品”范畴之内，但佛家以为修之向善，同样能够超脱欲界、色界、无色界这生死流转的人世“三界”之外的。

就上述王弘与谢灵运的问答情况来看，他们所讨论的内容主要围绕在三组范畴或概念上，即：“渐修”与“顿悟”；“假知”（“暂知”）与“真知”（“常知”）；“伏累”与“灭累”。他们重点辩解的是这些范畴或概念各自的特殊含义，以及相关范畴或概念之间的联系与区别。王弘本人对谢灵运的答辩似乎并没有太多的疑义，这可以从王弘的《答谢灵运书》中看出来：

> 更寻前答，起悟亦不知，所以为异，正当尔耳。已送示生公。此间道人，故有小小不同，小凉当共面尽。脱有厝言，更白面写，未由寄之于此，所散犹多。①

在王弘给谢灵运的回信中，有两条信息值得注意。其一，王弘指出，江州义解僧人对谢灵运所述道生“顿悟”说仍然存有一些疑问；其二，王弘说，他将有关“顿、渐悟之争”的问答辩论，“已送示生公”。显然，在这场“顿、渐悟之争”的活动中，谢灵运在担任着编导和主演的角色，而竺道生所担任的似乎是幕后指挥兼总顾问的角色。竺道生收到王弘送呈的问答辩论后，有《答王卫军书》曰：

> 究寻谢永嘉论，都无间然。有同似若妙善，不能不以为欣。檀越难旨甚要切，想寻必佳通耳。且聊试略取论意，以伸欣悦之怀。以为苟若不知，焉能有信？然则由教而信，非不知也。但资彼之知，理在我表，资彼可以至我，庸得无功于日进？未是我知，何由有分于入照？岂不以见理于外，非复全昧，知不自中，未为能照耶？②

竺道生在给王弘的回信中，除了就王、谢问答中有关问题做了进一步的补充申说之外，更重要的是，对谢灵运关于“顿悟”说的演述，给予了充分的和极高的评价：“究寻谢永嘉论，都无间然。”竺道生指出，对谢灵运所论进行了反复的研究和推敲后，他认为谢论几乎无懈可击。竺道生对谢灵运辨宗述顿悟的肯定性总结和评价，实际上也正是对自我所倡“顿悟成佛”论的欣赏和赞美。

另外，从以上三人来往书信及问答用语看，谢灵运、王弘、竺道生等共

① 王弘：《答谢灵运书》，《全宋文》卷十八，见严可均《全上古三代秦汉三国六朝文》，中华书局1958年版，总第2533页。

② 《广弘明集》卷十八，《四部丛刊》影印本。

同开展的“顿、渐悟大讨论”活动，完全可以肯定地说，乃发生在永初三年（422）秋之后、景平元年（423）秋之前，亦即谢灵运出守永嘉期间。其时，谢灵运在永嘉，王弘在江州，而竺道生仍在建康。“顿、渐悟大讨论”，成了谢灵运与竺道生友谊中的一大亮点。

（原载《广州大学学报》2005年第9期）

谢灵运与“头陀僧”昙隆交游考

谢灵运一生中与释界许多人物有交往，但在与谢灵运交往的众多僧人中，恐怕要数昙隆与谢灵运实际相处的时间最长，关系也最密切。

昙隆属于头陀僧，幽居深山，远离都市，很少与僧俗界名流交往，加之从出家到去世，时间较短，不在名僧之列，所以释教传录、政书野史中关于昙隆的资料极少。慧皎《高僧传》中的记载只有三句话，附于《释僧镜传》之后。其云：“上虞徐山先有昙隆道人，少善席上，晚忽苦节过人。亦为谢灵运所重，尝共游嶀嵊。亡后运乃诔焉。”① 从现存文献看，要了解昙隆的生平经历及其与谢灵运的交游情况，还主要依据谢灵运的《昙隆法师诔并序》。

谢灵运的这篇《昙隆法师诔》比他所曾经撰写过的《庐山慧远法师诔》以及《庐山法师碑》的篇幅都要长。借助这一篇文章，我们能够获取下文所述几个方面的重要信息。

一、关于昙隆其人

昙隆，籍贯未详。从“变服京师”一句推测，建康虽未必即其籍贯，

① 《高僧传》卷七《僧镜传》，《大正藏》第50册，台北新文丰出版公司1985年版，第373页。

但至少说明，昙隆出家之前，家在建康。他生于豪华富有之家，奇童早慧，博通诗书礼乐，骑马御车训练有素，技术一流，可谓文武兼习，不同一般。另外，慧皎《高僧传》中所说的“少善席上，晚忽苦节过人”一句，特别值得注意。所谓“席上”，乃指儒学。《后汉书·王充等传》曰：“贵清静者，以席上为腐议；束名实者，以柱下为诞辞。”唐代李贤注云：“清静，谓道家也；席上，谓儒也。”又，《南史·马枢传》云：“束名实则刍芥柱下之言，玩清虚则糠秕席上之说。”可见，昙隆年青时代接受了传统的儒家思想及技能方面的系统教育和训练，且学有所长，才艺卓越。然而，有感于人世间的苦乐无常、三界轮回，他长夜独悟，以为当杜根超绝，遂慨然有摈落荣华、兼济物我之志。于是，他得到了母亲的同情和姐弟的支持，最终辞别妻儿，长绝恩爱，出家求道。

昙隆出家庐山、苦节过人之事，还可以从南齐时人虞羲的《庐山香炉峰寺景法师行状》所述僧景之行迹得到佐证：“法师讳僧景……以永明十年七月，振锡登峰。行履所见，宛如梦中。乃即石为基，倚岩结构。匡坐端念，虎豹为群。先德昙隆、慧远之徒，亦卜居于此。既人迹罕至，遂不堪其忧。且山气氛氲，令人头痛身热，曾未几时，莫不来下。唯法师独往，一去不归。”[①] 庐山的环境显得有些出乎意料的荒凉和险恶，人迹罕至，不时有虎豹出没，兼之山气氛氲，令人头痛身热，不堪其忧。常人几乎无法栖息于此，然昙隆竟卜居于此，一登庐峰，六年不下岭。昙隆的这一段人生轨迹，很自然地会令人联想到当年释迦牟尼的出家缘起与经历。他们在出身富贵、慨叹轮转、抛妻别子、出家求道诸方面，确实都是十分相似的。再者，昙隆弃儒学而遁迹空门，此与慧远、慧观等的思想转化过程也是极其相似的。而谢灵运亦尝言：“六经典文，本在济俗为治，必求灵性真奥，岂得不以佛经为指南耶?”[②] 所以，关于宗极真理、人生信仰方面的认识，昙隆、谢灵运

① 《广弘明集》卷二十三，《大正藏》第52册，台北新文丰出版公司1985年版，第269页。

② 《高僧传》卷七《慧严传》宋文帝引范泰、谢灵运语，《大正藏》第50册，台北新文丰出版公司1985年版，第368页。

乃有不谋而合之处，亦体现了一种时代的文化思潮倾向，这是昙隆与谢灵运长期交游、契合无间的宗教思想基础。

二、关于昙隆、谢灵运交游的时间

昙隆与谢灵运相交往的时间，可以从《昙隆法师诔序》的这样几个关键词句加以推敲，即："余时谢病东山，承风遥羡。岂望人期，颇以山招。法师至止，鄙人荣役。……茹芝术而共饵，披法言而同卷者，再历寒暑。……庶白首同居，而乖离无象。……至止阻阔，音尘殆绝。值暑遘疾，未旬即化。"按，谢灵运自永嘉太守辞归而"谢病东山"，时在景平元年（423）之秋。昙隆接受谢灵运之邀，自庐山来到始宁东山，与谢灵运"同幽共深"，栖隐相得，"再历寒暑"。虽然谢灵运希望与昙隆"白首同居"，终焉东山，但"事异意违"，昙隆还是辞别东山而去，此后"音尘殆绝"。直到又一个暑期，谢灵运听到了昙隆染疾而卒的噩耗。谢灵运初隐始宁东山的时间不到四年，即从景平元年之秋，至元嘉三年（426）之春。昙隆在东山"再历寒暑"后离去，在又一个暑期去世，这说明至少前后有三年的时间。另外，从"此行颇实有由"之措辞分析，昙隆当卒于"辞别东山之行"后不久，而"值暑遘疾，未旬即化"之暑，显然不会在元嘉三年。由此可以推知，昙隆乃于景平元年应邀而来始宁东山，一年多以后，即元嘉元年年底前后离去，元嘉二年之夏去世。又由"六年不下岭"句意推测，昙隆出家庐山，当在义熙十三年（417）。再据"岂唯向之靡乐、判之盛年，终古恩爱于今仳别矣"句意推敲，昙隆抛妻别子、出家求道，约当而立之年，由此上推三十年，则其生年或在太元十三年（388）左右。可见，昙隆与谢灵运年岁相当。

这里有一点需要格外注意，即《昙隆法师诔序》中提到的"反山"与"成说"的问题。"反"，通"返"。"成说"，意谓约定，典出《诗·邶风·击鼓》："死生契阔，与子成说。"朱熹《诗集传》曰："成说，谓成其约誓之言。"那么，"成说"亦同于《离骚》中"初既与余成言"之"成言"。

不难推断，昙隆之所以应邀自庐山而来东山，又辞别东山而返，“乖离无象”，并非由于中间突然出现了什么变故以致不欢而散，而是因为初有约定。当然，“反山”之“成说”乃由于昙隆之动议，谢灵运则“庶白首同居”。如此“事异意违”，谢灵运不便勉强，他认为：“信顺莫归，征集何缘?”《易·系辞》曰：“天之所助者，顺也；人之所助者，信也。”所以，理当诚信不欺，随顺自然，倘此理违失，欲再相聚，岂能指望另外的机会呢？万事乃因缘和合，诸法无我，何必执着呢？随缘吧。法师返山便遘疾而化，谢灵运结论认为：“诚存亡之命也。”不过，“此行颇实有由，承凶感痛，实百常情”，谢灵运还是引咎自责：如果不是由于自己的穷折腾，法师何以会下庐山？何以山高水远往返跋涉以至于斯？很自然，闻说昙隆去世的凶讯后，谢灵运倍觉悲痛，故有诔辞曰：“永念伊人，思深情倍。俯谢常人，仰愧无待。”念，缅怀。伊人，指昙隆。谢，道歉。常人，即世人。谢灵运既哀悼法师，复愧责自己。

三、关于谢灵运、昙隆交游之往事

景平元年秋，谢灵运从永嘉辞官归隐始宁。其《初去郡》诗云：“牵丝及元兴，解龟在景平。负心二十载，于今废将迎。”《辞禄赋》曰：“自牵缀于朱丝，奄二九于斯年。”两首作品写于同一年，概括了自踏入仕途至解职归隐的一段人生经历，形容了诗人抛置官服乌纱后的兴奋与超脱心情。

谢灵运邀来昙隆以后，始宁墅的隐居生活显得富有意趣，带上了诗意化的色彩。在谢灵运所回忆的与昙隆“同幽共深”的日子里，可以看到这样一些往事。他们“相率经始”，共同营造东山的隐居环境，如谢灵运《山居赋》所云：“面南岭建经台，倚北阜筑讲堂。傍危峰立禅室，临浚流列僧房。”他们居则比屋，游则相从①，“接栋重崖，俱挹回涧”。读经则“披法

① 按，《高僧传·释僧镜传》中有谢灵运、昙隆“尝共游嵊嵊”的记载。

言而同卷”，“寻微探赜，何句不研，奚疑弗析”。游赏则“尝共游嵝嵘”，或“偕是登临，开石通涧，剔柯疏林，远眺重叠，近瞩岖嵚”。唱酬则“帙舒轴卷，藏拔纸襞，问来答往，俾日余夕”。如前所述，昙隆“少善席上”，诗书礼乐等儒家六艺无所不精，而谢灵运诗才之外，书法、绘画兼善①。所以，他们在佛教佛学方面是同道，在艺术审美方面则为同好。正所谓“迹同心欢”，“相遇之欣，实以一日为千载，犹慨恨不早”②。

谢灵运与昙隆当年“问来答往，俾日余夕”的诗赋书论，随着一千五百余年历史的流逝，已经完全流失，今人已难睹其貌。仅就诗歌创作而言，就现所见两处相关记载看，他们是有赠答唱酬的。一是谢灵运《昙隆法师诔》序文中言：“法师至止，鄙人荣役。前《诗叙》粗已记之，故不重烦。”另一是陈代文人江总的《游摄山栖霞寺并序》：“祯明元年太岁丁未四月十九日癸亥，入摄山展慧布法师，忆《谢灵运集·还故山入石壁中寻昙隆道人有诗一首十一韵》，今此拙作仍学‘康乐体’。”据《宋书·谢灵运传》记载，谢灵运初隐始宁后，“每有一诗至都邑，贵贱莫不竞写，宿昔之间，士庶皆遍，远近钦慕，名动京师。作《山居赋》并自注，以言其事。”在谢灵运一生交游的众多人物中，昙隆与谢惠连一样，应该是谢灵运所谓的契心赏心者。“昔告离之始，期生东山，没存西方”（谢灵运《山居赋》），志愿皈依佛教，期生净土，这是他们密切交游的根本思想基础。

当然，昙隆与谢灵运，一僧一俗，虽然在崇信佛教、契心佛学方面有共同之处，但两者的人生取向与旨趣未必完全一致。谢灵运在《山居赋》中这样描写昙隆的形象及自己与昙隆的相知：“苦节之僧，明发怀抱。事绝人徒，心通世表。是游是憩，倚石构草。寒暑有移，至业莫矫。观三世以其梦，抚六度以取道。乘恬知以寂泊，含和理之窈窕。指东山以冥期，实西方之潜兆。虽一日以千载，犹恨相遇之不早。”又有自注云：“谓昙隆、法流二法师也。二公辞恩爱，弃妻子，轻举入山，外缘都绝。鱼肉不入口，粪扫

① 详参姜剑云：《“独步一时”的谢灵运书画》，《文史知识》2004年第10期。

② 谢灵运：《山居赋》。

必在体。物见之绝叹，而法师处之夷然。”所谓“苦节之僧”，亦即苦行僧。从上引文字看，昙隆所修持的显然是佛教苦行中的“头陀行”。头陀，乃梵文 Dhūta 之音译，意为“抖搂”，抖搂尘垢，抖搂烦恼。据《十二头陀经》、《大乘义章》卷十五所说，“头陀行”的修持戒律有十二种：（1）着粪扫衣，即穿垃圾布缀合的僧衣。（2）着三衣，即穿三种非正色布缝制的袈裟。（3）托钵，谓常乞食。（4）不作余食，一日只有午餐一顿。（5）一坐食，谓午餐而外，不吃零食。（6）节量食，钵中只受一团饭。（7）住阿兰若，即住远离人家的空闲处。（8）冢间坐，乃坐于坟地。（9）树下坐。（10）露地坐。（11）随地坐。（12）常坐不卧。就谢灵运《山居赋》所描写的昙隆“鱼肉不入口，粪扫必在体”的日常修持看，昙隆这一“苦节之僧”，正是佛教中最彻底地实践禁欲主义的头陀僧。谢灵运的情形则大为不同。他崇信佛教，但主要的表现是“笃好佛理”，由于“心杂”，始终未能遁入空门。在修持方面，充其量他只是一个居士，并且是维摩型的居士，更不用说衣饰车马常逾礼度了。昙隆“辞恩爱，弃妻子，轻举入山，外缘都绝”，而谢灵运息心归隐之后又常常不胜孤独之忧①，难奈那颗驿动的心。以此相较，昙隆与谢灵运的“乖离”，虽说“事异意违”，但反常而合道。他们的密切交游善始善终，毕竟乃有“成说”约定在先。

顺便说一下法流和僧镜。

谢灵运的《山居赋》中除昙隆而外，还提到了法流。法流与昙隆均为头陀僧无疑，但他的生平事迹以及与谢灵运的交游情况，史料中的记载极少，我们只能依据谢灵运的有限记录去想象他是与昙隆属于同一类型的，与谢灵运有过密切交往的“苦节之僧”。其他信息，目前还所知甚少。汤用彤先生认为，此“法流”可能就是《高僧传·僧镜传》中的“道流”②。但迄

① 如《田南树园激流植援》云：“唯开蒋生径，永怀求羊踪。赏心不可忘，妙善冀能同。”又如《南楼中望所迟客》云：“路阻莫赠问，去何慰离析。搔首访行人，引领冀良觌。”又如《于南山往北山经湖中瞻眺》云：“不惜去人远，但恨莫与同。孤游非情叹，赏废理谁通。”

② 参汤用彤：《汉魏两晋南北朝佛教史》下册，中华书局 1983 年版，第 315 页。

今为止，此犹为假说，只能存疑俟考。

关于僧镜，《高僧传》卷七记载曰：“释僧镜，姓焦，本陇西人，迁居吴地。至孝过人，轻财好施。家贫母亡，太守赐钱五千，苦辞不受。乃身自负土，种植松柏，庐于墓所。泣血三年，服毕出家，住吴县华山。后入关陇，寻师受法，累载方还，停止京师，大阐经论。司空东海徐湛之重其风素，请为一门之师。后东反姑苏，复专当法匠，台寺沙门道流请停岁许。又东适上虞徐山，学徒随往百有余人。化洽三吴，声驰上国。陈郡谢灵运以德音致款。宋世祖藉其风素，敕出京师止定林下寺。频建法聚，德众云集。着《法华》、《维摩》、《泥洹》义疏并《毗昙玄论》，区别义类，有条贯焉。宋元徽中卒，春秋六十有七。”按，元徽共五年，若取其中，则僧镜卒年在元徽三年（475）左右，上推六十七年，则其生年在义熙五年（409）左右。释子年届二十方能受具足戒，由沙弥成为比丘，才谈得上有弟子跟随。如此说来，《高僧传》谓僧镜“又东适上虞徐山，学徒随往百有余人，化洽三吴，声驰上国，陈郡谢灵运以德音致款”云云，事当在谢灵运二次归隐始宁时期，即元嘉五年（428）春至元嘉八年驰赴京师日之间。所以，慧皎在《僧镜传》后紧接着说：“上虞徐山先有昙隆道人，少善席上，晚忽苦节过人。亦为谢灵运所重，常共游嶀嵊。亡后运乃诔焉。”可以看出，僧镜比谢灵运及昙隆年少二十余岁。与谢灵运的交往，昙隆及法流在前，在谢灵运初隐始宁时；僧镜在后，在谢灵运再隐始宁时。

《晋书·谢安传》曰：“（谢安）寓居会稽，与王羲之及高阳许询、桑门支遁游处，出则渔弋山水，入则言咏属文。”谢灵运与昙隆、法流等的游处，一方面显示谢灵运官场失意隐居山林后，一再重复着谢氏先祖往日的故事；另一方面，也说明玄学、佛学与山水文学之间存在着天然的、内在的不解之缘。

（原载《江西师范大学学报》2007 年第 1 期）

令狐楚生卒与里籍考

令狐楚是中唐著名诗人和散文家。《旧唐书·元稹传》盛称："宰相令狐楚，一代文宗。"即此可见其当时之文坛地位。然而，有关他的生卒与里籍问题，却时见以讹传讹者。为此，笔者特作考辨如次。

一、生卒问题

关于令狐楚的生卒，目前流行三种说法：其一是765—836，如李延沛、吴海林之《中国历史人物生卒年表》；其二是766—837，如谭正璧所编《中国文学家大辞典》；其三是766或768—837，如刘德重之《中国文学编年录》以及《中国大百科全书·中国文学》中卞孝萱所撰"令狐楚"条。到底何者为是？笔者认为第二说虽没有说明依据，但比较正确。理由如下：

据《旧唐书·令狐楚》："（开成）二年十一月，卒于镇，年七十二。"开成二年为837年，依此推算其生年为766年。但刘禹锡《唐故相国赠司空令狐公集序》则记："开成二年十一月十二日，薨于汉中官舍。享年七十。"依此上推，其生年则为768年。然令狐楚《夏至日衡阳郡斋书怀》曰："一来江城守，七见江月圆。齿发将六十，乡关越三千。"检《旧唐书》元和十五年纪："八月己亥，宣歙观察使令狐楚再贬衡州刺史。""七见江月圆"乃言至衡州已经有七月之久。而诗中所言“夏至日”依《新唐书·历志》推算为五月己酉（十四日），由此可证，这首诗作于长庆元年（821）五月。若定楚之生年为768年，则楚作此“衡阳书怀”诗时亦不过54岁，其自言“齿发将六十”，似为时过早；若定其生年为766年，则楚于56岁时自言年“将六十”似更合情理。《新唐书》本传亦谓：“（楚）上疏辞位，拜山南西道节度使。卒，年七十二。”《中国历史人物生卒年表》定楚之生年为“765（永泰元年乙巳）”，而卒为“公元836（开成元年丙辰）”。分歧的原因，大约在于《新唐书》过于简略。《新唐书》本传写道：“开成元年上巳，赐君臣宴曲江。楚以新诛大臣，暴骸未收，怨沴感结，称疾不出，乃请给衣衾棺椟，以敛刑骨，顺阳气。是时，政在宦竖，数上疏辞位，拜山南西道节度使。卒，年七十二，赠司空，谥曰‘文’。”这里叙述一气而下，似乎楚之卒亦开成元年。其实《旧唐书·令狐楚传》、《文宗纪》及刘禹锡《令狐公集序》记楚之卒皆明确写为开成二年，李、吴《年表》失考致误，而近出金开诚《历代诗文要籍详解》亦从李、吴之说，殊属以讹传讹。

至于楚“卒于镇”的具体时间亦可做出推论。《旧唐书》本传云：“（开成）二年十一月，卒于镇，年七十二。”同书《文宗纪》：“二年十一月丁丑，兴元节度使令狐楚卒。”按，“丁丑”旧为十一月十七日，但刘禹锡《令狐公集序》的记载是：“开成二年十一月十二日，薨于汉中官舍。”按，“十二日”乃“壬申”日，这大约就是令狐楚去世之日，而《旧唐书》所记之“丁丑”，应该是京都得兴元府奏报之日，非楚薨之日。

从以上考辨可证，令狐楚应生于唐代宗永泰二年即大历元年（766），卒于唐文宗开成二年（837），享年72岁。

二、里籍问题

历来有关令狐楚之里籍记述，一说是敦煌，如《唐才子传》卷五云：“楚，字殻士，敦煌人也”，《全唐文》小传亦称楚为敦煌人；一说为宜州华原，如《全唐诗》小传云：“令狐楚，字殼士，宜州华原人”，从此说者又有刘永济《唐人绝句精华》、高文等编《唐文选》、孙琴安《唐诗选本六百种提要》及《中国大百科全书·中国文学》中卞孝萱所撰“令狐楚”条。然而，以上两说都不准确：前说为盲从，盲从了刘禹锡《令狐公集序》；后说乃臆测，臆测的依据大约是新、旧《唐书》的某些词句。

唐人向来以郡望相矜，刘禹锡始终以敦煌为令狐楚之郡望，盖因令狐氏确实一度曾是“河西右族”，所以他一直呼楚为“敦煌令狐公”，以至目之为“敦煌人”，这便给后人造成了误解。

两《唐书》均不明载楚之里籍，但却颇有一些值得玩味的词句。《旧传》云：“令狐楚，字殼士，自言国初十八学士德棻之裔”。假如楚言属实，那么他也该算作宜州华原（今陕西耀县）人了，因为同书中《令狐德棻传》是这样写的：“令狐德棻，宜州华原人，隋鸿胪少卿熙之子也。先世居敦煌，代为河西右族。”然而刘昫用词并不随便，他已觉得“敦煌”对于令狐德棻已扯得太远了，那么这对令狐楚就扯得更远了。于是，在给楚立传时便以“自言国初十八学士德棻之裔”一句搪塞过去，权作对其里籍的交代。须知，着“自言”二字，乃“春秋笔法”，意即是否属实未敢妄断，不可轻易写上“敦煌”或是“宜州华原”。《新唐书》作者则不然，《令狐楚传》中连“自言”二字亦径自斫去，似乎楚即“德棻之裔”，且其为宜州华原人自当顺理成章。其实《新唐书》本身是前后矛盾的。查其《宰相世系表》可知，楚并非德棻之直系后裔。而《全唐诗》小传及今人刘永济、高文等竟据此遽下断语，称楚为“宜州华原人”，实乃牵强附会；卞孝萱先生于《中国大百科全书》中甚至谓楚为“宜州华原（今广西宜山）人”，则又何啻谬以千里哉！

不过，刘禹锡所言亦有前后矛盾之处。其《和令狐仆射相公题龙回寺》自注云：“相公家本咸阳，有乔木之息。”这一脚注不仅既推翻了“敦煌说”，又否定了“宜州华原说”；而且连谓“楚为咸阳人”（参见中国社科院文研所编《唐诗选》）之说也一并否决了。因为既言“家本咸阳”则说明至楚之时家已不在咸阳。

我们先看楚之祖、父辈的仕宦历史及姻亲关系。刘禹锡《东都留守令狐楚家庙碑》有云："祔享三室，第一室曰秦州上邽县尉讳濬，以妣太原王氏配；第二室曰绵州昌明县令赠吏部尚书讳崇亮，以妣赠太原郡夫人河东柳氏配；第三室曰太原府功曹参军赠太子太保讳丞简，以妣赠魏国太夫人富春孙氏配。"从这里我们似乎能够接受到一点信息与启示，即太原与令狐家族有着重要的血缘联系。"家于咸阳"恐还是楚之父、祖辈甚至更前的事，而后来大约就迁来了太原。

我们再看一首赠别诗。贞元七年（791），令狐楚二十六岁时进士及第，大历诗人卢纶写有《送尹枢、令狐楚及第后归觐》一诗。其云："……贡文齐受宠，献礼两承欢。鞍马并汾地，争迎陆与潘。"显然这已告诉我们，令狐楚家在太原。

卢纶诗绝非孤证。翻阅一下两《唐书》本传可知，楚擢第之后，桂管观察使王拱爱其才，"先闻奏而后致聘，楚以亲掾太原，有庭闱之恋，又感拱厚意，登第后径往桂林谢拱，不预宴游，乞归奉养，即还太原。"这是佐证之一。刘禹锡《令狐公集序》亦纪此事，且曰："居一岁，竟迫方寸而归。家在并汾间，急于禄养。捧从事檄于并州，凡更三牧。"这是佐证之二。又有铁证一件不容忽略。《全唐文》令狐楚卷载录百字短文一篇，即《盘鉴图铭记》。

其云：

> 元和十三载二月八日，予为中书舍人、翰林学士，夜直禁中，奏进旨检事，因开前库东阁。于架上阅古今撰集，凡数百家。偶于王勃集中卷末获此《鉴图并序》，爱玩久之。翌日，遂自摹写，贮于籍箧。宝历二年，乃命随军潘元敏绘于缣素，传诸好事者。太原令狐楚记。

毫无疑问，令狐楚于名字前所题署之"太原"，正是其里籍，因为楚撰此文时（公元826年）乃在汴州（今河南开封）刺史、宣武军（驻汴州）、汴、宋、亳观察等使之任上（按，楚在汴州任为824年9月至828年10月，前后整4年）。

不仅如此，如果我们要追溯一下令狐氏的祖籍的话，就更非太原莫属。查《新唐书·宰相世系表》，有这样一段文字：

> 令狐氏出自姬姓。周文王子毕公高裔孙毕万，为晋大夫，生芒季。芒季生武子魏犨。犨生颗，以获秦将杜回功，别封令狐，生文子颉，因以为氏，世居太原。

以此便知，令狐氏起自春秋时晋国，“世居太原”。又，《后汉书·冯衍传》云：“初，衍为狼孟长，以罪摧陷大姓令狐略，是时，略为司空长史。”李贤注曰：“狼孟，县名，属太原郡，故城在今并州阳曲县东北。”由此可知，令狐氏乃太原大姓，汉时实居太原郡狼孟县。而且据史载可知，自秦至汉、魏，令狐氏就一直是太原的显宦望族。如《新唐书·宰相世系表》曰：“秦有太原守五马亭侯范”；《后汉书·烈女·太原王霸妻传》云：“初，霸与同郡令狐子伯为友，后子伯为楚相，而其子为郡功曹”；《三国志·魏志·仓慈传》称：其时有“弘农太守太原令狐邵”。

可是，刘禹锡为什么一直呼楚为“敦煌令狐公”？敦煌令狐氏又来自何处？《旧唐书·令狐德棻传》为何称令狐氏“代为河西右族”？敦煌令狐氏与太原令狐氏是什么关系？

我们先看《周书·令狐整传》中有关文字：“令狐整，字延保，敦煌人也，本名延，世为西土冠冕。曾祖嗣，祖诏安，并官至郡守，咸为良二千石。父虬，早以名德著闻，仕历瓜州司马、敦煌郡守、郑州刺史、封长城县子。”“太祖常从容谓整曰：‘卿远祖立忠而去，卿今立忠而来，可谓积善余庆，世济其美者也。’整远祖汉建威将军迈，不为王莽屈，其子称避地河右。故太祖称之云。”令狐迈乃上文所提及之令狐范的十四世孙，因起兵讨伐王莽而兵败身亡，于是伯友、文公、称三个儿子“皆奔敦煌”，“称避地河右”。

现在我们再比照印证《新唐书·宰相世系表》中有关资料，理出这样一条线索，即：“令狐”本以地名为氏，起于太原，自秦至汉魏，始终是太原“大姓”望族。后来，汉建威将军令狐迈伐莽败亡，其子令狐称“避地河右”，是以令狐氏又播迁发迹于敦煌，仕郡宦州，“世为西土冠冕”，“代为河西右族”，于是，敦煌成了郡望。至唐代令狐德棻其先或已徙居宜州华原，迨令狐楚之祖崇亮或更前也许一度家于咸阳，而此后至迟在楚父承简以任太原府功曹参军之故，迁来太原，所以“家在并汾间”。而令狐氏家族播迁发展的轨迹，即：太原→敦煌→太原。至此，令狐楚的里籍为太原，当确论无疑了。

（原载《文学遗产》1996 年第 4 期）

令狐楚年谱简编

令狐楚是唐代宰相之一，曾数领诸镇节度，颇有政绩。他又是唐代著名的诗人和骈文作家，白居易一再呼为“诗敌”，刘禹锡称之为“今日文章主”，史官则谓：“宰相令狐楚，一代文宗。”（《旧唐书·元稹传》）他曾有《漆奁集》130卷，《全唐诗》录存其诗1卷近60首，《全唐文》辑存其文5卷约140篇。他不仅“夜半授衣”培育了李商隐，而且与当时诗人张籍、王建、刘禹锡、李逢吉、白居易、贾岛等广为酬唱，更以奉诏纂进《元和御览》导引一代诗风。令狐楚的文学史地位是特别的，但又是为学术界所忽略的。本《年谱》侧重于令狐楚之仕历浮沉、文学交游、作品系年诸项，受篇幅限制，且为《简编》，意在对展开令狐楚之研究有所推动。

唐代宗永泰二年/大历元年（766）　一岁

令狐楚生。楚，字殻士，太原人。

关于令狐楚之生卒和里籍，向来异说纷纭，笔者新近有所考订，详参拙文《令狐楚生卒与里籍考》。

祖崇亮，官绵州昌明县令。父承简，官太原府功曹，家世儒素。

是年杜甫居夔州。

大历五年（770）　五岁

已能为辞章。

刘禹锡《唐故相国赠司空令狐公集序》："天授神敏，性能无师始学语言，乃协宫徵，故五岁已为诗成章。"

是年岑参卒于成都；晁衡（阿倍仲麻吕）卒于长安；杜甫卒于湘江舟中。

大历七年（772）　七岁

是年元结卒；贾至卒。

大历九年（774）　九岁

是年李华卒。

唐德宗建中元年（780）　十五岁

高仲武编《中兴间气集》，选录肃宗至德初至代宗大历末26家130余首诗，并有简评。

建中四年（783）　十八岁

韦应物任滁州刺史，次年冬罢职居滁州西涧。

唐德宗贞元元年（785）　二十岁

应进士举。

《旧传》："弱冠应进士，贞元七年登第。"《礼记·曲礼上》："二十曰弱，冠。"《新唐书》本传还述及楚初入科场之波折及其高姿态："逮冠，贡进士。京兆尹将荐为第一。时许正伦轻薄士，有名长安间，能作蜚语，楚嫌其争，让而下之。"

贞元五年（789） 二十四岁

是年戴叔伦卒。

贞元七年（791） 二十六岁

进士及第，第五名。

徐松《登科记考》卷十二转录《唐才子传》卷五云：“楚……贞元七年尹枢榜进士及第。”又录《集序》：“既冠，参贡士，果有名字。时司空杜公以重德知贡举，擢居甲科。”又记：“进士三十人”，“诸科二十二人”，“知贡举，礼部侍郎杜黄裳。”计有功《唐诗纪事》卷四十二“令狐楚”条：“贞元七年，杜黄裳知举，微服访名士于尹枢。枢言子弟有崔元略，孤进有林藻、令狐楚。其年枢冠榜试《珠还合浦赋》。藻赋成，梦人谓曰：何不叙珠来去之意。既寤，改之。黄裳谓藻曰：叙珠来去，如有神助。是年楚第五，藻第十一。”

作诗《青云干吕》、赋《珠还合浦赋》。

《登科记考》卷十二：“（贞元七年）试《珠还合浦赋》（以‘不贪为宝神物自还’为韵）、《青云干吕诗》，见《文苑英华》。”

及第后由长安回家乡太原，大历诗人卢纶写诗赠别。

《登科记考》卷十二：“卢纶有《送尹枢令狐楚及第后归觐》。”诗中以“潘江陆海”比枢及楚之才学。

贞元八年（792） 二十七岁

大约于此年下半年先得王拱奏聘，再应吏部试为宏文馆校书郎，其后前往桂林谢桂管观察使王拱，满岁谢归，还太原，人皆义之。

杨巨源作《别鹤词送令狐校书至桂府》。

贞元九年（793） 二十八岁

约于下半年或再后，“乞归奉养，即还太原，人皆义之”。

梁肃卒。刘禹锡、柳宗元同榜进士及第。

贞元十一年（795） 三十岁

大约自此年五月或以后不久至元和初，为太原府李说、郑儋、严绶三帅幕从事十二年，自掌书记至节度判官。

《旧传》：“李说、严绶、郑儋（按，此处三人次序有误，儋应置于绶前）相继镇太原，高其（按，指楚）行义，皆辟为从事。自掌书记至节度使判官，历殿中侍御史。”《集序》：“捧从事檄于并州，凡更三牧。”按，李说、郑儋、严绶继领太原共十五年，自贞元十一年至元和四年。《旧唐书》德宗纪：“（贞元）十一年五月癸巳，以通王谌为河南节度使，以河东行军司马李说为河东节度使营田观察留后，北都副留守。”又《通鉴》卷二三七：“（元和四年）三月乙酉，以（严）绶为左仆射。”

楚于太原三帅府为从事，掌笺奏前后共约十二年。

晁公武《昭德先生郡斋读书志》卷十八《别集类中》：“《令狐楚表奏》十卷。右唐令狐楚字殻士撰。楚相宪宗，为文善于笺奏。自为序云：‘登科后，为桂、并四府从事，掌笺奏者十三年，始迁御史，缀其稿得一百九十三篇。’自号白云孺子”。

贞元十二年（796） 三十一岁

在太原李说幕府。撰《为太原李说尚书进白兔状》、《第二状》。

楚《为太原李说尚书进白兔状》："右臣得岚州刺史赵挺六月二十九日状称……"又《第二状》："右，贞元十二年六月，岚州刺史于州界太平乡获白兔一只，臣已并图进献……"

贞元十三年（797） 三十二岁

楚在太原李说幕府，与刘禹锡有文章往来。

刘禹锡《彭阳唱和集后引》："贞元中，予为御史，彭阳公从事于太原，以文章相往来有日矣……（开成）二年冬……果承讣书。呜呼！聆风相悦者四十年，会面交欢者十九年，以诗见投凡七十九首。"按，开成二年为八三七年，上推四十年，乃七九七年，即是说，楚与梦得始有文章往来在贞元十三年，而楚已在太原李说幕府。

贞元十四年（798） 三十三岁

楚在太原李说幕府。

卢纶卒于本年或次年。

贞元十六年（800） 三十五岁

七月，楚在李说幕府撰《白杨新庙碑》（郑造正书）

十月，李说卒，楚入儋府，为掌书记。《旧纪》："（贞元）十六年冬十月乙丑，河东节度使、检校礼部尚书、太原尹、兼御史大夫、北都留守李说卒。甲午，以河东行军司马郑儋检校工部尚书、太原尹、河东节度使。"

十一月，作《为郑儋尚书谢河东节度使表》。

白居易进士及第。

贞元十七年（801） 三十六岁

八月，郑儋卒于镇，严绶为太原尹、河东节度使；楚入绶幕。由掌书记至判官。

韩愈《唐故河东节度观察使荥阳郑公神道碑文》："(贞元）十七年……八月庚戌薨，享年六十一。"《旧纪》："(贞元）十七年八月戊午，以河东行军司马严绶检校工部尚书、兼太原尹、御史大夫、河东节度使。"

楚长于表奏，才思俊丽，颇为德宗所称；为文能感泣三军。

《新传》："德宗喜文，每省太原奏，必能辨楚所为，数称之。"《旧传》："郑儋在镇暴卒，不及处分后事，军中喧哗，将有急变。中夜，十数骑持刃迫楚至军门，诸将环之，令草遗表。楚在白刃之中，搦管即成，读示三军，无不感泣，军情乃安。自是声名益重。"

作《奏太原府资望及官吏选数状》。

贞元至元和时期，韩柳倡古文运动。

贞元十九年（803）　三十八岁

楚在太原严绶幕府。

白居易、元稹同登书判拔萃科，同授秘书省校书郎，元、白定交始此。韩愈任监察御史，与柳宗元、刘禹锡同在御史台任职。

贞元二十年（804）　三十九岁

楚继为太原严绶帅府从事。

李绅作《莺莺歌》。

唐德宗贞元二十一年/唐顺宗永贞元年（805）　四十岁

楚在太原，为严绶幕府从事。

是年正月，德宗去世，子顺宗李诵继位，王叔文集团当政，推行革新。八月，宦官俱文珍、节度使韦皋等逼顺宗让位于太子李纯，改元永贞，是为宪宗，史称"永贞内禅"。贬"二王""八司马"，"永贞革新"失败。

作《为郑尚书贺登极赦表》。

按，“郑”实应为“严”（下同，因为：一、此表乃楚代严绶而起草的贺顺宗即位大赦之作，而郑儋已于贞元十七年八月卒于任上，故此时代“郑”而作，根本不符史实；二、郑、严皆自河东行军司马升为太原尹、河东节度使，又皆为检校工部尚书，故有是误）。《为郑尚书贺登极赦表》：“伏奉二月二十四日制书，大赦天下者，霈泽自天，鸿恩匝地。”《旧纪》：“贞元二十一年正月癸巳，德宗崩。丙申，（顺宗）即位于太极殿。……二月甲子，御丹凤楼，大赦天下。”按，“二月甲子”即楚代严绶所作贺表中之“二月二十四日”。

作《为郑尚书贺册皇太子状》、《贺册太子赦表》。

代绶作《贺皇太子知军国表》、《贺皇太子知军国笺》。

作《为郑尚书贺登极表》。

十月十八日，作《沁源县琴高灵泉碑记》。

该碑记末署为：“时永贞元年孟冬月十有八日记。”

“永贞革新”失败后，柳宗元远贬永州，刘禹锡贬朗州，皆为九年。陆贽卒。

唐宪宗元和元年（806） 四十一岁

三月，仍在太原严绶幕。

撰《晋祠新松记》（佚）。

《宝刻类编》卷五：“《晋祠新松记》，令狐楚撰，元和元年三月立。太原。”

白居易、元稹退居长安，四月，同登“才识兼茂、明于体用科”。元授左拾遗，白补周至尉。

元和二年（807） 四十二岁

楚“为桂、并四府从事”毕，而“始迁御史”，并集编《令狐楚表奏》十卷。

《郡斋读书志》卷十八：“《令狐楚表奏》十卷……（楚）自为序云：‘登科后，为桂、并四府从事，掌笺奏者十三年，始迁御史，缀其稿得一百九十三篇。”令狐楚的《自序》说明了三件事。第一，楚为幕府从事“十三年”，若减去桂林之“满岁”，则在并州府为十二年。自贞元十一年（795）李说节度河东时下推十二年即为元和二年（807），或者起码该在元年（806）三月以后。第二，是年罢严绶幕从事，在御史台先后为监察御史（正八品下）、殿中侍御史（从七品下）。第三，“迁御史”后，缀编幕佐时所为章奏193篇成《令狐楚表奏》十卷，此又名《白云孺子表奏集》。

大约迁御史后不久即“丁父忧”。

吴汝煜在《唐才子传校笺》卷五“令狐楚”条中以为，楚罢严绶从事是因为“丁父忧”，但依前引《令狐楚表奏·自序》口吻看，其原因应是“迁御史”，而“丁父忧”则在其后不久。吴文治谓楚“为监察御史在元和二年罢太原幕后、元和五年为右拾遗前”，继谓元和二年“因丁父忧而罢严绶从事”。这显然是不能成立的。因为无论从《令狐楚表奏·自序》看，还是从《旧传》看，“丁父忧”总应该在“迁御史”之后。

韩愈于上年任国子监博士，本年分司东都。

元和三年（808） 四十三岁

楚在太原，丁父忧。

牛僧孺、李宗闵等应直言极谏科，指陈时政，宰相李吉甫恶之，贬主考官，抑牛僧孺等人，启“牛李党争”之端。

元和四年（809） 四十四岁

楚在太原，丁父忧。大约年底前已“免丧，征拜右拾遗，改太常博士”。

有《残句》诗：“何日居三署？终年尾百僚。”

按，此《残句》诗依陶敏《〈全唐诗〉李逢吉令狐楚卷整理刍议》中考证系年。

太原尹、河东节度使严绶为左仆射。其为太原府帅计八年。元和年间，元、白标举“美刺比兴”，倡导“新乐府运动”。

元和五年（810） 四十五岁

楚在长安，或已由太常博士转为礼部员外郎。

依据有二。一，唐代尚书省郎官有轮流当值制度。《全唐诗》卷四七三载录李逢吉《和严揆省中宿斋遇令狐员外当直之作》一诗，诗题中“揆”为尚书省仆射之习称，此指令狐楚的老上级严绶。元和四年（809），绶为右仆射，六年（811）三月节度荆南，为江陵尹。“令狐员外”即礼部员外郎令狐楚。诗中“位极班行犹念旧，名题章奏亦从公”两句，正说明了他们的今昔情谊。即此而言，至迟在元和六年三月以前，令狐楚已是礼外了；二，令狐楚有《省中直夜对雪寄李师素侍郎》一诗，陶敏《刍议》中以为作于元和六年春或五年冬，其实从诗中“密雪纷初降”、“寒知度塞来”等句意看，所描写者当为寒冬雪景无疑。由此可证，楚为礼外应在今年冬以前。

李贺避父讳未能应进士试，任奉礼郎，此后住长安三年。

元和六年（811） 四十六岁

楚在长安，为礼部员外郎。

是春，有诗《南宫夜直宿见李给事封题其所下制敕知奏直在东省因以诗寄》。

李给事，指李逢吉，元和六年迁给事中。诗云：“青编书白雀，黄纸降苍龙。”自注云：“其日敕：州奏白雀，宜付史馆。”《新唐书·百官志一》：礼部郎官职“掌祥瑞”。又诗云：“玉树春枝动”，故诗为是年春作。

元和七年（812） 四十七岁

丁母忧去官。

《旧传》：“母忧去官，服阕，以刑部员外郎转职方员外郎、知制诰。”《旧唐书·宪宗纪》：“（元和）九年（814）十月甲寅，以刑部员外郎令狐楚为职方员外郎、知制诰。”依此推论，楚丁母忧在今年。

撰书《唐赠司空令狐承简碑》（佚）

《宝刻丛编》卷八《京兆府万年县》引《京兆金石录》云：“《唐赠司空令狐承简碑》，子楚撰并书，元和七年。”即此可知，楚父葬于元和七年，同时楚又丁母忧，而其父母亦当祔葬于此时。

元和八年（813） 四十八岁

丁母忧。

元和九年（814） 四十九岁

服阕，除刑部员外郎，相礼阙官，以本官摄博士，有诗《立秋日悲怀》。据诗意，此题为服阙后作。

十月十一日，以刑部员外郎为职方员外郎知制诰，十一月二十五日，为翰林学士。楚入翰林乃由皇甫镈之荐。

《旧传》:“楚与皇甫镈、萧俛同年登进士第。元和九年，镈初以财赋得幸，荐俛、楚俱入翰林，充学士，迁职方郎中、中书舍人，皆居内职。”

孟郊卒。

元和十年（815） 五十岁

在尚书省兵部职方司，知制诰，为翰林学士。

宰相武元衡因力主削藩，于六月被平卢节度使李师道派人刺死。白居易以左赞善大夫率先上疏请捕刺客，以越职言事贬江州司马。是年，柳宗元、刘禹锡召回长安后，分别改贬柳州、连州刺史。宪宗改任裴度为相，继续讨伐淮西。

元和十一年（816） 五十一岁

在兵部职方司，知制诰，为翰林学士。

李贺卒。

元和十二年（817） 五十二岁

二月，以职方郎中知制诰、翰林学士充承旨学士；三月，迁中书舍人；八月，出守本官。

三月至七月间，奉敕编成《御览诗》。

《御览诗》题署为：翰林学士、朝议郎、守中书舍人、赐紫令狐楚奉敕纂进。

按，楚三月迁中书舍人，八月罢学士，出翰林院，当不得仍自呼“翰林学士”。

十一月，撰《太仆寺丞李咏墓志》（佚）。

《宝刻丛编》卷二十引《金石录》："《太仆寺丞李咏墓志》，令狐楚撰，段全纬书，元和十二年十一月。"

七月，韩愈以太子右庶子兼御史中丞从裴度出征；十月，李愬雪夜袭蔡州，擒吴元济，淮西平。愈作《平淮西碑》。十二月，以右庶子为刑部郎中。

元和十三年（818） 五十三岁

四月，出为华州（今陕西华县）刺史，兼御史中丞。其后，帝常思楚之才。

《新传》："俄出为华州刺史。后它学士比比宣事不切旨，帝抵其草，思楚之才。"

八月，作《送周先生住山记》。

十一月，授朝议郎、御史大夫，为怀州（今河南沁阳）刺史，充河阳三城、怀州、孟州节度使。

十二月，到怀州任，作《河阳节度使谢上表》。

权德舆卒。

元和十四年（819） 五十四岁

七月，授朝议大夫，入为中书侍郎、同中书门下平章事，与皇甫镈同处台衡。

楚得览元稹所献诗文，深为称赏，以之为当代之"鲍、谢"。

元稹《上令狐相公诗启》云："曾不知好事者抉摘刍芜，尘渎尊重。窃承相公特于廊庙间道稹诗句，昨又面奉教约，令献旧文，战汗悚踊，惭忝无地。……始闻相公记忆，累旬以来，实虑粪土之墙，庇之以大厦，使不复破坏，永为板筑者之误。辄写古体歌诗一百首，百韵至两韵律诗一百首，为五卷，奉启跪陈。或希构厦之余，一赐观览，知小生于章句中栾栌榱桷之材，尽曾量度，则十余年之邅回，不为无用矣。”

是年正月，韩愈上《论佛骨表》，触怒宪宗，被贬潮州。柳宗元卒。张仲素卒。

元和十五年（820） 五十五岁

正月，宪宗为宦官陈弘志等所杀，子穆宗李恒即位。楚转门下侍郎、平章事，诏为山陵（按，即宪宗景陵）使。

五月，葬宪宗于景陵，楚撰《唐宪宗章武皇帝哀册文》、《进〈宪宗哀册文〉状》。

《旧传》：“有文集一百卷，行于时。所撰《宪宗哀册文》，辞情典郁，为文士所重。”刘禹锡将此篇编于《漆奁集》之首。按，楚有文集《漆奁集》，实一百三十卷。参拙文《令狐楚作品传流与散佚考述》。

秋，作《进张祜诗册表》。

七月，出为宣州（今安徽宣城）刺史、宣歙观察使，兼御史大夫。

《旧纪》：“楚为山陵使，纵吏于翚刻下，不给工徒价钱，积留钱十五万贯，为羡余以献，故及于贬。”

是月，作《谢除宣歙观察使表》。

八月，再贬衡州（今湖南衡阳）刺史，元稹“素恶楚”，草楚衡州制，措辞严厉，楚于是“深恨稹”。

《册府元龟》卷九二〇《总录部·仇怨》："先是，元稹为山陵使判官。稹以他事求知制诰，事欲就，求楚荐之，以掩其迹。楚不应。稹既得志，深憾焉。楚之再出，稹颇有力，复于诏中发楚在翰林及河阳旧事，以诋訾之。"

七月二十七日出长安，经洛阳与刘禹锡会。

九月十五日，于宣州接衡州制，复驰驿发遣，远谪衡州，次年（长庆元年）正月十二日到任。

大约年底前后到达潭州（今湖南长沙），作诗《发潭州寄李宁常侍》。

按"寧"乃"益"之误，字形似易讹。李益有《述怀寄衡州令狐相公》，楚、益二诗为赠、酬之作。

唐穆宗长庆元年（821）　五十六岁

正月十二日到达衡州，作《衡州刺史谢上表》。

四月，量移郢州（今湖北京山）刺史。

五月，仍在衡州任，作《夏至日衡阳郡斋书怀》。

其秋，楚已在郢州，作诗《秋怀寄钱侍郎》。另《立秋日》之作，据诗意亦当写于此际。

是年冬，以太子宾客分司东都。

刘禹锡本年冬授夔州刺史，由洛阳经鄂州，与赴东都的令狐楚聚会，次年初到任。楚之到达东都也该在岁末年初。

十一月（闰十月），以太子宾客为陕虢观察使，然至陕州（今河南三门峡西）视事仅一日，复为宾客，罢还东都。

七月，白居易自中书舍人为杭州刺史，宣武军乱，汴路不通，取襄汉路赴任，十月一日抵任。

长庆三年（823） 五十八岁

仍以太子宾客分司东都。

长庆四年（824） 五十九岁

正月，穆宗去世，子敬宗李湛立。逢吉逐李绅，三月，用楚为河南尹、兼御史大夫。

九月，检校礼部尚书、为汴州（今河南开封）刺史、宣武军节度（驻节汴州）、汴、宋、亳观察等使，汴州“军民咸悦”。

楚曾写有《到镇改月偶书》（佚）一诗。

按，刘禹锡《和汴州令狐相公到镇改月偶书所怀》、白居易《奉和汴州令狐相公二十二韵（同用“淹”字）》皆为和作，今存。白诗自注：“相府领镇隔年，居易方到。”刘诗作于长庆四年冬和州任上，白诗作于宝历元年四月由洛阳赴苏州经汴州之时。

元稹长庆二年一度拜相，本年在浙东观察使、越州刺史任上。杨巨源辞官归里。是年八月，刘禹锡调任和州刺史。年底，韩愈卒于吏部侍郎任上。

唐敬宗宝历元年（825） 六十岁

在军事重镇汴州宣武军节度等任上，直至大和二年十月，共四年。

是年，刘禹锡写有《客有话汴州新政书事寄令狐相公》。

白居易为苏州刺史。

宝历二年（826） 六十一岁

在汴州宣武军节度等任上。

约四月以后，作七律诗《节度宣武酬乐天梦得》。

诗云：“蓬莱仙监（乐天）客曹郎（刘为主客），曾枉高车客大梁。见拥旌旄治军旅，知亲笔砚事文章。愁看柳色悬离恨，忆递花枝助酒狂。洛下相逢肯相寄，南金璀错玉凄凉。”按，括号中字为令狐楚自注。

刘禹锡有诗《洛中逢白监，同话游梁之乐，因寄宣武令狐相公》："曾经谢病各游梁，今日相逢忆孝王。少有一身兼将相，更能四面占文章。开颜坐上催飞盏，回首庭中看舞枪。借问风前兼月下，不知何客对胡床。"白居易有诗《早春同刘郎中寄宣武令狐相公》："梁园不到一年强，遥想清吟对绿觞。更有何人能饮酌，新添几卷好文章。马头拂柳时回辔，豹尾穿花暂亚枪。谁引相公开口笑，不逢白监与刘郎。"

五月，刘禹锡为撰《汴州刺史厅壁记》，颂楚汴州教化之政绩。是年刘禹锡为东都尚书省主客郎中。

大和二年（828）　六十三岁

十月，征为户部尚书。

刘禹锡入长安为主客郎中、集贤殿学士。杜牧进士及第。

大和三年（828）　六十四岁

三月，检校兵部尚书、东都留守、东畿汝都防御使。

作《赴东都别牡丹》，诗云："十年不见小庭花，紫萼临开又别家。上观出门回首望，何时更得到京华。"

按，据岑仲勉称："考《长安志》七，朱雀门东第一街开化坊有尚书左仆射令狐楚宅"。又按，自元和十五年（820）七月楚贬出长安为宣州刺史至大和三年三月别西都赴东都，此间恰有十年。

刘禹锡有《和令狐相公别牡丹》诗云："平章宅里一栏花，临到开时不在家。莫道两京非远别，春明门外即天涯。"

按，春明门为长安外郭城东面三门之中门。

十二月，进位检校右仆射，为郓州（今山东东平西北）刺史、天平军节度使（驻节郓州）、郓、曹、濮观察等使。至而均富赡贫，使无流亡。

邀李商隐入其幕。商隐作有《随师东》等。

李商隐从大和三年到开成二年（837），九年之中曾三居楚幕而得其知遇。大和四年，李商隐十八岁时曾写诗《天平公座中呈令狐公》反映其幕中生活。

李益卒。

大和四年（830）　六十五岁

在郓州天平军节度等任上，饶有治绩。

诗《坐中闻思帝乡有感》约作于是年或次年。

十二月，白居易由太子宾客分司河南尹。

大和五年（831）　六十六岁

在郓州天平军节度等任上。按，七月以前已封彭城县公，具体时间俟考。

七月，作《刻苏公太守二文记》。

作有诗《寄礼部刘郎中》。刘禹锡有《酬令狐相公见寄》。白居易有《和令狐相公寄刘郎中兼见示长句》。

白诗有云："碧幢千里空移镇，赤笔三年未转官……酒军诗敌如相遇，临老犹能一据鞍。"按，"碧幢"句指楚自东都留守节度天平军；"赤笔"句指梦得自大和三年至五年为礼部郎中。大和五年十月，刘已出为苏州刺史，经洛阳与白居易盘桓半月，酬唱宴游甚欢。故此，上述三首唱和诗皆应作于今年十月以前。

四月，刘禹锡为撰《天平军节度使厅壁记》，颂楚政绩。

七月，元稹卒于武昌军节度使任上。八月，李逢吉检校司徒，兼太子太师，充东都留守。

大和六年（832）　六十七岁

二月，以天平军节度检校右仆射，改太原尹、北都留守、河东节度使，

"邑老欢迎"，"军民胥悦"。

> 《旧传》："楚久在并州，练其风俗，因人所利而利之，虽属岁旱，人无转徙。楚始自书生，随计成名，皆在太原，实如故里。及是秉旄作镇，邑老欢迎。楚绥抚有方，军民胥悦。"

其秋，作《游晋祠上李逢吉相公》。

是年，李商隐二十岁，随楚为太原幕府从事。楚为置行装，使其应举。然为考官贾餗所憎，下第。复归太原幕府，直到次年六月，楚征为吏部尚书，商隐方回郑州家中。

大和七年（833） 六十八岁

二月，楚在太原，梦得在苏州。刘始编其与楚前之赠答诗百余篇为《彭阳唱和集》，并作有《彭阳唱和集引》；开成二年，令狐楚去世后，刘禹锡又将大和七年二月以后其与楚之赠答诗什编为第三卷，并作《彭阳唱和集后引》。

> 《彭阳唱和集引》云："虽穷达异趣，而音英同域，故相遇甚欢。其会面必抒怀，其离居必寄兴。重酬累赠，体备今古，好事者多传布之……于是辑缀，凡百有余篇，以《彭阳唱和集》为目，勒成两轴。尔后继赋，附于左方。大和七年二月五日，中山刘禹锡述。"又，《彭阳唱和集后引》："……居数日，果承讣书。呜乎！聆风相悦者四十年，会面交欢者十九年，以诗见投凡七十九首。勒成三卷，以副平生之言。"按，有关此二人合集之存佚情况可参拙文《令狐楚作品传流与散佚考述》。

六月，入为吏部尚书，仍检校尚书右仆射。

李商隐因楚入长安而回到郑州家中。杜牧赴扬州，入淮南节度使牛僧孺幕府。

大和八年（834） 六十九岁

在长安，检校右仆射，为吏部尚书。五月，以吏部尚书摄太尉。

是年三月，裴度充东都留守，守司徒、兼侍中；东都留守李逢吉检校司徒，兼右仆射，十二月，以尚书左仆射、守司徒致仕。

大和九年（835） 七十岁

正月，李逢吉去世，楚有诗《李相薨后题〈断金集〉》。

按，《断金集》为令狐楚与李逢吉的唱和诗集，有关考证参拙文《令狐楚作品传流与散佚考述》。

六月，转太常卿；十月，为左仆射，封彭阳郡开国公。

十一月二十一日，文宗与李训、郑注等谋诛宦党，失败；宦官大杀朝臣。此乃“甘露之变”。是日之夜，文宗召左仆射令狐楚、右仆射郑覃禁中议制，且欲用以为相。然楚对宦官滥杀朝臣深为不满，故得罪仇士良，相印移于李石。楚乃以本官领盐铁转运等使。

十二月，上《请罢榷茶使奏》；奏停方镇节度使等以兵仗入省参辞，皆从之。奏请罢修曲江亭，亦从之。

杜牧入朝任监察御史，称病分司东都。王涯、舒元舆、卢仝罹难“甘露之变”。姚合编《极玄集》，收王维等二十一家诗，共一百首。

唐文宗开成元年（836） 七十一岁

三月上巳日，曲江赐宴群臣，楚以新诛大臣不宜赏宴，独称疾不赴。

四月，不与宦党为伍，累疏辞位；检校左仆射、为兴元府（今陕西汉中）尹、山南西道节度使（驻节兴元府）。

开成二年（837） 七十二岁

二月，楚在兴元府；梦得为作《山南西道节度使厅壁记》，颂楚政绩。

其春，作《春思寄梦得乐天》。其时，刘禹锡、白居易皆在洛阳。梦得有诗《令狐相公春思见寄》。

其秋，楚病，李商隐、刘蕡皆在其幕。

十一月十一日，作《遗疏》，嘱勿私谥隆葬。

《新传》："自力为奏谢天子，召门人李商隐曰：'吾气魄且尽，可助我成之。'"按，楚《遗疏》见于《旧传》及《全唐文》令狐楚卷之三。

十一月十二日，卒于镇，年七十二，谥号曰"文"。

十二月，李商隐送楚丧返长安，作有《行次西郊作一百韵》、《奠相国令狐公文》等诗文。

（原载《山西大学学报》1999年第3期，有改动）

令狐楚作品传流及散佚考述

令狐楚（766—837），字殻士，太原人，唐贞元七年（791）进士，宪宗时官至宰相，后又节度天平、河东诸镇，是中唐著名的诗人和散文家。同时人白居易尝一再呼为“诗敌”①，刘禹锡目之为“今日文章主”②，而《旧唐书·元稹传》则更称之为“一代文宗”，由此可见其当时文坛之地位。那么他到底曾有过哪些诗、文创作呢？

综括《新唐书·艺文志》、《宋书·艺文志》、《郡斋读书志》、《直斋书录解题》等唐以后诸家公私书目的记载，令狐楚诗文创作的结集（包括与他人唱酬的合集）总共有以下十数种：1.《漆奁集》一百三十卷；2.《元和辨谤略》十卷；3.《梁苑文类》三卷；4.《表奏集》十卷；5.《纂杂诗》一卷；6.《断金集》一卷；7.《彭阳唱和集》三卷；8.《歌诗》一卷；9.《洛中集》；10.《广宣与令狐楚唱和》一卷；11.《三舍人集》一卷。然而历代书目对此记述不一，因此很有必要对其存、佚情况作一一考辨。

一、《漆奁集》，是令狐楚创作的一大总集，乃楚逝后刘禹锡应其子之请编次而成。梦得又有《唐故相国赠司空令狐公集序》③ 一文，其中有云：

---

① 《和令狐相公寄刘郎中兼见示长句》，《全唐诗》卷四五〇。

② 《酬令狐相公早秋见寄》，《全唐诗》卷三五八。

③ 《全唐文》卷六〇五。

“既免丧，嗣子左补阙（令狐）绹，集公之文，成一百三十卷，因长子太子左谕德宏分司东都，负其笥来谒。泣曰：‘先赠司空与丈人为显交，撤悬之前五日，所赋诗寄友，非他人也，今手泽尚存。’言之呜咽长号，予为之恸，收泪而视，分当编次之。……公为宰相，奉诏撰《宪宗圣神章武孝皇帝哀册文》，时称乾陵崔文公之比，今考之而信，故以为首冠，尊重事也。其它各以类聚著于篇。”《漆奁集》，初见录于《新唐书》卷六〇《艺文志》四：“令狐楚《漆奁集》一百三十卷。”元人辛文房《唐才子传》卷五“令狐楚”条亦称“有《漆奁集》一百三十卷行于世”。但辛氏当时未必真的见有该书传本，因为在他以前的《直斋书录解题》、《郡斋读书志》及在他以后的各种书目均已不见有关著录。《漆奁集》虽已不存，但从上述刘禹锡《令狐公集序》所贮存的信息看，该集当初的体制规模总算还能知道一二。

二、《元和辨谤略》乃奉诏编进。《册府元龟》卷六〇七载：“令狐楚为翰林学士，宪宗以自古贤臣多受谗谤，以至危亡，因诏楚纂集历代名臣受谤者为十卷，名为《元和辨谤略》，书成，帝嘉其该博。”但该书之撰非楚一人之力，而且前后颇有一番演进过程。《旧唐书·唐次传》云：“（次）乃采自古忠臣贤士遭罹谗谤放逐，遂至杀身，而君尤不悟，其书三篇，谓之《辨谤略》。上之，德宗省之……宪宗即位……尝阅书禁中，得次所上书三篇，览而善之，谓学士沈传师曰‘唐次所集《辨谤》之书，实君人者时宜观览，朕思古书中多有此事，次编录未尽，卿家传史学，可与学士类例广之。’传师奉诏，与令狐楚、杜元颖等分功修续，广为十卷，号《元和辨谤略》。其序曰……乃诏掌文之臣令狐楚等，上自周汉，下自隋朝……编次指明，勒成十卷。”又，《直斋书录解题》卷五云：“《太和辨谤略》三卷，唐宰相李德裕撰。初宪宗命令狐楚等为《元和辨谤略》十卷，录周、秦、汉、魏迄隋忠贤罹谤事迹，德裕等删其繁芜，益以唐事，裁成三卷，大和中上之，集贤学士裴潾为之序。元和书今不存，《邯郸书目》亦止有前五卷。”显然，“元和书”指令狐楚等撰进之《元和辨谤略》，此书到宋时便已散佚不存了。

三、《梁苑文类》，著录于《新唐书·艺文志》。“梁苑”，又称梁园、竹园，为汉梁孝王所修宫苑，在今开封东南。公元824年9月至828年10月，令狐楚曾为汴州（今河南开封）刺史、宣武军节度（驻汴州）、卞、宋、亳观察等使，前后整四年。《梁苑文类》当即令狐此间所撰。该书在《宋史》卷二〇八《艺文志》中仍有著录：“令狐楚《梁苑文类》三卷”。可见《梁苑文类》的亡佚是在元代以后。

四、《表奏集》，一作《令狐楚表奏》，又作《白云孺子表奏集》。《新唐书·艺文志》：“令狐楚……《表奏集》十卷（自称《白云孺子表奏集》）。”又，《郡斋读书志》卷十八云：“《令狐楚表奏》十卷。右唐令狐楚字壳士撰。楚相宪宗，为文善于牋奏。自为序云：‘登科后，为桂、并四府从事，掌笺奏者十三年，始迁御史，缀其稿得一百九十三篇（按《文献通考》卷二四七引作一百六十三篇）。’自号白云孺子。”《直斋书录解题》卷二二有云：“《令狐公表奏》十卷。唐宰相华原令狐壳士撰。楚长于应用，尝以授李商隐。”据《宋史·艺文志》所述之“令狐楚《表奏》十卷”推断，该集直至元代尚有流传。此书今已不存，但《文苑英华》、《全唐文》中尚有部分存录。

五、《纂杂诗》。《宋史》卷二〇九《艺文志》谓该书为一卷。但除此而外的此前或其后的各种公私书目尚未有同样著录，亦未见任何传本。是书为何书，当俟进一步考证。

六、《断金集》。首见著录于《新唐书·艺文志》，其云：“《断金集》一卷，李逢吉、令狐楚唱和。”《崇文总目》、《通志》、《宋史·艺文志》皆有相同记载。但《文献通考》卷二四八则云：“晁氏曰：唐令狐楚、韩琪与李逢吉自为进士以至宦达所与酬唱诗什，开成初裴夷直序之。”依此看，《断金集》作者应该是三个人。对此，陈振孙《直斋书录解题》卷十五表示过怀疑：“《断金集》一卷，唐令狐楚、李逢吉自进士以至宦达所与酬唱之诗，开成初，裴夷直为之序。案晁公武读书志作令狐楚、韩琪、李逢吉所与酬唱诗什，而唐志亦止载楚与逢吉，不著韩琪姓氏。”然而，查《郡斋读书志》，可以看到其中两次提到《断金集》。一在卷四中：“《断金集》一卷。右唐李逢吉、令狐楚自未第至贵显所唱和诗也。后逢吉卒，楚编次之，得六十余篇。裴夷直名曰《断金集》，为之序。”一在卷四下下：“《断金集》一卷。右唐令狐楚辑其与李逢吉酬唱诗什。开成初裴夷直序之。”之所以冒出一个第三者“韩琪”，大约是因为某些版本刻印过程中由于字形相近的缘故，将“辑其”演误成“韩琪”，于是马端临误引失考。其实，《断金集》之取名不是没有来历的。《周易·系辞上》曰：“二人同心，其利断金。”孔颖达疏曰：“二人同心其利断金者，二人若同齐其心，其鑯利能断截于金，金是坚刚之物，能断而截之，盛言利之甚也，此谓二人心行同也。”令狐楚与李逢吉乃至爱亲朋，其唱和诗什以“断金”这样一个咏赞二人至交厚谊的典故名集，实在是再恰当不过了。马氏考据之功堪称精深，然竟疏忽于此，惜哉。事实上，关于《断金集》，计有功《唐诗纪事》有较为详尽的记述。其卷四十七“李逢吉”条云：“逢吉与令狐楚有唱和诗，曰《断金集》。裴夷直为之序，云：二相未遇时，每有所作，必惊流辈。不数年，遂压秉笔之士。及入官登朝，益复隆高，我不求异，他人自远。逢吉卒，楚有《题〈断金集〉诗》云：‘一览《断金集》，载悲埋玉人。牙弦千古绝，珠泪万行新。’”不过，据胡应麟《诗薮·外编》卷三称：“唐人唱和寄赠，往往类集成编，然今传世绝少，以未经刊落，故尤难远，姑记其目于右：令狐楚《断金集》一卷、《元白唱和集》一卷……今惟《松陵》行世，余悉不存。”这就是说，《断金集》在明代即已失传。

七、《彭阳唱和集》。这是令狐楚与刘禹锡的酬唱集。此集为刘禹锡分两次编成，并分别作有：《彭阳唱和集引》和《彭阳唱和集后引》。依据这两篇叙引可以知道，令狐楚与刘禹锡的唱酬诗什都收录在《彭阳唱和集》中。他们交往长达四十载，彼此间情谊笃厚，唱酬诗篇以百数计，其中楚诗七十九首。初编之《彭阳唱和集》为两卷，编次于大和七年（833）二月。

其《彭阳唱和集引》[1] 历叙了他们的志趣及编集的缘由："丞相彭阳公，始由贡士，以文章为羽翼，怒飞于冥冥。及贵为元老，以篇咏佐琴壶，取适乎闲宴，锵然如朱弦玉磬。故名闻于世间。鄙人少时，亦尝以词艺梯而航之，中途见险，流落不试，而胸中之气，伊郁蜿蜒，泄为章句，以遣愁沮，凄然如燋桐孤竹，亦名闻于世间。虽穷达异趣，而音英同域，故相遇甚欢。其会面必抒怀，其离居必寄兴。重酬累赠，体备今古，好事者多传布之。今年公在并州，余守吴门，相去迥远，而音徽如近。且有书来抵曰：'三川守白君，编录与吾子赠答，缄缥囊以遗余。白君为词以冠其前，号曰《刘白集》。悠悠思与所赋，亦盈于巾箱，盍次第之，以塞三川之请?'于是缉缀，凡百有余篇，以《彭阳唱和集》为目，勒成两轴，尔后继赋，附于左方。太和七年二月五日，中山刘禹锡述。"后编《彭阳唱和集》为增补，共三卷，时楚已逝。其《彭阳唱和集后引》[2] 曰："贞元中，予为御史，彭阳公从事于太原，以文章相往来有日矣。无何，予受谴南迁，十余年间，公登用至宰相。出为衡州，方获会面。输写蕴积，相视泫然。尔后或杂赋诗赠答，编成两轴。大和五年，余领吴郡，公镇太原，常发函寓书，必有章句，络绎于数千里内，无旷旬时。八年，公为吏部尚书，予牧临汝，有诗叹七年之别，署其后云：'集卷自此为第三。'未几，予转左冯，公登左揆，每悔近而不见，形于咏言。开成元年，公镇南梁，予以太子宾客分司东都。新韵继至，率云三轴成矣。二年冬，忽寄一章，词调凄切，似有永诀之旨，伸纸悸叹。居数日，果承讣书。呜呼，聆风相悦者四十年，会面交欢者十九年，以诗见投凡七十九首。勒成三卷，以副平生之言。"刘氏这两篇序引对了解中唐令狐楚及刘禹锡这两位颇有影响的文坛人物的生平经历、交游趣尚及创作倾向都极有参考价值。只可惜《彭阳唱和集》在宋代就已零落不全，留存于《全唐诗》的令狐楚诗作总共才五十九首，还不及他投赠梦得的七十九

① 《全唐文》卷六〇五。
② 《全唐文》卷六〇五。

首之数。卞孝萱先生于《令狐楚、刘禹锡〈彭阳唱和集〉复原》[1] 中所列楚诗亦只五十八首，仅占实数的四分之三，其中还包括卞先生的某些推测以及一些存目。览其总貌既不可得，唯有管中窥豹而已矣。

八、《歌诗》。仅见录于元人所编《宋史》。其书卷二〇八《艺文志》七称：令狐楚“《歌诗》一卷”，但其体制篇目，尚不得而知，俟再考之。

九、《洛中集》。始见著录于《新唐书·艺文志》：“《元白继和集》一卷，元稹、白居易……《洛中集》七卷、《彭阳唱和集》三卷，令狐楚、刘禹锡。”《宋史·艺文志》则较为含糊：“刘禹锡《彭阳唱和集》二卷、《彭阳唱和后集》一卷，《汝洛唱和集》三卷，《吴蜀集》一卷……《洛中集》一卷。”可是明人胡震亨则呼名道姓，指称得更为具体了。其《唐音癸签》卷三十云：“《洛中集》，令狐楚、刘禹锡唱和，一卷。”然而宋计有功谈论刘锡禹时却根本没有提到《洛中集》，其《唐诗纪事》卷三十九“刘禹锡”条曰：“禹锡与乐天唱和号《刘白唱和集》；与裴度唱和号《汝洛集》；与令狐楚唱和号《彭阳唱和集》；与李德裕唱和号《吴蜀集》。”计氏所开列的这张清单已够周到细致了，即使没有忘记令狐楚，但他也没有无中生有，再捏造一个《洛中集》。再者，自大和七年之后，令狐楚由太原入长安为吏部尚书、左仆射，复出为兴元府（今陕西汉中）尹、山南西道节度使，直至逝去，这期间与刘禹锡并无“洛中”之游，其酬唱诗什若以“洛中”名集，也实在名不副实。更何况刘禹锡《彭阳唱和集后引》已交代得清清楚楚了：“呜呼！聆风相悦者四十年，会面交欢者十九年，以诗见投凡七十九首，勒成三卷，以副平生之言。”所“勒成三卷”亦即《彭阳唱和集》三卷。毫无疑问，令狐楚、刘禹锡别无什么《洛中集》。胡震亨是了不起的一位唐诗学专家，却也承误未悟，疏于详考，这可就是他的不是了。

十、《僧广宣与令狐楚唱和》一卷。《新唐书·艺文志》初见著录。广宣，廖姓，蜀中人，元和、长庆两朝为内供奉，赐居安国寺红楼院，与当时

---

① 卞孝萱：《唐代文史论丛》，山西人民出版社 1986 年版。

名诗人李益、郑姻、王起、刘禹锡、韩愈、白居易等时有唱和。但《全唐诗》令狐楚诗卷及广宣诗卷中已不见广宣与令狐楚相互赠答的诗作，《唐诗纪事》中也未有抄存。可见，《僧广宣与令狐楚唱和诗》一卷，或许于宋代便已流失，而《唐音癸签》卷三十之有关著录，亦不过存其目而已。

十一、《三舍人集》。不知为何人编录，亦不见述于唐以后诸家书目，唯有宋代计有功算有心人。《唐诗纪事》卷四十二“张仲素”条云：“右王涯、令狐楚、张仲素五言、七言绝句共作一集，号《三舍人集》，今尽录于此。”王涯，元和七年，改兵部员外郎、知制诰，元和九年，正拜中书舍人为皇太子诸王侍读①，令狐楚，元和十二年三月迁中书舍人兼翰林学士，八月四日出院，守中书舍人②，张仲素，元和十四年三月迁中书舍人③。斯者合称“三舍人”，故而以此名集。这是唯一幸存的令狐楚创作的结集，虽只是一个合集，但毕竟集中保存了令狐楚的一部分诗作（录存楚诗近三十首，占其现存诗之一半）。近承陶敏先生函教得悉，复旦陈尚君先生尝言及上海馆藏之《三舍人集》的传世单行本。笔者虽未及寓目，但不禁闻之起舞。这对我们今天了解和研究令狐楚的诗歌创作是极有价值的。

综上所述，史载有关令狐楚诗文创作的十一种结集（包括合集），除仅存《三舍人集》而《洛中集》为子虚乌有之外，其余九种都已先后散失不传了。《全唐文》今存令狐楚文五卷约一百四十篇，《全唐诗》编其诗一卷近六十首。这比起当初《漆奁集》之浩浩乎一百三十卷（这恰好是韩愈、柳宗元、刘禹锡、杜牧诗文兼擅之四大家各自别集卷帙数的总和）来，简直太微乎其微了。这对我们全面探究令狐楚当时诗文创作的真实风貌、确定其文坛地位确实有相当大的制约作用。但从以上考述中我们又看到，令狐楚的散文形式多样，诗歌唱酬甚广，创作量巨大，堪称一个多产作家，而当日乐天、梦得及史家政书的称扬美赞亦非过誉之辞。换言之，正确评价一位古

① 《旧唐书·王涯传》及《旧唐书·宪宗纪下》。

② 参见（唐）元稹：《翰林承旨学士壁记》。

③ 参见（唐）元稹：《翰林承旨学士壁记》。

代作家，除了主要着眼于他创作的现存“文本”之外，我们还必须“知人论世”，了解他创作的“过去”！

（原载《晋阳学刊》1992年第2期，《中国古代近代文学研究》1992年第5期全文转载，有改动）

马定国仕履与交游考论

马定国是由宋入金的诗人，也是金源“借才异代”时期的诗人。在金代文学发展史上，马定国的意义是不能仅限于他个人一己之创作的视点上的，他的特殊意义在于他是金初“宋耆旧”（仕金宋儒）诗人群中的一员，而他又与他的“师友六人”形成了又一个诗人群。这种情景犹如众行星之与太阳进而太阳之与银河的关系，亦即太阳系和银河系的关系。自然，许多个“类银河系”又有其之与宇宙的奇妙关系。由宇宙的天文情景可让我们在抽象的逻辑思考中引进辩证思维，并通过辩证思维去进一步分析、推断金代诗国的人文情景和诗人群落的特征，从而最终把握金元文学发展的脉络、状态与规律。显然，充分而深入地研究马定国，自有其不可或缺的学术意义。本文试图就马定国之仕履与交游两个方面做些考论，不足之处还请方家教正。

一、关于仕履

马定国字子卿，自号“荠堂先生”，博州茌平（今山东省茌平县）人。他是唐太宗时中书令马周的后代，年轻时代便知名于天下。据金末元好问所编之《中州集》甲集第一记载：“（马定国）少日志趣不凡，宣政末题诗酒家壁，有‘苏黄不作文章伯，童蔡翻为社稷臣’之句，用是得罪，亦用是得名。”按，“宣政”是北宋徽宗“政和”（1111—1118）及“宣和”（1119—1125）两个年号的并称，但有时未必是两者的简单相加，例如宋代王庭珪有《题宣和御画》诗云：“长安老人眼曾见，万岁山头翠华转。恨臣不及宣政初，痛哭天涯观画图。”显然这里“宣政”乃借指宋徽宗赵佶。《中州集》录有马定国《宣政末所作（二首）》，其一云：“苏黄不作文章伯，童蔡翻为社稷臣。三十年来无定论，到头奸党是何人？”苏轼去世的时间在徽宗建中靖国元年即1101年；黄庭坚去世的时间在徽宗崇宁四年即1105年。蔡京于崇宁二年即1103年进左仆射，“京起于逐臣，一旦得志，天下拭目所为”（《宋史·奸臣传二·蔡京传》）；童贯于政和元年即1111年进检校太尉，时人因蔡京自称为“公相”，遂讥称童贯为“媪相”（《宋史·宦者传三·童贯传》）。时至1125年即宣和七年，徽宗已禅位钦宗，若以“三十年”论，《宣政末所作（二首）》绝对不会作于宣和以前。那么，元好问谓“宣政末”马定国之“得罪”和“得名”，比较准确地说当在宣和之末。附带说一下，张晶先生《辽金诗史》中“北宋末年政宣期间，他（笔者按，指马定国）曾题诗于酒家壁”云云者，无疑过于保守了（毕竟“政宣期间”这个时段太长，跨时达十五年之久），而同书中又将马定国《宣政末所作》一题径改为《政宣末所作》①，以及把马定国“自号荠堂先生”写成“自号斋堂先生”，显然都不合适。

马定国之生年史无记载，周惠泉先生《金代文学学发凡》亦谓“生卒不详”。然而，肯定了《宣政末所作》之诗的创作时间，我们也可作出推测。既然此诗作于年轻时代即“少日”，则不至于在三十“而立”之后，倘以“弱冠”作为“少日”的一个参数的话，那么上推二十年，马定国的生年约在徽宗崇宁年间，我们不妨权定为1105年，只是记住旁带一个问号“?”。兹姑且斗胆假设，俟作进一步考证。

---

① 参见张晶：《辽金诗史》，东北师范大学出版社1994年版，第151页。

马定国仕齐为监察御史的时间问题也值得注意。周惠泉先生云："金太宗灭北宋之后，在天会八年（1130）立齐之初，定国曾以诗撼齐帝刘豫，授监察御史。"据《金史·文艺传》记载："阜昌初，（马定国）游历下，以诗撼齐王（刘）豫，豫大悦，授监察御史"（按，这段文字与元好问《中州集》有关记载基本相同）。历下，即今山东省济南市，查《中州集》甲集第一收有马定国《登历下亭有感》一首，诗云："男子当为四海游，又携书剑客东州。烟横北渚芰荷晚，木落南山鸿雁秋。富国桑麻连鲁甸，用兵形势接营丘。伤哉不见桓公业，千古绕城空水流。"历下亭又名客亭，在今济南市大明湖畔。诗写得很有气势，亦可见诗人抱负不凡，难怪大齐皇帝刘豫为之所撼，"召与语大悦，授监察御史"（《中州集》卷一）。这里存在着一个问题，即"阜昌元年为何年"的问题。

《金史·刘豫传》云：

> 天会八年九月戊申，备礼册命立豫为大齐皇帝，都大名，仍号北京。置丞相以下官，赦境内。复自大名迁居东平。以东平为东京，汴州为汴京，降宋南京为归德府，降淮宁、永昌、顺昌、兴仁府俱为州。张孝纯等为宰相。弟益为北京留守；母翟氏为皇太后；妾钱氏为皇后，钱氏宣和内人也。以辛亥年为阜昌元年。

"辛亥年"乃天会九年（1131）。然而查文物出版社《中国历史年代简表》，"阜昌元年"为"天会八年"即"庚戌年"（1130）。谁是谁非呢？复检杨尧弼《伪齐录》卷上有《伪齐建元阜昌诏》，云"其以十一月二十三日建元为阜昌元年"[①]。此"十一月二十三日"未明言系何年。又《学海类编》中宋无名氏《刘豫事迹》亦载十一月之诏，其后依旧编年云："［辛

① 《中国野史集成》编委会，四川大学图书馆编：《中国野史集成》第6册，巴蜀书社1993年版，第348页。

亥］阜昌二年，宋绍兴元年也。”[①] 宋绍兴元年为金天会九年。那么，阜昌元年实为金天会八年。周惠泉先生有推论曰：

> ……盖《中州集》和《金史》所称马定国撼齐帝刘豫的“阜昌初”，即金廷立齐之初也。开始时齐“止用天会之号，是冬（按指天会八年冬）奉国主之命，改元阜昌。”（《大金国志》卷六）齐“阜昌初”当在金天会八年（1130年）冬以后不久。（见《金代文学学发凡》第183页）

周惠泉先生依宇文懋昭《大金国志》中所言作推断不为无据。由此看，“阜昌元年”问题当以元修史官脱脱之说为非，以《中国历史年代简表》及周惠泉先生之说为是。又据《登历下亭有感》中“烟横北渚芰荷晚，木落南山鸿雁秋”句看，诗写于秋季。建元阜昌在冬季，马定国以诗撼齐帝之“阜昌初”自应在阜昌二年秋以后。阜昌二年即金天会九年（1131）。综上考辨可以得出结论，马定国仕齐为监察御史的确切时间应在天会九年（1131）秋以后。

史载马定国于大齐国仕至翰林学士（《金史》卷一百二五）。复检《金史》卷四：天会十五年（1137）“十一月丙午，废齐国，降封刘豫为蜀王，诏中外，置行台尚书省于汴（按：阜昌二年，大齐由大名府迁都于汴）。十二月戊辰，刘豫上表谢封爵。癸未，诏改明年为天眷元年。……徙蜀王刘豫临潢府。”据此可知，马定国于齐国仕历最迟应终结于是年。但宇文懋昭编史似乎错误不少，其《大金国志》卷二十八中有云：“天眷年间，（马定国）游历下亭，以诗撼刘豫，豫与语，大悦，授监察御史，仕至翰林学士。”不难看出，宇文氏之缺陷有二：一是抄袭，没有多少充实；二是粗心，他竟然把“天会”误为“天眷”。“天眷（1138—1140）”是金熙宗的年号，此间

① 《中国野史集成》编委会，四川大学图书馆编：《中国野史集成》第5册，第389页。

刘豫已废徙临潢府（今内蒙古巴林左旗东南波罗城），马定国已无从撼之，也无须撼之了。并且，即使将“天眷年间”更正为“天会年间”也还是一个模糊的时间概念。综合以上考论可以认定，马定国仕齐为监察御史、翰林学士的时间应在天会九年（1131）秋与天会十五年（1137）十一月之间。

二、关于交游

就现有史料统计，马定国的交游对象有十数人，主要有康元质、周永昌、李湘、王松年以及所谓的“师友六人”即释可道、鲜于可、高图南、王景徽、吴缜和张子羽。有关他们的文献都极其有限甚至几乎没有，本文兹就已掌握的材料分别作简单考述如下：

1. 康元质。康元质，生平事迹不详。马定国有《招康元质》诗：“此生依著定如何，不傍耕畴即钓蓑。北阜平芜随鸟远，东湖新涨与天多。诗成重墨题飞叶，睡起轻芒踏软莎。犹有客愁销不尽，风轩茶灶待君过。”由尾联句子看，此诗为客游他乡时的作品，表现了向往躬耕渔樵生活，超尘拔俗，马康彼此引为同调的思想感情。

2. 周永昌。周永昌，生平事迹不详。现存马定国作品中有《四月十日遇周永昌》诗两首，其一云：“竹里涓涓雨未晴，日高窗牖受虚明。数家燕雀青雏出，是处园林绿颗成。贫觉酒杯真有味，病思丘壑岂无情。东山旧隐许相过，他日秋原看耦耕。”其二云：“幼时种木已巢鸢，犹向花前作酒颠。郭外青山招晓出，圃中明月照春眠。世无苏黄六七子，天断文章三十年。今日逢君如旧识，醉持杯杓望青天。”依“世无苏黄六七子，天断文章三十年”之句看，马定国这两首诗当写于天会十三年（1135）“以诗撼豫”之前；天会十三年距黄庭坚之卒年（1105）为三十年。品而味之，诗写两人初交之友情及共同的“乐隐”之趣。

3. 李湘。李湘，生平事迹无考，马定国有《过李湘》诗一首：“数树高槐散乳鸦，时于缺处见黄花。凉风不断如流水，相对胡床坐日斜。”诗写作者于秋菊盛开之日过访李湘，两人相知相得，密友情挚，趣尚不俗。

4. 王松年。王松年，生平事迹不详。马定国有《送王松年之汶上》诗："去去东平道，飞辕不可攀。地邻郲子国，天近穆陵关。问俗征前事，移家卜好山。溪堂醉花月，春兴几时还?"汶上，即今山东省汶上县；东平，曾为刘豫大齐国之东都。此诗或为阜昌初马定国仕监察御史时与王松年的送别之作。

5. "师友六人"之一——释可道。释可道，即可上人，号香严，遁迹佛门，元好问《中州集》乙集第二云："马定国《茅堂集》载其师友六人。其一香严可道上人……"他是马定国的"六师友"之一，其诗今仅存七绝一首《题比阳道边僧舍》："山头翠色僧房静，山下红尘客路长。五月行人汗如雨，岂知高处有清凉。"陈衍赞曰："诗境亦称高致。"(《金诗纪事》卷十二）马定国有《香严病中》诗一首，其云："九州四海尽行路，万户千门非我家。金弹不徒惊燕雀，春雷终待起龙蛇。"由以上二诗内容可以推测可道或一云游四方之僧。

6. "师友六人"之二——鲜于可。鲜于可，字东父，蜀嘉州（今四川省乐山市）人，据元好问《中州集》记载，亦为马定国"六师友"之一，今仅存残句："小雨润履綦，花气袭芳襟"；"十里青山堪布屐，半篙春水已胜舟"。其或亦一好游四方，寄情山水之士。

7. "师友六人"之三——高鲲化。高鲲化，字图南，平原（今山东省平原县）人，马定国"六师友"之一，年轻时代即负诗名，但今仅存残句（有"盘中酒影金蛇活"与"流虹聚石矼"之句)。按，薛瑞兆、郭明志编纂之《全金诗》于高鲲化名下录《阙题》佚句："盘中酒影金蛇活，与流虹聚石矼之。"① 其所据者乃元好问《中州集》卷二《张子羽传》"高鲲化字图南，平原人，少有能诗声，如盘中酒影金蛇活与流虹聚石矼之句，皆奇怪不凡。"其实，从一个"皆"字我们完全可以看出，元好问列举了两个诗

① 薛瑞兆、郭明志编纂：《全金诗》第一册，南开大学出版社 1995 年版，第 42 页。

句，而连词“与”和代词“之”均非高鲲化诗句中字。毫无疑问，薛、郭二氏在断句方面犯了错误。恐亦粗心所致。马定国对高鲲化友情甚厚，评价亦甚高。其有《怀高图南》诗：“刘叉一狂士，尚得韩愈知。君子百刘叉，知者果其谁？三随计吏贡，蹑屩（按，薛、郭二氏《全金诗》卷三作“履”，未出“校记”，恐未细细参校元好问《中州集》）游京师。文章善变化，不以一律持。碧海涵万类，青天行四时。去年高唐别，河柳摇风枝。今年清明饮，高花见辛夷。兹来又几日，军檄忽四驰。尺书无处寄，相见果何期？白日斗龙蛇，黄尘茄鼓悲。春风独无忧，吹花发江湄。一杯送归雁，万里寄相思。”又有《送图南》诗：“壶觞送客柳亭东，回首三齐落照中。老去厌陪新客醉，兴来多与古人同。戍楼藤角垂新绿，山店怪花落细红。他日诗名满江海，茅堂相见两衰翁。”前一首诗中之“高唐”乃一地名，即今山东省高唐县，马定国与高图南曾同游过此地，而分别之后，兵火纷飞，社会动荡，定国更为这位屡试不第，怀才不遇的“师友”日夕担忧，并为鸣不平。马定国今存之诗并不多，而对高图南，定国既有念旧游之诗，又有送别之作，可见他们的友情是相当挚厚的。

8. “师友六人”之四——王景徽。王景徽，字彦美，祁国文献公溥之后。据《中州集》亦马定国“六师友”之一，今仅存《赠定国诗》一首：“涧下松杉已蔽牛，溪中萍藻可供羞。故乡未有终焉计，欲指吴山归去休。”从诗中所流露之旨趣分析，王景徽虽为高官名门之后，但其生活道路并不坦直，所以他向“师友”马定国吐露心曲，欲以退隐山林作为人生指归。

9. “师友六人”之五——吴缜。吴缜，字子长，东平（今山东省东平县）人，据元好问《中州集》亦马定国“六师友”之一。年三十以食贫暂仕，不久，归隐于鱼山（在今山东省东阿县南）狼溪之侧。今存诗五首。其中有《寄定国》诗云：“情驰夏日流，目断晚云碧。新诗从何来，远自金马客。雄深作者意，奔轶古人迹。名高四海望，发未一茎白。应嗤穷途士，抽簪老泉石。采蕨在南山，驱牛向东陌。劳生岂不苦，衣食迫晨夕。膏粱无宿怀，茅茨得真适。卒岁将何求？一饱惟力穑。”定国“名高四海望”，吴缜“抽簪老泉石”，虽然两人的名望身份等有所不同，但不时有“新诗”相唱酬，则表明他们“师友”之间，其文学情趣、审美思想等方面又有许多共同之处。

10.“师友六人”之六——张子羽。张子羽，字叔翔，东阿（今山东省东阿县）人，仕金宋儒，曾官于洛阳。元好问《中州集》乙集第二云：“马定国《茅堂集》载其诗友六人，其一香严可道上人……其一鲜于可……其一高鲲化……其一王景徽……其一吴缜……叔翔亦其一也。”对于“六师友”之一的张子羽，马定国尝谓：“叔翔于文章无所不能。”（《中州集·张子羽小传》引《茅堂集》；按，马定国《茅堂集》已佚）张子羽作品大多散佚，所存之诗仅有《游龙门访潜溪僧舍》、《宿宝应》和《寿张和滑益之》三首。“文章”一词，在古代可特指文学作品，所谓“文章千古事，得失寸心知”，杜甫《偶题》诗中之“文章”一词亦取此意。又，鲁迅《汉文学史纲要》第一篇曰：“则确然以文章之事，当具辞义，且有华饰，如文绣矣……然后来不用，但书文章，今通称文学。”张子羽既然“于文章无所不能”，说明他一方面是多产作家，一方面也是长于此道的，而马定国对其给予极高评价，也表明了他们“师友”之间的交游尤其注重在文学创作方面的相互交流和相互推许，这对于文学的繁荣和发展，无疑是有着积极而重要的意义的。

（原载《河北大学学报》1999 年第 4 期，有改动）

参考文献

01. 严可均辑编：《全上古三代秦汉三国六朝文》，中华书局 1958 年版。

02. 逯钦立辑：《先秦汉魏晋南北朝诗》，中华书局 1983 年版。

03. 萧统编：《文选》，中华书局 1977 年版。

04. 欧阳询撰，汪绍楹校：《艺文类聚》，上海古籍出版社 1999 年版。

05. 彭定求等：《全唐诗》，中华书局 1960 年版。

06.《二十五史》，上海古籍出版社、上海书店 1986 年版。

07. 刘琳：《华阳国志校注》，巴蜀书社 1984 年版。

08. 汤求辑，杨朝明校补：《九家旧晋书辑本》，中州古籍出版社 1991 年版。

09. 范宁：《博物志校证》，中华书局 1980 年版。

10. 余嘉锡：《世说新语笺疏》，中华书局 1983 年版。

11. 僧祐：《出三藏记集》，中华书局 1995 年版。

12. 慧皎：《高僧传》，金陵刻经处本。

13. 释道宣：《广弘明集》，《四部丛刊》影印本。

14. 高楠顺次郎主编：《大正藏》，台北新文丰出版公司 1985 年版。

15. 汤用彤：《汉魏两晋南北朝佛教史》，中华书局 1983 年版。

16. 孙昌武：《文坛佛影》，中华书局 2001 年版。

17. 许理和著，李四龙等译：《佛教征服中国》，江苏人民出版社 1998

年版。

18. 姜剑云：《禅诗百首》，中华书局 2008 年版。

19. 何文焕辑：《历代诗话》，中华书局 1981 年版。

20. 中科院文学所等编：《中国文学史》，人民文学出版社 1962 年版。

21. 刘大杰等：《中国文学批评史》，上海古籍出版社 1979 年版。

22. 郑午昌：《中国画学全史》，上海书画出版社 1985 年版。

23. 李泽厚、刘纲纪：《中国美学史》，中国社会科学出版社 1987 年版。

24. 北京大学中国文学史教研室：《魏晋南北朝文学史参考资料》，中华书局 1963 年版。

25. 陆侃如：《中古文学系年》，人民文学出版社 1985 年版。

26. 詹福瑞：《中古文学理论范畴》，河北大学出版社 1997 年版。

27. 余冠英等：《古代文学研究集》，中国文联出版公司 1985 年版。

28 吕慧鹃等编纂：《中国历代著名文学家评传》，山东教育出版社 1983 年版。

29. 古代文学理论研究学会编：《古代文学理论研究》第 6 辑，上海古籍出版社 1982 年版。

30. 魏明安、赵以武：《傅玄评传》，南京大学出版社 1996 年版。

31. 金涛声点校：《陆机集》，中华书局 1982 年版。

32. 黄葵点校：《陆云集》，中华书局 1988 年版。

33. 姜亮夫：《陆平原年谱》，古典文学出版社 1957 年版。

34. 郝立权：《陆士衡诗注》，人民文学出版社 1958 年版。

35. 曹虹：《慧远评传》，南京大学出版社 2002 年版。

36. 姜剑云：《太康文学研究》，中华书局 2003 年版。

37. 黄世中主编：《谢灵运研究丛书》，广西师范大学出版社 2001 年版。

38. 顾绍柏：《谢灵运集校注》，中州古籍出版社 1987 年版。

39. 姜剑云：《从宗教到文学——谢灵运考论》，南开大学博士后研究报告，2003 年。

40. 卞孝萱：《唐代文史论丛》，山西人民出版社 1986 年版。

41. 冯浩：《玉溪生诗集笺注》，上海古籍出版社 1979 年版。

42. 姜剑云：《审美的游离——论唐代怪奇诗派》，东方出版社 2002 年版。

43. 朱东润：《陆机年表》，《武大文哲季刊》1930 年 1 卷 1—2 期。

44. 陈柱：《讲陆士衡〈文赋〉自记》，《学术世界》1935 年 9 月 1 卷 4 期。

45. 李全佳：《陆机〈文赋〉义证》（上、下），《中山学报》1944 年二卷 2—3 期。

46. 逯钦立：《〈文赋〉撰出年代考》，《学原》1948 年二卷一期。

47. 景印：《关于〈文赋〉一些问题的商榷》，《光明日报》1959 年 9 月 23 日。

48. 陆侃如：《陆机〈文赋〉二例》，《文学评论》1961 年第 1 期。

49. 陆侃如：《陆机的创作理论和创作实践》，《文汇报》1961 年 8 月 1 日。

50. 夏承焘：《关于陆机〈文赋〉的三个问题》，《文艺报》1962 年第 7 期。

51. 万曼：《读〈文赋〉札记》，《光明日报》1962 年 9 月 2 日。

52. 吴调公：《〈文赋〉的艺术构思论》，《南京师范学院学报》1963 年第 1 期。

53. 张文勋：《关于〈文赋〉的几个问题》，《思想战线》1978 年第 5 期。

54. 蓝天：《〈文赋〉译注》，《河北大学学报》1979 年第 2 期。

55. 顾启、姜光斗：《〈文赋〉今译》，《宁波师专学报》1979 年第 2 期。

56. 梁溪生：《〈文赋〉今译》，《江苏师院学报》1980 年第 1 期。

57. 牟世金：《〈文赋〉的主要贡献何在》，《文史哲》1980 年第 1 期。

58. 姜涛：《试论陆机的〈文赋〉——兼与郭绍虞同志商榷》，《辽宁大学学报》1980 年第 2 期。

59. 毛庆:《〈文赋〉创作年代考辨》,《武汉大学学报》1980 年第 5 期。

60. 陈庄:《陆机生平三考》,《四川大学学报》1983 年第 4 期。

61. 沈海燕:《连珠体试论》,《文学遗产》1985 年第 4 期。

62. 傅刚:《陆机初次赴洛时间考辨》,《上海师范大学学报》1986 年第 2 期。

63. 吴枝培:《说〈文赋〉"体有万殊,物无一量"节》,《南京大学学报》1986 年第 2 期。

64. 詹杭伦:《陆机〈演连珠〉中美学观点试探》,《四川师大学报》1986 年第 5 期。

65. 曹道衡:《试论陆机陆云的〈为顾彦先赠妇〉》,《河北师院学报》1989 年第 1 期。

66. 沈玉成:《〈张华年谱〉、〈陆平原年谱〉中的几个问题》,《文学遗产》1992 年第 3 期。

67. 阳海洲:《陆机〈文赋〉与形式主义権》,《贵阳师专学报》1994 年第 1 期。

68. 孙蓉蓉:《论"绮靡"说》,《徐州师范学院学报》1994 年第 3 期。

69. 李之亮:《〈文选〉陆机诗笺识》,《殷都学刊》1994 年第 4 期。

70. 顾兆禄:《魏晋玄风与陆机〈文赋〉的思辨性》,《南京社会科学》1994 年第 10 期。

71. 蒋方:《陆机、陆云仕晋宦迹考》,《湖北大学学报》1995 年第 3 期。

72. 罗国威:《新发现的谢灵运佚文及〈述祖德诗〉佚注》,《辽宁大学学报》1996 年第 3 期。

73. 徐公持:《陆机论》,《传统文化与现代化》1998 年第 1 期。

74. 王邦维:《论阿富汗新发现的佉卢文佛教经卷》,《中华佛学学报》第 13 期(2000 年第 5 期)。

后　记

《文史索隐》所录共27篇文章，以考述为主，先后发表于相关学术刊物，跨时20余年。虽说曾有几篇文章被人大复印资料《中国古代近代文学研究》全文转载，但总的来看，自我为学成果殊少，成就平平。今此编选，两个目的：一是改正某些错误，二是感谢学界同人。

改正错误除了修改技术层面的讹误，还包括端正学风。比如拙文旧刊稿讨论唐代令狐楚、金代马定国时，对卞孝萱先生、张晶先生尊重不够，多年来一直感觉特别歉疚，借着这次编选旧文，修改不妥之处，特向学界前辈致以歉意。

携助我为学的学界同人很多，难以一一敬称尊号，今且将与《文史索隐》中文章先后发表之相关杂志社、出版社，逐个列出，以示感谢。出版社主要有：中华书局《太康文学研究》、《禅诗百首》、东方出版社《审美的游离——论唐代怪奇诗派》等。杂志社主要有：《殷都学刊》、《山西大学师范学院学报》、《山西大学学报》、《漳州师范学院学报》、《江西财经大学学报》、《杭州师范学院学报》、《陕西师范大学继续教育学报》、《安徽教育学院学报》、《北京大学学报》、《洛阳大学学报》、《天津师范大学学报》、《古代文学理论研究》、《东亚文献研究》（韩国）、《文学遗产》、《文献》、《文史知识》、《中国道教》、《太原师范学院学报》、《河北大学学报》、《宗教学研究》、《广州大学学报》、《江西师范大学学报》、《晋阳学刊》、《中国古代近代文学研究》等。

十分感谢为《文史索隐》出版提供资助的河北大学文学院，感谢田建民教授、刘金柱教授、杨宝忠教授、王心教授的鼎力支持。同时感谢文学院的研究生刘丹、黄蓉，在书稿电子文档的录入与校对过程中，她俩无私奉献，一丝不苟。

由衷感谢人民出版社责编王怡石老师在《文史索隐》出版全程中付出的繁杂而艰辛的劳动。

特别感谢为《文史索隐》赐序的中外学者郑羽洛先生（韩国）、陶玉璞先生、李剑清先生。

永远感谢为弟子传道授业解惑的恩师姚奠中先生、詹福瑞先生、孙昌武先生。

姜剑云

2016 年 7 月 31 日于古城保定